ナイフをひねれば

アンソニー・ホロヴィッツ

「われわれの契約は、これで終わりだ」彼が主人公のミステリを書くことに耐えかねて、わたし、作家のアンソニー・ホロヴィッツは探偵ダニエル・ホーソーンにこう告げた。翌週、ロンドンの劇場でわたしの戯曲『マインドゲーム』の公演が始まる。初日の夜、劇評家の酷評を目にして落胆するわたし。翌朝、その劇評家の死体が発見された。凶器はなんとわたしの短剣。かくして逮捕されたわたしにはわかっていた。自分を救ってくれるのは、あの男だけだと。〈ホーソーン＆ホロヴィッツ〉シリーズの新たな傑作！

登場人物

ダニエル・ホーソーン……ロンドン警視庁の顧問。元刑事
アンソニー・ホロヴィッツ……作家
ジョーダン・ウィリアムズ……ファークワー博士を演じる俳優
チリアン・カーク……マーク・スタイラーを演じる俳優
スカイ・パーマー……プリンプトン看護師を演じる俳優
アフメト・ユルダクル……演劇プロデューサー
モーリーン・ベイツ……アフメトのアシスタント
マーティン・ロングハースト……アフメトの会計士
ユアン・ロイド……演出家
キース……ヴォードヴィル劇場の楽屋口番代理
ハリエット・スロスビー……《サンデー・タイムズ》紙の劇評家
アーサー・スロスビー……ハリエットの夫
オリヴィア・スロスビー……ハリエットの娘
スティーヴン・ロングハースト……モクサム・ヒース小学校の元生徒

トレヴァー・ロングハースト……………スティーヴンの父
アナベル・ロングハースト……………スティーヴンの母
ウェイン・ハワード……………スティーヴンの小学校時代の友人
フィリップ・オールデン……………モクサム・ヒース小学校の元副校長。故人
ローズマリー・オールデン……………フィリップの妻
エイドリアン・ウェルズ……………《ブリストル・アーガス》紙の元編集主任
フランク・ヘイウッド……………《ブリストル・アーガス》紙の劇評家。故人
カーラ・グランショー……………警部
ダレン・ミルズ……………巡査
ケヴィン・チャクラボルティ……………ホーソーンの隣人の青年
ヒルダ・スターク……………ホロヴィッツの著作権エージェント
ジル・グリーン……………アンソニーの妻

ナイフをひねれば

アンソニー・ホロヴィッツ
山田　蘭　訳

創元推理文庫

THE TWIST OF A KNIFE

by

Anthony Horowitz

Copyright © 2022 by Anthony Horowitz
This book is published in Japan
by TOKYO SOGENSHA Co., Ltd.
Japanese translation rights
arranged with Nightshade Ltd
c/o Curtis Brown Group Limited, London,
through Tuttle-Mori Agency, Inc., Tokyo

日本版翻訳権所有
東京創元社

目次

ナイフをひねれば

家族に加わってくれた、ソフィアとアイオナに

1　別々の道へ

「すまない、ホーソーン。だが、それはできない。われわれの契約は、これで終わりだ」

ホーソーンと口論をするのは大嫌いだ。わたしが必ず負けるから、というだけの理由ではない。この男を相手にしていると、勝とうとして言葉を連ねること自体、何かこちらに非があるような気分にさせられるのだ。相手に攻めかかるときには、このほの暗い茶色の目もおそろしく苛烈（かれつ）に燃えあがるというのに、わたしが何か異議を申し立てたとたん、まるでひどく傷つけられ、懸命に身を守ろうとしているかのような表情を浮かべる。そんな目で見られてしまっては、こちらが正しいとわかっていても、思わず自分の意見を引っこめ、詫（わ）びの言葉さえ口にしてしまう。前にも書いたことがあるが、ホーソーンにはどこか幼い子どもを思わせるところがあるのだ。この男といて、わたしは一度だってしっくりとくる距離感をつかめたことがない。そんな人間のことを本に書くなど、どう考えても無理な相談というものではないか。実をいうと、わたしたちはいま、まさにそのことについて話しあっていた。

これまで三度にわたってホーソーンの殺人事件捜査に同行したのは、それを本にまとめるためだ。最初の事件を記録した本は、すでに出版されている。二作めは、いまエージェントに読んでもらっているところだ（送ってからもう二週間半にもなるのに、まったく音沙汰がないのが気になるが）。今年の暮れには第三作を書きはじめる予定で、これもさほどてこずることはあるまい。言うまでもなく、わたしは事件の一部始終をその場で見とどけ、何が起きたかすでに知っているのだから。最初に結んだ契約は、この三冊で終わりだ。わたしとしては、三冊も書けばもう充分だった。

ホーソーンに会うのは久しぶりだ。書店やテレビにあふれる殺人事件の小説やドラマを見ていると、まるで一時間にひとりは誰かしらどこかで殺されているかのような錯覚に陥るが、幸い現実はそこまで苛酷ではない。三人もが死体となって発見されたオルダニー島から帰ってきて、すでに七、八ヵ月が経過している。その間、ホーソーンが何をしていたのかは知らないし、正直なところ、いまどうしているだろうかと思いめぐらすことも、さほど多くはなかった。

そんなある日、突然ホーソーンから電話があり、ロンドンの自宅アパートメントに来ないかと招かれたのだ——これは、ちょっとした驚きだった。なにしろ、普段ならわたしがホーソーンの自宅に足を踏み入れるには、ほかの家の呼鈴（よびりん）を鳴らし、ネットスーパーの配達員のふりでもしなくてはならないのだから。リヴァー・コートはブラックフライアーズ橋のたもとに建つ低層のアパートメントで、ホーソーンはその最上階の空間を占有している。この〝空間〟という言葉は、まさに文字どおりの意味を持っていた。あの男の住まいには、家具がほとんど置かれていない。壁に絵も飾られていない。持ちものといえば、ホーソーンの趣味である《エアフィックス》のプラモデルと、階下に住む青年の手を借りて、時おり警察のデータベースに侵入するためのコンピュータ一式くらいだろうか。

階下に住む、当時はまだ十代の少年だったケヴィン・チャクラボルティの寝室に初めて足を踏み入れたとき、わたしは衝撃を受けるはめになった。わたしと息子が写っている、どこにも公開していないはずの画像が、コンピュータの画面いっぱいに表示されていたのだから。その画像はわたしの携帯から盗んだことを、ケヴィンは認めた。さらに、ホーソーンに依頼され、ハンプシャーの警察署が使用している車両ナンバー自動読取装置に侵入したことも明らかになったのだ。とはいえ、わたしはケヴィンを叱りつけたりはしなかった。ひとつには、この少年の提供してくれた情報が、事件解決に役立つものだったからだ。それに、そもそも車椅子に乗った十代の少年を相手に、どうして喧嘩を吹っかけたりできるだろう？　また、この事実を知ってしまったと、ホーソーンに告げることもなかった。結局のところ、ホーソーンは小児性愛者を階段から突き落とし、そのために警察組織を追われた人間なのだ。あの男なりに道徳的な指針はあるのだろうが、その基準は本人にしかわからない。

ちなみに、その最上階の部屋は、ホーソーンの持ちものではない。実のところ、借りているわけでもないのだ。本人の説明によると、ロンドンで不動産業者をしている〝半分だけ血のつながった兄のようなもの〟から頼まれて、家主の留守の間、管理人として部屋を預かっているのだという。これがまた、いかにもホーソーンらしい話ではないか。親族でさえ、〝義理の妹〟

とか〝いとこ〟とか、そんなすっきりした関係ではないのだ。妻とは別居しているが、いまだに親しい関係ではあるらしい。あの男にまつわることは、何もかもが複雑にこんがらがっていて、どんな質問をぶつけようと、真実に近づく答えなど返ってきたためしはないのだ。まったく、こんなに苛立つ話はない。

ホーソーンのアパートメントを訪れたわたしは、きらきら輝くクロムめっきの調理器具や汚れひとつない調理台に囲まれ、キッチンであの男と向かいあっていた。クラーケンウェルの自宅から、ここまでは徒歩だ。歩いて十五分の距離に住んでいるのにと思うと、あらためてわれわれの心の距離を痛感せずにはいられない。ホーソーンはいつもの白いシャツにスーツのパンツという服装だったが、めずらしく、ジャケットの代わりにラウンドネックの灰色のセーターを着ていた。ちょっとくだけた恰好というわけだ。わたしにお茶を出してくれたばかりか、菓子まで添えるという心づかいを見せている。内訳は、チョコレートが四切れ――二本組のキットカットが二袋、〇×ゲームのようにお皿の上できっちりと交叉させてあった。ホーソーン自身はブラック・コーヒーを飲み、カップのかたわらにはいつものようにタバコの箱を置いている。

ホーソーンはわたしに、四作めの本を書いてほしいのだという。その件でわたしを呼び出したらしいが、こちらはもう、はっきり断ろうと心を決めていた。なぜかって？　そう、まず第一に――すでに二回、わたしがロンドンの病院の救命救急センターに搬送されるはめになったことをさておいても――ホーソーンはわたしに対して、これまで冷淡な態度しか見せたことがない。そもそもの最初から、これは営利目的の関係でしかないという姿勢を、はっきりと打ち出してきたのだ。金のため、誰かに自分の本を書いてほしいのだ、と。それどころか、それを依頼する作家を選ぶにあたり、わたしは第一候補でさえなかったと、はっきり伝えられたこともある。わたしのほうは、ここに乗りこむ前に、すでに結論を出していた。もう、これ以上はたくさんだ。間抜けな相棒あつかいされるのは、ほとほとうんざりだった。自分の思いどおりに書きたい物語が、わたしには山ほどある。けっしてホーソーンには理解してもらえないことだろうが、作家というものは、他人のために筆を走らせているわけではないのだ。いつだって、われわれは自分のために書いている。

「だが、あんただって、ここでやめるわけにはいかないだろうに」しばし考えこんだ後、ホーソーンはつけくわえた。「『メインテーマは殺人』はすばらしい出来だったじゃないか」

「読んだのか？」わたしは尋ねた。

「全部じゃないがね。とはいえ、書評でも絶賛されてたよな！　あんたにとっても、満足のいく出来だったろうに。《デイリー・メール》紙だって〝胸躍る鮮やかな一冊〟と褒めてたよ」

「書評は読まないことにしているんだ――それに、その評は《デイリー・エクスプレス》紙だろう」

「出版社だって、もっと書いてほしがってるそうじゃないか」

「どうして、きみがそんなことを知っている？」

「ヒルダから聞いてね」

「ヒルダから？」わたしは自分の耳が信じられなかった。ヒルダ・スタークはわたしの著作権エージェントで――そもそもこの話が持ちあがったときには、そんなことにかかわらないほうがいいと忠告してくれた人物だったというのに。儲けはホーソーンときっちり折半するつもりだと話したとき、ヒルダがどんな顔をしたかはいまでもよく憶えている。以前《ペンギン・ランダムハウス》で顔を合わせたときには、ホーソーンがすっかりヒルダの心をとらえてしまうところを目撃したのはたしかだが、それでも、このふたりがわたし抜きでそんな会話を交わしたなんて、驚かずにはいられない。「いったい、いつそんな話を？」

「先週だよ」

「何だって？　きみから電話でもしたのか？」

「いや。昼食をいっしょにとったときにね」

わたしは頭がくらくらするのを感じた。「そもそも、きみはいつも昼食なんかとらないじゃないか！」思わず声が高くなる。「だいたい、どうしてきみがヒルダに会う必要がある？　わたしのエージェントなのに」

「おれのエージェントでもあるんだ」

「冗談だろう？　きみは、ヒルダに利益の十五パーセントを支払っているのか？」

「実をいうと、ちょっとばかり負けてもらったがね」ホーソーンはあわただしく先を続けた。「さらに三冊の契約が見こめると、ヒルダは読んでた。しかも、前渡金は前回よりたっぷりはずんでもらえそうだ、ってね！」

「わたしは金のために書いているわけじゃない」お上品ぶったことを言うつもりはないが、これは本音だった。本を書くということは、わたしにとって、あくまで自分自身と向きあう作業なのだ。わたしの人生そのものといってもいい。書くことで、幸せを感じることができるのだから。「とにかく、そんなことはどうでもいいんだ。きみの本をもう一冊書くなんて、そんなことはできないよ。新しい事件が起きているわけでもないしね」

「たしかに、いまはまだ起きてない」ホーソーンは認めた。「だが、だったら過去に捜査した事件の話をしたっていいさ」

「きみが警察にいたころの話か?」

「辞めた後だよ。ほら、リッチモンドのリバーサイド・クロースで起きた事件とかな。豪勢な屋敷の建つ袋小路で、男がハンマーで殴り殺された。あんたの好きそうな話じゃないか、トニー! おれが警察を離れてから、初めて捜査した事件でね」

その話なら、ふたりでオルダニー島を訪れたとき、舞台の上でホーソーンが紹介されていたくだりで聞いた憶えがある。「さぞかしすごい事件だったんだろうな。だが、それについては、わたしには書けないよ。その場にいなかったんだから」

「何があったかは、逐一おれが話すよ」

「すまない。興味が持てないんだ」わたしはキットカットに手を伸ばしかけ、ふと思いなおした。どうしてか、食べたいという気持ちになれない。まるで、チョコレートという記号のようで。「そもそも、事件そのものがどうこうという話じゃないんだよ、ホーソーン。きみのことをほとんど何も知らないというのに、どうしてきみについての本が書けるというんだ？」

「おれは探偵だ。あんたが知っとくべきことなんて、ほかに何がある？」

「この議論は前にもしたはずだ。きみがひどく秘密主義なのは知っている。だが、わたしの立場にもなってみてくれ。何ひとつ自分のことを明かそうとしない人間を、主人公に据えられるわけがないだろう。正直に言わせてもらえば、きみを相手にしていると、わたしはいつだってレンガの壁に立ちはだかられているような気分になるんだ」

「じゃ、いったい、何が知りたい？」

「本気で言っているのか？」

「さっさと訊いたらいいだろう！」

「わかったよ」一度に二十もの質問が頭をよぎったが、まずは最初に浮かんだことを口にする。

「リースという場所で、いったい何があったんだ？」

「そんな場所、どこにあるのかも知らないね」

「わたしたちがヨークシャーのパブにいたとき、マイク・カーライルと名乗る男が、きみはリースにいたはずだと言っていたじゃないか。もっとも、きみのことをビリーと呼んでいたが」

「人ちがいをしたんだろう。おれのことじゃない」

「それに、もうひとつ、きみに話していないことがあったんだ」言葉を切る。「オルダニー島から戻ってすぐ、わたし宛てにはがきが届いてね。デレク・アボットからだった」

アボットというのは、われわれがオルダニー島で顔を合わせた人物だ。かつて、児童ポルノにかかわった罪で服役。逮捕されてロンドン警視庁の留置場にいたとき、階段から転落して重傷を負ったとされている。

「地獄からはがきをよこしたのか？」と、ホーソーン。

「死ぬ前に投函したようだ。〝リースのことを、ホーソーンに訊いてみろ〟とあったよ」

「リースのことなんて、何も知らないな。地名だってことはわかる。だが、行ったことはないんでね」

それが嘘だとわかってはいても、ここで指摘する意味はあるまい。「わかった、それはいい」わたしは続けた。「じゃ、きみの奥さんのことを話してくれ。息子のことも。不動産業をしているとかいう、きみの兄さんの話も聞きたいね。そもそも、きみは何歳なんだ？　オルダニー島では三十九歳と答えていたが、本当はもっと上なんじゃないかと見ているんだが」

「そりゃまた、ずいぶんと失礼な話だな」

ホーソーンの混ぜっ返しを無視して、さらにたたみかける。「こんなに多くのプラモデルを作っているのはなぜなんだ？　いったい、何のために？　どうして、人前でものを食べたがらない？」

居心地の悪そうな表情が、ホーソーンの顔に浮かんだ。その手が、じわりとタバコの箱に近づく。こんなときこそ、一服したいにちがいない。「そんなこと、あんたが知る必要はないだろう」ホーソーンは言いかえした。「本の主題（メインテーマ）とは関係ないんだから。これは、あくまで殺人事件をめぐる本なんだ！」暴力的な死こそは誰もが望む娯楽だとでもいうように、芝居がかった口ぶりだ。「おれのことを書きたいっていうんなら、あんたが好きにでっちあげてくれりゃいい」

「まさに、そこが問題なんだよ！」わたしは叫んだ。「何もかも自分で好きに作りあげるほうが、わたしはずっと好きなんだ。結末のわからない本を書こうとするのは、どうにもおちつかなくてね。しかも、女王に従うフィリップ殿下よろしく、きみの三歩後ろをついて歩くのは、もううんざりだ。すまない、ホーソーン。だが、わたしにとっては、けっして楽しい体験ではなかったからな。なにしろ、二度も刺されたんだぞ！　そのうえ、一度だって真実の近くにさえたどりつくことはできなかった――ついでに言うなら、題名も失敗したと思っている」

「だから、『ホーソーン登場』にしときゃよかったんだ」

「そういうことじゃない」苛立った勢いで、わたしは結局キットカットをひとつ手にとった。けっして、食べたくなったわけではない。ただ、このままホーソーンのペースに乗りたくはなかっただけだ。「シリーズを通して、題名をどうつけるかという方針の問題だよ。そこを、失敗してしまったんだ」

　わたしはこのシリーズの題名すべてに、文章にちなんだ言葉を入れていくつもりだった。結局のところ、わたしは作家で、ホーソーンは探偵なのだから。『メインテーマは殺人(ザ・ワード・イズ・マーダー)』、『その裁きは死(ザ・センテンス・イズ・デス)』、『殺しへのライン(ア・ライン・トゥ・キル)』。こうして作家と探偵、ふたりの要素を入れるというのは、そのときにはすばらしい思いつきだと感じたのだが、わたしはもう、題名に使える文法用語を使いはたしてしまった。『そして生に終止符を(ライフ・カムズ・トゥ・ア・フル・ストップ)』とか？　いや、終止符(フル・ストップ)をピリオドと呼ぶ米国では、この題名は通じまい。『消えたコロンの謎』？　こんな題名は、霊安室の遺体から大腸が切りとられでもしないかぎり使えないだろう。結局は、そういうことだ。これらの題名さえも、このシリーズで書けるのはせいぜい三作までで、もうネタは尽きたという何よりの証拠となっている。

「別の作家を探したらいいじゃないか」遠慮がちに提案してみる。

ホーソーンは肩をすくめた。「おれは、あんたと組むのが気に入ってるんだ、相棒。おれたちはうまくいってるじゃないか……いろいろあってもさ。お互いにわかりあってるんだから」

「こちらとしては、何もわかっている気はしないんだが」どうにも調子が狂ってしまう。この話しあいが、まさかこう湿っぽくなろうとは想像もしていなかった。ただ、それぞれまた別の道を歩んでいこうというだけのつもりだったのに。「別に、われわれのつきあいがこれっきりになるわけじゃない」わたしは続けた。「まだ、これから二冊の本も出る。出版社との打ち合わせにも、いっしょに出席するだろうし。ひょっとしたら、また別の文芸フェスに参加することになるかもしれない――もっとも、前回あんなことになってしまった以上、われわれを招待するとなると、主催者側が二の足を踏むかもしれないが」

「おれたちは、なかなかうまくやれたと思ってたんだがな」

「三人もの人間が死んでいるんだぞ！」

ホーソーンがこんなにも打ちひしがれているところを、わたしはこれまで見たことがなかった。これまでいろいろと愚痴を並べはしたが、それでもわれわれの間に何らかの絆はたしかに生まれていたのだと、ようやくわたしも思いあたる。結局のところ、七人もの人間の死についてともに捜査してきたのだから、ふたりの距離が縮まらないはずはないのだ。わたしはホーソーンを高く買っている。この男のことが好きだからこそ、本に書くときには、いつだってできるだけ好感を抱いてもらえるよう工夫してきたのではないか。ふいに、わたしはもう、この場をすぐにでも去りたくなった。

結局、キットカットには口をつけなかった。お茶を飲みほすと、椅子から立ちあがる。「まあ、そうは言っても、もし何かが起きて、きみが捜査に乗り出すようだったら、わたしにも知らせてくれ。状況によっては、また考えるよ」そう言いながらも、自分がけっして考えなおしたりはしないことが、わたしにはわかっていた。同時に、ホーソーンからの連絡など、けっして来ないであろうことも。

「そうするよ」ホーソーンは答えた。

わたしは玄関に向かいかけたが、その手前でくるりとふりむいた。せめて、少しは明るい雰囲気で最後を締めくくりたい。「来週、わたしの戯曲の公演が始まるんだ。よかったら、初日に観にこないか?」

「なんて題名だ?」

まちがいなく、前にも話したことがあるはずなのに。「『マインドゲーム』だよ。サスペンスものなんだ。ジョーダン・ウィリアムズとチリアン・カークが出る」ふたりともそこそこ名の知られた俳優なのだが、ホーソーンは聞いたことがないようだった。「きっと、きみには楽しんでもらえると思うな。ヴォードヴィル劇場で上演するんだよ」

「どこにあるんだ？」

「ストランドだ……《サヴォイ・ホテル》の斜向かいだよ。初日の終演後にはパーティがあって、ヒルダも来ることになっている」

「初日は何曜日だって？」

「火曜だ」

「すまない、相棒」一瞬のためらいもなく、答えが返ってきた。「その夜は用事が入っててね」

なるほど、そっちがそういうつもりなら、わたしもこれ以上ぐずぐず粘るつもりはない。

「それは残念だな」そう言うと、わたしはホーソーン宅を辞した。


クラーケンウェルの自宅へ帰るべく、テムズ川沿いを橋に向かって歩きながら、わたしはいささか憂鬱な気分になっていた。本の契約を断ったことは正しい決断だったと、自分でもわかっている。だが、何かやり残したことがあるのに、せっかくの機会をみすみす逃してしまった、そんな感覚を拭いきれない。ホーソーンのことをもっと知りたいと、わたしは本気で願っていたのに。リースまで足を運んでみようかと、実際に考えてもいたのだ。だが、いまとなっては、もう二度とあの男と会うことはあるまい。

ここでふと、ひとつ残念なことに思いあたってしまう……

ここまで書いてきたことと裏腹に、これから殺人事件が起きるのは明らかだ。何も事件が起きていなかったら、どうしてわざわざ新たな本など書くだろう？　読者がいま手にしている本は、表紙にお定まりの血痕が印刷してあるだろうから、これからの展開にもさほど驚いてはもらえまい。実際の出来事を書こうとすると、作家はこんな不利な条件を背負わされるというわけだ。

とはいえ、わたしも知らなかったことがひとつある。これまでの三冊でも、わたしはさんざん狼狽させられてきたものだ。だが、今回は、それよりもはるかに、とてつもなくひどい目に遭わされることとなる。

2 『マインドゲーム』

わたしは劇場が大好きだ。これまでの人生をふりかえると、演技、音楽、衣装、演出、そしてもちろん脚本が、すべてぴったりと嚙みあって、この心の震えは生きているかぎり記憶から消えることはないと感じる、このうえない幸福を味わった数多の夜が、いまも脳裏に──鮮やかに──よみがえる。国立劇場で一九八二年に上演された『ガイズ&ドールズ』。ロイヤル・シェイクスピア・シアターで観た『ニコラス・ニクルビー』。マイケル・フレインのみごとな脚本による喜劇、『ノイゼズ・オフ』。そして、ジョン・バートンが演出し、イアン・リチャードソンとリチャード・パスコが、国王とそのいとこボリングブルックの役を日替わりで交替しながら演じた『リチャード二世』。あの舞台を観たのはわたしが十八歳のときだったが、ふたりの役者が〝虚ろな王冠〟をつかんで向きあい、やがて鏡を同じようにつかんでのぞきこむ光景は、いまも脳裏に焼きついている。劇場とは、けっして消えることのないロウソクのようなものだろうか。これらを含め、舞台に心震わせた数えきれないほどの思い出は、わたしの胸にいまもあかあかと燃えつづけているのだ。

二十代の初めごろには、国立劇場で座席案内係として働きながら、ハロルド・ピンター作『背信』やピーター・シェーファー作『アマデウス』、アーサー・ミラー作『セールスマンの死』、アラン・エイクボーン作『ベッドルーム・ファース』をそれぞれ十数回ずつは観たものだが、どれだけ回を重ねても、けっして飽きることはなかった。ナイロン生地の灰色のシャツに、いささか気どった薄紫のスカーフという制服姿で、宵の口から楽屋食堂に陣どっていると、二つ三つしか離れていない席に、ときとしてジョン・ギールグッドやラルフ・リチャードソンといった、ジャージにスニーカーという恰好でさえ堂々として見える名優が坐ることもある。もちろん、こちらから話しかけたりすることはけっしてない。わたしにとっては、神々にも思える存在なのだから。国立劇場の手荷物預かり所で働いていたときには、ドナルド・サザーランドから二十ペンスのチップをもらったこともあった。あの硬貨は、いまも大切にとってある。

小説を書きはじめる前は、舞台関係の仕事に就くのが夢だった。学校時代はいろいろな劇に出演したし、大学ではいくつもの舞台を演出したものだ。週に三、四回はさまざまな舞台の夜公演に足を運び、たいていは二ポンドばかりの料金を払って、いちばん後ろの立見席のチケットを買ったのを憶えている。演劇学校に入ろうとしたこともあるし、当時はこの業界への入口と考えられていた、舞台監督助手の口に応募したこともあった。だが、何ひとつうまくはいかなかったのだ。こんなにも愛してやまない業界が自分に向いた居場所ではない、それどころか、自分を頑として寄せつけないつもりらしいということを、わたしはこうして悟っていった。〝野心というものはね、奥さま、偉大な男の抱く狂気なのです〟というのは、『モルフィ公爵夫人』の劇中で、アントニオが語る台詞(せりふ)だ。一九七一年、《ロイヤル・シェイクスピア・カンパニー》が上演し、ジュディ・デンチが表題の役(タイトル・ロール)を演じたこの舞台を、わたしは観た。だが、人が狂気をどうしようもなくつのらせるのは、自分の野心がけっしてかなえられることはないと受け入れたときではなかろうか。

そうした背景があったからこそ、わたしは『マインドゲーム』の脚本を書いたのかもしれない。胸のうちに、わたしはいまもあのときの炎を大切に守りつづけていたということだ。

実のところ、『マインドゲーム』はわたしが十代のころ観ていまだ頭を離れない、また別の舞台の影響を受けて生まれたものといっていい。アンソニー・シェーファー（ピーター・シェーファーの双子の兄）作『探偵〈スルース〉』はアガサ・クリスティのパロディでありながら、オリジナルのクリスティ作品のどれと比べてもひけをとらない、どこまでも独創的なミステリだったのだ。登場人物はたった三人――裕福な作家、その妻の愛人、そしてドップラー警部という哀れな刑事のみ――だが、ほんの二幕という構成ながら、物語はとてつもない驚きの連続で、観客はこれまで味わったことのない衝撃に息を吞む。この舞台は大当たりし、上演は二千回を超えた。大きな賞をいくつも獲得、映画化までされることとなる――しかも、二度にわたって。今日にいたるまで演劇史上に燦然と輝く、画期的な舞台だったといっていい。

当然ながら、『探偵〈スルース〉』の成功にあやかろうとした後追い作品はいくつも生まれたが、アイラ・レヴィン作『デストラップ』以外は足もとにもおよばずに終わった。あらためて考えてみると、舞台の上でできることなど、さほど多いわけではない。手品のたぐいは劇中に取り入れることができるかもしれないが、結局のところ、演劇で重要なのは言葉なのだ——役者たちは舞台の上を動きまわり、お互いに言葉を交わす。アンソニー・シェーファーは、これまでの常識を破った——双子の弟のピーターが『ブラック・コメディ』で観客の度肝を抜いたのと同じように。これは停電中の出来事を描く喜劇だが、舞台の上が照らされるのは逆に停電が起きている間だけ、という趣向となっている。だが、残念ながら、いったん常識が破られてしまうと、同じことを試みても、もはや誰も驚いてはくれない。独創的な手法というものは、二度は使えないのだ。

それでも、あの舞台を観てからというもの、同じことをやってみたいという思いは、心のどこかにずっとくすぶっていた——ごく少人数の役者による、昔ながらのミステリ小説のように驚きとどんでん返し満載の物語を、いかにも目新しい意外な形にして、舞台の上でくりひろげられたら。小説やドラマの脚本を書くかたわら、新しいアイデアを思いつくたびノートに書きとめていくうち、やがて『マインドゲーム』の構想を思いつくまでの何年もの間に、わたしは三作の戯曲を書きあげていた。だが、結果はとうてい成功とはいいがたい。『ハンドバッグ』という一幕ものの作品だけは、地方の演劇祭で上演されたことがある。あとの二作は、制作にはいたらなかった。

　このままなら、『マインドゲーム』もきっと上演されずに終わっていたことだろう。だが、ここで妹のキャロラインが一役買ってくれた。小規模ながら男女の俳優を抱える芸能エージェントを切りまわし、なかなか成功させていた妹は、この作品を読んで気に入ってくれ、わたしには何も言わないまま、知りあいのアフメト・ユルダクルというプロデューサーに見せたのだ。数日後、ぜひ話をしたいので事務所に来てくれないかと、アフメトからわたしに電話があった。

　このときの顔合わせを、わたしはけっして忘れることはあるまい。アフメトの事務所は、ユーストン駅のすぐ近くにあった。シドニー・ジェイムズやノーマン・ウィズダムが登場する、昔なつかしい白黒の喜劇映画を彷彿（ほうふつ）とさせる部屋で、あまりに線路に近いため、電車が通過するたびに振動が伝わってくる。出されたお茶はどこかエンジンオイルめいた味がし、ビスケットは皿の上でカタカタと躍った。アフメトは漆黒（しっこく）の髪に、小柄ながら均整のとれた身体つきの男だ。ひどく早口で、爪を嚙む癖がある。スーツはジャケットのボタンがひとつとれていて、本来ボタンがあったはずの場所から三本の糸が垂れ下がっており、気がつくと、わたしはついそこばかりを見つめてしまっていた。アシスタントのモーリーン・ベイツは、銀髪に縄編みのカーディガンという恰好で、首からチェーンで眼鏡をぶらさげている。アフメトの周りをせわしなく動きまわっている様子は、アシスタントというよりも叔母か、あるいは年輩のボディガードという風情（ふぜい）だ。どこまでもうさんくさい、あやしげな話を聞かされているような顔で、細かい字でぎっしりとメモをとってはいたものの、わたしに対してはほとんど口を開くことはなかった。このふたりは、おそらく同年輩だろう――五十代というところか。

この事務所では、どうにも心もとない気がしてならなかった。三階建ての地下にあり、汚れた窓からは何も見えないし、置かれた家具は不ぞろいでぱっとしないものばかり。せっかく傑作を書きあげたという自負があったのに、この事務所にまかせて本当にいいのだろうかと、壁に貼られたポスターを見ながら思いをめぐらせたのを憶えている。ノリッジで初めて幕を開けた、レイ・クーニーの喜劇『ラン・フォー・ユア・ワイフ』。マン島のゲイエティ劇場で上演された『イット・エイント・ハーフ・ホット・マム』は、BBCで長きにわたって放映された喜劇ドラマを舞台化したものだ。ロルフ・ハリスが出演した『ロビン・フッド』の、エプソム・プレイハウス公演のポスターもある。また、ミドルハム城の屋外で、たった六人の役者により枝葉を削ぎ落として演じられた『マクベス』も。

公平を期すためにも、これだけは言い添えておきたい。アフメトはわたしの戯曲を心底から気に入ってくれていた。事務所に入っていくと、アフメトはすぐさま立ちあがり、わたしを抱擁してくれたものだ。その瞬間、頭がくらくらするほどのアフターシェイヴ・ローションとタバコの香りに包みこまれる。椅子に腰をおろすと、アフメトの机に置かれた米国製のタバコの箱とずっしりした縞メノウのライターが目に飛びこんできた。

「いや、すばらしい作品ですよ。実にすばらしい！」それが、わたしにかけられた最初の言葉だっただろうか。机には、わたしのタイプ原稿が置かれている。いまの言葉を強調するかのように、アフメトは手の甲で原稿をぴしゃっと叩いた。大ぶりな印章付き指輪をはめているため、表紙に凹んだ跡が残る。「そう思わないかね、モーリーン？」

アシスタントは無言のままだった。

「まあ、気にしないでください！　モーリーンは読んでないんだ。わかってないんですよ。いいですか、アンソニー。この作品で、ぜひ巡業公演をやりましょう。それから、満を持してロンドン公演だ。妹さんがこの作品をうちに持ちこんでくださって、本当に嬉しいかぎりです。あなたにお会いできるなんて、わたしはもう胸がいっぱいでね、いまにも涙があふれそうなくらいですよ」

アフメトはトルコ人だ。おそらく、わざと大げさな言葉を並べることで、いかにも異国人めいた雰囲気を演出して楽しんでいたのだろう。だが、もっと親しくなってみると、実際には自然な英語を完璧に話せるのがわかった。両親はトルコ系キプロス人で、民族紛争やテロを逃れ、七〇年代、アフメトが十歳だったころ英国に移住してきたのだという。一家が入居したのは、北ロンドンのエンフィールドにある小さなアパートメントだった。両親は衣料品をあつかう商売を始め、アフメトはバスに乗りこんで、地元の総合中等学校へ通う毎日を送る。やがてローハンプトン大学で情報科学を学ぶと、それから十年間は両親の家に同居したまま、エンフィールドの社会福祉施設でソフトウェア開発者として働いていたのだそうだ。わたしと顔を合わせるたび、アフメトは自分自身の歴史をひとくさり語る。ひょっとして、わたしに自分についての本を書いてほしいとでも思っているのだろうか……ホーソーンのように。わたしは礼儀正しく耳を傾けてはいたものの、正直なところ、それよりわたしの作品の公演計画や、それを実現できる成算がどれだけあるのか、そちらのほうに関心があったのもたしかだ。

巡業の概要については、すでにモーリーンがまとめてくれてあった。机の上に置かれていた計画書が、わたしの目の前に差し出される。バース、サウサンプトン、コルチェスター、ヨーク——どこも立派な劇場のある、ちょうどいい規模の都市ばかりだ。この計画を見ただけで、アフメトが口ばかりではなく、本当に優秀なプロデューサーであることは見てとれた。そのうえ、著名な演出家であるユアン・ロイドを、みごとにこの計画に誘いこんでくれたのだ。それから数週間にわたり、わたしはアフメトから定期的に進捗報告を受けとることとなった。資金が調達できたこと。ジョーダン・ウィリアムズがファークワー博士役に興味を示していること。各地の劇場と契約を交わしたこと。大道具の設計にとりかかったこと。ジョーダン・ウィリアムズがファークワー博士役に決定したこと。稽古場を確保したこと。こんなふうに挙げていくと、数ヵ月にわたっての出来事も数行で片づいてしまうが、それはロンドンで起きた事件について、早く語りたいからだと思ってほしい。こうしたひとつひとつの知らせに、わたしがどれだけ胸を躍らせたかは、どんな言葉を並べても足りないほどだ。若いころ描いた夢、初めて抱いた野心は、いまだ心の奥底に生きつづけていたのだから。

ここで『マインドゲーム』のあらすじを紹介しておこう。

ジャーナリストであり、犯罪ドキュメンタリーも手がける作家のマーク・スタイラーは、いま執筆中の本のため、悪名高い連続殺人鬼〝イースターマン〟に面会して話を聞こうとフェアフィールズ精神科病院を訪れる。まずは、どうやらこの申し入れに乗り気ではなく、とりつくしまのない病院長のファークワー博士を説得し、患者との面会にこぎつけなくてはならない。だが、スタイラーはすぐに、この病院は何かがおかしいことに気がついた。ファークワー博士の院長室には、意味もなく人間の全身の骨格標本が飾られているし、院長補佐のプリンプトン看護師は何かにひどく怯えていて、逃げられるうちに早く病院を離れたほうがいいと、どうにかスタイラーに警告しようとする。物語が進むにつれ、不穏な気配は暴力という形をとって目の前に現れた。この病院は、患者に乗っとられていたのだ。ほんもののファークワー博士は、すでに死んでいた。罠に陥ってしまったことに、スタイラーは気づく。

わたしがこの作品で意図したのは——そして、シェーファーを意識した部分でもある——すべてが見かけどおりとはかぎらないのだとしたら、観客の目も同じく欺かれなければならないということだ。

そのため、劇中では大道具も観客に目くらましを仕掛けることになる。戸棚の扉を開けてみると、その先は廊下に続いていたり、別の場面では浴室が現れたり。窓の外に見える風景は、しだいに積みあがっていくレンガによって隠されていく。壁に掛けられた絵は、時おり絵柄が変化する。カーテンの色も変わり、家具もこっそり置き換わるのだ。この作品に、わたしはもともと『メタノイア』という題名をつけていた。これは心理学用語で、偽りの自分を捨てることを意味する……だが、この題名は、モーリーンにあっさりと却下されてしまった——〝題名の意味もわからないようなお芝居に、どうしてお金を払う気になれます?〟と。『マインドゲーム』はコルチェスターで幕を開けたが、思いのほか好評を博すこととなった。

地元の新聞には好意的な劇評が載り、観客たちも拍手喝采してくれたのだ。わたし自身、最初の週の公演には何回か足を運び、休憩時間には劇場のバーで人々の会話に耳を傾けていたので、観客の反応も自分の目で確かめることができた。第一幕は、手に汗を握る場面で終わる。イースターマンは病棟を脱走し、ファークワー博士になりすましていたのだ。プリンプトン看護師は、すでに殺されてしまった。そして、いまや拘束衣を着せられて動きのとれないマーク・スタイラーに、イースターマンがメスをかざして歩みよる。逃げるすべなど、どこにもなさそうだ……と、ここで幕が下りる。この仕掛けはうまくいった。観客はすっかり物語に引きこまれ、次に何が起きるのか、興奮しながら語りあっていたのだ。途中で帰ってしまう客など、ひとりもいなかった。

　それから五ヵ月間、十一月から三月にかけては、巡業公演は続いていたものの、わたしのほうは別の仕事に忙殺されていた。アフメトから電話が――劇評で褒められた、あるいは何か問題が起きたときなど――かかってこないかぎり、ややもすると巡業のことを忘れてしまう日々が続く。だが、二月の終わりに、驚くような知らせが飛びこんできた。ここまでの興行収入を会計士といっしょに確認した結果、アフメトはついにロンドンのウエスト・エンドでこの作品を上演しようと決心し、トラファルガー広場にほど近いストランドに建つ十九世紀の美しい建物、ヴォードヴィル劇場で十二週間以上の公演を行う資金を調達したのだという。稽古できるのは三週間のみ。役者陣のひとりは降板してしまった。だが、演出のユアン・ロイドは残ってくれるという。初日は四月の第二週と決まった。

知らないうちに、われらが一座はダルストンにある倉庫を改造した建物で稽古を始めており、今回はわたしも参加させてもらった。稽古場は、まさにわたしが想像していたとおりだった――三階の天井ほどの高さをとった、広々とした空間に塗料の剝がれかけた壁、マグカップややかん、ティーバッグやビスケットがひととおりそろった炊事場。プラスティック製の椅子が四脚、演出家と三人の役者のために円形に並べてあり、わたしはつい、アルコール依存症克服のためのミーティングを思い出してしまった。むき出しの床板には、大道具の位置がチョークで描かれており、扉と窓の位置は三角コーンで示してある。長テーブルにずらりと並べられた小道具。スタイラーが着せられる拘束衣は、手すりに引っかけてあった。壁ぎわにはさらに何脚かの椅子が、演出助手、照明係、衣装係などの裏方たちのために用意されている。稽古場は、いつもぴりぴりと……どこまでも張りつめた空気がみなぎっていた。

ユアン・ロイドや役者陣の人となりを知るようになっていったのは、このころのことだ。自分もチームの一員だったなどというつもりはない。わたしはただ、その外側に腰をおろして眺めていただけなのだから。だが、一日の稽古が終わった後で、ときとしていっしょに飲んだりするうちに、わたしたちの間に友情にも似た絆が生まれはじめていたのもたしかだ。

初めて顔を合わせたとき、おそらくユアンはゲイなのだろうと、わたしは頭から思いこんでしまっていた。つばの広い帽子をかぶり、首にスカーフを巻くという、まるでオスカー・ワイルドを思わせる中性的な装いをしていたからだ。愛煙家だったとしたら、黒檀のシガレット・ホルダーあたりがよく似合うだろう。その後、ユアンは離婚こそしているものの、かつては女優と所帯を持ち、四人の子どもがいたのだと、アフメトに聞かされて驚くこととなる。

ユアンは四十代後半、まったくの禿頭だが、しだいに髪が抜けてしまったというより、自分で剃りあげたように見えた。仕事の話となるとやけに細かく、神経質すぎるようにさえ思える。かすかな吃音癖も、そんな印象を和らげてはくれない。ごく細い縁の眼鏡をかけていて、稽古中はそれをまるで指揮棒のように振りまわし、台本を叩いたり、何か言いたいことがあるときには、こちらに向かって突き出したりする。モーリーンに見せてもらった経歴書によると、これまで数多くの格式ある劇場で演出をしてきた経験があるらしい。ただ、最近はめっきり仕事が減ってきていることに、わたしは目をとめずにはいられなかった。ここしばらくはアントワープの前衛劇団でいくつかの舞台に参加した後、アフメト制作の『マクベス』を演出すべく英国に戻ってきたのだという。

ある夜、わたしはユアンとふたりで中華料理を食べに出かけた。その席で、自分がこれまで演出した舞台や、獲得した賞などについてしばらく語った後、ユアンはいきなりひどく荒れはじめたのだ。おそらく、ワインを飲みすぎたせいだったのだろう。これまで世界じゅうで仕事をしてきて、ベルギーでは大きな成功も収めた。それなのに、自分の生まれたこの国では、一度としてまっとうに評価されたことがない、と。本来なら与えられてしかるべき名声を、自分はこの国で得られたことがないのだ。どこか評判のいい地方劇場で芸術監督をやらせてもらえればとも思うが、自分にそんな誘いがこないだろうこともわかっている。どいつもこいつも、自分の敵なのだから。

ちょうど、二本めのボトルを傾けているところだった。わたしは口をつぐみ、いたたまれない思いをしながらも、ユアンが心の奥底の苦悩をとめどなく吐き出すのに耳を傾けていた。

「何もかも、チチェスターであんなことが起きてしまったせいなんだ。あの、くそいまいましいチチェスター！　あそこの演劇界の人間は、まさに世界最悪だったね。悪意に満ちた連中だらけ。誰もがお互いに突っかかってばかりでね。他人の足を引っぱる機会を虎視眈々（こしたんたん）とねらっていて、こっちが隙を見せた瞬間、全員が飛びかかってくるんだよ！」

ユアンによると、けちのつきはじめは八年前、チチェスター・フェスティバル劇場での出来事だったのだという。ソニア・チャイルズ主演で、ジャンヌ・ダルクを題材としたジョージ・バーナード・ショーの戯曲『聖女ジョウン』の演出をしていたときのことだ。この作品では、普通はジャンヌ・ダルクが火あぶりにされる場面を観客が目にすることはない。あくまで舞台の外で起きたこととして、物語は進んでいくのだ。だが、ユアンはあえて、炎、煙、こんもりと積まれた薪、上半身裸の死刑執行人、それを見まもる群衆という衝撃的な絵面（えづら）を観客に見せることで、物語の幕を開けようと考えた。主人公がどんな運命をたどるのか、これから何が起きるのかを、観客にあらかじめ見せておきたかったのだ。

だが、最悪の事態が起きてしまったのは、初日の夜のことだった。

「わたしのせいじゃない」ユアンは訴えた。「こんな不公平なことがあるか！　わたしはただ、すべて規則どおりにやっただけなのに……プロデューサーからの要望も、安全管理規定も、防災対策も、すべてを遵守（じゅんしゅ）した。警察とも、地元の役所や消防署とも、事前にきっちり話を通した……これ以上、いったい何ができたっていうんだ。ことが起きてしまってからは、徹底的な捜査が入ったよ。わたしも何時間も事情聴取を受けたが、最終的には、わたしに過失はなかったと誰もが認めてくれた。当然ながら、公演はそれきり中止となったが……それは、別にどうだっていい。ソニアのことを思うと、わたしはどうにも自分が許せなくてね。本当におそろしい事故だった」

「ソニアは亡くなったのか？」わたしは尋ねた。

「いや」ユアンはグラスごしに、こちらを悲しげに見つめた。「だが、実にひどいやけどを負ってね――役者生命を絶たれてしまった。それは、わたしも同じだがね！　演出家としてのわたしに、もはや誰も興味を持とうとはしない。もう契約書に署名していた公演を、ふたつも降板させられたよ。まるで、元凶のマッチを擦ったのはわたしだとでもいわんばかりにね！　そして、いまやこのありさまだ。いや、つまり……アフメトもなかなかのやり手ではあるが、しょせんキャメロン・マッキントッシュのような敏腕プロデューサーじゃないからな！」

さて、出演者の顔ぶれは？

ファークワー博士役をジョーダン・ウィリアムズが引き受けてくれたことは、すでに述べた。まちがいなく、この舞台のスターとも呼ぶべき存在だ。わたしにとっては、初めて出会ったネイティヴ・アメリカンでもある――正確には、ラコタ族の出なのだとか。ウィキペディアで調べたところによると、ジョーダンは米国サウス・ダコタ州のローズバッド居留地に生まれた。ロサンジェルスで十年にわたって俳優として活動し、『アメリカン・ホラー・ストーリー』で演じたサイコパスの殺人犯役でエミー賞にノミネートされる。やがて担当のメーキャップ・アーチストと結婚し、たまたま妻の出身地だった英国へ拠点を移した。その当時、英国の新聞各紙は、ひょっとしたらジョーダンがピーター・カパルディの後を引き継ぎ、『ドクター・フー』のドクター役を、初めて白人ではない俳優として演じることになるのではないかと書きたてたが、その推測は当たらずに終わる。とはいえ、それからは舞台や映画、テレビでさまざまな役を演じ、知名度抜群とまではいえないが、確実に実力を認められていた。

役者と顔を合わせていると、わたしはどうもおちつかない気分になる。ジョーダンの場合は、とりわけそれがひどかった。肩幅の広い、がっしりした体格に、とてつもなく鋭い目。話していると、その視線が自分に突き刺さるのがわかるのだ。きっちりと計算して配置したかのような顔立ち、どこまでもまっすぐな鼻に、四角いあご。白いものの交じった髪は、ポニーテールにできるほど長くはなかったが、舞台に上がっていないときには、いつも色つきのゴムで後ろにまとめている。役者陣の中では飛びぬけて年長ではあったが、ジャージやジーンズ姿で稽古に参加し、ポケットに深く手を突っこんで考えごとにふける姿は、なかなかいい年齢の重ねかたをしているように見えた。口を開くと、米国訛りの気配さえない発音で、慎重に言葉を選びながら話を進める。まるで、つねに演技をしているかのように……まさに、それがジョーダンという人間の特徴なのだ。どれが演技で、どれが演技ではないのか、傍目に判断するのは難しい――ときとして、それが不幸な結果を生むこともあった。

ダルストンでの稽古が始まり、一週間が経ったころ、ぞっとするような出来事が起きた。ちょうどファークワー博士がプリンプトン看護師を襲う場面で、ジョーダンが看護師役のスカイ・パーマーにつかみかかったときのことだ。床に描かれたチョークの印の中央で、スタッフ全員に囲まれて演技をするふたりを、わたしもじっと見つめていた。ジョーダンが両手でスカイの両腕をつかみ、すぐ近くにぐいと顔を寄せる。そして、怒声を浴びせかけるのだ。もう百回といわず演じてきた場面だろうに、このとき、ふいにスカイが悲鳴をあげた。最初、わたしは何か新しい工夫のためのアドリブなのかと思いこんでいたものだ。だが、ユアンの顔がさっとこわばったのを見て、これは演技ではなく、スカイが実際に苦痛の声をあげていることに気づく。その瞬間、ジョーダンはすっかりファークワー博士になりきっていたのだ。ユアンが大声で制止し、走りよってきたほかのスタッフたちに取りおさえられて、ジョーダンはようやく手を離す。床に倒れこんだスカイの腕には、内出血の痕が残っていた。いったいどれほどの痛みに、どれほどの恐怖にさらされたのだろう。その日の稽古は、そこで終わった。

稽古場を出ながらユアンが話してくれたことによると、ジョーダンがこんなふるまいをするのは初めてではないのだという。実のところ、このたぐいの逸話に事欠かない役者なのだとか。ジョーダンは役柄に完全になりきることによって、自然な演技をするというメソッド演技法を信奉している。BBC制作のドラマで、馬に乗って跳梁(ちょうりょう)した十八世紀の追い剝ぎディック・ターピンを演じたときには、乗馬の訓練を積むだけでは飽き足らず、かの悪党の故事にならい、ロンドンからヨークまで三百キロあまりの道のりを馬で走りとおしたいと言いはったあげく、M一号線を横断したところで危うく車にはねられかけたこともあったそうだ。また、ハムステッド劇場でリア王を演じたときには、ヒース生い茂る荒野で幾度となく野宿をしたとも聞く。こんな話ばかりを並べてしまったが、ジョーダンが温かい心づかいを見せることも、けっしてめずらしくはない。このときは自分の所業をひどく反省したようで、週明けの月曜には、花瓶がふたつ必要なほど巨大な花束をスカイに贈っていた。

さて、スカイ・パーマーのほうも、なかなか謎めいた女性ではある。

舞台に立つ姿こそ、これまで何度となく見てきたものの、スカイという人間をよく知っているとはとうてい言えまい――いまだ二十代なかば、わたしより三十歳以上も年下の女性なのだから、ある意味では当然なのだが。この舞台以外に、わたしたちには何ひとつ共有するものがない。初めてスカイと顔を合わせたとき、わたしはその燃えあがるような黒い瞳、全身にみなぎる自信、そして何より、ぱっと目を惹くピンクの髪にすっかり圧倒されたものだ――とはいえ、この舞台の稽古に入るやいなや、スカイはすぐさま髪の色を戻し、鼻ピアスを外し、色とりどりのネイルも落としてきた。紙巻タバコは吸わないものの、稽古のときにはよく電子タバコをくわえ、一瞬でかき消える蒸気を吐き出しては、かすかなメンソールの匂いを漂わせている。実を言うと、プリンプトン看護師役の女優探しは難航するのではないかと、わたしは危惧していたものだ。こんな女性を描くのは性差別ではないかと非難されかねない役ではある……わたしとしては、かつて《ハマー・フィルム》が制作したような、昔なつかしいホラー映画に登場する典型的な女性を意図的になぞってみたのだが。とはいえ、スカイはまったく気にしていないようだった。わたしに疑問を投げかけることもない。ユアンに何を指示されても、嫌がらずにそのとおり演じる。ただ、この役を心から楽しんでいるのかどうか、それはどうにも判断がつかなかった。

なぜかというと、スカイは演技しているとき以外、いつだって携帯にへばりついているからだ。ピンクがかったゴールドの本体にきらきらしたカバーを装着した、最新型のiPhone8。ゲーム──『マインクラフト』や『モニュメントバレー』──をしているときもあれば、だらだらと自分のツイッターへの反応を見ているときもある。自分から誰かに話しかけているところを、わたしはまだ見たことがない。その代わり、おそらくは恋人とだろうか、きりもなくメッセージを送りあっている。稽古の真っ最中にスカイの携帯の着信音が響き、ユアン・ロイドの集中が途切れてしまうこともあった。そんなとき、スカイはよどみなく詫びの言葉を口にしながらも、すさまじい勢いで返事を打つ。あんなにも速く動く親指を、わたしはこれまで見たことがない。

どこを見ても一貫性がない、それがスカイの特徴だった。たとえば、いつも身につけているスウェットやレギンスは、そのへんのスポーツ用品店から買ってきた品のように見えるのに、そこにカルティエの腕時計や、ジミー チュウの靴を合わせていたりする。流行りの映画や小説──『スター・ウォーズ』や『ハンガー・ゲーム』──の話もするのに、ふと気づくとフランツ・カフカの本を読んでいる。iPhoneのプレイリストにはビョークやマドンナの曲が並んでいるのに、稽古場にピアノが置かれているとみるや、いきなりバッハのプレリュードの一節を弾きこなしたりもする。この役者には仕事仲間に明かしていない秘密があるにちがいないと、わたしは見ていた。

そして、出演者の最後のひとりが、マーク・スタイラー役のチリアン・カーク。五ヵ月間の巡業公演の後、役者のひとりが自分の意志で降板し、代わりにその枠を埋めたのがチリアンだったが、正直なところ、わたしにとっては唯一あまり嬉しくない人選だった……というのも、わたしとチリアンには、以前ちょっとばかり不幸な経緯(いきさつ)があったのだ。

チリアンはスカイより何歳か年長で、『MI－5 英国機密諜報部』の下級職員役や、『ライン・オブ・デューティ 汚職特捜班』の巡査役、さらに三期にわたって『ダウントン・アビー』の従僕だか副執事だかの役を務めるなど、さまざまなテレビドラマに出演している。まだ、さほど名前を知られているわけではないが、着々と売り出しつつある若手役者ではあり、わたしが脚本を書いたテレビドラマ『インジャスティス』にチリアンの出演が決まったときには、本当に嬉しかったものだ。これはジェイムズ・ピュアフォイ主演の五話からなる法廷ドラマで、二〇一一年にITVで放映された。ちなみに、ホーソーンと知りあったのも、このドラマのために捜査関係の専門知識を提供してもらうべく紹介されたのがきっかけだ。

チリアンが演じるのは、少年犯罪者矯正施設の体制に不満を抱き、ついには自ら死を選んでしまう少年受刑者の予定だった。まさに、すばらしい役だ。圧倒的な見せ場も四、五ヵ所あり、画面に映っている時間も長いし、最後には印象的な死を迎える。オーディションで目を見はるような演技を見せたチリアンは、ほぼその場で役を勝ちとった。こちらの出した条件を呑み、契約書も交わしたのだ。ところが、ぎりぎりになって、この青年は気を変えてしまう。エージエントからの連絡によると、脚本に不満があったのだそうで、こんな話を聞かされては、わたしの心証が悪くなるのも当然だろう。結局、この役はジョー・コールが演じることになった。すばらしい演技を披露してくれたジョーは、その後も着実にスターへの階段を上っていく――だが、だからといって、わたしはチリアンを許す気にはなれずにいた。時間も金も、よけいに費やすはめになったのは事実なのだから。われわれ制作陣が、どれほどがっかりしたことか。

　そんなわけで、マーク・スタイラー役はチリアンに決まったとユアンから聞かされ、わたしが不安になったのも無理はあるまい。また同じことになるのではないかという懸念は当然のこと、チリアンが髪を念入りに整えたり、有名デザイナーの服で身を飾ったり、ドゥカティのバイクで稽古場に乗りつけたりと、いかにも役をもらったことに満足して、他人の目を意識しすぎている様子が、どうにも危なっかしい気がしてならなかった。とはいえ、それもチリアンが成功していることの証なのだろうし、根はすばらしい役者なのだから、出演してもらえることを喜ぶべきだと、自分に言いきかせる。台詞の読みあわせをしているチリアンを初めて見たとき、その姿はまさにわたしが思いえがいていたマークそのものだった――骨格がわかるほど華奢な身体つき、個性的な角ばった顔に暗い瞳。曲がった鼻に、茶目っ気のある笑みが特徴で、無難な美形ばかりが目立つ英国の俳優たちの中では異彩を放っている。知らず知らず目を惹きつけられてしまうタイプの役者とでもいうのだろうか――そして、現実もまさにそうなりつつあった。ハリウッドの映画監督クリストファー・ノーランに目をつけられ、今年の夏以降に撮影を開始する超大作――『テネット』――に出演が決まったというのだから。

チリアンがこうしてスターへの道を上っていくのは、ロンドンの演劇業界にとってもありがたいことではあるのだろう。だが、自分がスターになりつつあるとチリアンが自覚しているのは、あまりありがたいことではない。そのせいで、対人関係もぎくしゃくしているようだ。ジョーダン・ウィリアムズは以前のマーク役の役者とうまくやっていたせいか、チリアンを嫌っていた。あいつは台詞を憶えていない、自分だけが目立とうとしている、舞台の上でこちらに視線を向けようとしないと、しょっちゅう不平を並べていたものだ。そのたびに、チリアンは年長の役者に向かって、そっちこそ派手な動きで人目を惹こうとしているくせにと、ぴしゃりと言いかえす。そして、そんな騒ぎの中でもわれ関せずとばかり、自分の携帯から目を離さないスカイ。

とにもかくにも、四月の第一週、ヴォードヴィル劇場に乗りこんだわれわれの一座はこんな顔ぶれだったというわけだ。照明や音響の確認を行う場当たり（テクニカル・リハーサル）にも、本番の衣装をつけて行う通し稽古にも、わたしは顔を出さなかった。もう、わたしにできることは何もなかったし、本番に向けて、どうにも不安と緊張が抑えきれなくなっていたからだ。おかしな話だとは思う。いまや、わたしの野心が実現しようとしているのに。これまでの人生、ずっとこうなることを望んでいたではないか。ついに初日の夜となり、妻、妹、そしてふたりの息子を連れて劇場に到着したときには、なぜもっと胸が躍らないのか、自分でも不思議だった。看板には、わたしの名がきらきらと輝いている（まあ、実のところ、名前のすべてが輝いていたわけではない。アンソニー（Anthony）のｔの字は電球が切れていた）のに！　だが、わたしはいっこうにわくわくしなかった。むしろ、気分が悪くなりかけていたほどだ。

だいじょうぶ、きっとうまくいくと、わたしは自分に言いきかせた。うまくいかないはずがない。ヨークでも、サウサンプトンでも、観客は大喜びしてくれていたではないか。ロンドンの観客だって、きっと気に入ってくれるはずだろう？

「あなた、だいじょうぶ？」妻が声をかけてきた。

「ああ」思わず嘘をつく。

そして、わたしたちは劇場に足を踏み入れた。

3　公演初日

ここヴォードヴィルは、いかにも美しい劇場だ。建設当時のヴィクトリア朝の人々は、その一夜を観客に心ゆくまで楽しんでほしいという思いをこめて、金箔（きんぱく）をほどこした装飾や赤いビロード、鏡やシャンデリアを惜しげなく配置し、座席に腰をおろす前からすでに芝居は始まっているのだと感じさせる工夫をしている。それなのに、座席の足もとの広さや観客の視界への配慮、トイレの設備などがいささかおざなりなのは奇妙に思えるかもしれないが、まあ、すべてに完璧を求めるのはわがままというものだろう。

ロビーはすでに客でいっぱいで、みながそれぞれの方向へ移動しようと押しあいへしあいしている――一階席へ向かうもの、二階や三階の席へ向かうもの、バーへ向かうもの、チケット売場で自分のチケットを受けとろうとするもの。そんな大混乱の中を通りぬけるのは容易なことではなかったが、それでも一歩ずつ進むうち、見慣れた顔がいくつか見えてきた。ループボタンの黒いダブル・ジャケット姿のアフメト。いつものように、そのかたわらにはモーリーンが、安っぽくごてごてしたアクセサリーをつけ、何やら動物の毛皮を首に巻いた姿で控えている。そういえば、アフメトは一度として妻や家族の話をしたことがない。ひょっとして、上司と部下という立場を超えてモーリーンと関係を持っているのではないかと、これまでも何度となくわたしは想像してしまっていた。

そして、顔は見憶えているものの、名前は思い出せない俳優も何人か――おそらく、演出家か出演者の友人だろう。ユアン・ロイドが一階席へ向かう階段を下りてくるのがちらりと見えた。どうやら、連れはいないらしい。さらに、わたしは人ごみの中を目で探しつづけた。こんなことを認めたくはないが、ひょっとして、ああ言ってはいたものの、ホーソーンが結局は来てくれているのではないかと、ひそかに期待していたのだ。だが、その姿はどこにも見あたらなかった。

会場に入り、われわれの席がある一階前方の中央へ下りていく。すでに坐っている人々の前の細い隙間をどうにか通りながら、わたしはふと、誰もが自分を見ているという奇妙な感覚に襲われた。もちろん、それは錯覚にすぎない。わたしが誰なのか知っている人間など、そう何人もいるはずはないのだから。だが、わかってはいても、もはや逃げられない場所に足を踏みこんでしまったように感じてしまう。今夜、この劇場は満員になるだろう——一階から三階まで、合わせて七百人近くが詰めかけているのだ。見まわせば、はるか遠くの薄闇にまぎれているあたりまで、ぐるりと周囲を埋めつくす人々が視界に飛びこんでくる。この人々は、いまやひとりひとり独立した存在ではない。観客という集合体なのだ……いや、むしろ陪審団かもしれない。じわっと吐き気がこみあげてくる。まるで、有罪を宣告されてしまった被告人のように。

そのとき、さらに目に飛びこんできたものがあった——わたしにとって、まさに裁判官となる人々。

劇評家だ。

一階席のあちこちに陣どる劇評家たちは、すぐにそれとわかる。無表情な顔をして、何人かはすでに膝の上にノートを広げているからだ。《ガーディアン》紙のマイケル・ビリントン、《イヴニング・スタンダード》紙のヘンリー・ヒッチングズ、《タイムズ》紙のリビー・パーヴズ、《サンデー・タイムズ》紙のハリエット・スロスビー、《テレグラフ》紙のドミニク・キャヴェンディッシュ。何年か前からオールド・ヴィック劇場の理事を務めているおかげで、その多くはすでに顔を見知っている。劇評家たちは、わざとそれぞれ離れた席に坐り、お互いに目を合わせないようにしていた。別にライバルというわけでもないのだろうが、けっして友人どうしでもない、というところだろうか。あくまでもひとりで観劇する、そういう慣わしなのだ。

そんな劇評家たちを、わたしは怖れているのだろうか？

そのとおり。

自分の書いた本、あるいは脚本を書いたテレビドラマをとりあげる批評家なら、わたしは怖いと感じたことはない。酷評される可能性があるのは同じだが、それが読者や視聴者にどれほど影響があるのか、あやしいものだと思っているからだ。そもそも、書評や番組評に何を書かれようと、わたしにとってはさほどの痛手ではない。批評されている小説や脚本は、わたしにとってはずっと前に書いた作品にすぎず——テレビドラマの場合、数年前ということさえある——新しい仕事の契約もすでに結んでいるのだから。つまり、こちらはもう、次の作品にとりかかっていることになる。わたしがどれだけ無能な書き手か、批評家たちが全世界に喧伝(けんでん)したところで、もはや手遅れというわけだ。

だが、劇評については事情が異なる。まぎれもなくいま、劇評家たちはここにいる——そのうち何人かは、わたしと同じ列に。この連中がこれから書く批評によっては、最悪の場合、公演打ち切りにもなりかねない。いまにも幕が開こうとするいま、わたしはあらためて、自分の書いた脚本はあれでよかったのかと自問自答しはじめていた。笑わせようとした箇所で、劇評家たちはちゃんと笑ってくれるだろうか？　第一幕の最後、プリンプトン看護師が襲われる場面はどう評価されるだろう？　ファークワー医師の性的指向に疑問を投げかけたのは、ひょっとして悪手(あくしゅ)だった？　ついさっきまで、わたしが気にしていたのは初日の観客たちの反応だった。だが、よく考えてみると、重要なのはそこではない。観客たちは、むしろわたしの味方だろう。なにしろ、今夜の観客は大半がタダ券をもらって観にきているのだから！　わたしの運命を握っているのは、劇評家たちのほうだ。

わたしの腕に、妻が手を置いた。「開演が遅れているみたいね」

腕時計に目をやった瞬間、心臓が止まりそうになる。妻の言うとおりだ。すでに、七時三十五分になっている。何があったのだろう？　チリアンが遅刻した？　誰かが急病に？　わたしは周囲を見まわした。何も異状はなさそうだ。誰も、不審げな顔をしている観客はいない。汗がにじんでくるのをこらえながら、わたしはじっと幕が開くのを待った。

やがて、ついに会場の照明が暗くなる。わたしは大きく息を吸いこんだ。そして、幕が上がる。

第一幕

舞台となるのは、触法精神障害者を収容する実験的医療施設、フェアフィールズ病院の院長を務めるアレックス・ファークワー博士の執務室。古風で居心地のよさそうな部屋だ。家具調度は六〇年代ふうで、《ハマー・フィルム》のホラー映画を思わせる雰囲気。

もっとも目を惹くのは巨大な執務机で、その上は雑然と散らかっている。窓から見えるのは野原、木立、そして低い塀。窓の向かいには、扉が開いたままの戸棚。なぜか部屋の片隅に置かれた人体の全身骨格模型が、ちぐはぐな印象を与えている。

執務机の向かいの椅子にかけているのは、三十代前半の作家、マーク・スタイラー。くつろいだ服装、蒼白い顔、どこか奇妙な髪型……とはいえ、全体としては、よくテレビに登場する〝その道の専門家〟らしく見える。

スタイラーはひとり、院長室で待たされていた。腕時計に目をやると、ＩＣレコーダーを取り出し、録音ボタンを押す。そして、レコーダーに語りかける。

スタイラー「録音開始。七月二十二日、木曜、六時十五分」

こうして、物語は始まった。

冒頭を飾るスタイラーの独白を、息もできないほどの緊張の中、わたしはじっと見まもった。院長室を歩きまわり、いつも取材のときにはそうしてきたように、自分の考えを録音して記録に残す姿を。運命を分ける瞬間がどこか、わたしにはわかっていた。『マインドゲーム』は、見かたによっては喜劇でもある。つまり、どれだけ観客に笑ってもらえるかが勝負となるが、これまでの巡業公演の経験からみて、鍵となるのは最初の笑いなのだ。ここさえ受ければ、それからは誰もがくつろいで芝居を楽しめるようになる。

スタイラーが窓辺を離れ、本棚に目をやる場面だ。

スタイラー「なるほど、ファークワー博士は蔵書をアルファベット順に並べているのか。そんな人物を、はたして信用してもいいものかな？」

とくに笑いをねらった台詞(せりふ)でもないのだが、どうしたわけか、観客はいつもここで笑ってくれる。それは、今夜も同じだった。暗い客席にさざなみのように広がる笑いが聞こえ、首の後ろにぞくりとした感覚が走る。結局はうまくいくのかもしれないと、その夜、初めて思えた瞬間だった。

それから一時間が、あっという間に過ぎていく。わたしの見るかぎり、何もかもが最上の出来に思えた。台詞をとちるものもいない。舞台装置もうまく動いている。客席からの笑いも頻繁にあがるようになり、やがて物語がおそろしい展開を見せはじめると、あたりに張りつめた空気がみなぎるのがわかった。そして、プリンプトン看護師が襲われる。マーク・スタイラーは罠にはめられ、拘束衣を着せられてしまう。そこへ、メスを手にしたファークワー博士が歩みよる。幕が下り、喝采があがった。ここで休憩だ。

客席の照明が点(つ)くのを待って、わたしはロビーに出た。今夜は、バーのあたりをうろうろしていても仕方ない。初日の公演では、観客はみな感想を口に出そうとしないので、バーにいたところで何も聞こえてはこないのだ。それに、もしも誰かが注目すべき発言をしたなら、妻か息子がちゃんと小耳にはさみ、後で聞かせてくれるだろう。初日の幕開けですっかり緊張したせいか、いまは新鮮な空気が吸いたい。だが、残念ながら、その夜は天候が悪かった。四月だというのに真冬のような凍てつく風がストランドを吹き抜け、雨に濡れた舗道がきらきらと光っている。そのとき、ユアン・ロイドもホールから出てきていたのに気づいた。襟に毛皮をあしらったコートのボタンを、首もとまでぴっちりと留めた姿で、ロビーの隅にたたずんでいる。わたしはそちらに歩みよった。

「ここまでの出来はどうだった？」まずは意見を訊いてみる。

ユアンは顔をしかめた。「第一場で、チリアンは台詞をふたつ飛ばしたな。それに、あのいまいましい映写機が、またしても途中で止まっていたよ」

映写機というのは、役者たちが演技している間に、壁に掛けられた絵の絵柄を変えるための装置だ。ただ、あくまでゆっくりと変化させないと、観客に気づかれてしまう。わたしには問題ないように見えたし、台詞が飛んだのも気にならなかったのだが。そこでふと、ユアンはわたしよりひどく緊張していたのだと悟る。ずっと仕事に恵まれず、ようやく久しぶりのロンドン公演に臨んだのだから、気負うのも無理はあるまい。

「まあ、それ以外はよかったがね」ユアンは続けた。「どうやら、楽しんでもらえているようだ」

「劇評家たちに？」

「いや、観客だよ。腰をおちつけ、ひたすらメモをとっている劇評家が何を考えているかなんて、こっちにわかるものか。《サンデー・タイムズ》紙のハリエット・スロスビーも来ていたのを見たか？」憎しみのこもったその口調に、わたしはぎょっとした。

「そんなに驚くようなことかな？」

「あの女は、どうせアシスタントを代わりによこすだけで、自分の目で観るつもりはないと思っていたからな。しょせん、こっちは地方巡業帰りだ」

「だったら、逆によかったじゃないか」本人が観にきたのなら、いい劇評を書いてもらえるかもしれない。

「あの女がらみで、いいことなんかひとつもないね。ああ、ひとつもな！　どうしようもない性悪女（しょうわるおんな）だよ。察しはつくだろうが、わたしはこれまで、一度だってあの女にまともな劇評を書かれたことはないんだ」けっして声を荒らげることなく、淡々とした口調だ。抑えた話しぶりだからこそ、胸のうちに煮えたぎる怒りがはっきりと伝わってくる。窓の外に目をやり、しだいに激しさを増す雨を見つめながら、ユアンは先を続けた。「あの女の書くものは、ときとして濃硫酸も同じでね。注意ぶかく言葉を選び、嫌みったらしい評論の中に、誰か特定の人間に対する侮辱をこっそりと忍ばせておく。噂によると、記者として世に出たものの、もっと影響力をふるえる仕事がいいと劇評家になったんだとか。そう、あの女の求めているのは、結局はそこなんだよ。芝居が好きかどうかもあやしいもんだ」

「まあ、そうはいっても、ほかにも劇評家はいっぱい来ているだろう」

「いちばん影響があるのは、あの女の劇評だからな。悪意に満ちているからこそ、読者に喜ばれるんだ。自動車事故を見物するようなものだよ」

「ハリエットだって、この舞台を気に入ってくれるかもしれない」

ユアンは鼻を鳴らした。「たとえ気に入ったって、そんなことは関係ないね。あの女に関しては、実際にどう感じようと、書く内容はまた別なんだ」

第二幕が始まったときも、あらためてそんな会話が脳裏によみがえり、わたしはまったく舞台を楽しめなくなってしまっていた。胸の奥底にわだかまっていた疑念や不安が、またしても意識の表層に湧きあがり、地方と首都の観客ははっきりちがうという事実が頭から離れなくなる。ロンドンでは、観客の抱く期待がはるかに高いのだ。チケットの値段も段ちがいなのだから、それも当然かもしれない。地方の観客は、最初から楽しむつもりで来ているし、多少のことには目をつぶってくれる。だが、ロンドンのウエスト・エンドで求められる基準に、この舞台は達しているだろうか？　ふいに、何ヵ月もの地方巡業の後、何週間もスラウの倉庫に押しこまれていた大道具が、くたびれてみすぼらしく見えてくる。芝居後半となる第二幕は、どうにも長く感じられた。舞台からの照明を受けて浮かびあがるハリエット・スロスビーの横顔に、どうしてもちらちらと視線をやらずにはいられない。目は眼鏡に隠れていて見えないが、口もとに笑みが浮かんでいないのははっきりとわかる。その顔からは、何の表情も読みとれなかった。はたして、この劇評家はわたしの敵となるのだろうか？　ユアンにとっては、まぎれもなく敵のようだが。

ようやく幕が下り、やがてふたたび幕が上がって、出演者たちがお辞儀をするのを見て、やっと安堵が胸に広がる。ジョーダン・ウィリアムズがわたしのほうに手を差しのべ、にっこりしたのが見えた。舞台の上から、客席のわたしを見つけ出してくれたのだ。その心づかいが、いまのわたしにはありがたい。喝采は大きく、なかなか鳴りやまないが、これは本心からの反応だろうか？　初日の段階では、どちらとも判断がつかない。観客はどうやらわたしたちの味方で、この舞台の成功を望んでくれている。だが、そう見えて、そんなふりをしているだけかもしれない。

これまで会ったこともない人々と握手を交わし、笑顔や祝福の声に送られて劇場を出る。劇評家たちも出ていくのを視界の隅でとらえながら、わたしはもう、劇評のことは考えまいと自分に言いきかせた。初日の舞台は終わったのだ。それも、成功裡に。これから初日を祝うパーティがあるのだから、この瞬間を存分に楽しまなくては。酒だって、飲みすぎなほど飲んでやる。脚本家として、いまこそは幸せを噛みしめるべきときなのだ。

ヴォードヴィル劇場の斜め前にある《サヴォイ・ホテル》には、豪華なカクテル・バーやレストランが並んでいるが、アフメトもさすがにそこまでは奮発できなかったようだ。代わりに、コヴェント・ガーデンの片隅にある《トプカピ》というトルコ料理店を貸切にしてくれた。ここは、たまたまアフメトのいとこが経営しているのだという。広場を出てすぐのところにあるこぢんまりした店で、どこかビザンティン建築ふうの木造の店がまえと、大きく張り出して雨を受けとめている庇が特徴だ。店に入ると、まずバーのカウンターがあり、その奥にはテーブルが並んでいる。そこらじゅうに鏡が飾られていて、いささか強すぎる照明がまぶしい。四角い絨毯の上にあぐらをかき、民族衣装を身につけた三人の楽団が奏でるリュート、ヴァイオリン、太鼓の旋律があたりに流れる。細身の黒いパンツにベストという恰好のウェイターは、スパークリング・ワインのグラスを配ってまわっていた。料理――野菜の挽き肉詰め(ドルマ)、チーズのパイ(ボレク)、トルコ風ミートボール(キョフテ)――は、カウンターにずらりと並べられている。

入口に立っていたアフメトは、わたしを抱擁(ほうよう)して迎えてくれた。「親愛なるわが友よ！ わたしの胸は、あまりの幸せにうち震えているところですよ。あの喝采を聞いたでしょう？ 一分三十二秒も続いたんですからね。ちゃんと、腕時計で計っていたんです」どうやら模造品らしいロレックスを指さす。「この公演は成功ですよ。わたしにはわかります」

かたわらに控えるモーリーンは、そこまで自信は持てないという表情だ。

アフメトは指を鳴らし、ウェイターを呼びつけた。「こちらの脚本家の先生に、ワインのグラスをお持ちして！」それから、わたしに笑いかける。「それとも、トルコ・ワイン(チャルカラシ)のロゼがお好みですかな？ 絶品ですよ。いちばんのお勧めです」

店内には百人ほどの客がいたが、壁一面に張りめぐらされた鏡のせいで、その倍はひしめいているように見えた。出演者はまだ到着していない――初日のパーティには遅れて来る慣わしなのだ――ものの、制作スタッフは全員がすでに顔をそろえている。さらに、劇場で見かけた俳優たちの姿もあった。どうやら親しい間柄らしく、わたしの妹とおしゃべりしている。

いっぽう、アフメトとモーリーンは店の奥に移動し、何やら不安げな顔をした男――長身で痩せぎす、スーツ姿――と話しこんでいる。いったい何がそんなに不安なのかはわからない。ひょっとしたら、この公演のスポンサーのひとりなのだろうか。そういえば、劇場ではちょうどわたしの後ろの席に、この男がかけていたのを思い出す。着席するときに見かけたのだが、やはりいまと同じく浮かぬ顔つきをしていたものだ。先ほど受けとったグラスに、口をつけてみる。わたしの好みからはいささか甘すぎるが、ちゃんと冷えているのはたしかだ。あまり長居をするのはやめておこうか、そんな思いが頭をよぎった。ここからなら、クラーケンウェルにあるわたしのアパートメントまで歩いて帰れる。自宅で家族とゆっくり祝うことにしたほうがいいかもしれない。

だが、そこに出演者たちが到着した。チリアン、ジョーダン、そしてスカイと、三人ともお洒落な服に身を包み、余裕のある笑みを浮かべている。スカイはピンクのパフボール・ドレス、チリアンはいかにも高級そうな黒革のボマー・ジャケットという装いだ。三人が現れたことで、パーティはふいに活気づいた。集まった人々はみな、さっきまでとは見ちがえるようにくつろぎ、笑いさざめいている。楽団もさらに生き生きと音楽を奏ではじめ、みながその音量に負けまいとおしゃべりの声を張りあげた。厨房から、銀色の皿に載せられた料理がさらに運ばれてくる。ウェイターたちさえも、さっきより足どりが軽い。

そのとき、びっくりするような人物が視界に飛びこんできた。思わず二度見し、それでも自分の目が信じられずにまじまじと凝視してしまう。

《サンデー・タイムズ》紙の劇評家、ハリエット・スロスビーが、正面の入口から姿を現したのだ。連れの若い女性はアシスタントか、ひょっとしたら娘かもしれない。いったい、どういうことなのだろう？　舞台を観た後、今夜はトルコ料理でも食べようかと思いつき、ここがパーティのため貸切だと知らずに足を踏み入れてしまった？　いや、ちがう。見ていると、ハリエットはワインのグラスをとり、うさんくさげな顔で匂いを嗅いだ。若い女性のほうは、いかにも不承不承ここに連れてこられたという顔つきだ。その女性の耳に、ハリエットが何ごとかささやく。アフメトもまた、このふたりが入ってきたのを見ていた。そちらへ歩みよってお辞儀をし、カウンターの料理を勧めるように手で示す。ふたりが来るのを知っていたのだろう。つまり、ハリエットは招かれていたのだ。

だが、そんなことがありうるだろうか？　初日のパーティに劇評家が参加するなど、そんな話は聞いたためしがない。不適切なばかりか、職業倫理に反しているとみなされても仕方あるまい。いったい何を考えてこんなところに来たのか、わたしにはとうてい理解できなかった。ひょっとして、出演者の誰かの友人だとか？　ユアンの話を思い出すと、それはまず考えられないし、百歩譲って友人だったとしても、やはりこんなところに来るのはまちがっている。ハリエットの仕事は、さっさと帰宅して、どんな内容であれ劇評を書くことだろう。制作スタッフの一員でもないのだし、たとえアフメトが笑顔で迎えたとしても、ここで歓迎されるはずがない――この舞台が気に入らなかったなら、なおさらのことだ。

アフメトがハリエットのほうに身を乗り出し、何やら熱心に話しているのを見まもる。店内がにぎやかすぎて、何を話しているのかはまったく聞こえない。ハリエットのほうは、すでに退屈げな顔をして、アフメトの背後に視線をさまよわせていた。いましがたアフメトと話していた人物――スーツを着た痩せぎすの男――に、その目がとまる。アフメトの脇を通りぬけ、まるで旧友と再会したかのような笑みを、スーツの男に向けた。男は驚いた顔で、まじまじとハリエットを見つめていた。ハリエットは何かを話しかけ、男が答える。だが、その言葉はやはり喧噪にかき消されてしまった。

会話を続けるふたりをよそに、わたしは人ごみを抜け、チリアン・カーク、スカイ・パーマーと並んで立っていたユアンのところにたどりついた。「あれを見たか?」まずは尋ねてみる。

「何を?」

「ハリエット・スロスビーだよ!」

ユアンは顔をしかめた。「あの女が来るって、アフメトの警告を聞いていなかったのか? 初日のパーティには、いつだって来るんだ。招かれて当然と思っていてね……それどころか、自分を招けと要求してくる。とにかく、あの女に今夜の舞台のことを訊いちゃいけない――脚本についても、演技についても、舞台装置についても……何ひとつな。近づかないのがいちばんだよ。何を訊いたって、本心を語るわけがないんだ。あれは、そういう女なんだよ」

「だったら、どうしてこんなところに来るんだろう?」チリアンも、わたしに負けず劣らず驚いているようだ。

「さあな。パーティに来ようが来まいが、書くものが何か変わるわけじゃない。ただ、わたしが思うに、自分の持つ力を実感したいんだろう。われわれに怖れられているとわかっているんだよ」

「あんな女、おれは怖くないね」と、チリアン。

「きっと、きみはあの女に酷評されたことがないからだな」

チリアンはしばし考えこんだ。「舞台はまだ、そんなに場数を踏んでないんだ――でも、あの女にどう思われようと、おれは気にしない。もう次の仕事も決まってるからな。あの女が何を書こうと、その仕事をどうこうはできないさ」

「『テネット』よね」スカイが口をはさんだ。

「ああ。これから、パリで撮影が始まるんだ。まだフランスには行ったことがなくってさ、もう待ちきれないよ。パリの後は、デンマークやイタリアでも撮影するかもしれないって」

「きみの役は?」わたしは尋ねた。

「スパイなんですよ。名前はなくて。どういう背景の人物なのかもよくわかんないんですよね。先週、うちに台本が届いたんだけど、これがもう、実にとんでもないんですよ。時を逆行する弾丸だの、世界を破滅させるとか、救済するとかいう――どっちだったかな――アルゴリズムだの、次元を隔てるドアだのが出てくるんだから。もう、ほんとにわけがわかんなくて。クリストファー・ノーランはたしかに大物監督かもしれないけど、まちがいなく頭がいかれちゃってますよ。まあ、おれはどうでもいいんですけどね。十一週間の撮影で、ギャラはがっぽり。フランスにも行けるんだから」

「しーっ……!」スカイが注意する。

だが、遅すぎた。いつの間にか、ハリエット・スロスビーがわたしたちのすぐそばに来ていて、話をすっかり聞いていたのだ。せっかく大抜擢された映画をこんなふうに評するところなど、チリアンも聞かれたくなかったにちがいない。背後にいたハリエットに気づき、ぎょっとした顔になる。その様子をちらりと見やったハリエットの目に、悪意がひらめいた。ばつが悪そうに、チリアンが顔をそむける。

「やあ、ハリエット」気のない口調で、ユアンが挨拶した。《サンデー・タイムズ》紙の劇評家は足をとめ、まるでこのパーティも舞台と同じく評価の対象にするといわんばかりに、値踏みするような目でわれわれをぐるりと見わたした。わたしのほうもここで初めて、ハリエットを正面からまともに観察できたことになる。

体格はさほど大柄ではないものの、フェイク・ファーの襟のついた裁ち切り（カットオフ）のジャケットに真珠という、いかにも高価そうな装いがぱっと目を惹く。べっこう縁（ぶち）の眼鏡は、怖そうな雰囲気を演出するために選ばれた小道具なのだろうか。腕には、大ぶりで厚みのある——ノートパソコンがすっぽりと入りそうな——ハンドバッグが掛けられている。髪は明らかに染めているようだが、茶色と生姜（しょうが）色の間という、ぞっとしない色をわざわざ選んでいるのがどうにも奇妙だ。髪型は短いボブで、二〇年代のフラッパー・ガールふうに前髪を額の上で切りそろえている。本人は、未成熟な若い娘（フラッパー・ガール）とはまったく無縁なのだが。そもそも、この髪型はまったく似合っていない。見たところ、ハリエットは五十歳くらいだろうか。顔色は悪く、化粧——頬紅や口紅、アイシャドウ——は顔を引き立たせるためというより、隠すためにしているかのようだ。いっそ、仮面でもかぶったほうがいいかもしれない。

連れの女性も、依然としてハリエットの後ろに控えている。このふたりは母娘にちがいないと、わたしはあらためて確信した。やはり短く髪を切っているし、その目も、上を向いた鼻もよく似ている。だが、それ以外のところは、このふたりは何から何まで正反対だった。娘のほうは、いかにもしょんぼりとみじめな顔をしている。デニムのジャケットに、映画『トワイライト』シリーズに主演しているクリステン・スチュワートの写真をプリントしたTシャツという服装は、初日のパーティのためにわざと普段着のような恰好を選んだということなのだろう。そもそも、パーティの出席者の誰とも交流する気はさらさらなさそうだ。大嫌いな母親に支配された、反抗的な十代の少女に典型的な表情と態度に見える。残念ながら、この娘はそんな時代をとうに過ぎて、もう二十代前半という年ごろなのだが。

「あなたに会えるなんて嬉しいじゃないの、ユアン」ハリエットの口調は明るいものの、その言葉に添えられた冷ややかな笑みから察するに、これも何か心理戦を仕掛けてきているということなのだろう。わたしたちが居心地悪そうにしているのを見て、いかにも楽しげな様子だ。鼻にかかる発音は、どこか米国人めいて聞こえるが、これは自分が選びぬいて投げかける言葉の攻撃力に、すさまじいほどの自信を持っていることの現れなのかもしれない。「どう、元気にしてた？」

「ああ、おかげさまでね、上々だよ」いつになく、ユアンはせわしないまばたきをくりかえしている。

「トルコ料理店で初日のパーティを開くなんて、なんとも素敵な思いつきじゃない。まあ、わたしはあまり、外国の料理は好きじゃないんだけれど。オリヴィアとわたしはね、《サヴォイ・ホテル》に三十分くらい寄ってきたの。カクテルはすばらしく美味しかったけれど、ああいう大きなホテルって、どうもわたしの心が燃えあがらないのよね。それに、とんでもなく高いし」間も置かず、ハリエットはいきなり話題を変えた。「シェフィールド劇場では、新しい芸術監督を迎えたんですってね。わたし、てっきりあなたも候補のひとりだと思っていたんだけれど」

「いや。あそこには興味がなくてね」

「ほんとに？　それはびっくり。じゃ、いまはコメディ・スリラーに挑戦中ってわけか。なかなかうまくいかないジャンルよね。前に観た役者で……えーと、誰だったかな……数年前に『デストラップ』に出ていた人。そうそう、サイモン・ラッセル・ビール！　わたし、一度でも見た顔は絶対に忘れないの！　サイモンの演技はすばらしかったけれど、あの舞台そのものはちょっと古くさかったでしょ。アイラ・レヴィンの脚本よね。あの人の小説は好きだったけれど。実を言うと、最近、ちょうどあなたの小説を読んだところだったの」いまやハリエットがこちらに向かって話しかけているということに、ややあってわたしはようやく気づいた。だが、そうやって話しながらも、ハリエットの視線は奇妙にこちらの目を避け、まるで誰かもっと興味を惹く人物が入ってこないかと探しているかのように、わたしの背後をさまよっている。

「それはどうも」と、わたし。

「もともと犯罪小説が好きなの。わたし自身、以前は犯罪について書いていたのよ。ドキュメンタリーをね。ただ、どうも、心からおもしろい仕事とは思えなくて。犯罪者って、おそろしく退屈だから。全員がとはいわないけれど――たいていはね。あなたの本、何を読んだんだったかな？　うーん、もう忘れちゃった。でも、オリヴィアもずっとあなたの本を読んでいたのよ。ね、そうでしょ！」

「アレックス・ライダーね」そんなことを答えさせられ、娘はとまどっているようだ。

「あなた、あのシリーズが大好きだったじゃないの。殺し屋の少年のお話よね」

「いや、殺し屋じゃないんですがね」わたしは答えた。「スパイですよ」

「でも、人を殺してるでしょ」オリヴィアが反論する。

いかにも意地の悪そうな目で、母親はわたしをちらりと見た。「それで、今度は脚本を書いているってわけ」

「ええ」わたしはもう、どうしても自分を抑えられなくなった。「今夜の舞台はどうでした？」

ユアンがおそろしい目でわたしをにらみつける。チリアンとスカイは気まずそうな顔だ。これだけは尋ねてはいけないと言われていたのに、あえて禁を破ってしまったのだから。

ハリエットはわたしの問いを無視した。まるで、そんな発言などもともと存在しなかったかのように。「で、あなたは大作に抜擢されたんだ」今度はチリアンに話しかけている。「英国の若い才能がみんな大西洋を渡ってしまうのは、個人的には残念なことだと思っているのよね」

「おれが渡るのは英仏海峡だけですよ」と、チリアン。「撮影はパリなんで」

「わたしの言いたいことはわかるでしょうに。まあ、たしかに米国人はたっぷりギャラをはずんでくれるでしょうけど、その結果、わが国の演劇界やテレビ業界はどうなるの、ってことよ」またしても、その目に悪意がひらめく。

気まずい沈黙が広がった。誰ひとり、ハリエット・スロスビーと話したい人間などいないのに。さっさと帰ってくれと、おそらく全員が願っていたことだろう。

スカイが沈黙を破った。「来てくれてありがとう、オリヴィア」

「えっ。ああ、こんばんは、スカイ」

「あなたたち、知りあいなの？」ハリエットが尋ねる。

オリヴィアが口をつぐんだままなので、スカイが説明した。「バービカン劇場で『るつぼ』を演ったとき、初日のパーティで知りあったんです。わたしはマーシー・ルイス役で」

「ああ、そうだった。憶えているわ」

「あなたはあの舞台がお気に召さなかったんですよね」

ハリエットは肩をすくめた。「たしかに、すばらしい瞬間もあったけれどね。残念ながら、わたしの憶えているかぎりはあまりに少なくて、その合間が長すぎたってこと」そして、ふたたびこちらに向きなおる。だが、やはりわたしと目を合わせることはなかった。こんな作家など、自分にとっては何の価値もないのだと、わたしに思い知らせようとするかのように。「あなたに気づいてよかった。ほんと、素敵なパーティね！　トルコふうのお祝いなんて、めったに見ないもの。さあ、いらっしゃい、オリヴィア。もう車が来ているから……」

そしてふたりは店内を横切り、いまだ雨の降りしきる外へ出ていった。入口のドアが、ばたんと閉まる。残されたわたしたち四人は、いま起きたことはいったい何だったのだろうと、あらためてふりかえらずにはいられなかった。

「こういうときには、たっぷりのウイスキーにかぎるな」ユアンはグラスを置いた。「トルコのワインなんて、猫の小便も同然だよ」

「ウオツカの瓶なら、わたしの楽屋にあるけど」と、スカイ。

「おれのところにはスコッチがあるぜ」チリアンも声をそろえた。

「だったら、われわれだけで劇場に戻らないか?」ユアンが提案する。

わたしたちはもう、このパーティに長居する気はなくなっていた。今夜の舞台について、ハリエット・スロスビーは何も皮肉や悪口を言ったわけではなかったが、それでもいましがたのやりとりのせいで、お祝い気分はすっかり冷めてしまったのだ。まさに、それこそがハリエットのねらいだったのだろう。

ユアンは腕時計に目をやった。「じゃ、ジョーダンにもわたしから声をかけておくよ。十分後にあっちでまた会おう……」

こんな誘いに乗るべきではなかった。さっき、ふと頭にひらめいたとおり、さっさと家に帰って家族と祝うことにすればよかったのだ。そうしていれば、まったく別の未来が開けていたのに。だが、当然ながら、これから何が起きるかなど、前もってわかるはずはない。そこが、現実と小説との決定的なちがいなのだ。わたしたちは日々新たなページを生きるだけで、先のページをこっそりのぞくことなど、けっしてできはしないのだから。

4　最初の劇評

劇場の舞台裏に足を踏み入れると、毎回どうにも奇妙な気分になる。まるで、秘密の世界に入りこんでしまったかのような。

観客として楽しみ、当然のものとして受け入れていた優雅な装飾は、楽屋口をくぐったとたん、あたりから消え失せる。ここからは、何もかもが徹底的に古くさく、実用本位でしかない。まるで、役者や裏方のスタッフに、自分たちはあくまで観客に仕えるしもべであり、金を払って劇場に来る人々よりも下の立場なのだと、あらためて思い知らせるために設計したかのように。

ここヴォードヴィルは、十九世紀後半に建てられたロマネスク様式の劇場だ。かのヘンリー・アーヴィングはこの舞台に立って、一躍名声をとどろかせることとなった。ロビーや観客席の豪華さは、先ほど述べたとおり。だが、鏡のこちら側の通路や楽屋は、まったく別世界となる。リノリウム張りの床。消火器に警報器、ぎらぎらとまぶしい裸電球の間を縫うように壁を走る、パイプや配線。一世紀前にネジで固定され、いまは使われることもないまま忘れられている機械類の数々に、わたしはすっかり魅了されたものだ。安もののカードや切り抜きを貼りつけた告示板は、ひょっとしたら警察署か、閉校になった中等学校あたりからもらってきたのかもしれない。そういったもののすべてにさえも、わたしは胸を躍らせた。ロンドンのどこの劇場でも、舞台裏はそれ自体がすばらしい舞台装置になりうる。ここがいったいどういう場所なのか、ひと目で見てとることができるのだから。

叩きつけるような雨の中、わたしはヴォードヴィル劇場の楽屋口が面している裏道、メイデン・レーンへ戻った。普段なら劇場は午後十時までに閉めてしまうのだが、楽屋口番代理のキースが、零時までは使ってもかまわないと許可を出してくれたのだ。一足先に着いていたスカイ・パーマーは、グッチの傘からしずくを振り落としている。このブランド特有のひし形模様にロゴを組みあわせたデザインで、アフメトの腕時計とちがい、こちらはまさしくほんものだろう。スカイがここまでわれわれにつきあおうとは、少なからず意外ではあった。ほかの役者やスタッフと交流しているところを、これまでめったに見たことがなかったからだ。だが、さすがに初日には、仲間たちをがっかりさせたくなかったということだろうか。

さっきの店ではほとんどスカイと話す機会がなかったので、わたしはあらためて、今夜の演技を称えることにした。「舞台でのきみは、すばらしかったよ」

「本当に? うーん、どうかな……」

いったい、どうしてこんなに冷めた反応なのだろう? 「観客たちも楽しんでいたようじゃないか」

「そうかもね」依然として、スカイは賞賛を真に受けてはいないようだ。

そこに、楽屋口番の持ち場である不格好な仕切りから、白い箱を手にしたキースが現れ、気まずい空気から救ってくれた。「これ、あなたにだそうです」白い箱をわたしに差し出す。

それは、幸運を祈るというシールが貼られ、アフメトの署名がある、初日祝いのプレゼントだった。スカイはうさんくさげな目を向けてきたが、わたしはむしろ心を動かされていた。箱を開け、きっちりと薄紙に包まれた品を取り出す。紙を破ると、なんと中から現れたのは、黒革の鞘（さや）に収められた、長さ二十センチほどの短剣の置物だった。銀色の刃は、おそろしく鋭い。木製の柄（つか）には、ケルト文様（もんよう）らしき刻印の入った金属の丸いメダルがはめこまれている。見たところ、スコットランドに伝わる古い短刀に似ていたが、明らかに模造品で、作りはあまり精巧ではない。さわってみると、メダルがぐらぐらしているのがわかった。

「ほう……これを見てくれ」短剣をスカイに示す。なんとも奇妙な贈りものではないかという思いが、どうしても抑えきれない。「今回の舞台と、何の関係があるのかな」これはわたしの本心だった。『マインドゲーム』はたしかに暴力描写のある芝居だが、観客の目の前では誰も殺されたりはしない——もちろん、短剣が凶器となることもないのだ。

「刃を見てみて」と、スカイ。

言われたとおりにしてみると、そこには短い言葉が刻まれていた——〝これは短剣か……？〟

「アフメトは昨年、『マクベス』を制作したの」淡々とした口調で、スカイが続ける。わたしは驚いた。たいていの役者たちは、縁起をかついで劇場で『マクベス』の名を口にせず、〝あのスコットランドの芝居〟とぼかして呼ぶものだからだ。スカイが演劇界にどっぷりと浸からず、どこか距離を置いているような印象が、またしても裏づけられる。「ヨークシャーの古い城址で上演したんだけど、わりとすぐに公演が打ち切りになっちゃって。最初の三日間はずっと雨で、バンクォーが泥ですっ転んだりして、その週いっぱいで終わっちゃったの。この短剣は出演者たちに贈るため、『マクベス』の台詞（せりふ）を入れて作らせたものってわけ」

「そして、残ったぶんをわれわれに配った？」

「そういうこと。わたしももらって、いまは楽屋に置いてあるけど。こんなもの、ほんと、始末に困っちゃう」

「なるほど」わたしはなんとか穏便にまとめようとした。「まあ、気持ちがありがたいね」

「まあね。きっと、自分がおそろしくけちだってこと、わたしたちに気づかれないと思ってたのよ」

　通路に置かれた記録帳に、自分の名前と入館時間を記し、自在ドアを通りぬけて、楽屋の前を通りすぎる。奥から姿を現したジョーダン・ウィリアムズが、雨のしたたり落ちるわたしの顔を見て大笑いした。スカイとちがって、わたしは傘を持っていなかったのだ。

「なんだ、溺れたドブネズミそっくりじゃないか！」まるで稽古済みの台詞のように、一言一句はっきりと発音する。こちらにタオルを差し出しながら、ジョーダンはわたしの持っている短剣に目をやった。「ああ、初日祝いを受けとったんだな」自分の短剣を取り出すと、こちらに向かって振りまわしてみせる。「突きあり（トゥシェ）」どうやら、すっかりご機嫌のようだ。ジョーダンにしてみれば、演技は満足のいく出来で、酒もすでにたっぷり飲んだのだから。「さあ、下に行こうじゃないか」

ヴォードヴィル劇場には、ヴィクトリア朝に建てられたロンドンの劇場にはめずらしく、役者たちが来客と会ったり、みなでくつろいだりする休憩室が設けられている。階段を下り、通路の先のドアを開けると、こぢんまりした真四角の部屋では、すでにユアンとチリアンがわたしたちを待っていた。約束したとおり、チリアンはすでにスコッチの栓を抜き、半分まで注いだグラスを目の前のテーブルに置いてくつろいでいる。椅子の足もとには、リュックが立てかけてあった。スカイは隣にある自分の楽屋に寄り、ウオツカの瓶とチョコレート・ケーキを手に戻ってきた――どちらも、友人からの差し入れだという。ジョーダンはいつも本番の合間に着ているガウン姿で、いまだ短剣を手にしたまま、どすんと安楽椅子に腰をおろし、片脚をひじ掛けに乗せた。ユアンが自分のグラスにウイスキーを注ぐと、何滴かこぼれた酒のしずくが、数知れないヴォードヴィル劇場の初日の歴史が染みこんだ絨毯に、また新たな痕跡を重ねる。この部屋は、普通ならみすぼらしいとしか形容しようがないが、傷だらけのテーブルや椅子、くたびれたソファが、こんなときには気持ちを安らげてくれる。片隅には流し台と、古い冷蔵庫。窓には雨が叩きつけられていたが、強に設定した電気ストーブのおかげで部屋の中は暖かく、ノエル・カワードのCDの音楽が流れていた。誰もがゆったりと腰をおちつけている。ジョーダンとチリアンでさえ、今夜はお互いに心を許しているようだ。

いま『マインドゲーム』公演をふりかえると、わたしが心から幸せだったのは、後にも先にもこの夜だけだった気がする。この舞台が成功するかもしれないと期待し、結局は成功しなかったと悟って落胆する、その間のわずかなひととき。この休憩室ですごした一時間、わたしもまちがいなくこの一座のひとりであり、稽古期間中にくすぶっていた緊張や敵意も、このときばかりは消え去っていたのだ――たとえ何があったとしても、いまはみな仲間なのだと、全員が覚悟を決めたかのように。ここまで、われわれは全力を尽くしてきた。だとしたら、いまは酔っぱらったっていいじゃないか。わたしたちはおしゃべりに興じ、声をあげて笑った。稽古中、あるいは巡業中にさんざん語りぐさとなった出来事を、飽きずにまたとりあげる。チリアンはユアンの物真似を、すばらしく巧みにやってのけたものだ。ジョーダンは自分の短剣で、みなにケーキを切り分けた。

十一時半ごろだったか、アフメトがトルコのスパークリング・ワインを二本、小脇に抱えて現れた――当然のように、モーリーンを従えて。初日の夜を迎え、モーリーンは見ちがえるような装（よそお）いを凝（こ）らしていた。先ほど描写した毛皮とアクセサリーに加え、おそろしくきついパーマをかけた、フライパンを洗う丸い金属たわしのような髪。すっかり上機嫌のアフメトは、舞台裏は禁煙だというのに、ひどい臭いのタバコをふかしている。どうやら、パーティで浴びた賞賛の言葉が、いまだ耳にこだましているらしい。この舞台は成功だと確信した顔で、わたしの肩を両手でつかむ。

「あなたは天才だ！」アフメトは叫び声をあげた。「偉大なる天才ですよ！」ようやく安心できたという口調だ。まるで、ついさっきまでは疑わずにいられなかったかのように。

誰もが自分のグラスを持ちあげ、わたしのために乾杯してくれた。そのころには、すでに全員が飲みすぎていたのだが。

こんな幸せな瞬間が長続きするはずはない。そう、現実は厳しかった。ちょうど零時になった瞬間、スカイはふいに携帯から目をあげた。

「ネットに劇評が出た！」大きな声だ。

「ちょっと早すぎるな」ユアンはあまり嬉しくなさそうだ。「書いたのは誰だ？」

「ハリエット・スロスビーよ」スカイがじっと画面を見つめる。その顔によぎった表情を、その場の全員が目にした。「これ、読みあげるのはちょっと……」低い声で、スカイはつぶやいた。

「見せてくれよ」チリアンが携帯をスカイの手から奪いとり、テーブルに置く。わたしたちはみな、その周りに群がった。これが、わたしたちの目にした劇評だ。

『マインドゲーム』ヴォードヴィル劇場

ハリエット・スロスビー

笑えない、ぞくぞくもしないコメディ・スリラーほど苦痛なものがあるだろうか？往往にして、こうした試みはふたつの便器に同時に腰かけようとするようなもので……結果として、その間にこぼれた排泄物のような芝居が後に残る。残念ながら、今回ヴォードヴィル劇場で上演されたアンソニー・ホロヴィッツの戯曲もこの轍を踏むことになった。《アレックス・ライダー》シリーズの生みの親として知られたホロヴィッツ氏は、少年たちに読書のすばらしさを教えてくれたのはたしかではあるものの、この夜ウエスト・エンドの劇場に詰めかけた、より成熟した観客を楽しませるには、どうしようもなく技量が足りなかったようだ。この舞台の出来については、氏がその責任の大部分を負うことになるだろう。とはいえ、こんな痛々しい寄せ集めの作品に、なぜこれだけの才能ある人材が引きよせられてしまったのか、あらためて考える必要がありそうだ。

まずは、あらすじをざっと説明しておこう。ジャーナリストのマーク・スタイラー（チリアン・カーク）はイースターマンという名で知られる連続殺人犯に面会してインタビューを行うべく、入院先である精神科病院を訪れる。まずは、院長のファークワー博士（ジョーダン・ウィリアムズ）を説きふせ、面会の許可を得なくてはならないのだが……そのあたりで、この病院は何かがおかしいと、観客たちも気づきはじめる。ファークワー博士の執務室に、なぜ人間の骨格標本が？　B棟から聞こえてくる、奇妙な叫び声の正体は？いったい、プリンプトン看護師（スカイ・パーマー）はなぜこんなにも怯えているのだろうか？

実は、すでに病院は入院患者たちに乗っとられていたのだ。何もかも、見せかけの裏に別の真実が隠れている。物語の登場人物たちは、お粗末な手品の前に決まって行われるカードのシャッフルのように、正体がぱらぱらと入れ替わり、舞台装置でさえも形を変えていく。ついさっきまで、ただの戸棚の扉だったはずが、次の瞬間には外の廊下に続いていたり、壁に掛けられた絵がゆっくりと変化していったり。こうした特殊効果は、いかに自分の感覚が信用ならないかを悟り、正気とは何か、狂気とは何かを、いくらかでも掘り下げようとする試みだったのだろうか。しかし、悲しいかな、本公演の舞台装置はあまりに安っぽく、この舞台ならではの輝きを放つことはなかった。観客たちはただ、今夜は別の場所ですごせばよかったと、後悔の思いを噛みしめるばかりだ。

舞台が進むにつれ、理不尽な暴力は度を増していく。連続殺人犯イースターマンは、いまやまったくの自由の身となり、その場の主導権を握っている……プリンプトン看護師が椅子に縛りつけられ、焼き殺されそうになる場面では、わたしは嫌悪感のあまり、客席係員を殴ってでも出口に突進したい衝動に駆られた。とりわけ不愉快なのは、男性がふるう暴力の犠牲者として、ごく当然のように女性を配置するという安易さだ。スカイ・パーマーは才能のある役者ではあるものの、ことあるごとに自分を貶め、品格を落とすばかりの役柄を演じるのには、だいぶ苦戦しているように見えた。それとは対照的に、ジョーダン・ウィリアムズはいかにも気分よくファークワー博士を演じているようだったが、気分がいいのは自分だけという事実に、まったく気づいていなかったようだ。年齢を重ねるにつれ、ウィリアムズの演技は大げさになり、ひとりよがりに楽しんでいるような印象を受ける。まあ、役者としては、こうしたありかたも正しいのかもしれない。自分が出演すべき作品、演ずべき役柄について、どれだけ誤った選択を重ねたら選択の余地がなくなってしまう、いや、それどころか役者生命が絶たれてしまうのかは、誰もが真剣に悩むところではあるが。

もっとも失望させられたのは、チリアン・カークだ。初めて目にしたときからしっかりと顔を憶え、この世代でもっとも有望な役者のひとりだと期待していたのだが、どうやら見こみちがいだったらしい。演技はひどく子どもっぽいうえ、いったん暴力的な場面になると、驚くほど説得力がない。テレビドラマ『ライン・オブ・デューティ 汚職特捜班』に出演していたときは、あれほどすばらしい演技を見せていたというのに、どうやら舞台への進出は失敗してしまったようだ。ユアン・ロイドの演出も、この若い役者を助けるどころか、何の新味も見られない。ロイドの手にかかると、観客が熱狂の炎に包まれるなど夢のまた夢、幕間休憩のはるか前から見当がついた結末に向かって、芝居はよろよろと進んでいくばかりだ。

ホロヴィッツ氏には、どうか子ども向けのお話に専念するよう助言するしかない。児童文学の分野なら、読者にもさほど目利きはそろっていないだろうし、青くさい思いつきにも辛抱づよくつきあってくれることだろう。では、この劇評の読者に対する助言は？ そう――もしも本気で観たいのなら――いますぐ、この舞台のチケットを買いに走れとお勧めしておこう。おそらく、公演は遠からず打ち切りになるだろうから。

全員が読みおえたところで、長い沈黙があたりに広がる。

最初に口を開いたのはユアンだった。「まあ、少なくともひとつ、いいことを言ってくれたよ。〝いますぐ、この舞台のチケットを買いに走れ〟ってね！ 劇評の引用として、このひとことを劇場の外に貼り出したっていい」

冗談なのか本気なのか、わたしには判別がつかなかった。

腹に食いこむ強烈な一撃だったことは、どうにも否定しようがない。これが最初の劇評だったこと——しかも、こんなに早く公に出てしまったことが、さらに痛みを増す結果となった。ほかの劇評家たちも、これを読むだろうか？　これが誘い水となって、一斉攻撃を浴びるはめになるとしたら？　この部屋にいるほぼすべての人間が、何かしらハリエット・スロスビーに酷評されてしまった。いま、みなの頭の中では、自分のことを評した部分がくりかえし鳴り響いているはずだ。ユアン・ロイドの演出には新味がない。ジョーダン・ウィリアムズの演技は大げさ。チリアン・カークは子どもっぽい。スカイ・パーマーだけは、いくらかましな評価をもらえた。無能な脚本家のせいで自分を貶めてしまっている、才能ある役者と呼ばれたのだから。いっぽう、わたしはどうだった？　ほかの誰を評するよりも、ハリエットはわたしのためにもっとも多くの言葉を費やし、〝責任の大部分を負うことになる〟と楽しげに名指ししてくれた。当然ながら、わたしは何も気にしていないふりをするしかない。こんなもの、たかが劇評のひとつにすぎないじゃないか、あの女はわけもわからずでたらめを書いたんだ、と。だが、わたしはすでに、この舞台は失敗に終わったのだという感覚が、巨大な波のように打ちよせてくるのを感じていた。ウエスト・エンドでのロングランも、ブロードウェイへの進出も、映画化も、続編も、すべての夢はその波に跡形もなくさらわれていく。何よりも骨身にこたえたのは、この劇評全体にみなぎる悪意であり、気の利いた嫌味のつもりでひねり出したらしい文言を、わたしに向かって楽しげに吐き捨てるその書きっぷりだった。たとえば、便器と排泄物のくだりだ。あんな冗談を、わざわざ入れこむ必要があるのだろうか？

「〝青くさい〟というのは、どういう意味なんです？」アフメトが尋ねる。その声には、かすかな希望の響きがあった。ひょっとしたら、これは褒め言葉なのではないかと願うかのように。

「そこは、大勢に影響ないと思いますけど」と、モーリーン。いつものようにアフメトの隣に立ち、蒼白な顔で唇を噛みしめている。

「あの性悪女！」抑えた声ではあったが、腹の底から噴きあがるような叫びが、ジョーダンの唇から漏れる。目はすわり、顔は怒りにこわばっていた。「こんなものは劇評じゃない。汚らしい誹謗中傷だ！　あの女にこんな仕打ちを受けるのは、これで三度めでね。わたしが何を演じようと――いつだって――あの女にこきおろされるんだ。殺してやる。誓って、絶対にな……！」その手には、アフメトから贈られた短剣が握られている。ジョーダンは、それを残っていたケーキに突き立てた。

「こんなもの、たかが劇評のひとつにすぎないさ」わたしが自分に言いきかせていたのとまったく同じ言葉を、ユアンが口にした。演出家として、みなの気持ちを立てなおそうとしたのだ。眼鏡を外し、目をこする。「ハリエット個人の意見にすぎないんだ」疲れた口調だ。「ほかの劇評家たちが別の意見を述べることだって、しょっちゅうある。わたしが『アンティゴネー』を演出したときも同じだったよ」

「あの女に、誰かが剣を突き立ててやるべきだ！」ジョーダンはいまだ収まらないようだ。

「あのけだものが。こんなことをして、ただですむと思ってもらっちゃ困る」

「そもそも、どうしてこんなに早く劇評を書けるんだろう?」わたしは尋ねた。「幕が下りてから、まだ二時間そこそこしか経っていないのに」

「幕が下りる前に、もう書きはじめているんだよ」と、ユアン。「ハリエットのやりかたは有名なんだ。芝居の前半について、まず休憩時間に書いちまう。そして、残りは家に向かいながら書くんだとさ」

「パディントンの北側に住んでるの」スカイが言葉を添えた。「運河のそばに家があるのよ。たぶん、家に向かうタクシーの中で書いたんだと思う」

「それにしたって、なぜすぐに公開したんだ?」わたしは言いつのった。「どうして、日曜まで待てなかったんだろう?」

「ほかの劇評家たちに先駆けて、最初に出したかったんじゃないかな」スカイは手早く携帯の画面を消すと、ポケットに滑りこませた。「ごめんなさい。こんなもの、開かなきゃよかった」

アフメトは肩を落として坐りこみ、これまで見たこともないほど暗い顔をしていた。髪はいまだ雨に濡れたまま、ペンキのようにべっとりと頭に貼りついている。タバコを抜き出して火を点けると、アフメトは箱をひょいと投げた。「この女性の書いていることは、何もかも嘘ですよ」はっきりと言いきる。「バースでも、レディングでも、ウィンザーでも、観客はみな大喝采でした。わたしはその場にいたんですから!　みなの喜びようを見ていたんです。こんな……こんな、くそみたいなでたらめを書くなんて」

「軽蔑すべき人ですよ」モーリーンが静かに言い添えた。

チリアンは、さっきから口をつぐんだままでいた。せっかくの高価な衣服の中で、身体がひとまわり縮んでしまったような風情だ。まるで、チリアン自身が——服のほうではなく——洗濯機でさんざん回されたばかりのように。こうしてみると、チリアンはいまだ十代の幼さに見える。授業中のおしゃべりを叱られて、むっつりとした顔で下唇を噛む、ひょろっとした身体つきの少年。「ちくしょう、あんなやつ！」ようやく口を開く。「おれは帰るよ。どっちにしろ、ずいぶん飲みすぎちまったしな」ほんのわずかな持ちものをまとめ、リュックを引っつかむと、早足で部屋を出ていく。

その場の全員が、もうさっさと帰りたかった。だが、いますぐこの集まりをお開きにすれば、われわれがハリエット・スロスビーの劇評にすっかり打ちのめされたことを認め、あの女の思うつぼだと証明してしまう。そんなわけで、残った六人は、それから二、三分ほどさらにウオツカやウイスキーを飲み、会話を続けた。とはいえ、すでに誰もが上の空だったが。次に帰ったのはスカイだった。ひょっとしたら、誰よりもつらい思いをしていたのはスカイだったのかもしれない——あの劇評をみなに見せ、せっかくの夜を台なしにしてしまったのだから。そして、わたしも続いて休憩室を出る。

もう、一刻も早く劇場を離れたかった。さっさと家に帰り、ヴォードヴィル劇場と距離を置いて、こんな舞台があったことさえ忘れてしまいたい。子どもじみた反応なのはわかっていた。たかが、たったひとつの劇評にこきおろされたくらいで。だが、批評家に好き勝手なことを書かれ、怒り、恥辱、憤慨、そしてどこまでもみじめな気持ちを味わったことのないもの書きなど、世界じゅうを探したってひとりもいまい。ただ、気にしていないふりをするのが上手な人間もいる、というだけのことだ。

雨はだいぶ小やみになっていたものの、クラーケンウェルのアパートメントに帰りついたころには、すっかり濡れて寒さに震えていた。すでに夜中の一時で、へとへとに疲れている。妻を起こさないよう予備室のベッドにもぐりこむと、わたしはすぐさま眠りに落ちた。夢にハリエット・スロスビーが現れたのは、この流れからして当然の成り行きだろう。さっきと同じべっこう縁の眼鏡をかけ、とげとげしい声で話している。その場にはジョーダン・ウィリアムズも居あわせ、ケーキに短剣を突き立てて、あの言葉をもう一度くりかえした——「あの女に、誰かが剣を突き立ててやるべきだ！」そこで、はっと目が覚める。

腕時計に目をやると、もう十一時二十分だった。どうしてこんな遅くまで眠っていられたのか、自分でもわからなかったが、頭がずきずきと痛むところをみると、おそらくはウイスキーとウオツカ、スパークリング・ワインを立てつづけに飲んだおかげだろう。家には自分しかいないことを悟りながら、裸足でキッチンに向かう。ジルはもう、何時間も前に仕事に出かけているはずだ。思ったとおり、冷蔵庫には妻からの付箋が貼りつけてあった。《タイムズ》紙の劇評、まあまあよかった。ほかのは好評ですように。六時には帰るつもり。洗濯はお願いね〟

——〝まあまあよかった〟か。ジルの言いたいことはよくわかる。わたしたちは、何年もいっしょにテレビ業界で働いてきたのだ。〝まあまあよかった〟がけっして褒め言葉ではないことは、お互い知りつくしている。

そのまま、何もせずに午前中がすぎていった。外に出て新聞を買うか、あるいはインターネットで劇評を検索してみようかとも思ったが、それはけっしてすまいと心を決める。自分が傷つくだけなのに、そんなにあわてて探しにいく必要がどこにある？　悪い知らせなら、どうせユアンかアフメトが電話をくれるだろう。それに、蓋を開けてみたら、ハリエットの意見が孤立していることだってありうる。ハリエットと、それから《タイムズ》紙が。あの舞台を気に入ってくれた劇評家だって、何人かいるかもしれない。せめて、あと数時間は希望を持っていようと、わたしは心を決めた。

そんなわけで、まずは朝食を作る。食べおわったら風呂に入り、音楽を聴く。さらに、次に書く予定の小説――『ヨルガオ殺人事件』――をあれこれといじくりまわしてみた――だが、何か新しいこと、脚本以外のことにとりくんでみようという思いつき自体は悪くないと思えたものの、何も言葉が浮かんでこない。わたしは窓の外に視線を投げ、《ザ・シャード》とセント・ポール大聖堂を眺めながら、ふと、あのふたつの建物の間をハング・グライダーで飛びうつることはできないだろうかと考えた。ちなみに、この思いつきはアレックス・ライダーの次の冒険に使われることとなる。そうこうしながら、わたしはマグカップでお茶を二杯飲み、いささか多すぎるほどのチョコレート・ダイジェスティブ・ビスケットをつまんでいた。

午後四時十分に、呼鈴（よびりん）が鳴る。

何か荷物が届いたのだろうと思い、わたしはインターコムに歩みよった。アパートメントの六階で仕事をし、モニターのついていないインターコムを使っていると、めったに他人の顔を見ることはない。家で仕事をしていると、こうして時おり顔のない声が外界から飛びこんでくる。「はい?」

「ミスター・ホロヴィッツ?」

「どちらさまですか?」

「警察です。入ってもかまいませんか?」

ジルか、息子のどちらかに何かあったのだろうかという恐怖が、頭にひらめく。わたしは六階から一階まで階段を駆けおり、ホールの突きあたりにある二重ドアを押し開けた。気がつくと、足もとは寝室のスリッパのままだったばかりか、鍵を持って出るのを忘れてしまったので、内側のドアを片足で押さえたまま、懸命に手を伸ばして外側のドアを開けるはめになる。みっともなくねじれた体勢のまま外を見やると、わたしの目に飛びこんできたのは、世界でいちばん顔を合わせたくない二人組が舗道に立っている姿だった。

カウクロス・ストリートの眺めをさえぎるように立ちはだかるカーラ・グランショー警部の顔には、みごとなほど凄(すご)みのある笑みが浮かんでいる。部下のミルズ巡査が、その後ろに控えていた。

「こんにちは、アンソニー」グランショー警部が口を開く。「ちょっと話をしたいんだけど」

5　不倶戴天の敵

カーラ・グランショー警部のことならよく知っている。ホーソーンは、かつてハムステッドに住む離婚弁護士リチャード・プライス殺害事件を捜査したことがあった。グランショー警部はその事件の担当者であり、自分より先に真実をつきとめたホーソーンのことを苦々しく思っていたのだ。わたしときたら、さらにそれどころではすまない追い打ちまでかけてしまっていた。けっしてわざとではなかったのだが、結果としてまちがった情報を流し、警部に誤認逮捕をさせてしまった――ホーソーンには大笑いされたものだ。ひょっとしたらグランショー警部はお払い箱になるかもしれないと、当時ホーソーンはほのめかしていたのだが、どうやら、そうはならなかったらしい。いま、こうして同じく敵意に満ちた顔の部下、ダレン・ミルズ巡査を従えて、わたしが部屋に案内するのをじっと待ちかまえているのだから。ふたりがこちらに向ける目つきは、まるで新鮮な死骸を見つけたハイエナのようだ。いったい何が待ちうけているのか、わたしにはまったく見当がつかなかったが、おそろしく面倒なことになるのはまちがいあるまい。

「それで、用件は？」無邪気なふりをして尋ねてみる。

「よかったら、中で話したいんだけど」

「中じゃないとだめなのか？」

グランショー警部は部下と意味ありげな視線を交わした。「車にあんたを押しこんで、署に連行して話したっていいんだよ、そっちがその気ならね」

はったりかもしれないが、これ以上は抗わないことにした。はるか昔の学校時代から、わたしは権威をかさに着る人間が怖い。そして、グランショー警部ときたら、八歳のわたしが怖がっていた数学教師、フランス語教師、歴史教師を圧縮してひとまとめにしたような人物なのだ。固太りのずんぐりとした身体、スクラムを組むのにうってつけのたくましい腕に広い肩を備えた女性。重そうなプラスティック製の眼鏡は、鼻梁にめりこんでいるように見える。実のところ、顔の肉はまるで子ども用の粘土でできているかのように柔らかく、どうにでも形が変えられそうだ。最後のぎりぎりになって思いつきで付け足したような、飛び出した小さな目は敵意をあらわにしている。もっとも鮮明に記憶に刻みつけられているのは、作りものにしか見えない漆黒の髪だ。まるで顔を見せるために開いた小さなカーテンのように、頭の両脇に垂れ下がっている。身につけているのは、仕立てのいい暗緑色のスーツに、タートルネックのセーター。アクセサリーはなし。

グランショー警部はひじでわたしを押しのけ、アパートメントの玄関ホールに入りこんだ。その陰に隠れるようにして、ミルズ巡査も後に続く。上司よりも小柄で細身、薄くなりかけた髪は梳かした様子もない。前に見たときと同じ革のジャケットを着ているが、食べこぼしのしみがさらに増えている。通りすがりにちらりとこちらを見た目つきは、わたし自身、わたしのかのようだった。

住まい、この界隈のすべてをとことん軽蔑していると、はっきりと思い知らせようとしている

「何階？」グランショー警部が尋ねる。

「四階だ」

警部はちらりと階段を見やった。「エレベーターはないの？」

「残念ながら、故障中でね」これは嘘だ。だが、ここのエレベーターは狭くて遅く、このふたりといっしょに閉じこめられるなど、とうてい耐えられそうになかった。

階段を上り、ふたりを居間に通す。手前にソファ、中ほどに食事用のテーブルが置いてあり、奥がキッチンという造りだ。もともと、ここは百年前には肉屋の倉庫として使われていた建物で、高い天井、むき出しになったレンガの壁、がらんとした空間に、いまだ当時の雰囲気が残っている。周囲を見まわすグランショー警部を見ていると、こんなところにまで足を踏み入れるのを許してしまい、自分の居場所が汚されてしまったかのような奇妙な感覚に襲われた。けっして招き入れたわけではない。このふたりが、無理やり侵入してきたのだが。

「坐ったほうがいいかな？」わたしはテーブルのほうを手で示した。あくまで事務的に話を進めるとなると、ソファに腰をおちつけるよりはテーブルを囲んだほうがいいだろう。コーヒーやお茶を勧めることもしなかった。いったいどんな用件で押しかけてきたのかは知らないが、グランショー警部とその部下を、とにかくさっさと追い出してしまいたい。

ふたりはテーブルに着いた。「素敵なおうちじゃない」と、グランショー警部。

「それはどうも」長い沈黙。わたしはグランド・ピアノ——母から受け継いだもので、毎日弾いている——の脇に立っていたが、どうやら警部はわたしが同じテーブルを囲むのを待っているようだ。そちらに歩みよって、ふたりからできるだけ離れた端の席に腰をおろす。「それで……？」

「昨夜、あんたがどこにいたのか聞かせてもらえる？」

こんな台詞は、テレビドラマの脚本で一度も使ったことはない——あまりに陳腐すぎる——が、グランショー警部はまさにこうして話を切り出した。

「自宅のベッドに」

「その前は？」

「劇場にいたが」

ミルズ巡査は先ほどからわたしの答えをメモ帳に書きとめていたが、まるで自分の番が回ってきたとばかりに、ここでふいに口を開く。「昨夜は、あんたの舞台の初日でしたよね」

「知っているなら、どうしてわざわざ訊く必要がある？」

わたしの問いを無視して、巡査はさらにたたみかけた。「『マインドゲーム』、場所はヴォードヴィル劇場」口ひげをひねるが、上唇は動かない。いったい、どういう仕掛けなのだろう。「劇評はあまり芳しくなかったようですね。《ガーディアン》紙によると、気どりが鼻についたとか」

「劇評は見ないんだ」わたしはつぶやいた。

「《デイリー・メール》紙の劇評家は、これまで観たうちで最悪の芝居だと書いてますね。《タイムズ》紙は、どうにも評価が難しい、と。《ヴァラエティ》誌は〝あまりにくだらなすぎて、もう少しで笑うところだった〟そうです」ミルズ巡査は悲しげな目でわたしを見た。「〝もう少しで〟ね」

さんざん味わわされた胃のむかつきが、またしてもよみがえってくる。「わたしの脚本を新聞各紙がどう思ったか、わざわざ知らせにきてくれるとはずいぶんご親切な話じゃないか。だが、警察がそんな時間の無駄づかいをしていいのかな?」

「中でもいちばん手厳しかったのが、ハリエット・スロスビーでしてね」ミルズ巡査は続けた。「まさに、一刀両断でしたよ。《サンデー・タイムズ》紙じゃ、あれを遺稿として紙面に大きく掲載するんでしょうね。黒枠で囲んだりして。故人への敬意ってやつですよ、ねえ?」

この最後の問いかけは、グランショー警部に向けられたものだった。警部がゆっくりとうなずく。

「言ってみれば……終幕を飾るってやつかな」ミルズ巡査が締めくくった。

「いったい、何の話なんだ?」わたしは話に割りこんだ。「ハリエット・スロスビーは、ひょっとして……?」その続きは、どうしても口から出てこなかった。あまりのことに衝撃を受けたからではない。とうてい現実とは思えなかったからだ。

「舞台の後、ハリエットとは会った?」わたしの質問を無視して、グランショー警部が尋ねる。

「ああ、ほんのしばらくだったが」

「あの人が書いた劇評は読んだの?」

「ああ。われわれ全員がね。スカイの携帯を見せてもらったんだ」

「スカイ・パーマーのことね」

「プリンプトン看護師を演じていた役者だよ」思わず知らず、過去形を使ってしまった自分に気づく。わたしの脚本もこれで生命を絶たれてしまったのだと、はっきり悟ったからかもしれない。

「昨夜は舞台裏で飲み会を開いたんだってね、ええ? 何時に劇場を出たか、憶えてる?」

ふいに、わたしは怒りを抑えきれなくなった。「いいか、何が起きたのか話してもらうまでは、きみたちの質問にいっさい答える気はない。ハリエット・スロスビーは殺されたのか?」

グランショー警部はぎょっとしたような顔をしてみせた。「いったい、どうしてそんなことを思いついたわけ、アンソニー?」

「さっき、あの劇評のことを〝遺稿〟だと言っていたじゃないか。黒枠で囲んで掲載するとか」

「だからって、ひょっとしたら心臓発作だったかもしれないじゃない。でなきゃ、転んでバスに轢(ひ)かれたとか」

「だったら、きみたちふたりは何のためにここに来た?」

これは一理あると、グランショー警部も認めたようだ。ミルズ巡査を促し、説明させる。

「ハリエット・スロスビーは今朝十時ごろ、自宅で刺殺されましてね。そのころ、あんたはどこにいたんです?」

「まだベッドにいたよ」

「そんな時間に？」信じられないという声だ。

「寝たのが遅かったのでね。起きるのも遅くなった」

「それ、奥さんに証言してもらえます？」

一瞬、さまざまな思いが頭をよぎり、どう答えていいのかわからなくなる。「いや」だが、認めるしかない。「妻は仕事でね、すでに家を出ていたんだ」

「奥さんは何時にここを出ました？」

「それはわからないな。わたしは寝ていたんだから」

ミルズはわたしの答えを、どうやら一言一句そのままに書きとめているらしい。さらに、どの言葉が気になったのか知らないが、一本ならず二本もの下線を引く。要するに、わたしの言うことはいっさい信じていないと、はっきり態度で伝えているというわけだ。

今度はグランショー警部が口を開く番だった。「あんた、短剣の置物を持ってる？」

「いや」ふいを突かれて驚いたわたしに、警部は哀れむような目を向けた。まるで、何か決定的なことをうっかり白状してしまった人間を見る目つきだ。続いてこちらが何を言うのか、じっと待ちかまえているグランショー警部の様子に、わたしもようやく自分の犯したまちがいに気づく。「ああ、そういえばあれも短剣だったな。昨夜、アフメトから贈られたんだ」

「『マインドゲーム』のプロデューサー、アフメト・ユルダクルのことね？」

「ああ。初日祝いの贈りものでね。関係者全員に配っていたよ」ふと気づき、目を見はる。

「まさか、ハリエットはあの短剣のどれかで刺されたのか？」

またしても、返事はない。これが、グランショー警部の尋問のやりかたなのだろう。主導権を握っているのは自分だと、相手に思い知らせるための。「どんな短剣だったか、教えてもらえる？」いかにも愛想のいい口調だ。

「どれも、みな同じ作りだった。銀色でね。長さはこれくらい……」左右の人さし指を広げてみせる。「刃に言葉が刻んであった。〝これは短剣か……？〟と」

「それくらい、見りゃわかるでしょうに」と、ミルズ巡査。

「この言葉は『マクベス』から引用した台詞なんだ」わたしは説明した。「〝これは短剣か、わが目の前にあるのは？〟アフメトはヨークシャーのどこかの城址で『マクベス』を上演したんだが、そのとき記念に作った短剣の余りものらしい」

「あんたがもらった短剣には、何かこれといった特徴はなかった？」グランショー警部が尋ねる。いかにも素直なその口調にこそ警戒心をつのらせて、行く手にひっそりと罠が仕掛けられていることに、あらかじめ気づくべきだったのだが。

「いや。さっきも話しただろう。いっしょに作られた短剣だから、どれもみな同じなんだ」そのとき、ふと記憶がよみがえる。「ああ、そういえば、ひとつ特徴があったな。あの短剣には、柄（つか）に飾りがあるんだ。丸いメダルがはめこんであってね。わたしのもらった短剣は、それがぐらぐらしていた」

まさにその答えを待っていたといわんばかりに、グランショー警部は眉を上げてみせた。

「それで、あんたの短剣はどこ?」

そのことなら、わたしはすでに先回りして考えていた。警部が短剣のことを口にした瞬間から、あのいまいましいしろものをいったいどこへやったのか、必死に記憶をたどっていたのだ。楽屋口から入ったところで、渡された包みを開き、スカイ・パーマーと話したのは憶えている。休憩室に入ったときにも、たしかに手にしていたはずだ。だが、その後はいささか記憶がぼやけていた。トルコ料理店での正式なパーティでも、その後の内輪の集まりでも、かなりの杯(さかずき)を重ねてしまったのはたしかだ。そこに、例の劇評という爆弾が落ち、初日の夜のお祝い気分を完膚なきまでに吹き飛ばしてしまう。そこからはもう、早く帰りたいということしか頭になかった。とはいえ、それでもあの短剣は持って帰ってきたはずだ。ストランドを歩き、クラーケンウェルに向かうほんのわずかな距離を歩く間、自分の手にたしかに握られていた気がするのだが。自宅に帰りついた後、いったいどこに置いたのだろう? 昨夜の自分の行動を、頭の中で必死にたどる。ジルを起こしたくはなかったから、下の階の浴室を使った。脱いだ服はピアノの上だったか。

だが、そういえば——ほんのわずかな時間ではあったが——最上階の仕事部屋にも足を踏み入れていたではないか! そう、やっと思い出した。ひょっとして、友人の誰かが舞台を褒めてくれているのではないかと、メールをチェックしてみたのだ。そのとき机の上、コンピュータの脇に、あの短剣を置いた。そう、きっとそうしたはずだ。

「上の階に置いてある」わたしは答えた。

「悪いけど、とってきてもらえる？」

「ああ、もちろん。すぐに戻るよ」

このふたりを居間に残していくのは嫌だった。自分の持ちものを探られたらと思うとぞっとする。だが、ここは言うことを聞くしかあるまい。わたしは最上階の仕事部屋まで駆けあがり、まっすぐコンピュータに向かった。案の定というべきか、短剣はどこにも見あたらなかった。

五十歳になったあたりから、わたしはずっとこんなふうだ。毎日のように眼鏡やら、財布やら、携帯やら、すぐに必要な手紙やら、渡された買いものリストやらをどこに置いたかわからなくなり、何時間も探しまわるはめになる。年をとったなどと思いたくはないが、部屋に何かをとりにきたのに、まだ探しはじめる前から、何が必要だったのか忘れてしまうのだから、もはや認めざるをえないのだろう。そのうえ、そこにまちがった記憶が入り交じる。絶対にポケットに入れたはずのペン。たしかに浴槽の脇に置いたはずの腕時計。だが、どうやらその記憶は誤りで――ペンも時計も、あるはずの場所には見あたらないのだ。今回も、まさに同じことが起きてしまった。わたしはあわてて仕事部屋を探しまわったが、ここにないのは明らかだ。どうやら、わたしはそもそも短剣を持ち帰ってはいなかったらしい。

わたしは居間へ下りていった。

「上にはなかったよ」努めて軽い口調でうちあける。「きっと、劇場に忘れてきてしまったんだな」

「あたしたちは劇場を見てきたんだけどね」グランショー警部はもう、勝利の喜びを抑えきれた。

ないようだ。「あっちにもなかった」

「いや、本当に、どこにやってしまったんだろうな」わたしはどうにか笑みを浮かべてみせた。

まるで何かの役を演じているかのような、自分の言葉も行動も現実から遊離してしまっている

という奇妙な感覚を、必死に振りはらいながら。実際には何もしていないというのに、いっそ

〝わたしが殺したんだ！〟と自白してしまいたい、そんな突飛な衝動がこみあげてくる。

「だったら、あたしたちが力になれるかもよ」グランショー警部はミルズに向かってうなずい

「われわれは、被害者宅から短剣の置物を押収しましてね」ミルズは淡々とした口調で、もの

ものしい警察用語をごく自然に交えながら説明しはじめた。「柄の部分に、銀の刻印のあるメ

ダルがはめこまれてたのを確認してます。メダルはぐらぐらしてたそうですよ」

「そりゃ、安ものの短剣だからな」思わず声が高くなる。「そろいもそろって欠陥品ばかりな

んだ！」

グランショー警部は頭を振ってみせた。「この短剣を受けとった、ほかの関係者にも確認済

みでね。演出のユアン・ロイド、出演者のスカイ・パーマー、ジョーダン・ウィリアムズ、チ

リアン・カーク。全員が贈られた短剣を持ってた。それぞれ確認させてもらったんだけど、ど

れ一本として、どこもぐらぐらなんかしてなかったのよね。アフメト・ユルダクルに問いあわ

せたら、今回のロンドンでの初日祝いに贈った短剣は、全部で五本だったそうよ」

「つまり、ハリエット・スロスビー殺害に使われた凶器は、あんたの短剣だったってことで

す」ミルズ巡査が締めくくった。

「まさか。そんなはずはない」

「だったら、あんたの短剣はどこにあるの？」

「いま、ちゃんと説明したじゃないか。昨夜はひどく疲れていたんだ。だいぶ遅くなったしな。きっと、劇場の舞台裏のどこかに忘れてきてしまったんだよ」

「ついさっきは、ぜんぜんちがうことを言ってたじゃない」グランショー警部は容赦なかった。「短剣は上の階にあるって」

「あると思っていたんだ」

「つまり、あたしたちに嘘をついたってことよね」

「馬鹿げたことを。わたしの家から出ていってくれ。弁護士の同席なしで、これ以上いっさい話すつもりはない」

「それはちょっと遅すぎたみたいね、アンソニー」グランショー警部はこの状況を存分に楽しんでいた。わたしがハリエット・スロスビーを殺したと、本気で信じていたのかもしれないが、それはたいした問題ではない。真犯人が誰なのか、この際、そんなことはどうでもよかったのだろう。かつてわたしから受けた仕打ち、まちがった推理を信じこまされて恥をかいた、あの件への復讐のつもりなのだ。

最後の決め台詞を、グランショー警部は部下に譲った。

「アンソニー・ホロヴィッツ」ミルズ巡査が口を開く。「W9地区、パルグローヴ・ガーデンズ二十七番地で発生したハリエット・スロスビー殺害事件の容疑で、あなたを逮捕します。供述の義務はありませんが、場合によっては黙秘が不利に働くことも……」

この本の読者なら、こうした文言にはなじみがあるだろう。わたし自身、さまざまな小説や警察ドラマで、何度となくこんな台詞を書いてきたものだ。だが、ミルズ巡査が警察官に義務付けられたこの告知を口にしている間、わたしはただ呆然としているばかりだった。唇の動きをぼんやりと見つめながらも、耳には何も入ってこない。わたしが逮捕されるなんて！　まさか！　とうてい正気の沙汰とは思えない。

そのとき、わたしの脳内に鳴り響き、頭蓋の中のあちらこちらにぶつかりながら飛び跳ねていたのは、いまのわたしを助けてくれる、いますぐどうしても会わなくてはならない、たったひとりの人物の名だった。

ホーソーン。

6　一本の電話

いったん逮捕してしまうと、ミルズ巡査はわたしの身柄を上司にまかせ、まずは車に戻った。わたしはといえば、いまだに茫然自失したままだった。ショック状態に陥っていた、とさえ形容できるかもしれない。これまでの人生、せいぜいスピード違反の切符を切られたぐらいの経験しかなかったのに、まさか殺人容疑で逮捕されるはめになろうとは。どうにも頭がついていかないのも無理はあるまい。電話をかけてもかまわないかと、わたしはグランショー警部に尋ねた。

「署に着いたらね」

「いや、ここにも電話機はあるんだが」

顔をしかめてみせた警部の表情からは、この状況を存分に楽しんでいる様子が伝わってきた。

「ねえ、劇評でさんざんこきおろされたってだけの理由で、ほんとに人を殺しちゃったわけ？」

「わたしは誰も殺してなんかいない！」警部の人情に訴えるべく、わたしは懸命に言葉を選んだ。「聞いてくれ、前回の事件でわたしがしたことを恨みに思っているのだとしたら、あれはわざとじゃないんだ。つまり、けっしてきみたちを陥れようとしたわけではなく――」

「さっさと自白しなさいよ、楽になれるから」警部はあっさりと、わたしの言葉をさえぎった。

そもそも、グランショー警部が人情など持ちあわせているはずもない。次はいったい何が起きるのだろうと、ひたすら気を揉むわたしにかまわず、警部はそれから数分にわたって、何やら邪悪なブッダの像のごとく、無言のままテーブルの向かいに傲然とふんぞりかえっていた。

やがて、ミルズ巡査が戻ってくる。警部は立ちあがり、部下をふたたび部屋に入れた――インターコムに応答することさえ、わたしには許されなかったのだ。わたしの身柄を押さえた以上、この家におけるほぼすべての実権は警察が握っているとばかりにふるまうふたりの態度に、ただただ圧倒されてしまう。ミルズはいささか大きすぎるポリ袋をいくつも抱えており、それをテーブルに置いた。「まずは着替えてもらいますよ」

「何だって?」わたしはTシャツに、昨夜と同じジーンズという恰好だった。「どうして、そんなことを?」

「その服は押収します」ポリ袋の山を探っていたミルズは、前面にファスナーのある薄青いつなぎを取り出した。まるで、紙のように薄っぺらい生地のしろものだ。

「こんなものを着るつもりはない!」わたしは抗った。

「いや、着てもらいます」ミルズがきっぱりと言いきる。

「じゃ、あたしは席を外しといてあげる」隠しきれないにやにや笑いをのぞかせながら、グランショー警部は立ちあがった。もっとも、さほど遠くへ行ったわけではない。すぐ外の廊下にとどまっている気配があった。どうせ、ドアの隙間からこちらの様子をうかがっているのだろう。

ミルズ巡査はわたしの服を脱がせ、つなぎに着替えさせた。それから、わたしの両手にポリ袋をかぶせる。「あんたの寝室はどこです?」

わたしはミルズを連れて階段を上り、昨夜着ていた服を示した。ミルズはひとつひとつをポリ袋に収め、それぞれラベルを貼って丁寧に封をする。前回あんな目に遭わされたからには、二度と失敗はすまいと心に決めているのだろう。やがて、わたしたち三人はアパートメントを出た。こんなつなぎを着せられて、なんとまあ滑稽な姿だろうか。歩くと、生地がかさかさと音をたてる。だが、殺人事件の捜査についてはわたしも半生にわたって調べてきたし、とりわけ『インジャスティス』の脚本執筆中にホーソーンからいろいろ教えてもらったおかげで、ふたりがわたしを辱めようとこんな恰好をさせたわけではないのは理解していた。証拠品は、ほかのものと接触しないよう保管しておかなくてはならない。わたしの服の繊維が警察車両の座席に散らばったり、逆に座席の繊維がわたしの服に付着したりしてはまずいのだ。わたしに恥ずかしい思いをさせているのは、いわばおまけのお楽しみというところだろうか。

車はすぐ外に駐めてあった——いわゆるパトロール・カーではなく、フォードのみすぼらしいエスコートだ。これからどこへ向かうのかふたりに訊いてみたが、もちろん答えなど返ってくるはずもない。いまやすべての選択権を公権力の代行者に渡してしまったのだという恐怖が、またしてもじわじわと忍びよってきた。いまのわたしはこのふたりが運ぶ荷物も同然で、どこへ配達されようと、それはふたりの思うままなのだ。

結局、行先は数キロ先のイズリントン署だった。車は《マークス&スペンサー》や《ビュー・シネマ》の前を通りすぎ、角を曲がって、これまでわたしが足を踏み入れたことのない通りへ入っていく。しばらくの後、ふたたび左に曲がると、驚くほど立派な低層の建物が目の前に現れた。この地区のより高級な住宅街に暮らす人々のために設計された、区役所か何かの建物にも見える。わたしを逮捕したふたりの警察官は無言のままで、あたりにも警察署を思わせる気配は何もない。車はゆっくりと進み、やがてその建物に隣接する、鋭い刃のついた有刺鉄線を上部に張りめぐらせたおそろしげな塀の前で停まる。門が開き、中に車を乗り入れると、そこは砂利敷きの駐車場だった。何台もの警察車両、そこかしこに配置されている監視カメラ、そして絶望。背後でまた門が閉まり、わたしは本来の人生から自分が完全に切り離されてしまったことを痛感していた。これまでずっとなじんでいた世界から無理やり引き剝がされ、とうてい信じられないまま、心にぽっかりと空洞ができてしまったようなこの感覚は、どうにも言葉では形容しきれない。

脇の扉から建物の中に入ると、そこは留置場だった。こぢんまりとした実用的な造りで、内部は濃淡をつけた陰気な灰色と白に塗り分けられ、壁にはそこらじゅうに通達書類のたぐいが画鋲で留められている。間の悪い日にたまたま、ひどく陰鬱な古びた銀行か住宅金融組合の建物に足を踏み入れてしまった、とでもいう感じだろうか。三人の制服警官が、樹脂アクリルの仕切りの向こうでコンピュータを操作している。わたしは中のひとりと向かいあい、仕切りのこちら側の腰かけに坐らされた。もっとも、わたしは金を引き出しに来たわけではない。むしろ、わたし自身が預け入れられる立場なのだ。

「名前をどうぞ」留置係の巡査部長が愛想よく口を開いた。ぱりっとした制服をみごとに着こなしている女性警官で、もし別の道を選ぶとしたら、《サヴォイ・ホテル》のフロント係もきっちり務めていたことだろう。

名前を告げようと口を開いた瞬間、この留置係が問いかけた相手が自分ではないことに気づく。わたしなど、処理されるのを待つ荷物にすぎないというのに、どうして名乗る必要がある？　留置係が待っているのは、グランショー警部の答えなのだ。

「被疑者の名はアンソニー・ホロヴィッツ」警部が告げる。「ハリエット・スロスビー殺害容疑で逮捕。取り調べと証拠保全のため留置する」

世界でもっともお粗末な脚本に書かれた台詞（せりふ）を、演技を学んだこともない役者たちが口にしているかのようなやりとり。こんなにも人間味に欠けた貧しい言葉が、官吏用語のほかにあるだろうか。この留置係にしたところで、口もとに笑みを浮かべてはいるが、本質はたいして変わらない。「あなたを逮捕し、留置すべき理由はいま聞いたとおりです」グランショー警部の説明が終わると、留置係はわたしに説明した。自分でも何を言っているのかわからないかのように、やけにしどろもどろだ。「事件の物的証拠隠滅を防止し、取り調べによって供述証拠を得るために、あなたは当署に留置されることとなります。この段階で、何か言っておきたいことは？」

いったい、わたしに何が言えるというのだろう？

「きみたちふたりのいまの発言を聞けば、きみときみの同僚たちはみな、自分が何をしているのか、まったく理解していないことはたしかだ。その可能性を指摘し、記録に残しておくためにも、はっきりと言わせてもらう。きみたちはみな、とんでもない大馬鹿だ。頭がどうかしてしまったとしか思えないな。このままわたしを釈放しないのなら、きみたち全員を必ず訴えてやる……」

いや、こんなことは言わずにおこう。ここで、あえて敵を増やすのは得策ではあるまい。

「きみたちは過ちを犯しつつある」

三人はにっこりした。まるで、そんな言いぶんは初めて聞いたといわんばかりに。

「あなたがここにいることを、知らせておきたい人はいますか？」

なんと、まあ！　とんでもない難問をつきつけられたものだ。言うまでもなく、妻に知らせないわけにはいかない。だが、それでも、わたしは知らせる気になれなかった。知らせたところで、妻にどうにかしてもらえる問題ではないのだ。それに、そう、当然わたしはすぐに釈放されるだろうし、妻が気づかないうちに帰宅できるのなら、わざわざ知らせる必要はあるまい。では、わたしのエージェント、ヒルダ・スタークは？　『マインドゲーム』の初日にも、ヒルダは来ていなかった。いまは休暇をとり、バルバドスにいるのだ。あちらがいま何時なのか、そんなことさえ見当がつかない。いまごろは寝ているかもしれないし、ひょっとして砂浜で陽光を浴びているところだったら、さらに気の毒だ。こんな用件で邪魔をされたくはないだろうし、どのみちヒルダにできることもなさそうだ。知っている弁護士といえば、自宅アパートメントを購入するとき手続きを担当してくれた事務所の人々くらいだが、あそこがはたして刑事事件を受け付けているかどうか。いっそ、ホーソーンに知らせる？　いや、まだだ。わたしにとってあの男は、いわば袖に隠した切り札ではないか。まだ、ただの誤解だったと釈放される可能性だってある。切り札は、ほかに打つ手がないときまでとっておかなくては。

これが報道されてしまったら、いったいどうなるのだろう？　これまでその心配が頭に浮かばなかったのは自分でも不思議だが、ふいに新聞の見出しが目の前に浮かんだ――〝《アレックス・ライダー》シリーズの著者、殺人容疑で逮捕〟。児童向けの作品は、これでもう売れる見こみはなくなってしまった。もっとも、逆にミステリの売り上げは伸びるかもしれない。そんなことをつい考えてしまった自分が、とうてい信じられないが。こんな形で自分の作品を宣伝するなど、けっしてわたしの望むところではない。ほんの二、三時間で釈放されるのではないかというかすかな希望に、わたしはいまだすがりついていた。

「ありがたいが、いまはまだいい」わたしは答えた。

そこからは、すべてが規定どおりに進んでいった。黄色いマット（ご親切にも表面に〝身体検査用マット〟と記されている）の上に立たされ、金属探知機で検査を受ける。わたしが着ているのは自分の服ではないし、そもそもポケットもついていないというのに。それから別の部屋に連れていかれ、写真撮影。さらに、指紋も採取される。指にインクをつけるのではなく、ガラスのパネルに押し当てて指紋をスキャンする方式だとは、考えてみれば当然ではあるが、わたしはひそかにがっかりした。その間にも、さらに綿のジャージ姿の中年の女が連行されてきて、汚い言葉をとめどなく吐き散らしながら、わたしと同じ手続きを受けさせられていく。逮捕されたという衝撃にようやく慣れてくると、今度はどうにも自分が場ちがいな気がして、わたしはいたたまれなかった。けっしてお高くとまっているつもりはないが、犯罪者階級の仲間入りをするのは絶対にごめんだ。

カーラ・グランショー警部とダレン・ミルズ巡査は、いまはちょっと離れた場所に引っこんでいる。だが、そちらに目をやるたび、ふたりがじっとわたしを眺め、これからオーヴンで焼かれるチキンの下ごしらえよろしく、粛々と手順を踏んでいく光景を心ゆくまで楽しんでいることは伝わってきた。そればかりか、この手続きが済んだらわたしはふたりのもとへ返却されることになっているようで、その瞬間を手ぐすね引いて待ちかまえているらしい。何もかも、連中のお楽しみにしかすぎないというわけだ。やがて、わたしはふたりの手に引き渡され、ドアが閉ざされてわたしたちだけとなる……そこで、いったい何が起きるのだろう？　そもそも、わたしをどれくらい留置しておくつもりなのだろうか。当然ながら、これがまちがいだったということはやがて明らかになるはずだが、そのときは、どんな埋めあわせをしてもらえるのだろう？　誤認逮捕されたと、あのふたりを訴えることはできるのか？　少なくとも、これはなかなか楽しい想像ではあった。

さらに狭い通路を進み、第三の部屋に連れていかれる。部屋といっても、壁もドアもない、形もはっきりとはわからない空間だ。一見、倉庫のような場所に見える。そこにはまた別の警察官が、周囲にボール紙の箱を積みあげ、テーブルに向かって坐っていた。驚いたことに、どうやらここは医務室らしい。その警察官はわたしの手にかぶせてあったポリ袋を外すと、木のへらを使って爪の間の汚れをかき出した。これは、わたしの爪の間からハリエット・スロスビーの血液が検出されることを期待しているのだろう。そんなものが見つかるはずもないので、少しは気分が明るくなる。さらに、今度は綿棒を使って口の中の細胞をこすりとられた。こんなにも近くに顔を寄せあうはめになったというのに、警察官は無言のまま、〝やあ〟のひとことさえ口にしようとはしない。まさか、次は直腸検査ではないことを、わたしはただ祈るしかなかった。

実のところ、これでほぼ検査は終わろうとしていた。最後にわたしの頭から数本の髪を抜きとり、注意ぶかい手つきでポリ袋に収める。いまや、この警察官はわたしのさまざまな部分のDNA資料を一式とりそろえているわけだ。どれをとっても、必ずわたしの無実を証明してくれることだろう。重要なのはそこだけだ。

わたしはまた、先ほどの留置係の巡査部長のところへ連れもどされた。

「あなたには、無料で法律的助言を受ける権利がありますよ」と、留置係。

「いや、けっこう」わたしは何も悪いことをしていないのだからと、自分に言いきかせる。何もしなくても、誤解は自然に解けるはずだ。まだ、弁護士を呼ぶような段階ではない。

「では、『実務規範』を読みますか？　わが国の警察の権限と手続きのすべてをまとめた本ですが」

これは、正直そそられなくもなかった。ベストセラーにはなりそうもない題名だが、いまはほかに何も読むものがない。「いや、やめておくよ」

「ご希望なら、電話をかけることもできます。許可されているのは一度だけなので、いま誰と話しておきたいか、慎重に選んでくださいね」

正直に言うなら、わたしはずっとこのことばかり考えていた。だからこそ、自分のエージェントにも、弁護士にも、妻にさえも連絡をとろうとしなかったのだ。わたしをこの窮地から助け出すことのできる人間は、この世にひとりしかいない。その相手に電話をする機会を、ひたすら待ちつづけてきたというわけだ。「では、友人にかけたいんだが……」

留置係は卓上電話の受話器をとり、樹脂アクリルの仕切りの下からこちらに差し出した。電話番号を教え、ダイヤルしてもらう。

呼び出し音を三度数えたところで、相手が出た。

「ホーソーン！」思わず叫ぶ。

「トニーじゃないか！」

こんな呼びかたも、いまは我慢しよう。「きみの助けがほしいんだ」

「何があった、相棒？」

「逮捕されてしまったんだよ」

「何の容疑で？」

「殺人だ！」

しばし、ホーソーンは口をつぐんだままだった。後ろから、駅のアナウンスのような音が聞こえてくる。「もしもし？　聞こえているか？」

聞こえていたようだ。「いったい、誰を殺したんだ？」

よくもまあ、そんな質問を。「誰も殺してなんかいない！」思わず叫びそうになり、懸命に自分を抑える。これは、たった一度だけ、わたしに許された外部との通話なのだ。深く息を吸いこんでから、先を続ける。「ハリエット・スロスビーが刺殺されてね。劇評家だよ。わたしが脚本を書いた舞台を酷評したんだ」

「あれはいろんな新聞で酷評されてたよな」と、ホーソーン。「おれも読んだよ」言葉を切る。

「酷評してた劇評家連中のうち、誰かほかに殺されたやつは？」

こんな質問は無視してかまうまい。「わたしをここから助け出してくれ」

「どこにいるんだ？」

「イズリントン署だよ。トルパドル・ストリートの」

「そうなると、おれにできることはほとんどなくてね、相棒。連中はあんたを、九十六時間にわたって拘束できる」

「九十六時間！」くらくらする頭で、どうにか計算する。「四日間もか！」

「最初の二十四時間が過ぎたところで、引きつづき留置するためには警視の許可をとる必要があるがね。逮捕した警察官は誰だった？」

「そこが問題なんだ。カーラ・グランショー警部だよ」

留置係の巡査部長がこちらを向き、手を動かしてみせた。与えられた時間は、もうそろそろ終わりらしい。

「おれから、よろしく言っといてくれよ！」ホーソーンが答える。

「ホーソーン――あの警部は、きみを憎んでいるんだ」わたしは受話器に向かってささやいた。

「そして、わたしはきみ以上に憎まれている」

「ああ、たしかにな。まったく、残念なお知らせだ」

この男ときたら、わざとこんな応対をくりかえしているのだろうか？　そのとき、ふと記憶がよみがえる。わたしは四冊めの本を書くのを断った。そのことで、口論になったではないか。それを根に持って、ホーソーンが窮地のわたしを見捨てるであろうことくらい、わかっていてもよかったのに。「じゃ、いっさい手は貸せないというつもりなのか?」すっかり意気消沈して、わたしは尋ねた。

「まあ、そんなところだな。いまは地下鉄に乗っててね」

「グランショー警部と話してみてくれてもいいだろう?」

「あの女がおれの話を聞くとも思えんけどな」

「きみになんか電話するんじゃなかったよ」

「たしかにな。おれがあんたなら、きっと――」

地下鉄がトンネルに飛びこんでいく音が聞こえたような気がした。自分もまた闇に呑みこまれていくような感覚が、ふいに襲ってくる。電話が切れた。受話器を留置係に返す。わたしはここに、たったひとりで立ちつくしていた。

カーラ・グランショー警部が近づいてくる。「じゃ、話は明日ゆっくりね」

警部がミルズ巡査を連れて出ていくのを、わたしは見送った。あのドアは、ふたりのために開いても、わたしを通してはくれないのだ。

数分後、年輩の男性が――こちらもおそらく巡査部長だろう――わたしを迎えにきた。警部たちとは別のドアをくぐり、さらに建物の奥へ向かう。その先には鉄格子の扉があり、短い通路に沿って八つの居室が並んでいる。わたしと同じころ逮捕され、連行されてきた女の声がした。あいかわらず、汚い言葉をわめき散らしている。別の居室には、けたけたと笑いつづける男がいた。あたりにはひどい臭いが漂っている——汗、尿、洗浄剤、そして電子レンジで温めた安っぽい食事の混じりあったような。年輩の巡査部長は鉄格子の扉を開け、わたしを連れて中に入った。

「あんたはいちばん端の居室にしましたよ。これで、ちょっとは静かなはずだ」どうやら親切にしてくれるつもりはあるようだが、この巡査部長はわたしにとって、地獄への渡し守も同然だった。「うちの息子がね、あんたの本を読んでましたよ」通路を歩きながら、言葉を続ける。

「息子さんが？」

「ああ、ちっちゃいころにね。いまはもう二十八歳だが、あんたとここで会ったと話してやったら、どんなに驚くか」

「息子さんのお仕事は？」どうか、ほかの誰にも漏らさずにおいてくれたらいいが。

「新聞記者をやってます」

わたしの入る居室の前で足をとめると、巡査部長は別の鍵で扉を開けた。「あと三十分くらいで夕食を持ってきますがね。何かアレルギーは？」

「腹は減っていなくてね」

「まあ、それでもいちおう持ってきますよ。あんたは食いものを壁にぶちまけたりしない人だ、それはわかってる。実をいうと、そういう連中がときどきいましてね！」

わたしの檻（おり）。

そこは長方形の空間で、床はコンクリート、ベッドは壁に作り付けられており、仕切りの後ろに金属製の水洗便器があったが、便座はなかった。鉄格子の窓には、視界をさえぎるべく曇りガラスがはめられている。もっとも、たとえ透明でも位置が高すぎて、とうてい外は見えなかっただろう。ぎらぎらとまぶしいナトリウム灯の明かりに耐えながらも、どうやらすでに日が暮れ、外は暗くなっているらしいことにわたしは気づいた。腕時計は持っていない。房の片隅からは、監視カメラがこちらを見おろしている。ひょっとしたら、いまこの瞬間も、ミルズ巡査とグランショー警部はわたしを観察しているのかもしれない。

ベッドに腰をおろす。青い防水カバーのかかったマットレスに薄汚い毛布、これまでどれだけ多くの頭を乗せたかわからない枕。

「あんた、だいじょうぶかね？」巡査部長が尋ねた。

「どうも、ご心配なく」そう答えながらも、自分でも心もとない。

「そのつなぎは、もう着替えていいですよ。ちょっとは楽な服が、そこに置いてある」

ベッドの端にきちんと積みあげられた服に、わたしはそのとき初めて気づいた。灰色のジャージのパンツ、灰色のトレーナー、ゴム製の靴――スニーカーになりそこなったいとこ、というところか。

巡査部長が居室を出ていき、がちゃりと鍵のかかる音が響く。自分に何が起きたのか、そのときわたしは胸が冷えるような感覚とともに思い知った。わたしは自由を奪われてしまった。この忌まわしい場所に、ひょっとしたら九十六時間も閉じこめられることとなるのだ。さっきの男のけたけた笑う声が、わめきつづける女の声が、あたりにはいまだに響いている。そして、聞こえる音はほかにもあった——虚ろな反響、いくつものドアが叩きつけられる音、電子機器のスイッチが切り替わる音。法のもと人間を拘束する施設がおそろしいところだなんて、当然ながら知っていた。刑務所にならいくつか見学に行ったこともある。だが、そこに閉じこめられる側になるのは初めてで、わたしは心底こたえていた。こんなにも孤独に思えたことはない。いっそ、泣き出してしまいたいほどだ。

ベッドに横たわると、マットレスの防水カバーが身体の下でかさかさ鳴る。枕を使おうと引きよせたものの、臭いを嗅いだ瞬間、思わず放り出してしまった。膝を抱くように身体を丸め、目を閉じて、いまはただ眠りが訪れるのを待つことにしよう。

7 留置期限

「さてと、ご気分はいかが?」こんなにも普通で害のない挨拶にとてつもない悪意をこめて、カーラ・グランショー警部が尋ねた。

その隣では、ダレン・ミルズ巡査が嫌味な笑みを浮かべている。

一夜明けて、わたしは取調室という、これまたおそろしげな部屋に坐らせられていた。二色の——上が茶色、下が灰色——の壁は防音で、色の境目には黒い帯状に非常用ボタンがいくつも貼りつけてあり、どこに触れても通報できるようになっている。金属製のテーブルの前に坐るわたしの姿はずっと録画されており、テーブルの向かいにはグランショー警部と部下が陣どっているというわけだ。これはみな、予想の範囲内ではあった。ただ、ここに呼び出されるまで、こんなにも長く待たされたことが意外でならない。留置期限は刻々と迫りつつある。九十六時間！　ホーソーンによると、それがわたしをここに留め置ける最長の期限らしい。さらに、最初の二十四時間を超えて留置するには警視の許可が必要だとも言っていた。

時計に目をやる。すでに午前十一時だ。朝からずっと手持ち無沙汰なままじりじりと時をすごしていたが、ようやくこの悪夢から抜け出す道が見えてきた。上司の警視がこのふたりと同じくらい頭がどうかしていないかぎり、わたしがまったくの無実だということ、グランショー警部が私怨で濡れ衣を着せたということくらい、すぐにわかるにちがいない。凶器となった短剣のことを除けば、わたしがこの事件にかかわっていたことを示す証拠など何ひとつ存在しないのだ。アフメトは少なくとも五本、あの馬鹿げた安っぽい短剣をみなに配ったわけで、あと十数本ばかり自宅に置いてあっても不思議はない。そもそも、自分の脚本を酷評されたという理由でわたしがハリエット・スロスビーを殺したなどと、グランショー警部は本気で信じているのだろうか？　劇評家に息の根を止められる脚本家はいても、その逆など存在するはずもないというのに。

「上々だよ、おかげさまで」わたしは答えた。

わたしを朝からずっと留置場に放置していたことで、グランショー警部はそれなりに満足していたのかもしれない。だが、わたしのほうは、あと何時間でここから出られるか、すでに指折り数えていたので、どうにか耐えしのぶことができた。出られるのは確実だ。自宅へはタクシーで帰ろう。風呂に入ってすべてを洗い流し、こんな出来事は忘れてしまえばいい。

それなのに、なぜミルズ巡査はいまだににやにやしているのだろう?

グランショー警部はきっちり封をされたポリ袋を取り出した。中には例の『マクベス』記念の短剣の一本が、茶色に変色した血液がべったりと付着したまま収められている。こんなものを見せられたわたしの頭には、そもそも舞台の初日記念の贈りものとして、いかにこれが馬鹿げたしろものだったかという感慨しか浮かばなかった。ただの置物でさえない。実際に人を殺せるのだから!

「これはハリエット・スロスビー殺害に使われた凶器だけど」グランショー警部が説明する。「あんたの短剣よね。ほかの短剣はすべて確認したけど、飾りがぐらぐらしている不良品はこれだけ。さらに重要なのは、贈られた短剣が手もとにないのはあんただけでね。どう、何か言いわけできる?」

「わたしがもらった短剣は、休憩室に忘れてきたんだ。こっそり誰かが持っていったって不思議はない」

「だが、あんたは最初、短剣は自宅に持ち帰ったって言ってましたよね」ミルズ巡査の口調には、勝ちほこった響きがあった。

「そう思っていたんだよ。だが、思いちがいだったようだ」

「つまり、われわれに嘘をついてたってことでしょう」

「そうじゃない。本当に勘ちがいだったんだ」

「この短剣からは、いくつかの指紋が発見されてね」グランショー警部はポリ袋を自分の目の前に掲げ、まるでいまもその指紋が見えているかのように話を続けた。「みな、あんたの指紋だったのよね、アンソニー。完全に一致してた」

「ヴォードヴィル劇場で受けとったときに、その短剣に触れているからね。それは否定するつもりはないよ」

「でも、誰かがそれを盗んだって、あんたは主張してる。だけど、柄にはほかの指紋はいっさい残ってなかった。よっぽど気をつけてとりあつかった、ってことかな。だとしたら、あんたはその誰かに罪を着せられようとしてる、って言いたいわけ？」

「その可能性は考えられるんじゃないかな」

「あんなくだらない脚本を書いた仕返しを食らった、ってことですかね」ミルズ巡査があざ笑う。

「ハリエット・スロスビーの自宅がどこにあるかは知ってる？」グランショー警部が尋ねた。

わたしはため息をついた。「ああ。リトル・ヴェニスのパルグローヴ・ガーデンズ二十七番地だ」

これを聞いて、警部は目をかっと見ひらいた。「そんなこと、どうして知ってるの？」

「わたしを逮捕したとき、きみたちが自分で口にしたじゃないか」

そう言われ、グランショー警部は記憶をたどっているようだ。その目に、あれこれと計算しているらしい表情が浮かぶ。「でも、リトル・ヴェニスだとは言わなかったはずだけど」

「その代わり、W9地区と言っていただろう。そもそも、パルグローヴ・ガーデンズがどこにあるのか、わたしは知っていたんだ。うちの犬を連れて、よくリージェンツ運河沿いを散歩するんだ。マイーダ・ヒル・トンネルの近くだよ」

わたしは、わざわざ自分の墓穴を掘ってしまったのだろうか？　間髪をいれず、ミルズ巡査が食いついてきた。「じゃ、あのあたりに詳しいってことは認めるんですね」

「ハリエットが住んでいたとは知らなかったよ」わたしは答えた。「きみたちから聞くまでは」

「知っててもおかしくはないのよね。一月に出た《ハウス&ガーデン》誌に、ハリエット・スロスビーの記事が出てたんだから――つまり、いまから三ヵ月前に。〝住むには最高の場所〟ってね。住所は載せてなかったものの、どこの地区かは書いてあったし、間抜けなことに邸宅を正面から撮った写真には、番地が写ってた。その記事を読んだら、場所もすぐにつきとめられたはず」

「残念ながら、《ハウス&ガーデン》誌なんて手にとったこともないな」

「ヴォードヴィル劇場では、ハリエット・スロスビーと何か接触はあった？」グランショー警部がたたみかける。これが、この警部ならではの取り調べ技術なのだろう。わざと矢継ぎ早に話題を変え、相手に考える時間を与えないようにするのだ。

「いや」

「握手とか――あるいは、抱きあったとか？」

「とんでもない！」

「被害者のブラウスから、鑑識が髪の毛を発見してね……殺害されたときに着てたものなんだけど。いま、詳しい検査に出してる。ただ、一見したところ、色も長さもあんたの髪と同じに見えるのよね」

「わたしの髪のはずはないよ。ハリエットには、まったく近づいていないんだから。そして、自宅にだって近づいてはいない」

「いまはそんなこと言っていられるけど」と、グランショー警部。「検査の結果、ＤＮＡ型が一致したら、それであんたはおしまいよ。それに、まだ別の証拠もあってね。見せてあげて、ダレン」

「はい、警部」次なる手品の仕掛けを、ミルズ巡査が取り出す。今度は、運河沿いの曳舟道を歩く男の白黒写真だ。背後から防犯カメラが撮影したもののようだが、その人物の背恰好がたしかに自分そっくりだということを、わたしもすぐに見てとった。男は灰色のダウン・ジャケットを着て、フードをかぶっている。似たような服を、わたしも持っていた。

「これは、昨日の朝九時半に撮影されたものでね。ハリエット・スロスビーが刺殺された、ちょうど三十分前ってわけ。この防犯カメラは、スロスビー夫人の自宅からすぐ先の角を曲がった、マイーダ・ヒル・トンネル近くに設置されてた。どう、この写真の男が誰だかわかる？」

「いや」

「どう見ても、あんたにそっくりじゃない」

「わたしであるはずがない。昨日の朝九時半には、まだベッドにいたんだから」

「でも、それを証明してくれる人はいないのよね。あんたがそう言いはってるだけで」

分厚い雲に、じわじわと包みこまれるような感覚が襲ってくる。自由の身になれるのは二十四時間後ではなく、二十四年後ではないか、ふいにそんな恐怖が現実味を帯びてきた。凶器の持ち主はわたし。そこから検出された指紋も、わたしのものだった。さらに、わたしそっくりの男が犯行現場の近くで、犯行時間直前に撮影されている。被害者の遺体には、わたしの髪が付着していた。おまけに動機まである——脚本を酷評された、という。

「こうなったら、さっさと自白したほうがずっと楽なんじゃないの」と、グランショー警部。

「自白すりゃ、裁判でも情状酌量してもらえますよ」ミルズ巡査がたたみかける。

「よけいなお世話だ」ふたりを怒らせても意味がないことはわかっていたが、わたしはとうてい自分を抑えきれなかった。もうたくさんだ。

そしてまた、留置場の居室に戻される。これから先、何が起きるかはわかっていた。被害者の服に付着していた髪のDNA型について、グランショー警部は鑑識の検査結果を待っている。わたしのものと一致すれば、殺人容疑で起訴するつもりなのだ。わたしの髪の一本が、リトル・ヴェニスで殺された劇評家の遺体の上にひらりと落ちるなど、どうしてそんなことが起きうるのだろう？　どう考えてもありえない。劇場でも、わたしはハリエットと接触していないのに。仮に、さっきグランショー警部が皮肉ったように、誰かがわたしを陥れようとしているのだとしても、わたしに気づかれずに髪を引き抜くことなど不可能だ。

それからの数時間は、ゆっくりと過ぎていった。あのけたけた笑う男とわめき散らす女は、どちらも姿を消していたが、代わりに入ってきたお隣さんは、すすり泣き、何やらぶつぶつ唱え、壁にしきりに何かを——たぶん自分の頭だろう——ぶつけることで、充分にふたりぶんの静けさを埋めてくれた。昨夜はほとんど眠れなかったのだが、ここにきて、ようやくうとうとしてしまったらしい。ふと気がつくと、居室の扉が勢いよく開き、カーラ・グランショー警部とダレン・ミルズ巡査がつかつかと入ってきた。その後ろには、留置係の女性巡査部長の姿も見える。何か、予期せぬ出来事が起きたらしいことはすぐにわかった……少なくとも、この二人組にとっては。グランショー警部はわたしの服を一式、小脇に抱えている。

「あんたを釈放することになったから」警部が口を開いた。

「じゃ、やっとわたしが無実だとわかってくれたんだね」

「あんたがやったのはわかってる。動機、殺害の凶器、犯行の機会……何もかもあんたを指してるんだから。これでDNA型の検査結果が出たら、もう絶対に逃げられないよ。ただ、あんたもここでちょっとした幸運に恵まれたみたいね。ランベスにあるロンドン警視庁の法科学鑑定研究所で、コンピュータ障害が起きたんだって。あんたの髪の検査結果が出るのは、明日の就業時間後になるそうでね。逃亡の怖れはないと、うちの警視が判断したんで、いまは留置しておく必要はなくなったってわけ」

「それでも、パスポートは預からせてもらいますがね」ミルズ巡査が意地悪くつけくわえる。

「そうそう、あんたに会いたいって人が来てるよ」

ふたりが居室の外で待つ間、わたしは自分の服に着替えた。それだけでも、ずいぶん人間らしい気分に戻る。ふたりに連れられて通路を戻り、鉄格子の扉をくぐって、最後に金属のドアの向こうに足を踏み出すと、そこは最初に留置手続きを受けた部屋だ。

わたしを待っていたのは、ホーソーンだった。

いっそ、愛おしさにも似た感情が胸にあふれてくる。とっさに両腕を広げ、あの男を抱きしめたくなったくらいだ——普段なら、そんなことはさらさら思いつかないだろうに。どうしてホーソーンがここに現れたのか、さっぱり見当がつかなかったし、自分の釈放に一役買ってくれたなどとは夢にも思わなかった。ただ、わたしの電話に応え、ホーソーンがついに来てくれた、そのことで胸がいっぱいだったのだ。

「やあ、トニー。調子はどうだ、相棒？」いかにも明るい口調で、ホーソーンが尋ねる。

「いいわけがないだろう」わたしはむっつりと答えた。

「きっと、迎えの車がほしかろうと思ってね」

「車があるのか？」

「タクシーだがね」

いつものように、支払いはわたしというわけだ。

「せいぜい、ふたりで楽しくやんなさいよ」と、グランショー警部。「それと、これだけは忘れないでよ、〝トニー〟とやら。あんたの再逮捕は、いつだってできるんだから」

「いいかげんにしとけよ、警部！」ホーソーンはおもしろがっているようだ。「証拠だけはいろいろとかき集めたみたいだが、ハリエット・スロスビー殺害事件にトニーがいっさいかかわってないことくらい、おたくもおれと同じく重々承知してるだろうに。そもそも、人に危害を加えるなんてこと、このトニーにできるわけがないだろう。見ればわかるさ！　この男がこれまで叩いたことがあるのは、コンピュータのキーボードくらいのもんだ。殺人についての本を書いちゃいるが、血を見るだけで吐きそうになるのは、おれもこの目で見てる。だいたい、トニーが自分をこきおろした批評家を片っ端から殺してたら、いまごろは全国各地に死屍累々だぜ」

「何かひとつくらい褒めてくれてもいいんじゃないか？」わたしはつぶやいた。

「へーえ、そいつが犯人じゃないんなら、誰がやったっていうのさ？」

「それは前回と同様、どうやらおれが探し出してやることになりそうだ、おたくらのためにな。おたくも、ちょっとは考えといたほうがいいんじゃないか。さほど時間も経ってないってのに、またしても誤認逮捕をやらかそうもんなら、おたくの勤務経歴はさぞかし悲惨なことになりそうだからな！」

「容疑者なんて、ほかに誰もいやしないよ」グランショー警部がせせら笑う。「したけりゃ捜査したっていいけど、せいぜい急ぐことだね。DNA型の検査結果さえ出りゃ、一トンのレンガが落っこちてくるような勢いで、そいつに飛びかかってやるから」

「たしかにな、あんたを見りゃ重量に不足はなさそうだ、カーラ」

「とっとと出ていきな。あんたたち、ふたりともね」

留置場を出ると、そこにはタクシーが待たせてあった。てっきり、まずは自宅のあるファリンドンに戻るのかと思ったが、驚いたことに、車はわたしのアパートメントを素通りし、リヴァーサイド・ビューにあるホーソーンの自宅へ向かう。道すがら、この数日でいったい何が起きたのか、わたしはホーソーンに話してきかせた——あくまで、わたしの視点からの話ではあるが。内容は、ここまでわたしが綴ってきたこととほぼ同じだ。ホーソーンはほとんど口をはさまなかった。こちらに目を向けることもなく、ずっと窓の外の風景を眺めているので、本当に話を聞いているのか心配になる。だが、これがこの男のやりかたなのだ。関係者に聞きこみをするときも、上の空に見えることがしょっちゅうだが、実際には、どんな些細なひとことも、口調のわずかな変化さえも、ホーソーンが聞きのがすことはない。

数日前、ホーソーンがお茶を淹れてくれたキッチンに、わたしたちはまた腰をおちつけた。しみひとつないこの部屋で、自分自身の服を身につけ、すぐ隣で誰かがわめき散らしたり祈りを唱えたりする声を聞かされたりせずに、ごく普通にふるまえるのはなんと幸せなことだろう。さらに嬉しいのは、ホーソーンがわたしの味方についてくれたことだ。少なくとも、ついてくれたように見える。

ホーソーンがコーヒーを運んできた。「だいじょうぶか？」

「だいぶ気分がよくなったよ」わたしは認めた。「トルパドル・ストリートまで、わざわざ来てくれてありがとう」

「さすがに、あんたをあそこに放っとくわけにはいかなかったよ。ろくな場所じゃないからな！」

「まったくだ。ビスケットでももらえないかな？」

「切らしてる」

わたしはもう、一日半にわたってほとんど何も食べていなかった。

ホーソーンが向かいの席に坐る。その目がわたしをじっと観察し、こちらの目をのぞきこむのがわかった。「どうしたんだ？」わたしは尋ねた。

「ひとつ、どうしても知っておかなきゃならんことがある」ホーソーンは顔をしかめた。「あんた、本当にやっちまったのか？　ハリエット・スロスビーを？」

「何だって？」思わず、コーヒーにむせそうになる。

「こんなこと、おれだって訊きたかないんだ、相棒。つまり、あんたにつらく当たるつもりはないんだが、結局のところあんたがあの女にナイフを突き立てたんだったとしたら、お互い時間の無駄だからな」

「よくもまあ、そんなことが頭に浮かぶものだな！」わたしはもう、言葉が見つからなくなりそうだった。「グランショー警部には、あんなふうに言ってくれたのに……」

「そりゃ、あんたをあそこから連れ出すためには、ああ言うしかなかったからな。いかにもあんたを信じてるふうに見せるしかなかった。だが、正直なところ、あんたが本当にあの女をやっちまってたとしても、おれは責めないよ。あの女の劇評は、たしかにおそろしく意地が悪かったからな」ホーソーンは頭を振った。「これからは、あんたも小説に専念したほうがいいんじゃないか」

「わたしはいっさいハリエットに近づいてはいないんだ」

「まあ、あんたはそう言うだろうがね――残念ながら、グランショーは有罪にするだけの証拠を握ってる。さらに、DNA型の検査結果が届いちまった日にゃ……」

「あれはわたしの髪じゃない。そんなはずがないじゃないか。接触もしていないのに」

「そこがそもそもまちがいなんだ、相棒。おれはすでに検査結果を見たんだがね。ほぼ完璧に一致したと出てたよ――九九・九九九パーセント確実だそうだ」

「まさか、そんなはずが！　ちょっと待ってくれ……」あまりにさまざまな思いが頭の中を駆けめぐり、わたしの注意を惹こうと殴りあいでも始めそうな勢いだ。あらためて、いまのホーソーンの発言をじっくりと吟味してみる。「どうしてきみが検査結果を知っているんだ？　グランショー警部さえ、まだ報告書を受けとっていなかったのに。誰か、研究所に知りあいでもいるのか？」

「そういうわけじゃないんだが……」ホーソーンは言いよどんだ。何か、わたしに隠しておきたいことがあるようだ。

だが、その答えはたちまち目の前に現れた。

戸口のほうで何か動いたかと思うと、次の瞬間、何の前ぶれもなくケヴィン・チャクラボルティが姿を現したのだ。同じアパートメントの階下に両親と住む青年。電動式車椅子に乗っているのは、生まれつきデュシェンヌ型筋ジストロフィーを患っていて、筋肉や運動能力がじわじわと冒されつつあるからだ。だが、けっして見かけから誤解されるほど無力なわけではない。それどころか、とびきり腕利きのコンピュータ・ハッカーで、わたしのiPhoneから、わが国の警察本部のコンピュータ、さらには全国に配置されている五百万台もの防犯カメラにいたるまで、何にだって侵入できる。身体が不自由だからといって、ケヴィンを見くびるのは大まちがいだ。わたしがこれまで会ったことのある人々の中でも、もっとも優秀なひとりなのだから。

「やあ、ミスター・ホーソーン」ケヴィンが挨拶した。「あなたが帰ってきたのが聞こえたんだ」

「それは嘘だな、ケヴィン。このアパートメントの出入り口に設置したカメラに侵入して、おれたちが帰ってくるのを見てたんだろう」そう言いながらも、ホーソーンはケヴィンが来たことを喜んでいるようだ。「ちょうど、あんたの話をしてたんだよ。いや、これから話そうとしてたとこだ」

「ケヴィン……」どういうことだったのか、わたしはようやく合点がいった。「きみはランベスにあるロンドン警視庁法科学鑑定研究所のコンピュータに侵入したのか？」厳しく問いただす。まるで、いたずらっ子に説教する親のような口調で。

「また会えて嬉しいですよ、アンソニー」ケヴィンはわたしの質問を無視した。車椅子のコントローラーを操作し、こちらに近づいてくる。「あなたが逮捕されたって、ミスター・ホーソーンから聞きました。正直なところ、度肝を抜かれちゃったな。まさか、あなたが人を殺してのけるなんて、夢にも思ってなかったから」

「本人は無実だと言いはってるんだ」ホーソーンが口をはさむ。

「DNA型の検査結果も見ましたよ」ケヴィンは続けた。「完全に一致してるそうです。凶器には、あなたの指紋も残ってたし。その画像もダウンロードしときましたけどね」自分がやりとげたことの数々を、いかにも青年らしい熱っぽさで訴えているが、それが犯罪だということは、きれいさっぱり頭から抜け落ちているようだ。ケヴィンのこうした無邪気さに加え、インド映画のスターさながらの整った顔立ち、そしておそらくは車椅子のおかげで、この青年がどれだけ危険な存在なのか、こちらはつい忘れそうになる。

「時間の猶予はどれくらいある?」ホーソーンが尋ねた。

「研究所のサーバーに、よくあるDos攻撃をかけて落としてやったからね」と、ケヴィン。「つまり、せっかくの検査結果のデータに、連中はアクセスすることも、送信することもできなくなってて――」

「ちょっと待ってくれ!」わたしはさえぎった。「いったい何の話だ?」そのとき、ふいに記憶がよみがえる。「研究所でコンピュータ障害が起きたと、グランショー警部は言っていた。それは、きみのしわざだったのか?　Dos攻撃というのは、いったい何なんだ?」

答えてもいいかというように、ケヴィンはホーソーンを見やった。ホーソーンがうなずく。

「ほら、ぼくたちは、あなたのために時間を稼がなきゃならなかったでしょう」ケヴィンは説明した。「だから、研究所のシステムに侵入して、ボットをインストールしたんです。そのボットが多数のコンピュータにボットネットから指令を出して、研究所のサーバーに何百万もの処理要求を浴びせたんだ――スパムやら、ポルノやら、シェイクスピア全集やら……そういう、ありとあらゆるものをね。これはDoS攻撃の一種で、分散型サービス妨害(ディストリビューテッド・ディナイアル・オブ・サービス)攻撃って呼ぶんですよ。雑なやりかたではあるけど、よく効くんです」

「警察のコンピュータを故障させたのか！」

「いや、ちゃんと直りますよ。いまはもう専門の会社を入れて、DDoS攻撃を緩和させる手を打ってるはずだし。すべてのインバウンド・トラフィックを検出し、ロード・バランサー、ファイヤーウォール、ルーターを――」

「時間の猶予はどれくらいだ？」ホーソーンが質問をくりかえした。

「二十四時間はまちがいないでしょうね。たぶん、四十八時間までいけるんじゃないかな」

「助かったよ、ケヴィン」

「どういたしまして、ミスター・ホーソーン」帰ろうとして、ケヴィンはわたしをふりむいた。

「『メインテーマは殺人』、すっごくよかったですよ。次回作には、ぼくも出てくるかな？」

「刑務所に入りたくなければ、出ないほうがいいだろうな」わたしは答えた。

「そっか、じゃ、諦めます」車椅子のコントローラーを操作し、柔らかな回転音をたてながら、ケヴィンは部屋を出ていった。

「あの子はあんたのために危険を冒してるってこと、わかってやってくれ」目の前から青年が消えるのを待って、ホーソーンが口を開く。

「心から感謝はしているよ」これは、わたしの本心だった。

「じゃ、さっさと始めるとしよう」ホーソーンはすでに立ちあがり、タバコの箱と玄関の鍵に手を伸ばしていた。

「どこへ行くんだ？」

「ケヴィンの話は聞いてただろう。あんたのために、あいつは最大四十八時間を稼いでくれた。カーラ・グランショーが再逮捕しにやってくるまでの猶予をな。あんたがハリエット・スロスビーを殺してないんなら、おれたちはその時間内に真犯人を探し出すしかない」

8　パルグローヴ・ガーデンズ

ロンドンの中でも、リトル・ヴェニスはとりわけ目立たない一角だ。パディントン駅とリージェンツ・パークの間に引っこんでいるおかげで、当の住人たちしかその存在を知らない——そして、住人たちはなかなかほかの場所には移りたがらないだろう。ヒースロー空港、あるいはさらに西へ向かって、轟音（ごうおん）をあげメリルボーン・ロードを飛ばしていく車は、そこに美しい高級住宅やさまざまな店、魅力的なカフェが建ちならぶ、まるで独立した村のような区画がひっそりと隠れていることに気づくはずもない。リージェンツ運河はローズ・クリケット競技場やロンドン動物園を迂回し、マイーダ・ヒル・トンネルをくぐって、リトル・ヴェニスのただ中を通りぬける。水辺に近ければ近いほど、家の値段は高くなる仕組みだ。運河から歩いて二、三分のところに、ハリエット・スロスビーは住んでいた。もし、わたしがハリエットを殺していたなら、この運河沿いの道をたどった可能性もある。自宅から歩いて、せいぜい一時間強というところか。

わたしがここにいるのは、まさに〝犯人は現場に戻る〟の構図だと思われそうだ。どうしてか、ホーソーンはタクシーの運転手に住所の番地を伝えていなかったので、わたしたちはこのゆるい曲線を描く優雅な通りをゆっくりと流しながら、めざす住所を探しているところだった。ずらりと並んだ家々はどれも、よく似た造りだ。背が高く幅は狭いヴィクトリア様式の建物で、それぞれの家に割り当てられた駐車スペースを見おろす張出窓に、いかにも改築費用がかさんだであろう屋根裏。舗道には二、三軒おきくらいの間隔で日本の桜の木が植えられていたが、この湿っぽい四月の天気のせいで、いささか悲しげに見えた。

「二十七番地ってのは、どの家だ?」ホーソーンが尋ねる。

「さあ、どれかな……」しばらく道を進むうち、わたしはふいに気がついた。「いまの質問は、わざとわたしを引っかけようとしたんだな!」思わず大声になる。

何のことやらわからないという顔で、ホーソーンはこちらを見た。

「ああ、そうだ、わかっているよ。わたしがハリエットの家に来たことがあるかどうかを確かめたかったんだ。そんな罠に引っかかるほど、わたしを間抜けだと思っているのか?」

「まあ、そりゃ……」

「それに、きみはまだ、わたしがハリエットを殺したかもしれないと考えているわけだ！」

「おれはただ、どんな可能性も排除すまいと思ってるだけだよ」

わたしは指さした。「あの家じゃないかな。まちがっているかもしれないが、あそこの前に警察官が立っている」

運転手はタクシーを家の前に寄せた。わたしが支払い、車を降りて、いっしょに玄関へ歩みよる。呼鈴はふたつあった。ホーソーンが下の呼鈴――〝スロスビー〟と表示がある――を押す。警察官に制止されるかと思ったが、わたしたちが家に近づいてきたことにも、さほど気をとめていないようだ。ホーソーンがいかにも堂々としているおかげかもしれない。数えきれないほどの犯行現場を捜査してきた人間は、やはり年季がちがうのだろう。

アーサー・スロスビーがドアを開けた。

そう、この男がアーサーにちがいない。人生がふいに転覆してしまった人間のように、憔悴のあまり表情が失せている。わたしたちの訪問も、またしても質問をしに現れたふたりの見知らぬ人間の登場でしかないとでもいうような、悲しい諦めの目でこちらを見ていた。

「はい？」男は無気力に応じた。

「ミスター・スロスビー？」

「ええ、アーサー・スロスビーですが」

「ダニエル・ホーソーンです。このたびは実にお気の毒なことでした。わたしは警察の捜査に助力してまして。入ってもかまいませんかね？」

ホーソーンは嘘をついている。しかも、二度。ホーソーンが助力しているのはわたしであって、警察ではない。そのうえ、気の毒だなどとは露ほども思っていないのだ。

スロスビーは不審げな顔をした。「もうグランショー警部にお話ししましたよ。何から何まで、すべてをね」

「ええ、たしかに。しかし、さらにいくつか確認してほしいと警部から言われましてね」

「これ以上は何もありませんよ。後から誰か来るなんて、警部も言っていませんでしたが」

「ミスター・スロスビー、われわれはハリエットを殺した犯人をつきとめようとしてるんです。疑うんなら、グランショー警部に電話してもらってもいい。だが、一分でも無駄にすれば、それだけ犯人は遠くへ逃げちまうでしょうね。どう判断するかはおまかせしますが」

もちろん、これはホーソーンのはったりだ。これが、まんまと功を奏した。

「いや、まあ、かまいませんよ。ただ、わたしは……その、こちらの気持ちはわかっていただけると思いますが」アーサーは一歩下がり、わたしたちを中に通した。三度にわたってホーソーンの捜査に同行してみて、ひとつわかったことがある。誰かが殺されると、その周囲の人間は、自分もあれこれ事情を訊かれるものと覚悟するのだ。テレビであまりに多くの刑事ドラマを観てきたせいか、事情を訊かれるのは自分の役割だと誰もが納得し、逆にあれこれ訊きかえしたりすることはない。

わたしたちは玄関の敷居をまたぎ、狭い共用の通路に足を踏み入れた。左右にドアがひとつずつ、手前と奥で斜めに向かいあっている。ハリエット・スロスビーと夫、その娘の三人家族が住んでいたのは、この建物の地下と一階で、庭にも出られる造りになっていた。二階から上の部分には、また別の世帯が入居しているようだ。通路の右側のドアは開いたままになっていて、その先は明るく照らされた風通しのいい空間が広がっている。広々とした廊下の先には開放的なキッチンや、突きあたりがフランス窓の居間が見えた。素朴な雰囲気ではあるが、どこか野暮ったさも漂っている——花柄の壁紙、鮮やかな色合いの花瓶の数々、額に入れて飾られた劇場のポスター。見たところ、木の床は建てられたときからのものだろうが、わたしたちが立っているあたりは透明なビニール・シートで覆われて、その下に番号を記した札がいくつも貼りつけられていた。

「奥さんは玄関を入ってすぐの、このあたりで発見されたんですね?」ホーソーンが尋ねる。

アーサーはうなずいた。「警察はまる一日、夜もかなり遅くまで、ここを調べていましたよ。証拠を採取したり、そこらじゅうに指紋検出用の粉を振ったりね。わたしはさまざまな質問をされました——娘にも、まるで事件に関係があるかのように。実のところ、わたしも娘も、事件のときは留守にしていたんですがね! そして、今度はあなたがたが来て、どうやらまたしても最初からすべてを話せとお望みらしい」

「そうしてもらえると助かりますよ」と、ホーソーン。「時間の無駄に思えるでしょうが、こうしてくりかえし話してみると、最初のときに忘れてたあれこれを思い出すこともめずらしくないんでね。それに、できればわたしも直接いろいろ聞かせてもらいたいですし」

「じゃ、キッチンで話しましょうか。コーヒーはいかがです？」

「いや、けっこう」わたしのぶんまで、ホーソーンは断った。

右側のドアをくぐって廊下を進み、半開きのドアの前を通りすぎる。ちらりと見えたのは、ベッドは乱れたまま、服はそこらじゅうに脱ぎっぱなしという散らかった部屋で、壁には『ロード・オブ・ザ・リング』のポスターが貼ってあった。

「ここはオリヴィアの部屋なんです」わたしがのぞきこんだことに気づいたのだろう、そう言いながらアーサーがドアを閉める。

わたしたちはキッチンに足を踏み入れた。マツ材の大きなテーブルと、軽食用の細長いテーブルが置かれている。いくつも出しっぱなしのマグカップ、未払いの請求書、舞台のプログラムなどのただ中に、死亡欄のページを開いたままのきょうの新聞。流しにはこれから洗う食器が積み重なっていて、ハリエットが死ぬ以前、そして死んでからのこの家の暮らしが目に見えるような気がした。亡くなってから四十八時間も経っていないいま、あそこにもここにもハリエットの存在が残っている。とはいえ、この散らかりようはアーサーのせいだろう。窓の外に目をやると、小さいながらも手入れの行き届いた庭が見えた。遠からず、この庭も荒れはじめるのかもしれない。

テーブルの席に、わたしたちは腰をおろした。

「素敵なお宅ですね」沈黙を破り、わたしが口を開く。

「そう見えますかね？」アーサーはさほど自信が持てないようだ。「ハリエットは引っ越したがっていたんですよ。このところ、ずっとその話ばかり聞かされていましてね。しかし、わたしはここに住みつづけることになるでしょう、いまとなっては、あいつももう――」言葉を切る。「どこからお話ししましょうか？」

この男は、まさにハリエットの結婚相手として、わたしが想像していたとおりの人物だ。つねに周囲を威圧し、きつい言葉を投げかけていたハリエット。いっぽう夫のほうは物腰柔らかく、いかにもずっと踏みつけにされてきたかのようだ。髪は薄くなりかけ、顔にはこの状況にふさわしい悲しみに沈んだ表情が浮かんでいるが、ひょっとしたら結婚以来ずっとこんな顔で暮らしてきたのかもしれない。ひげは剃っておらず、くたびれた服にはアイロンもかかっていないように見える。手もとに目もやらずコーヒーを淹れている様子は、どこかロボットめいていた。コーヒーなど、別に飲みたくもないのだろう。ただ、いま何か手を動かしていたいだけで。

「じゃ、奥さんが亡くなった朝、あなたは何をしていたか聞かせてもらえますかね？」と、ホーソーン。

「わかりました」アーサーは自分のコーヒーをかきまわすと、それを手にテーブルへ歩みよった。目の前に置いたカップから、柔らかな湯気がたちのぼる。「わたしが起きたとき、妻はまだ寝ていましてね。七時五十分でした。わたしは目覚ましをかけないんですよ、妻が起こされるのを嫌がるので。それでも、いつも時間どおりに目が覚めるんです。それから自分の朝食を作り、妻が後で飲むようにオレンジを搾ってジュースにしておきました。新鮮な果物を搾ったものでないと、妻は口をつけないんですよ。寝室に忍び足で戻って、ベッドの脇にジュースのグラスを置くと、八時少し過ぎたころに仕事に向かいました」

「お仕事はどちらへ？」

「セント・ジョンズ・ウッドのハリス・アカデミー校で歴史を教えています。たいていは自転車で行きますね。歩くと二十分以上かかるので。あるいは、パディントン駅から地下鉄に乗ることもありますが」

「昨日は地下鉄、それとも自転車で？」

「自転車で。わたしが家を出るところを、オリヴィアが見ています。ひとことふたこと、言葉も交わしましたがね。たいした話はしていません」

「前夜、お嬢さんは奥さんといっしょに劇場に出かけたが、おたくは行かなかった」ホーソーンが指摘する。終演後のパーティでオリヴィアに会ったこと、プリンプトン看護師を演じた女優スカイ・パーマーの友人だと話していたことを、わたしはすでにホーソーンに伝えていた。

「ええ、そうでした」

「どうして行かなかったんです？」

なぜそんな当然のことを訊くのかとばかり、アーサーは肩をすくめた。「あまり演劇が好きじゃなくてね。それに、ハリエットのほうも、わたしには来てほしくなかったようです。わたしは軽い喘息（ぜんそく）もちなんですが、呼吸音が耳についていらいらすると」

「では、奥さんと最後に話したのは？」

「学校から電話をしたんです。あと数分で十時になるころでしたよ、授業の合間だったので。妻はもう起きて、仕事を始めていました」

「どうしてわかったんですか?」わたしは尋ねた。

それを聞いて、ホーソーンが顔をしかめる。聞きこみ中にわたしが口をはさむのを、以前からずっと嫌がっているのだ。たしかに、最有力容疑者の立場では、おとなしく口を閉じているべきだったかもしれない。

「ビデオ通話だったのでね、妻の姿が見えたんですよ。そのときはもう、書斎に坐っていました」アーサーはキッチンの奥のドアを指さした。「あそこはもともと食事室なんですが、食事に使ったことはなくてね。家に客を招くこともないので。妻はいつも、あそこで仕事をしていたんです」

「見せてもらってもかまいませんかね?」

「お望みなら」手つかずのコーヒーを残したまま、アーサーは立ちあがった。

ハリエットの書斎は、キッチンからも廊下からも入れるようになっていた——廊下からは、オリヴィアの寝室の向かいのドアから入ることになる。長方形の部屋で、この家を見つけたとき、すぐに目に飛びこんできた張出窓はここにあった。部屋の中心にはどっしりとした食事用のテーブルが据えられていて、どうやらハリエットはこれを仕事用の机にしていたらしい。机の上にはメモ帳やファイル、新聞の切り抜き、舞台のプログラムなどがうずたかく積みあげられている。ミュージカル『ブック・オブ・モルモン』のマグカップには十数本のペンが立てられ、半分ほど空いたワインのボトルとグラスが置きっぱなしになっていた。グラスに残る口紅は、ひょっとしてハリエットがこの世に残した最後の痕跡だろうか。本棚にも目をやる。舞台の脚本、俳優や演出家の伝記、さまざまな劇場の歴史などの本が並んでいるのは、さほど驚くにはおよばない。さらに、犯罪にも強い興味を抱いていたらしいことがうかがえ、そういえば、かつて犯罪について書いていたこともあると、パーティでハリエットが漏らしていたのを思い出す。だが、本として出版されていたとは、あのときは思いもしなかった。机の上にはハリエットの名が表紙に躍る本が三冊、まるでこちらを感心させようとするかのように並べてある。

「ここが妻の書斎でした」と、アーサー。「どうも光が充分に射しこんでこなくてね……妻はいつも、不平を漏らしていましたよ。北向きの家はこれだから」周囲を見まわす。「妻のコンピュータと、それから書類もいくらか、あなたのお仲間たちが押収していきましたよ。だが、それ以外は何もかも、妻が最後に使ったままになっています」

ホーソーンは張出窓の外をのぞいた。「玄関に誰が来たにせよ、奥さんにはここから見えたわけだ。そうなると、犯人は奥さんの知りあいだった可能性が高いですね」

「あるいは、郵便配達人に変装していたかもしれないな」わたしが口をはさむ。

ホーソーンは無視し、先を続けた。「奥さんに電話をかけた理由は？」

「毎朝、それくらいの時間に電話してほしいと言われていたんですよ。何か買って帰るものがあったら頼むから、と」

「それで、昨日は何か頼まれたんですかね？」

「アヴォカドをいくつか。うちの冷蔵庫にも入っていたんですが、どれもまだ硬くてね」アーサーは悲しげに頭を振った。「冷蔵庫についても、いつも妻は文句を言っていました。温度調節が面倒だとね。わたしも妻も、どうしても適温に合わせられなくて」

「ほかに、何か話したことは？」

アーサーはしばし考えこんだが、やがてかぶりを振った。「関係ありそうなことは、何も思いつきませんね」

「結婚して何年になります、ミスター・スロスビー？」

「二十五年です」テーブルの端に飾られた、銀の燭台を手で示す。「これは銀婚式のお祝いに、妻に贈ったんですがね。あまり気に入ってもらえませんでしたよ。こんなものを贈る意味がわからない、とね」

「すばらしい品だと思いますがね」と、ホーソーン。

「それはどうも」

ややためらってから、ホーソーンは口を開いた。「ふりかえってみて、結婚生活は幸せでしたか、ミスター・スロスビー？」

しばらく考えこんだ後、アーサーは答えた。「たしかに、けっして妻はつきあいやすい女じゃありませんでしたよ。正直に言わせてもらいますがね。なんというか……」言葉を探して口ごもる。

「辛辣？」ホーソーンが助け船を出す。

「そうですね。それが当たっているかもしれません。そうやって、自分の縄張りを守っていたのかもしれない」いま初めて気づいたかのような口調で語るアーサーに、わたしはいささか驚かされた。「ときとして、自分の価値観で手ひどく相手を決めつけるところがあったんですよ」

「だが、おたくは奥さんに腹を立てたことはなかった？」

「ありませんとも。あなたは、まさか……」アーサーの頬が紅潮する。「妻が襲われたとき、わたしはここにいなかったんですからね。言っておきますが、何十人もの生徒が、学校でわたしを目撃しているんですよ。妻に危害を加えるようなことを、わたしがするとお思いですか？　自分の娘の母親に？」その顔が、心底からの苦しみにゆがんだ。「わたしはハリエットを愛していた！　初めて出会ったその日に、自分はきっとこの女性と結婚すると悟ったんです。あいつは実に魅力的な若い娘で、敏腕な新聞記者でもありました。あんなに野心にあふれ、意志の強い人間はいませんでしたよ」

「奥さんとはどこで知りあったんです？」

「そのころ、わたしたちはどちらも新聞記者でね――《ブリストル・アーガス》紙の。わたしは政治と教育分野を担当していました。ハリエットは事件報道の担当でしたよ」

「演劇ではなく？」

アーサーはかぶりを振った。「最初はそうじゃありませんでした。ええ、まったく。あいつはうちの社の事件記者で、おそろしく腕利きだったんです。事件記者を表彰する団体、ベヴィンズ・トラストから名指しで賞賛されたこともありましたし、一九九七年には英国プレス賞から最優秀地方新聞記者に選出されましたよ」そう言いながら、視線を机の上に落とす。「本も出版したんです」

ハリエットが書いたという三冊の本を、ホーソーンは広げてみた。『後悔はない——ロバート・サーケル医師の奇妙な世界』。『淑やかな殺人鬼——ソフィ・コムニノス事件』。そして『悪い子ら——英国の片田舎で起きた死』。三冊とも、題名は似たような形式をとっている。たとえばクロスワードの答えと鍵が、並べて記されているかのように。表紙のデザインも、よく似通っていた——古い新聞から抜き出してきたような白黒写真に、煽情的な文字で題名と著者名をかぶせている。いかにも古くさい印象の本だ——ここに書きつづられた世界観に、ひたすらしがみついているとでもいうような。

「ロバート・サーケルというのは、ブリストルで診療していた医師でしてね」アーサーは説明した。「受診にきた老年の患者を、六人殺してしまったんですよ……お茶に殺鼠剤を入れて。サーケル自身は、それが老人たちの幸せだと思っていたそうでね。警察が逮捕する前に、ハリエットはうまいことサーケルに近づいて、すっかり親しくなって。この本の材料は、そうやって集めたんです。ソフィ・コムニノスというのは、敏腕で鳴らしたテレビ局の重役だったんですが、ギリシャ人の夫を殺してしまいましてね。バックギャモンに負けて、ロゼ・ワインのボトルを夫の頭に叩きつけたんです。そればかりか、犯行を隠そうと、さらにふたりを殺したんですよ」

「では、これは?」ホーソーンは『悪い子ら——英国の片田舎で起きた死』を手にとった。

「その本のせいで、妻はいろいろ面倒なことに巻きこまれてしまって。トレヴァーとアナベル・ロングハースト夫妻をとりあげた本なんですがね。この夫妻のこと、憶えていませんか？　夫妻の息子が年長の少年の影響を受け、しまいには地元の小学校の教師を死なせてしまう事件を起こしたんです。一家が住んでいたのはチッペナムの近くの村——モクサム・ヒース——だったんですが、地元の住民にはあまり好かれていなくて。とてつもない金持ちだったんですよ。そのうえ、新参者だ。ほら、口では平等を唱えながら贅沢な暮らしをしている、いわゆる〝シャンパン社会主義者〟だと見ていた人も多くてね。夫妻はどちらも、かなり真剣に政治に首を突っこんでいたんです。ハリエットの書いたものは、いわれもない誹謗中傷だと非難されました」

わたしが知っているハリエット・スロスビーなら、さもありなんとしか思えない。

「この本は、妻が《アーガス》紙のために取材したことをまとめたものでね」アーサーは先を続けた。「たいして売れませんでしたが、そのときの印税の前払金を足して、ここの住まいを購入することができました。そもそも、妻はもう興味が失せていたんですよ。事件報道にはね。わたしが初めて出会ったころから、ハリエットはもう、別の分野に活動を移したいと考えていたので」

またしても、あのトルコ料理店で行われた初日のパーティのとき、ハリエットがいかにも楽しげに自説を並べていた姿が脳裏に浮かぶ。あのときは、どんなことを話していただろう？

「ただ、どうも、心からおもしろい仕事とは思えなくて。犯罪者って、おそろしく退屈だから」

アーサーは妻の短所にこそ目をつぶっているようだが、いま話してくれたことは真実なのだろう。

「それで、代わりに何をやりたいと？」ホーソーンが尋ねる。

「当時、ハリエットは《アーガス》紙の劇評家と非常に親しい友人でしてね……フランク・ヘイウッドという人物でした。時間の許すかぎりフランクといっしょに劇場に足を運んで、帰ってくると何もかもわたしに話してくれたものでしたよ。どんなにひどい芝居だったかとか、あの主演俳優を起用したのがまちがいだったとか」アーサーの顔に、笑みの影のようなものがちらりと浮かぶ。「わたしが思うに、あいつは芝居の出来が悪いほうが楽しかったんじゃないかな。とにかく、妻はその友人の劇評を欠かさず読んでいて、やがてフランクが亡くなったときには、その後釜をぜひ自分にまかせてほしいと、編集主任に掛けあいにいったんですよ」

「どうして亡くなったんです？」

「食中毒で。その夜、ハリエットはフランクといっしょに食事をして、やはりひどい苦しみようでした。ただ、フランクはもともと心臓が弱っていたのでね、持ちこたえられなかったんですよ。編集主任は——エイドリアン・ウェルズという男でしたが——ハリエットの申し出に、けっして乗り気ではなくてね。なにしろ、事件記者のエースを失うことになってしまうわけですから。だが、要求を呑んでくれないのなら辞めてやる、と脅されて、結局は妻の思いどおりになったというわけです」アーサーはため息をついた。「ハリエットはそれから一年あまり《アーガス》紙で働いた後、ロンドンに居を移しました。まずは《ザ・ステージ》紙で劇評を書きはじめ、いろいろな新聞を渡り歩いた末、最後には《サンデー・タイムズ》紙の劇評家という最高の地位に昇りつめたんですよ」

「それで、おたくは?」アーサーの怪訝な顔を見て、ホーソーンは言葉を継いだ。「さっきの話じゃ、おたくも新聞記者だったんでしょう。だが、いまは教師だ」

「ああ、そのことですか……ハリエットにはいつも、あなたは時間を無駄にしていると言われつづけてきましたよ。たぶん、あいつの言うとおりだったんでしょう。ブリストルではさして大きなことが起きるわけでもなく、わたしの記事は退屈だと、いつも妻に言われていました。地方選挙、新しい一方通行道路、教育水準局の年次報告書、せいぜいがそんなところでね。ブリストルには、小さいながらなかなかの家を持っていたんですが——窓からは波止場が見晴らせてね——あそこを売りはらってしまったのも、まあ、妥当な決断だったんでしょう。ロンドンに出てきてからは、わたしも記者の職を探していたんですが、やがて、もう嫌になってしまいましてね、教員養成課程を受講することにしました。それまでも教育分野の記事を書いてきたわけですし、自然な流れに思えたんですよ」

「こんなことを言ったら失礼かもしれませんがね、ミスター・スロスビー……」ホーソーンがふいに相手に牙をむくときの気配に、わたしはいつもそれと気づく。そこまではいかにも愛想がいいのに、次の瞬間、いきなり苛烈な言葉をぶつけるのだ。「奥さんが亡くなったというのに、おたくはあまり動揺していないようだ」

「お好きなように考えてくださってかまいませんよ、ミスター・ホーソーン。しかし、あなたはわたしという人間を知らないし、どうやらハリエットにも会ったことがないらしい。妻はたしかにつきあいやすい人間ではありませんでしたが、わたしたちは幸せにやってきたんです。いまここで、わたしが髪をかきむしったりして、あなたの望みどおりのふるまいをしなかったからといって、わたしが心の奥底で苦しんでいないとはかぎらないんです」

その口調からは、たしかに心の奥底で苦しんでいるようには思えなかった。

「ハリエットにはいろいろ欠点もありましたが、だからといってあいつがどうにかなればいいなどと、わたしは一度だって願ったことはありませんでした。それなのに、こんなひどいことが起きてしまった。あなたやそのご友人のために、ここで愁嘆場を演じてみせるつもりは毛頭ありません。これで質問が終わりでしたら、もうひとりにしてもらえませんか」

アーサーは自分なりの抑えた表現ながら、わたしたちへの怒りをあらわにしている。これはもう、そろそろ引きあげる潮時ではないかと思ったそのとき、ドアが開き、オリヴィアがキッチンに入ってきた。これから出かけようという恰好だ——きらきらしたジャケットにTシャツ、チェーンのついた革バッグ。シャワーを浴びたばかりらしく、髪がまだ濡れている。「父さん、あたしはもう出るけど——」そう言いかけて、オリヴィアはわたしとホーソーンに気づいた。「いったい、ここで何をしているの?」詰問口調だ。

「こちらは警察のかたたちでね」アーサーは娘に説明した。

不機嫌な目で、オリヴィアがわたしをにらみつける。「警察官だなんて、とんでもない。この人が例の脚本を書いたのよ。あたしと母さんが観にいった舞台」

「何だって?」アーサーはわたしに向きなおった。「あなたは、さっき――」

「わたしは何も言っていませんよ」ホーソーンがあわてて口をはさむ。

つまり、このときばかりはわたしのために立ちあがってくれたというわけだ。これはオリヴィアに向けた言葉で、どき手を貸してましてね」ホーソーンが割って入った。「わたしは私立探偵でしてね」

「わたしは私立探偵でしてね」ホーソーンが割って入った。「警察にもときどき手を貸してまして、今回もそのためにお邪魔したんですよ。トニーには捜査を手伝ってもらってるんです――ほんの数分ばかり話を聞かせてもらえれば、誰があなたのお母さんを殺したのか、われわれふたりがつきとめられるかもしれません」

「誰が母を殺したかなんて、そんなこと、あたしはどうでもいいの」

「オリヴィア!」アーサーがみごとな演技をしてみせただけなのか、実際に娘の態度に仰天したのか、それはわからない。

「やだ、勘弁してよ、父さん」オリヴィアは言いかえした。「だって、つきとめたところで何になるの? 犯人がわかったって母さんが生きかえるわけじゃないし、そもそも父さんだって、悲しんでるふりはやめたらどうかな。母さんがどんな人だったか、よく知ってるくせに」

「オリヴィア! おまえがそんなことを言うなんて、とうてい信じられないよ。わたしが悲しむだろうことは、おまえにもわかっているはずだ。いま、すでに悲しんでいるじゃないか!」

「母さんは、いつだって父さんをねちねち批判してたじゃない。暇さえあれば、いつだって! 父さんも、いいかげん頭がおかしくなりそうだったくせに」

「それはちがうよ、オリヴィア。おまえはまちがっている。そもそもがたいへんなものなんだ……人間関係、とりわけ結婚生活というものはな！　つねに、うまく釣りあいをとっていかなくちゃならない。当然、いいときもあれば悪いときもあって——」

「いい、母さんは死んだのよ。あんな嫌な女もいなかったよね、あたしたちの人生をめちゃくちゃにして。でも、もう心のうちを偽る必要はないの」

オリヴィアは父親に歩みより、その腕に手を置いた。ほんの一瞬の仕草から、父娘の間にまぎれもなく存在する愛情が伝わってくる。こんなにも長い年月、ハリエットといっしょに暮らすというのは、いったいどんな体験だったのだろう。ここにいるのは、ともに苦難を生きのびたふたりなのだ。

ホーソーンのほうは、いまの情景にもさほど感銘は受けなかったらしい。「どうやらおたくとお母さんの間には、あまり温かい思い出がなかったようだ」

「何を訊かれようと、おまえが答える必要はないからな」アーサーは娘を守るように、その身体に腕を回した。「こちらのふたりは、いまちょうど帰るところだったんだから」そして、わたしに人さし指をつきつける。「そもそも、あなたにはここに入りこむ権利はないはずだ！」

オリヴィアはホーソーンをにらみつけた。「知りたいことがあるんなら、何だって答えるけど」挑むように言いはなつ。「隠すことなんて、何もないんだから」

ホーソーンはにっこりした。「では、お母さんを最後に見たのは何時ごろでした？」

「前の夜は、母と劇場からタクシーで帰ってきたの」ちらりとわたしを見る。「そういえば、母はあなたの脚本、とことん気に入らなかったみたい。劇評は《サヴォイ》で書きあげたんだけど、あのキーボードの叩きかたを見てたら、母の苛立ちが伝わってきたもの」そして、またホーソーンに向きなおる。「翌朝は、母の顔は見てないの。九時には出勤しなきゃいけなかったから」

「職場はどこです？」

「パディントン駅の近く。《スターバックス》で働いてるの」

「昨日は何時までそこに？」

「夕方にはなってなかった。午後三時まで」

「その《スターバックス》は、ここからどれくらい？」

「五分かな」

「つまり、十分あれば往復できると」言外の問いをほのめかしながら、ホーソーンはオリヴィアを見つめた。

「あたしが大急ぎで家に舞いもどり、母を殺したとでも言いたいの？」オリヴィアの顔に、いかにも感じの悪い笑みが浮かぶ。「職場を抜け出すなんて、できっこないでしょ。誰かに見られるかもしれないし。だいたいね、あなたの魂胆なんかお見とおしよ。あたしを疑ってみせるのは、あなたが真犯人を知ってるからでしょ」

「では、真犯人は誰だと？」ホーソーンが尋ねた。

「この人よ！」

この人？　思わず左右を見わたしたが、ほかには誰もいない。オリヴィアは、わたしが犯人だと糾弾しているのだ！

「いったい、何の話なのか……」わたしは口を開いた。

「あなたは母を脅したじゃないの！」

「そんな、馬鹿な。まったくのでたらめだ」顔から血が引いていくのがわかる。いや、ひょっとしたら、逆に血が流れこんで紅潮しているのかもしれない。「きみのお母さんとは、あのトルコ料理店のパーティでしばらく話した。それだけだ。脅したりなどしていない！」

「あなたは母に、今夜の舞台はどうだったか訊いたでしょ」

「ああ、それは……」

「その訊きかたが問題なのよ。母は、あなたに脅されたと感じていたの。帰り道で、そう言っていたもの」

「だが、ごくあたりまえの質問じゃないか！」

「母はそう思わなかったってこと。あなたのせいで、母は怯えていたんだから！」

「お母さんがそう言ったんですかね？」ホーソーンが尋ねた。

「言うまでもないことよ。母の顔を見ればわかるもの」

「そろそろ帰ってもらえませんか」あらためて、アーサーが促す。

ホーソーンはうなずき、実にありがたいことに、わたしたちはようやく退散するはこびとなった。やっと通りに出たところで、ホーソーンが口を開く。「さっきの話は本当なのか……オリヴィアの言ってたことは？」

わたしはもう、とうてい自分の耳が信じられなかった。「ホーソーン、まさか本気じゃないんだろう。わたしがハリエット・スロスビーに尋ねたのは、今夜の舞台をどう思ったか、その一点だけだ。ほかにはほとんど話していない。脅したりなどするものか！　周りには大勢の人間がいたんだ。誰にでも訊いてみてくれ！」

外の見張りについていた警察官が、わたしたちの話を小耳にはさんだらしい。「あなたが例の作家さん？」こちらに声をかけてくる。

「ええ」

「うちの息子は、あなたの本が大好きでね」

「ありがとう」

「あなたがあんなことをしたと聞いたら、息子はひどく悲しみますよ。そりゃ、頭にくるのもわかる、あんなにこきおろされちゃね。だが、あなたの読者はみんな、どんなにがっかりしたことか」

もう、これ以上は耐えられない。わたしは通りを全速力で駆け出した。だが、ふりかえってみると、ホーソーンは一歩も動いていない。「次は劇場に戻るぞ」こちらに向かって呼びかける。

なるほど。ヴォードヴィル劇場はチャリング・クロス駅の近くだ。ここから行くとなると、ベイカールー線に乗るためウォーリック・アベニュー駅へ向かうことになる——つまり、この通りの反対側の端だ。

わたしは回れ右をし、そちらに向かってふたたび駆け出した。

9　七人の容疑者

その夕方、あらためてヴォードヴィル劇場に戻るのは、前回とまったく異なる体験だった。二日前の夜、わたしは緊張のあまり気分が悪くなりそうだったが——いまふりかえれば、何をそこまで大げさに思いつめていたのだろう。『マインドゲーム』の舞台が成功するかどうかなど、これから二十年を刑務所ですごすという未来予測に比べたら、何ほどのことがあろうか。自分がハリエット・スロスビーに指一本触れていないのはわかっているものの、あのふたりの悪意に満ちた警察官たちは、どうやらわたしに罪を着せるための証拠をせっせとブルドーザーで積み重ねているらしい。それにしても、どうしてオリヴィアまで、わたしにあそこまで敵意をむき出しにするのだろう？　わたしがハリエットを脅したりなどしていないことは、あの娘にも重々わかっているはずなのに。さらに腹が立つことに、どうしてオリヴィアの言いぶんを、ホーソーンはあんなにもあっさり信じようとした？　あの男がわたしをここまで信用していないとは、殺人容疑をかけられたことと同じくらい気が滅入る。たしかに、ホーソーンは警察の捜査を遅らせてくれた——ケヴィンの助力によって——だが、言いかえるなら、してくれたのはそれだけだ。少なくとも、もうちょっとわたしのことを心配してくれてもいいだろうに。われわれは、たしか友人のはずだったのでは？

さらに、残された時間がみるみる尽きつつあることにも、わたしは気づいていた。四十八時間以内に真犯人を見つけ出さなくてはならないとホーソーンは言っていたが、すでにそのうち二時間が過ぎてしまったのだ。人ごみをかき分けて駅へ急ぎ、交通系ICカード(オイスター)を探すのに手間取っている女性の後ろでいらいらし、次の電車を待とうとして出発時刻表示板に目をやると、あと七分も待たなくてはいけないと知って頭にくる。ようやく電車が出発したかと思うと赤信号で停止し、いつ発車するのか運転士のアナウンスを待っているのに、いっこうに何の案内もない……わたしはもう、神経が焼き切れてしまいそうだった。もともと、高速道路の速度違反取締カメラを見かけただけで、パニック発作を起こしそうになるほど気の小さい人間なのだ。それなのに、いまやグランショー警部とミルズ巡査が口々に〝殺人事件だ！〟と叫び、回転灯を瞬(また)かせながら追い越し車線をひた走って背後に迫りつつあるのだから、震えあがらないわけがない。これまでの人生で、けっして味わったことのない経験だ。

だが、チャリング・クロス駅の階段を上って街路に出るときも、ホーソーンはまったく急ぐ様子がなかった。ポケットからタバコを取り出す様子を見れば、次にしたいことも想像がつく。

「コーヒーでもどうだ？」ホーソーンが声をかけてきた。

「いや、けっこう」わたしは腕時計に目をやった。「あと一時間で公演が始まってしまうよ」

「おれはもう観たんだ」

「何も、いっしょに舞台を観ようと言っているわけじゃないんだ、ホーソーン。つまり――」

ふと、いま耳にした言葉の意味を嚙(か)みしめる。「もう観たって？　いつ？」

「水曜の昼公演だよ。あんたが留置場から電話をよこしたときには、ちょうど家に帰るところだったんだ」

「それで、どう思った？」この二日間、さんざんな目に遭っておきながら、これがいま尋ねるべき事柄だろうか？　だが、考える間もなく、こんな問いが口から飛び出してしまったのだ。わたしにとっては、それだけ大切なことだったから。

「いや、本当におもしろかったよ。実にひねりが利いてる。ウィリアムも喜んでた」

「息子さんといっしょだったのか？」

ホーソーンはうなずいた。「教職員の研修だとかで、学校が早じまいだったんでね。子どもたちはみんな、午後は休みだったんだ」

「息子さんには、いささか暴力的すぎやしなかったかな？」

「あいつの学校を見たらいいさ、あんなもんじゃないからな！」止める間もなく、ホーソーンはタバコに火を点けた。「よくわからないところがいくつかあったと、あいつは言ってたが、それはおれも同じでね――おかげで、帰り道にその話で盛りあがったよ」

ホーソーンに対して、不思議なくらい温かい気持ちが胸に湧きあがってくる。ついさっき、あんなことを考えてしまった自分に腹が立つほどだ。「言ってくれたら、こっちでチケットをとったのに。半額で買えたかもしれない」

「いや、いいんだ、トニー。おれが買ったのも、一枚買ったらもう一枚おまけ、ってチケットだったからな」

劇場が、わたしたちの目の前に現れる。正面入口前の舗道は閑散としていた。不吉な徴候だ。「出演者から話を聞くために、きょうはここに来たんだろう」と、わたし。「あと一時間で、みな舞台に出てしまう」

「それだけありゃ充分だ、相棒。三人芝居で助かったよ！」

劇場の脇へ回り、ロンドンのあちこちに見られる忘れられた古い小路のひとつ、ラムリー・コートに足を踏み入れる。片側には、上に鉄条網を張った塀。その向かいには、劇場の非常口となる両開きの扉がある。ホーソーンは扉に手をかけ、開くかどうか確かめた——何か考えがあったというより、無意識に手が動いたように見える——だが、びくともしないとわかり、満足げな表情になった。それから短いコンクリートの階段を上ってメイデン・レーンに出ると、楽屋口へ向かう。

初日のパーティの後、ここに戻ってきたときの記憶が、ふとよみがえった。この舞台は成功するかもしれないと、まだ期待を抱いていたあのとき。もう、何十年も前のことのような気がする……まるで、誰か他人の人生のような。

楽屋口のほうは、正面入口よりさらに閑散としているように見えたが、大ぶりなプッシュボタンが並んだ古めかしい電話と、四台の小さなモニタに囲まれて、キースがいつものように持ち場の机の前に坐っていた。前に楽屋口番代理と紹介したキースだが、実は最近この劇場で働きはじめたばかりなので、これが仮の肩書なのか、本決まりなのかはわからない。年齢はまだ三十代だろうか——楽屋口番というと、普通ははるかに年輩で、われこそはこの劇場の礎石だとばかりに番を務めているものなのだが。キースはまだまだ腰をおちつけるつもりはないという風情で、くたびれたジーンズとスニーカーを見せつけるように、脚を投げ出している。いつもここを通るたび、キースは指の間でタバコを転がしているが、一度として実際に吸っているところを見たことはない。

「こんばんは、キース」わたしは声をかけた。

「ああ、いらっしゃい、アンソニー！　調子はどうです？」キースの実にすばらしいところは、どんなときでも陽気なことだ。劇評で叩かれようと、客の入りが悪かろうと、殺人事件が起ころうと……何もかも、柳に風と受け流していく。

「悪くないよ、ありがとう、キース」そういえば、この男の苗字を教えてもらったことはない。「そっちは？」

キースは首筋にできた湿疹を引っかいた。「例の劇評のいくつかに、すっかりやられちまいましてね。まったく劇評家ってやつは、ときとしておっそろしく底意地が悪いから。とはいえ、客の入りはまあまあです。週の真ん中にしちゃ悪くない」

実のところ、きょうは木曜なのだが。

「週末にゃ、きっと入りも跳ねあがりますよ。きょうび、やっぱり口コミがすべてですからね。まあ、見ててごらんなさい」

わたしたちがこんな会話を交わしている間、ホーソーンはモニタの画面をのぞきこんでいた。モニタそのものは四台しかないが、ここには六ヵ所にわたる劇場内外の様子が映し出されており、ひとつのカメラからまた別のカメラへ、ぼやけた白黒の映像が時おり切り替わっていく。正面入口からロビーに向かって、早々に到着した数人の観客が入ってくるところ、メイデン・レーンとそこに面した楽屋口、楽屋に向かって下りてくる階段、ストランドへ向かって延びるラムリー・コートの全景、観客席――もはやなかば諦めの境地で埋められるのを待っているのだろう、何列もの空席――そして、いまや劇場の係員が掃除をしている舞台。「この映像は、ただ現在の状況を流してるだけなのか、それとも録画してるのか?」ホーソーンが尋ねた。

「こちらはダニエル・ホーソーン」わたしは紹介した。「探偵でね。ハリエット・スロスビー殺害事件の捜査をしている」

「ああ、あれか」キースの顔が暗くなった。「正直に言って、もううんざりなんですけどね。昨日はずっと警察の連中が出入りしてて、さんざんくだらない質問を浴びせられたんだから。ハリエット・スロスビーが劇場に到着したのを見たかって? そりゃ、見たに決まってるじゃないですか!」正面入口を映し出しているモニタを指さす。「そのために、おれはここにいるんですからね! それに、あのいまいましい短剣についても根掘り葉掘り。おれが買ったわけでもないってのに! ただ、配る役目を引き受けただけですよ。やっと引きあげてくれたと思ったら、休憩室が閉鎖されたままだし。いったい、どうしてそんな必要があるんです? あそこで殺されたわけじゃないでしょうに! いつ休憩室を開けてもいいか、まだ返事もくれないんですよ……」

「ハリエット・スロスビーが到着するのを、おたくは見たんだね」キースの言ったことを、ホーソーンは確認した。

「ええ、見ましたよ」

「どうして顔がわかった？」

「この仕事をしてりゃ、劇評家たちの顔は憶えますよ」またしても質問を浴びせられて憤慨しているのか、キースはうさんくさげな目をホーソーンに向けた。「ここの前にはリリック劇場で働いてたんですけど、あそこの洗濯室にはハリエットの写真が貼ってあってね」にやりとする。「ヒトラーそっくりの口ひげが描き足してあったな」

「ヴォードヴィル劇場に来てどれくらいになる？」

「二ヵ月です」

「仕事は楽しいか？」

「悪くないですよ。以前は接客業が多かったんです。エイヴォンマスの《ベスト・ウェスタン》ではバーテンダーをやってたし、《ブリストル・マリオット・ホテル》では夜間責任者をまかされてて。でも、こっちのほうがずっとおもしろいな。今朝なんか、あのエミリー・ブラントが来たんですよ！」

「チケットを買ってくれたのかな？」わたしは尋ねた。

「いや。劇場をまちがえたみたいですよ。オールドウィッチ劇場に行きたかったんだそうで」

ホーソーンが割って入る。「それで、この映像は録画されてるのか？」

「まさか、冗談じゃない！」キースは馬鹿にしたように頭を振ってみせた。「ここにある機械はがらくたばっかりでね。おっそろしく時代遅れのしろものなんです。おれはこの四台の画面に目を配り、何かおかしなことに気づいたら、舞台監督のプラナフに電話することになってるんですけどね。電話が通じりゃ御の字ですよ、二回に一度はつながらないんだから！」

「火曜の夜には、何かおかしなことを見かけなかったか？」

「それはもう、警察の人に話したんですけどね——太っちょと、その薄汚い部下のふたりに。ほら、火曜は初日でしたからね。みんながどこかぴりぴりしてて、楽屋口も出入りが激しかったんですよ。花が届いたり、シャンパンが届いたり。ぐずついた天気だったから、外にたむろしたりする連中はいませんでした。満席でね、当然ですけど。大勢のお客さんが正面入口に詰めかけて……」

「芝居がはねてからはどうだった？」

「いったい何を訊きたいのか、さっぱりわかりませんね、ミスター・ホーソーン。そもそも、ここで働いてる人間が、この事件に関係してるわけがないでしょう。だって、殺されたのは劇評家ですよ。そりゃ、今回の舞台はどうやらお気に召さなかったようですがね。だからって、その劇評家をどうこうしようだなんて、役者が思うわけはないんです」

「脚本家もね」わたしはつけくわえた。

キースとわたしの言葉を無視し、ホーソーンが続ける。「あの夜、おたくはずっとここにいたわけだ」

「ええ、そうです。いましたよ。いつだって、おれが最後まで残ることになってるんです。どこもかしこも異状がないことを確かめ、戸締まりをして、日が変わる前には家に帰る。まあ、シェイクスピアを演る日はそうはいかない、えんえん終わらなかったりしますからね」キースはため息をついた。「火曜は、幕が下りたのは九時四十五分だったんだけど、初日のパーティの後、役者さんたちが飲みに戻ってきたんです。だから、おれが帰ったのは一時近くでしたね」

「誰が何時に帰ったかわかるか？」

「うちじゃ、記録をとってます」わたしたちの背後にあるテーブルを指さす。「入ったとき、出てくときに、全員が記帳することになってるんですよ。そこは、実にきっちり管理してるんです」

ホーソーンはそのノートを手にとると、ぱらぱらとめくり、最後から二、三ページ戻ったところを開いた。たしかに、あのとき休憩室に立ち寄った全員が、それぞれ自分が出入りした時間を記録している。

名前	**入館時刻**	**退館時刻**
ユアン・ロイド	午後10時20分	午前12時45分
チリアン・カーク	10:20	12:25
ジョーダン・ウィリアムズ	午後10時30分	午前0時50分
スカイ・パーマー	10:45	12:35
アンソニー・ホロヴィッツ	午後10時50分	午前12時40分

アフメト・ユルダクル	11:25	12:55
モーリーン・ベイツ	23時25分	午前0時55分

記憶をたどってみると、たしかにこの記録とは矛盾がない。わたしが劇場に到着し、地下に下りたとき、ユアンとチリアンはすでに休憩室で飲みはじめていた。出迎えてくれたのはジョーダンだ。つまり、そのときはまだ一階の楽屋にいたことになる。スカイが到着したのは、わたしよりほんの一足先だった。楽屋口のすぐ外で、傘の水滴を振り落としているときに追いついたのだから。

　やがて、あの劇評を読んでしまって飲み会がお開きになったとき、最初にチリアンが席を立ち、スカイがそれに続いた。わたしが三番めに休憩室を出て、退館時刻をこのノートに書くため、ちらりと腕時計に目をやったのを憶えている。ジョーダンが出て、ほどなくして最後にアフメトとモーリーンが退出したようだ。この最後の数分間、ふたりはいったい何をしていたのだろうと思いをめぐらせる。

「じゃ、おたくは全員が帰るのを見とどけたわけだ」

「そういうことです」

「誰かと、何か話さなかったか？」

「あの劇評が出てからは、みんな、おしゃべりする気分じゃなかったみたいで。まあ、チリアンはそのことも話してたけど——ほんのちらっとね。ブラックヒースへの終電に乗るつもりだから、チャリング・クロス駅まで十分で行かなきゃ、って言ってました」

「チリアンはバイクで来たんじゃなかったか？」わたしは尋ねた。

「あれだけがぶ飲みしておいて、あんなかっこいいバイクにまたがって帰ったりしたら、頭がどうかしてますよ。空瓶を片づけたのはおれなんだから！　スカイはタクシーを待たせてました。ロイド氏はUberの車を呼んでたな」キースは顔をしかめた。「そういや、あなたが帰るのを見かけたかどうか、記憶にないんですけどね、アンソニー。ひょっとして、おれが後ろを向いてる間にすり抜けましたね！」まるで、わたしが悪いことをしたかのような言いぐさだ。

「ジョーダンが帰るところも見てないけど、それでも、あなたがたふたりがちゃんとそのノートに記帳したのを確かめてから鍵をかけたんです。ユルダクル氏とは、ちょっとゆっくり話しましたよ。あの人が最後だったから。なんだか、ひどく落ちこんでました」

「このノートによると、アシスタントのモーリーン・ベイツもいっしょだったようだな」と、ホーソーン。

「ええ。付き添ってましたよ。上司の腕に手を添えてね。ユルダクル氏は気分が悪そうだったな」

たったひとつの劇評にこきおろされただけで？　いくらなんでも、それは大げさすぎる反応ではないだろうか？

「休憩室の中に入りたいんだが」ホーソーンが申し出た。

キースはしばし考えこんだ。「どうぞ、お好きなように。おれにとっちゃ、どうでもいいことですからね。警察の連中も、おれには何も言っていかなかったし、永遠に閉鎖しとくわけにもいかないし。別に、あそこで何か起きたってわけじゃないんだから——でも、どっちにしろ、みんなが帰った後におれが片づけちゃったんですよね。あなたが何か手がかりみたいなものを探してるんなら、残念ながらおれが捨てちゃったかも」

「片づけたというと、具体的には？」

「えーと、みんなはケーキを食べてたんです。まだ残ってたんで、それは冷蔵庫に入れときました。いまも入ってるんじゃないかな。それからグラスやなんかを洗ったけど、それは一分とかかりませんでした。あと、さっきも言ったように、空瓶を片づけましたよ。スパークリング・ワインが残ってたんで、その瓶は脇によけて。空瓶は二本捨てました……たしか、ウイスキーとウオツカだったかな」

「部屋で、ナイフの置物を見なかったか？　短剣と言ったほうがいいかな？」

「ああ、プロデューサーからの贈りものの？　みんな、一本ずつもらってましたよ……なんで知ってるかって、そもそもあの短剣が配達されたとき、受けとったのがおれですからね。全部で五本、事務室に積んであったんです……初日に、みんなに贈るからって。で、いまの質問ですけど、たしかに見ました。一本だけ、休憩室に置きっぱなしになってたんです。誰かがケーキに突き刺したまま」

それはジョーダン・ウィリアムズの短剣だ。スカイが見つけたあの劇評をみんなで読み、ジョーダンがケーキに突き立てたのははっきりと憶えている。これから先も、あの光景を忘れることはけっしてないにちがいない。

「その短剣はどうした?」ホーソーンが尋ねる。

「洗って、流しに置いときました」

「室内に、ほかの短剣は見あたらなかった?」

「あったかもしれませんけどね。そんなに、ちゃんと見てなかったから」キースは眉をひそめた。やがて、ふいに何か記憶がよみがえったようだ。「そうだ、割れたガラスの件があった!」思わず大きな声になる。「それも、おれが片づけたんですけど」

「割れたガラスというと?」

「さっき話しとくべきでしたね。ほら、何かおかしなことを見かけなかったか訊いてたでしょう。もっとも、正確に言うと、実際に何か見たわけじゃないんです。聞こえただけで」言葉を切る。「零時二十分くらいのことでした。そろそろ休憩室に下りていって、もうお開きにしてくださいって言おうかと思ってて。本来なら、日が変わるまで残ってちゃいけないことになってるんです。もともとそういう規則だし、残ってたって、おれに残業代が出るわけじゃないし。とにかく、そのとき何かガラスの割れるような音が聞こえたんです——あの扉の向こうから」

キースが指さしたのは、舞台裏へ続く通路に出る両開きの自在扉だった。

「何が割れたのかはわかった?」ホーソーンが尋ねた。

「ええ。本当におかしな話なんですけどね。行ってみたら、あそこの電球のひとつが破裂してたんです。どうしてそんなことが起きるのか見当もつきませんよ、誰も周りにいなかったのに。

おれはちりとりと箒で片づけようとしたんだけど、見てくださいよ……！」キースは手を突き出し、指の切り傷をこちらに見せた。「破片をつまんだら、こんなことになっちゃって。絆創膏を探してたとき、チリアンが上がってきて、劇評のことと、飲み会がお開きになった話をしてくれたんです。ひょっとして、あの電球が不吉な前兆だったのかも！」

「そういうことはよく起きるのか？　電気器具が破裂する、なんてことが？」

「まあ、おれはまだここで働きはじめて日が浅いですからね、なんとも言えませんよ。ただ、この劇場の備品は、おっそろしく古いものばかりだから。ひょっとして、幽霊のしわざかな？　こればっかりはわかりませんね」

キースは休憩室の鍵を渡してくれた——どこか牢屋の鍵めいた古めかしいしろもので、四角い木札がぶらさがっている。それを手に、わたしたちは自在扉をくぐった。それにしても、キースがハリエット・スロスビーの顔を知っていたというのが、どうにも奇妙に思えてならない。別の劇場でたった一枚の写真を見たことがあるだけなのに——それも、顔に落書きがしてあったというではないか。それだけで、モニタのぼやけた白黒の画面から、人ごみにまぎれたハリエットを見つけ出せるものだろうか。

その疑問を、わたしはホーソーンにぶつけてみた。

「ハリエットは特徴のある顔立ちだったからな」ホーソーンが答える。「あんただって、人ごみの中から見つけ出したじゃないか」

「わたしはオールド・ヴィック劇場でも見かけたことがあったからね」守勢に回りながらも反

論する。

やがて、階段にたどりつく。周囲を見まわすと、上階も地下も、この舞台裏は明るい照明に煌々と照らされていた。「きみは、誰かがわざと電球を割ったんだと思うか?」ホーソーンに尋ねる。

「その可能性はある」

「ひょっとしたら、何かを隠そうとしたのかもしれないな」わたしは言ってみた。「何か、キースにはっきりと見られたくないものがあったのかもしれない」

「その可能性もあるな」

それ以上、ホーソーンは何もつけくわえようとしなかった。階段を下り、いくつもの楽屋の前を通りすぎて、楽屋口番の持ち場の真下にまで戻る。目の前には休憩室があった。ホーソーンが鍵を開け、中へ足を踏み入れる。

何を探すために休憩室へ来たのか、それはわからない。だが、室内はまさに、わたしが憶えているそのままだった——、面倒な観客や手厳しい劇評に背を向け引きこもっていられる、温かく人目につかない場所。初日の夜、わたしたちがここに集まったときには、もうすっかり夜も更け、雨が降りしきっていたものだ。

いまはようやく夕方になりかけたばかりで、天気もまずまずだ——とはいえ、この部屋にいるかぎり、どちらだろうとあまりちがいはない。窓は磨りガラスだし、たとえ外が見えたとしても、この薄暗い小路からはほとんど光は射してこないはずだから。いまだ酒の匂いがあたりに漂っている気がしたが、おそらくこれは絨毯に染みこんでいるのだろう。思わず知らず、わたしは室内のあちこちに目を走らせていた。自分に贈られ、どうやらここに忘れてきてしまったらしい短剣がどこかにないかと探していたのだ。だが、当然ながら、そんなものがあるはずはない。最後に見たとき、あれはカーラ・グランショー警部が手にした証拠品袋に収められていたではないか。

最初からずっと明らかだったことではあるが、どうやらこのとき、わたしは初めて自分の状況をはっきりと認識したようだ。誰かがわたしの短剣を持ち去った。それも、わたしの指紋の上に自分の指紋を重ねてしまわないよう、タオルかビニール袋に包むという用意周到さで。つまり、犯人は実際にハリエット・スロスビーを殺害するはるか前から、わたしに罪を着せようと決めていたのだ。誰か、わたしを憎んでいる人間が。その容疑者は、いまや七人にまで絞られている。

あの夜、休憩室でわたしとすごした六人——ユアン、チリアン、ジョーダン、スカイ、アフメト、そしてモーリーン。そして、七人めはキースだ。あの楽屋口番代理がいったい何のためにハリエット・スロスビーに危害を加えようなどと思うのか、まったく思いあたるふしがないのはたしかだが、休憩室に最後に足を踏み入れたのはキースだったこと、あの男ならわたしが置き忘れた短剣を持ち去るのも簡単だったことを考えると、やはり容疑者のリストから外すわけにはいかない。この中の誰かが、わたしに笑いかけ、いっしょに愉快なひとときをすごしながらも、最初からずっと嘘をつき、わたしを刑務所に送りこむ算段をしていたかと思うと、胸が悪くなる。とはいえ、どんな悪い状況にも、何か救いはあるものだ。容疑者が七人も！　これは、事件解決に向けて、大きな一歩だ。ホーソーンなら、きっと即座に片づけてしまうにちがいない。

わたしが見まもる中、ホーソーンはごみ箱に歩みより、二本の空瓶を拾いあげた――スカイが楽屋から持ってきたウオツカ、そして、チリアンが持ってきたウイスキー。それらに目を走らせ、またごみ箱に戻そうとしたところで、中にまだ別のものが捨てられていることに気づいたようだ。かがみこんで手を伸ばし、取り出したのは、くしゃくしゃになったタバコの空き箱だった。銘柄が見える――L＆M――赤地に白いロゴが、側面に印刷されている。見た瞬間、記憶がよみがえった。「それはアフメトのものだ」思わず声が出る。

ホーソーンは空き箱を開いてみた。「まだ三本残ってるな」

わたしも顔を寄せ、のぞきこんだ。たしかに、そのとおりだ。タバコが三本、入ったままになっている。空き箱をひねりつぶしたとき、中でちぎれてしまってはいたが。「どうして捨ててしまったんだろう？」

「どうして、これがアフメトのだとわかった？」ホーソーンが尋ねる。

「あの男がいつも吸っていた銘柄だからだよ。初日のパーティの後も、やはりこれを吸っていた」タバコが捨てられていた理由を、なんとかひねり出そうとしてみる。「もしかしたら、禁煙を決意したのかな」

「そんな決意を固めるには、もっと似合いの時機ってもんがあるだろう、相棒」ホーソーンはちぎれたタバコごと、空き箱をポケットに滑りこませた。

「それより、聞いてくれ、ホーソーン……」いましがた導き出した結論を、勢いこんで披露する。「わたしがもらった短剣は、この部屋から持ち去られたんだ。まちがいない。わたしの指紋が付着した、唯一の短剣だよ。つまり、誰かがわたしに罪を着せようとしたんだ！」

「あんたはそう思うんだな？」まるで、驚いているかのような口調だ。

「ハリエットの遺体からわたしの髪が見つかったというんだから、ほかに考えようがないだろう？　それも、真犯人が仕組んだことだったんだ」

「誰かに、襟首から髪を引き抜かれた憶えでもあるのか？」

「あるわけないさ！」ホーソーンはわざとはぐらかしているのだろうか？「だが、さっきも話しただろう。ハリエットのそばに、わたしはいっさい近づいていないんだ。つまり、誰かがわたしの髪を置いた以外に考えられないんだよ」

わたしの言葉をじっくり嚙みしめてから、ホーソーンが口を開く。「そうなると、そこまであんたを憎んでいる人間は、いったい誰なのかってことになるな」

「それはわからないが……」

「まあ、全員がいくらかはあんたに腹を立ててたって不思議はないな。結局のところ、あの脚本を書いたのはあんたなんだから」

「脚本は、みんな気に入ってくれていたよ。だからこそ、この舞台に参加してくれたんだから。あのひどい劇評が出たからといって、いまさらわたしのせいにはしないさ」

「ハリエット・スロスビーはたしか——〝ホロヴィッツ氏は……この夜ウエスト・エンドの劇場に詰めかけた、より成熟した観客を楽しませるには、どうしようもなく技量が足りなかったようだ。この舞台の出来については、氏がその責任の大部分を負うことになるだろう〟——そう、こう書いてた。ひょっとしたら、出演者の誰かも同じ意見だったのかもな」

あのいまいましい劇評を、ホーソーンは丸暗記でもしているのだろうか？

「ハリエットが殺された理由は、わたしが知る由もないがね。だが、これだけはたしかだ。真犯人が誰だろうと、そいつはわたしに罪を着せようとしたんだよ」

「まちがいなく、それも可能性のひとつではある」

ほとんど考慮していない、といわんばかりの口ぶりだが。

そのとき、上の階で扉がばたんと音をたて、やがて、何やら言葉にならない太い声が聞こえてきた。ジョーダン・ウィリアムズだ。楽屋口から劇場に入り、自分の楽屋で発声練習を始めたところらしい。

ホーソーンが顔をあげた。「七人の容疑者か。どうやら、最初のひとりはすぐ上の部屋にいるようだ」

10　楽屋五号室

ヴォードヴィル劇場の楽屋はどの部屋も似たり寄ったりで、化粧台と壁に埋めこまれた鏡、衣装簞笥（だんす）、ソファ、冷蔵庫、そして机が備えつけられている。だが、役者たちにとっては、それぞれ別の意味で重要な場所なのだ。くつろぐ部屋でもあり、本番に向けての準備をする部屋でもあり、友人たちと会う部屋でもあり。そして、隠れ場所でもある。

ジョーダン・ウィリアムズが使っている楽屋は、ただひとつ一階にある部屋で、どうやらすべての窓が閉ざされているらしいこの劇場内では、日射しにも新鮮な空気にもいちばん近い場所といっていい。楽屋口の両開きの扉から劇場に入り、楽屋口番の机の前を通りすぎると、すぐ目の前にこの楽屋のドアがある。初日のパーティの後、劇場に戻ったわたしをジョーダンが迎えてくれたのもまさにこの場所だったが、中に入ったことは一度もない。いま、こうして敷居をまたぎながら、わたしは禁じられた場所に踏みこみつつあるような感覚を味わっていた。

ユアンによると、ジョーダンはこの楽屋五号室を使えなければ契約しないと言いはったそうだ。だが、実際に目にしてみると、そこまでしてこだわる価値のある部屋だろうかと思わずにはいられない。たしかに、ほかの楽屋より二平米ほど広く、ソファの代わりにソファベッドが置いてある。だが、それ以外は、家具のくたびれかげんも、絨毯（じゅうたん）のすり切れかげんも、ほかの楽屋とまったく変わらないのだ。室内はひどく散らかっていた。衣装箪笥の扉は開けっぱなしで、よくもまあ、舞台衣装のみならず自分の服までも、こんなにどっさり詰めこめたものだと感心してしまう。片側の壁には使い古したスーツケースが立てかけられ、床に置かれたプラスティックの洗濯かごにも、古びた服がどっさり入っている。冷蔵庫の上には、さまざまな飲みもののボトルがぎっしりと。そのほか空いている場所と見れば、本や雑誌が山のように積み重なっていた。花束や舞台の成功を祈るカードと並んで、銀の額に収められたひときわ大きな写真が目を惹く。ジョーダンが金髪の女性を抱きしめ——自分はスーツ姿、女性のほうは白い絹のドレスを着て——登記所の前らしい場所でポーズをとるという構図だ。これは、結婚式の写真だろうか？　この写真をわざわざ楽屋に持ちこんでいることに、わたしは心が温まるのを感じた。これから舞台に出ていこうという最後の瞬間、ジョーダンはきっと、この写真を眺めるのだろう。

ジョーダンのほうは、わたしたちの訪問が迷惑だったらしい。

「アンソニー——こんな時間に、困るな。舞台に立つ前は、わたしはひとりですごしたいんだ。わたしにとって、これはきわめて大切な時間でね。いま自分のいる場所からこれから立つべき場所へ、本来の自分から演じるべき人格へ、旅をするために必要なひとときなんだよ」ジョーダンはよく、こんな話しかたをする。ときには陽気にふるまうこともある——初日の夜、わたしが贈られた短剣を見せたときのように。だが、自分のやりかたをけっして曲げたくないたちでもあり、言葉の端々(はしばし)にそんな性格が表れて、いささか尊大に聞こえてしまうこともしばしばなのだ。

わたしはホーソーンを紹介し、なぜここに来たかを説明した。「ほんの数分で退散するよ」

そううけあいながら。

「まあ、かけてくれ。背中を向けたままで失礼するよ、ちょうど舞台化粧をしていたのでね」

ジョーダンは脱脂綿に手を伸ばした。「じゃ、可哀相なハリエットのために、きみたちはここに来たってわけだ、ええ？」顔をしかめる。鏡に映るその表情は、わたしにもはっきりと見えていた。「こんなことを言っては何だが、世の中にとっては朗報でしかなかろうに。惜しむ人間など、どこにもいないさ」

「被害者には、夫も娘もいたんですがね」ホーソーンが指摘する。

「そりゃ、ルクレツィア・ボルジアだって同じだがね。すまない、ミスター・ホーソーン。だが、あの女を悼む言葉を期待しているんなら、それは時間の無駄というものだ」肩ごしにちらりとわたしを見る。「ほかの劇評は読んだかい？《テレグラフ》紙のやつは最高だったよ。《ガーディアン》紙はまったく的外れだったが――まあ、それはいつものことだ。昨夜はすばらしい観客に恵まれてね。みな、心から楽しんでいた」

「おたくがハリエットを殺したんですかね？」ホーソーンは尋ねた。

長い鼻梁に沿って脱脂綿を動かしていたジョーダンの手が、途中でぴたりと止まる。「何だって？」

「わたしの知るかぎりじゃ、おたくは被害者を〝けだもの〟と呼び、〝剣を突き立ててやる〟

と凄(すご)んだそうですが」長い間を置き、その言葉の意味がしっかりと相手に伝わるのを待つ。

「実のところ、そのとおりのことが起きたわけでしてね」

ジョーダンは険しい顔になった。鼻梁を伝う旅を終えた脱脂綿を放り投げ、口を開く。「まさかとは思うが、休憩室での内輪の会話をきみが漏らしたんじゃあるまいな、アンソニー」思わず高くなった声に、米国訛(なま)りが初めてかすかに混じりこむ。それだけ腹が立ったということだろう。「巡業中に何が起きようと、その巡業の外へは持ち出さない。そんな慣(なら)わしは、きみも理解しているはずだと思っていたが」

「これは殺人事件の捜査なんですよ」と、ホーソーン。

「まあいい、自分が口にしたことを、いまさら否定するつもりはないさ。だが、こちらもはっきり言わせてもらうが、これはけっしてわたしひとりの意見ではないのでね。たとえば、アンソニーだって賛成してくれていたよ」

「わたしは何も言っていない！」

「うなずいていたじゃないか」

「まさか、そんな！」

「だったら、ほかの連中に訊いてみればいい。みな、きみを見ていたからな。わたしはああ言いはしたが、どこまで本気だったかはわからない。だが、きみはたしかに、心からうなずいていたな」

「アンソニーが殺したと、おたくは思ってるんですかね？」ホーソーンが尋ねた。

「いや、そんなつもりはないよ。ああ、まったくね。ただ、われわれひとりひとりと同じく、アンソニーにも動機があったと指摘しただけだ。ハリエットは、つくづくあの脚本を嫌っていたからな！」

「被害者が短剣で殺されたのはご存じですね」ホーソーンが確認する。

「警察からそう聞いたよ。昨日、まさにこの楽屋に警察官がふたり来て、いろいろ話していったんだ。カーラ・グランショーという名の女性と、蹴飛ばしてやりたくなるその相棒（サイドキック）と。ふたりとも、凶器となった武器に興味津々でね」ジョーダンは手を伸ばし、アフメトから贈られた短剣をつかむと、それをわたしたちに向かってゆらゆらと動かしてみせた。「ご覧のとおり、わたしの短剣はまだ手もとにある。これは凶器じゃない！　いまだ血に汚れてはいないんだ！まあ、わたしの意見を言わせてもらえば、これは初日祝いとしては、あまり豪勢な贈りものではないな。安っぽいし、今回の舞台には何の関係もないし。わたしはアフメトという男が好きだが――あれで、いいところもいろいろあるからね――どうもやることがあか抜けないんだ」

「だったら、どうして今回の役を引き受けたんです？」と、ホーソーン。

この問いに、ジョーダンは驚いたようだ。「そりゃ、ほかのどんな役を引き受けるときもみんな同じだよ。脚本だ、いいか、大事なのは脚本なんだ。『マインドゲーム』は、まさに胸躍る作品だと思ったからね。だからこそ、ハリエット・スロスビーのよけいな口出しに、あんなにも腹が立ったんだよ。そのうえ、コメディ・スリラーというジャンルにまでけちをつけられて！　何がいけないというんだ？　役者の仕事とは、自分の翼をいっぱいに広げ、新たな挑戦をすることだと、わたしはつねづね思ってきた。シェイクスピア、フランス語で演じられる原語版モリエール、あるいはデイヴィッド・マメット、ユージン・オニール。わたしはブロードウェイの舞台に、二年間にわたって立っていたこともある……ソンドハイムの傑作、『スウィーニー・トッド』だよ」

「誰の役で？」わたしは尋ねた。

「主役だ」

フリート街の悪魔の理髪師。ここでも、殺人者を演じたのか。

「実のところ、この国に来て最初に役をもらったのもミュージカルでね。『キャッツ』だよ。ニュー・ロンドン劇場で、ミスター・ミストフェリーズを演った。すばらしい体験だったよ」

「それで、おたくはどうして役者に？」ホーソーンが尋ねる。

「どうしてそんなことを訊く？」

「実は、おたくの大ファンでね。ファークワー博士役はすばらしかったですよ。ハムステッド劇場で、リア王を演じたのも観てます。『ディック・ターピン』は息子と観ました」

なんとまあ、ホーソーンはぬけぬけと嘘をつけるのだろう。ジョーダンが演じたこのふたつの役については、わたしから聞いただけではないか。だが、この嘘はみごとに功を奏した。あなたの演技を楽しんだと言われ、心を開かない役者などめったにいまい。ジョーダンは武器を置くと、代わりに頬紅に手を伸ばした。

「わが内なる魂を見出すことができたのは、実に幸運だったよ。言ってみれば、わたしは何も持たずに人生の第一歩を踏み出したのだ。家族もいない。自分の素性もわからない。大切だったものは、すべて奪われてしまったのだから」

「米国の生まれですか？」

「ああ。サウス・ダコタ州だ。わたしがネイティヴ・アメリカンの血を引くことは、アンソニーから聞いているだろう、ミスター・ホーソーン。わたしは両親が誰なのか知らない。たった三歳で、親から引き離されてしまったからだ。両親はラコタの支族、シチャング族の出で、きっと善良な人間だっただろうに、ある残酷な社会制度の犠牲となってしまった。世界が存在を知りもせず、気にかけようともしない、ある制度のね」

長い沈黙の間、ジョーダンは頬骨の下に入れた陰影を慎重な手つきでぼかしていた。

「きみたちは、十九世紀の終わりごろから全米に広がったインディアン寄宿学校というものについて、おそらく聞いたことはないだろう」やがて、先を続ける。「カーライル・インディアン工業学校という名も、きみたちにとっては何の意味も持たないだろうが、ここには百八十人のネイティヴ・アメリカンの子どもたちが埋葬されている。すべては同化政策の名のもとに行われたのだ。カーライル校の標語は何だったと思う？〝内なるインディアンを殺し、その人間を救え〟だ。わたし自身は、この学校に行ってはいない。わたしの生まれるはるか前に閉校になっていたからね。だが、とどのつまり、わたしにも同じことが起きたんだよ。わたしの人生は、そんなふうに始まったのだ」

ジョーダンはこちらをふりむき、わたしたちと向かいあった。

「三歳になるまで、わたしは米国でもっとも貧しい居留地のひとつ、ローズバッドで母と暮らしていた。そのころの思い出を語れたらどんなにいいかと思うが、何ひとつ記憶が残っていなくてね。水道や電気のある暮らしだったかどうか、それさえ憶えていない。だが、きっとわたしたちは幸せな家族だったはずだと、心の底から信じているよ……少なくとも、信じたいと思っている。まちがいなく知っているのは、兄が面倒を起こしてしまったということだ。兄は車を盗んだんだよ。その結果、両親は〝望ましくない保護者〟というレッテルを貼られ、一週間後にはふたりのソーシャルワーカーが現れて、わたしと三人の姉妹を親から引き離し、里親のもとへ連れていった。別々の里親のもとへね。わたしたちは、二度とお互いに会うことはなかったのだ。

わたしのこの経験が特殊なものだったとは、けっして思わないでほしい。当時、危険な状態にあると判断された子どもたちを親から引き離すことは州が許可しており、ソーシャルワーカーたちの責任が問われることはなかった。学校から授業の途中で子どもたちが連れ去られることさえ、けっしてめずらしくはなかった。いま思えば誘拐以外の何ものでもないが、当時はそれが子どもたちのためだと信じられていてね。そうそう、子どもをひとり保護するたびに、州は連邦資金から千ドル支給されていたので、いい金稼ぎにもなっていたというわけだ。

とはいえ、わたしは幸運だったんだろう。そうした子どもたちの中には、ひどい虐待を受けたものもいた。だが、わたしはカリフォルニアから来たハリーとリスベス・ウィリアムズ夫妻の養子となった。養父母は、わたしのためにできるかぎりのことをしてくれたよ。それからは、ロサンジェルスの東、ポモナという地の温かい家庭で育てられた。養父はハリウッドの大きなキャスティング・エージェンシーで働いていてね。ここに、きみの質問への答えがあるわけだ、ミスター・ホーソーン。わが家の食卓では、長編映画や俳優たちがしょっちゅう話題に上っていたのだ。それを聞いて育ったのだから、まだ年端もいかないうちから、自分もその職業をめざそうと心に決めても不思議はあるまい。考えてみれば、わたしの人生はずっと演技してきたようなものだ。典型的な米国の少年を演じつづけながらも、本当の自分はそこからほど遠いということを、日々つきつけられて生きてきたのだから」

「人種差別もあった？」

「高校では、ラコタ族の出だということを、ほかの子たちにからかわれたよ。〝酋長〟と呼ばれたり。トマホークを振りまわす真似をしてみせたり……そんなふうにね。何の理由もなく警察に止められたりすることにも慣れるしかなかったし、一度など、万引きの罪を着せられたことさえある。後に役者としての活動を始めてからは、安易な類型にはまるまい、かといって異端すぎて排除されるのも避けようと、その間の細い細い道をずっと綱わたりしてきたよ。先住民の俳優の名を、きみたちはいくつ挙げられる？　これまでアカデミー賞を獲ったのも、たったひとりにすぎない*。これは、けっして愚痴ではないのだよ！　いろいろな意味で自分はおそろしく幸運だったのだと、わたしは考えている。だが、その実情はこんなものだったというわけだ」

「その後、ローズバッドに戻ったことは？」わたしは尋ねた。「実の両親は見つかったのか？」

ジョーダンは眉をひそめた。「いや。わたしにとって、自分のルーツは、けっして大きな問題ではなかった。出自とは、すでに何のつながりも存在しない。妻のジェーンは、ここ英国のハダースフィールド生まれだ。ふたりの子どもは、英国のパスポートを持っている。そうした事情に加え、わたしは養父母の気持ちに配慮しなくてはならなかったしね。自分たちがしてきたことをふりかえって、養父母は罪悪感めいたものを感じていたかもしれない。わたしが十五歳のとき、インディアン児童福祉法が議会を通った。この法律は、わたしのような養子縁組が生じるのを抑止するための試みでね——まあ、実際には機能しなかったのだが。養父母は口にこそ出さなかったが、わたしが過去をふりかえったり、自分の血縁を探そうとしたりするのは、あまり嬉しくないようだった。ローズバッド居留地を訪ねるのも反対されたよ。結局、わたしはいまだそこを訪れたことがない。そのことで、わたしをとやかく言うものもいるが、やはりハリーとリスベスには大きな恩義があるのでね。距離こそこんなに離れてはいるが、養父母とはいまもごく親密な間柄だよ。もうかなりの年齢になってしまったがね……ふたりとも、もう八十代も後半なんだ。養父母が望む人間になろうとすることが、わたしにとってはふたりへの感謝を表す方法だった。たとえ、それが真の自分だとは言いきれないにしてもね」

ジョーダンは口をつぐみ、また鏡のほうへ向きなおった。まるで、うっかり話しすぎてしまったと、ふと気づいたかのように。

「『マインドゲーム』はやりやすい脚本でしたか？」ホーソーンが尋ねた。

「演技をしていて、やりやすいなどと思うことはけっしてないんだよ、ミスター・ホーソーン。

いつも言っていることだが、やりやすいと感じたときは、往々にして何か大切なことを見落としているものでね。自分の中から、その役柄の人格を引きずり出すことは、いわば自己犠牲の行為といっていい。痛みをともなうこともある。だが、演技とは、つねにそうあるべきものなのだ」

「わたしの頭にあったのは、第一幕の最後の暴力的な場面のことでしてね。第二幕のほとんどもそうでしたが」

「舞台の上のことは、しょせん虚構にすぎない。それを根拠に、わたしとハリエット・スロスビーの事件を結びつけようとするのはおかしいだろう」

「ときとして、人は自分が何をしてるのかわからないまま、暴力的なふるまいにおよぶこともあります」ホーソーンは言葉を切った。「たとえば、稽古のとき、あなたはスカイ・パーマーにけがをさせたと聞きましたが」

「スカイから聞いたのか?」

「誰でも知ってることですよ」

言うまでもなく、この話をホーソーンに聞かせたのはわたしだ。このときばかりは、気を遣ってわたしの名を出さずにおいてくれたらしい。

ジョーダンは息を吸いこんだ。それまで化粧台に広げて置かれていた手が、ふいに丸まってこぶしとなる。「きみがどう聞いているかは知らないが、ミスター・ホーソーン、わたしはけっして暴力的な人間ではない。たとえば、例のケーキに短剣を突き立てたという件だが、あれは、ああやって怒りを発散させただけの話でね。不愉快な劇評を読まされて、いささか大げさなふるまいをしてしまった、というだけだ。わたしはよく、そんなことをしてしまう。だが、もしも本気であの女を殺そうとしていたのなら、あんな大勢の前で宣言したりするはずはないだろう？」

ホーソーンは答えなかった。

「スカイとのことは、ひどく消耗する長い一日の終わりに起きてしまってね。いろいろと、心にかかることもあって。時おり、自分の力がどれほど強いのかを忘れてしまうことがあるのは、わたしも認めるよ。ちょうど、スタイラーといっしょにあの看護師を椅子に縛りつける場面を稽古していたときのことだった。巡業公演では何度も何度も、まったく問題なくこなしてきた場面だったが、あのときだけは、どうやら集中力が切れてしまったらしい。スカイの腕を握った手に力をこめすぎて、あざが残ってしまったのだ。自分のしてしまったことにつくづく恥じ入ったよ、当然ながらね。ときとして役柄が、自分の作りあげた真実が、役者を蝕んでしまうこともある。スタニスラフスキーの演劇理論を読んだことはあるかね？　あのとき、ほんの数秒だけ、そういうことが起きてしまったのだよ」

「演じてたのがジュリアス・シーザーじゃなくて幸運でしたね。気がついたら、あたりは血だらけになってたかもしれない」

ホーソーンの言葉を、ジョーダンは無視した。「わたしは詫びのカードを添えて、スカイに花を贈った。あれで、すべてを水に流してもらえたとばかり思っていたんだが。勘ちがいだったとは残念だよ」

「誰もきみに文句をつけてはいないよ、ジョーダン」あわてて、わたしは口をはさんだ。

「そう言ってもらえると嬉しいね。わたしはここまで、『マインドゲーム』の舞台を心から楽しんできた。そもそもの最初から、これは最高に息の合った一座になると思っていたんだ」

「ほかの人についても聞かせてくださいよ」ホーソーンは話題を変えた。いまや、さっきとは打って変わって柔らかい口調だ。「ひとりひとりについて、おたくがどう思ってるかを」

「つまり――一座のほかの役者について?」

「ええ」

「役者としてどうかということか?」

「殺人を犯しうるかどうか」

「それはあまりに馬鹿げているな」いまや、ジョーダンも先ほどより自信たっぷりな口調だ。

「スカイ・パーマーはいかにも愛らしい、気立てのいい女性だ。チリアンはいささかとっつきにくいところはあるが、あいつが一座に加わったのはロンドン公演からで、まだお互いによく知りあう機会もなかったからな」

「チリアンとは、あまりうまくいってなかったと聞きましたがね」

「今回の舞台については、ずいぶんあれこれときみに吹きこんだ人物がいるようだな」ジョーダンが鏡と向きあうと、鏡に映った像がわたしを責めるようににらみつけた。「チリアン・カークは、ようやくこの仕事が板につきはじめたばかりの若い役者だ。わたしが思うに、あいつがきちんとした訓練を受けていない――つまり、演劇学校で学んでいないことが、重大な差となってしまっている」

「そんなに大きな差が出るものなんですかね？」

「まさにとてつもない差が出るのだが、役者でない人間に説明するのは難しいだろうな。なにしろ、いまは……」腕時計に目をやる。「……もう時間がないのでね。ただ、チリアンは舞台に立つ人間として、けっして全力を尽くしてはいないということだけは言っておこう。舞台上の動きは、交響曲のようなものだ。ひとりひとりの役者が、ほかの全員の動きを意識していなくてはならない。目を合わせ、共感し、魂をこめる、そういうことが大切なんだ。チリアンもやがて学んでいくだろう、それはまちがいない。ただ、いまはまだまだ先は長い、というところだな」

「なんでも、チリアンはハリウッドの大作で役をもらったそうですが」

「それは誰でも知っているよ、ミスター・ホーソーン。あいつは四六時中その話ばかりしているからな」

「おたくは、ユアン・ロイドとはうまくやってるんですか？」

「ユアンには、心から敬意を払っているよ。もう何年も前、ストラトフォードでユアンが演出した『空騒（からさわ）ぎ』を観たことは、いまでもよく憶えている。物語の舞台を一九三〇年代のシシリーに設定してね。ドン・ジョンとドン・ペドロはマフィアの一員。ドグベリーはＦＢＩの捜査員だった。ユアンと仕事ができるのは、実にすばらしい経験だよ」

ジョーダンは立ちあがり、衣装箪笥に歩みよると、ファークワー博士を演じるときの衣装を手にとった。「さてと、申しわけないが、そろそろ着替えないといけないのでね」

ホーソーンとわたしも立ちあがった。これでもう引きあげるのだろうと思ったら、ドアに向かったホーソーンは、さっきわたしが目にとめた写真の前で立ちどまる。「こちらは奥さん?」

「ああ」

たったひとことの返事はぶっきらぼうで、それ以上の質問は遠慮しろといわんばかりだったが、ホーソーンはかまわず続けた。「いまもメーキャップ・アーチストのお仕事をされてるんですかね?」

ジョーダンは意表を突かれたようだ。「なぜ、そんなことを訊く?」

「まだ結婚はされてるんですよね」

「当然だ」

「初日に奥さんが来てなかったことに、いささか驚きまして」

どうして、そんなことをホーソーンが知っているのだろう? 初日の様子など見てもいないわけだし、わたしもそんなことを話してはいない——そもそも、わたしはジョーダンの妻のことなど気づいていなかったのだが。

ジョーダン・ウィリアムズは身じろぎもしなかった。まっすぐに、ホーソーンの目を見かえす。「妻はロンドンにいなかったのでね。いまは、BBCがリーズで撮影しているドラマの仕事をしている」

「しかし、初日のパーティの後で、奥さんには会っていますよね?」と、ホーソーン。「帰宅したときに」

「帰ったのは真夜中を過ぎていたからな。妻はもう寝ていた」

どこか悲しげに、ホーソーンは頭を振った。「どうせ男は浮気者」口の中でつぶやく。「海に山にと二股かけて、変わらぬ心などあるものか」

「何の話だ?」ジョーダンが尋ねた。

「『空騒ぎ』の中の歌ですよ。ついさっき、おたくが話に出した」

「わたしはもう、話すべきことはみな話したはずだ、ミスター・ホーソーン」ジョーダンは立ちあがり、妻との写真の額をつかんだ。ためらいなく、その額を机に伏せる。そんなつもりはなかったのだろうが、あまりに乱暴な動きだったため、額のガラスが割れた。手を離すと、人さし指の脇からにじんだ血が小さな玉となっている。

「見ろ、きみたちのせいでこのざまだ」その口から、疲れたような声が漏れた。

わたしたちは楽屋を出た。唇を血で汚し、指を吸っているジョーダンを残して。

＊その後、タイカ・ワイティティとウェス・ステュディの受賞(どちらも二〇一九年)により、
　その数は三人に増えている。

11　スターの資質

通路に出た瞬間、わたしはホーソーンに向きなおった。「きみはジョーダンの言うことを信じたりしないだろう?」語気荒く迫る。

「女房のことか?」

「わたしのことだよ!」ホーソーンが答えるより早く、言葉を継ぐ。「わたしたちはみな、あの劇評を読んで動揺していた。さんざん飲んだ後だったし、ああいう劇評が出るとは誰も予測していなかったからね……あんなに早い段階で、ということだが。しかし、それで激昂(げっこう)したのはほかならぬジョーダンだったんだ。短剣をケーキに突き立てるほどにね!　ケーキを切るんじゃない、突き刺したんだよ。それに、わたしはうなずいたりなどしていない。むしろ、ひどく衝撃を受けていたんだ」

では、わたしはジョーダンがハリエット・スロスビーを殺したと考えているのだろうか?あの夜の経緯を見ていてさえ、本当にそんなことが起きたとは思えない。ジョーダンは役柄になりきることで演技をする、いわゆるメソッド・アクターだ。先ほど話にも登場した、スタニスラフスキーの演劇理論に基づいている。おそらく、ファークワー博士という役柄の暴力的な部分が、現実の行動にまでうっかり顔を出してしまったのだろう。だが、実際に殺人事件が起きたのは翌朝十時、あの飲み会が終わってからかなりの時間が経った後のことだった。稽古中、スカイにけがをさせてしまったときのように、その場の激情に駆られて凶行におよんだというのなら想像もつくが、周到に計画された殺人となると話は別だ。わたしの知るジョーダンの性格には、どうにもそぐわない。そして、さらなる疑問もある。真犯人は、わたしに罪を着せようとした。いったい、ジョーダンがそんなことをする理由があるだろうか？　稽古期間、そして巡業中に、わたしたちはずいぶん親しくなっていたはずだ。だからこそ、いましがたのジョーダンの発言に、わたしはひどく腹が立ったのだが。

そんなわたしの心の内を、ホーソーンは読みとったようだ。底知れない、それでいて無垢な目でこちらを見る。「ジョーダン・ウィリアムズのことは気にするな、相棒。おれはあんたの味方だよ」

「そう言ってくれて嬉しいよ」

「そのとき休憩室にいた全員に、何を見たか聞いて回る。そうすれば、真実は自ずと明らかになるさ」

なるほど、これはわたしへの信頼を表明してくれたということか。

そして、また地下へ戻る。次に向かったのは、まばゆく照らされた通路を歩いてすぐのところにある、楽屋六号室だ。ドアは半開きのまま、室内で誰かが動いている気配がする。中をのぞいてみると、上半身にはスウェット・シャツを着て、下半身はズボンを脱いだ状態のチリアン・カークが、舞台衣装を身につけようとしているところだった。開演まで、もう三十分ほどしかない。わたしに気づいたチリアンは、きまり悪そうな顔をするでもなく、にっこり笑いかけてきた。「やあ！　今晩あなたに会えるとは思ってませんでしたよ」

「本番前に邪魔をしてすまない、チリアン。入ってもかまわないかな？　こちらはホーソーン。探偵でね。ハリエット・スロスビーの事件を捜査しているんだ」

「こんなところに来ても、何も見つからないと思うけどな」チリアンはマーク・スタイラーのズボンに手を伸ばし、それをはいた。「でも、かまいませんよ。どうぞ、入って。よかったら、お茶でも淹れますよ」

　わたしたちは楽屋に足を踏み入れ、ドアを閉めた。

　ここはジョーダンの楽屋よりいくらか狭いはずだが、あんなに散らかっていないせいか、広広とした印象だ。チリアンに届いたお祝いのカードはたった三枚、花束はひとつだけしかないのが目にとまる——役者として先輩であるジョーダンに比べると、かなり少ない。たったひとつの机にぽつんと飾られたそれらの初日祝いは、いささか悲しげに見えた。室内は何もかもがきちんと整理されている。汚れた衣服も、読みさしのペーパーバックも見あたらない。ソファのクッションは等間隔に並べられ、流しの脇には、まるで軍隊のような几帳面さでタオルがまっすぐに掛けられている。

　椅子にかけるわたしたちをよそに、チリアンはスウェットを脱ぎ、ジムで念入りに鍛えたらしいみごとな胸筋と肩をあらわにした。その姿にふと、二十四歳にして時代の象徴にまで上りつめ、その年のうちに死を迎えたジェイムズ・ディーンが脳裏をよぎる。チリアンもまた同じように、束縛からの解放、理由なき反抗を思わせる無頓着な美貌の持ち主だ。ハリウッドの大作に出演が決まり、世界にその名をとどろかせるのも間近かもしれない。そんな未来に向かって、すでに着々と進みつつある青年。スターの資質というものを、言葉で定義するのは難しい。だが、これから有名になろうとする若い役者たちを何人も見てきた経験から言えるのは、みながみな、たしかにそれを持ちあわせていたということだ。見た目の美しさだけではない。自分こそは特別な存在であるという自負、いつか、もうすぐにでも、世界はきっと自分を愛するという予感、そんなたぐいのものを。

「ハリエットのこと、聞いたときはとうてい信じられませんでしたよ」チリアンは口を開いた。

「こんなおそろしいこともありませんよね。あの人も可哀相に……」

「被害者を気の毒に思ってるってことですかね？」ホーソーンは驚いたようだ。

「だって、そりゃそうですよ！　殺されちゃったんだから！」そこで、いったん言葉を呑みこむ。「そりゃ、あの人はおれたちの舞台をひどくけなしてたし、近くにいたら優しくも明るくもない人なんだろうなとは思うけど、殺されたとなると話は別でしょう。それに、いちおう言っておきますけど、おれのことはずいぶん褒めてくれてたんですよ。〝この世代でもっとも有望な役者のひとり〟って」つい化粧台の鏡に満足げな視線を投げるのを、チリアンは抑えきれなかった。「まさか、おれたちの誰かがやったなんて思ってるわけじゃないですよね？」言葉を継ぐ。「ここには、そのために来たんですか？」

「ひとつの可能性ではあるんでね」と、ホーソーン。

「うーん、こんなことを言っちゃなんですけど、それっていわゆる〝まちがった木に吠えかかる〟ってやつじゃないかな。だって……」片手を掲げ、名前を挙げるたびに一本ずつ指を折っていく。「……まず、スカイ。おれが一座に加わったときには、あの娘に本当に親切にしてもらって。意地悪なところなんて、これっぽっちもない女性なんです。それから、アフメトとモーリーン。なんだか笑える組みあわせですよね。あのふたり、実はできてるって気がしませんか？　おれはそう思ってるんだけど。ほんと、世界じゅう探したってあんなにひどいプロデューサーもいませんよ、とりわけ初日の夜に配られた、あんな短剣を見ちゃったらね。言っときますけど、おれはちゃんと自分の短剣を持ってますよ。おれのところにも警察が来て、短剣を見せろって言われちゃって。うっかりごみに出したりしないで、本当によかった。いや、笑っちゃいますよね。凶器がこんなにぞろぞろあるんだから。みんな、見た目はおんなじだし」

「笑うどころじゃないが」わたしはつぶやいた。

さらに、チリアンが次の指を折る。

「ハリエットのこと、ユアンは嫌ってましたよ。ハリエットの話なんか口に出そうともしなかったけど、何か昔からの因縁がありそうな感じで。怒ったときのユアンがどんなか、あなたも知ってますよね！」これは、わたしに向けられた言葉だ。「ただ、ユアンがあんなところまではるばる出かけていって、ハリエットを殺したとはちょっと思えなくて。だって、いかにも文化人って感じなのに。稽古中、ユアンがヒステリーの発作を起こすところはあなたも見てますよね。ときどき、手にした眼鏡で刺されるんじゃないかと思ったけど、でもせいぜいその程度のことなんですよ。それから、楽屋口番のキースかな」チリアンは小指を折った。「たしかに、あいつはあの夜ここにいたし、変なクスリで頭がどうかしたんじゃないかと思うときもしょっちゅうだけど、別にハリエットを殺す理由はありませんよね？　『マインドゲーム』を酷評された仕返しとか？」馬鹿にしたように鼻を鳴らす。「おれたちの舞台が明日で打ち切りになったって、翌日は別の舞台が幕を開けるだけのことだし。あいつには、何の痛手もないんだから」

話を終えたチリアンは、挙げていた手を下ろした。

「ジョーダン・ウィリアムズを抜かしましたよ」ホーソーンが指摘する。

「ああ、そうか。そうでしたね」チリアンの顔が曇った。「うーん、たしかにおれたちはみんな、あの晩ジョーダンが口走ったことを聞いてます。そうなると、やっぱりジョーダンが最有力容疑者ってことになるのかな」

「あんな女は殺されて当然だ、とか言ったんでしたっけね」

「まあ、そんなところかな」

「周りで、その意見に賛成してた人は？」

ホーソーンが何をねらってこの質問をしたのか、わたしにはぴんときたが、幸いチリアンは誘いに乗ってこなかった。「いなかったと思いますよ。みんな、ただ黙りこくってただけで。なんだか、どうにも気まずい雰囲気だったから」そんな思いを追いはらおうとするかのように、頭を振る。「ジョーダンとおれがうまくいってなかったことは、誰でも知ってます。でも――誓ってもいいけど――あの人がハリエットの死にかかわってるかもしれないなんて、おれは思ってないんです。ジョーダンはただ、ちょっとずけずけ言いすぎるところがあって。稽古中もずっと、そんな感じでね。でも、しょせん頭に血が上ってるだけのことだから」

「どうしてジョーダンとうまくいかないのか、その理由は何だと思います？」

「そんなの、向こうに訊いてくださいよ」

「おたくの目から見た意見を聞きたくてね」

「わかりましたよ。でも、これだけは最初に言わせてください。おれはけっしてジョーダンが嫌いなわけじゃないんです。誰とでもうまくやっていく努力をしようっていうのが、おれの生きかたなんですよ。だって、そうでしょう？　人生は一度きりなんだから、できるだけ幸せになりたいし」最初にこれを言ってしまって満足したらしく、チリアンは先を続けた。「おれが思うに、ジョーダンは嫉妬してるんじゃないかな。だって、そう考えないと説明がつかないんですよ。おれが一座に加わったそもそもの最初から、ずっとねちねちからんでくるんです。台詞(せりふ)を憶えてないだとか。あっちよりも目立とうとするなとか。あっちが長台詞をしゃべってるとき、自分は関係ないって顔をするなとか……つまり、あっちの台詞のひとことひとことに、いちいち聞き入ってなきゃいけないみたいな話で」

「おたくが『テネット』に出演することは、ジョーダンも聞いてるんですかね？」

「ええ、もちろん。どうしてそれがそんなに腹の立つことなのか、おれにはさっぱりわかりませんけど。だって、ジョーダンだってこの国に来る前は、米国のテレビでいくつも目立つ役をもらってたわけですよね。向こうに残ってたら、いまごろはハリウッドでも実績を積んでたかもしれない。もしかしたら、おれがまだこんなに若いってだけで気に入らないのかも。昔気質の役者って、そういう人がいるんですよ。地方公演の通行人だとか、テレビドラマの端役だとか、そんな経験を何年も積んでからじゃないと、売れるのはまだ早いって考えなんです。でも、たまたまおれは早く売れはじめたってだけなのに。それが気に入らないんだと思うな」

「おたくは演劇学校に行ってないんですよね」これは、ジョーダンが話していたことだ。たしかに、チリアンはそこに触れられたくないようだった。

「本当にね、そのとおりではあるんですよ。ジョーダンは、そこを目の敵にしてました。〝自分の職業について、きちんと学んでない〟とかね。でも、そんなの、おれのせいじゃないんですけどね！　もともと、役者になりたかったわけじゃないんだ。こんなことになって、おれがいちばん驚いてるくらいですよ」チリアンは時間を確認しようと、かたわらのテーブルに置いてあった携帯用の目覚まし時計を自分のほうへ向けた。「おれが二十二歳のときだった。本当に、おかしな話でね。気がついたら、この仕事に足を踏み入れてたって感じです」

「チリアンっていうと、ウェールズの名前ですが……」唐突にも聞こえる話題をいきなり持ち出すのが、いつものホーソーンのやりかただ。

　チリアンはにっこりした。「ええ。おれはモンマスシャーのチェプストウで生まれたんです。チリアンっていうのは〝優しい〟って意味でね。母がおれをそう呼んだからには、いつも優しい人間でいなきゃ、と思ってます」

「お母さんにとっちゃ、自慢の息子でしょう」

チリアンの表情が暗くなる。「母は亡くなりました。おれがごく小さいころに、両親とも死んでしまって。交通事故でね。ロンドンの郊外で車を走らせてて、配達トラックにぶつけられたんです」

「それはお気の毒に」

「おれがまだ、たった五歳のときでした。だから、両親のことはほとんど憶えてないんですよ。それから、ノース・ヨークシャーのハロゲートに引っ越してね。そこで、大伯母に育てられたんです」

そういうことなら、わたしがチリアンに感じていた、ぽつんと孤立しているような印象にも納得がいく。楽屋にカードや花がわずかしか飾られていないのも、きっとそのせいなのだろう。家族がいないうえ、友人と出かけるところも一度として見かけたことはないのだ。

「両親はごく普通の人たちだったようですよ。父は医者でね。母は、同じ診療所で働いてたそうです——受付として。おれはほんの子どもだったから、事故の後、この子をどうしようかとみんなが途方に暮れてたらしくて。普通なら孤児院かどこかへやられてたんでしょうけど、そこに父の伯母、おれには大伯母にあたるメイおばさんが、わたしがひきとるよ、って名乗り出てくれたんです。当時、大伯母はひとり暮らしで、お金にもかなり余裕があって。子どものころのおれにとっては、おばさんがすべてでしたよ。いまも、大切な家族です」

チリアンは手を伸ばし、たった三通のカードのうち一通をとりあげた。表には一コマ漫画が印刷してある。男が四つ葉のクローバーを摘みとろうとしているが……背後のビルから転げ落ちてきた、昔ながらの金庫には気づいていないようだ。そして、〝幸運を祈る〟と銀箔(ぎんぱく)で印刷された文字。ホーソーンがカードを開き、わたしたちは中に記された文字に目をやった。まるで子どもが書いたかのような、つぶれた文字だ。〝初日がうまくいくことを祈っています。心からの愛をこめて。ＡＭ〟

「忘れずにカードをくれるなんて、優しいおばさんじゃないか」わたしは声をかけた。

「大伯母は認知症なんです」と、チリアン。「いまは老人施設にいて、カードを書くのは介護士が手伝ってくれたんでしょう。大伯母自身は、いまはもうほとんど何も憶えてないんで」ふと悲しげな顔になり、それからまた、にっこりと微笑む。「大伯母の家では、本当にすばらしい日々をすごしましたよ。オトリー・ロードのきれいな家で、一階に二部屋、二階に二部屋あって……向かいはテニス・クラブだったんです。おれはもう、ずっとそこに入りびたってたな。テニスが大好きってわけじゃなかったけど、ミックス・ダブルスがめちゃくちゃ楽しくて。初めてのキスはそこで体験しましたよ。初めてのタバコも」

「ハロゲートの学校に通ってた？」

「ええ。ハロゲート中等学校です。うちから、歩いてたった五分だったから。十六歳までそこにいました。おかしなことに、その学校にいた女性教師が――ヘイヴァーギル先生っていったな――おれに熱心に演劇を教えてくれてね。『ハーメルンの笛吹き男』のときには、ネズミの王さまの役をやらせてくれたんです。あれは楽しい思い出でしたよ。そのときに何か気づいてもよかったんだろうけど、おれはまだまだ怠けものの悪ガキでしたからね。大学進学資格(Ａレベル)もとらなかったし。とにかく、早く働きたかったんですよ」

「何か、やりたい仕事があったんですかね？」

「もう、何でもよかったんです。早く金を稼いで、自分の住む場所を確保して、速い車を買って、旅行して……そんなことばかり考えてて。メイおばさんの口利きで、ヨークのナショナル・トラストに雇ってもらえました。イベント部門のプログラム管理が担当でね。年収一万二千ポンド――これが、おれの初任給でしたよ。正直なところ、おそろしく退屈な仕事だったんで、どのみち長くは続かなかったでしょうね。でも、そこに、おれの人生を変える奇妙な出来事があって」

　公演開始が刻一刻と迫っていることに気づき、いつしかチリアンは早口になっていた。

「そのころ、リーズにあるうちの地所のひとつで、『ハートビート――小さな町に大事件』って連続ドラマを撮影してたんです。あなたがたも、きっとご存じですよね。ほら、六〇年代を舞台にした刑事ドラマですよ。そのとき、おれは連絡役として現地に行かされてたんだけど――何もかもうまくいってるかどうか、確認しにね――ふと向こうのスタッフに、よかったらエキストラで出演してみないか、きっとおもしろい体験になるぞ、って誘われたんです。引き受けたら、厩舎(きゅうしゃ)で働く少年の役をもらいました。その回は、農場主が誰かの犬を撃つとか、そんなような話でね。おれはもう膝まで泥だらけになって、必死に馬にしがみついてましたよ。それまで馬になんか近づいたこともなかったから、本当に怖かったんだけど、それでも一分一秒がすばらしく楽しくて。

いや、言葉で説明するのは本当に難しいんですけどね。撮影現場に脚を踏み入れた瞬間、どうしてか、〝本来の場所にたどりついた〟みたいな気がしたんです。ほんの一時間のテレビ番組を作るのに、あんなに大勢の人たちが、あんなにいろんな作業をしてるだなんて、それまでは夢にも思いませんでしたよ。現場の機材にも見とれちゃって——カメラやその台車、ケータリング車、照明なんかにね。もう、圧倒されちゃいましたよ。それに、スターも何人も出演してたし。〝おまえたち一般人とはちがうんだ〟みたいな雰囲気じゃなくてね。みんな、本当に感じがよかったんです。そのスターたちがね、同じ場面の演技を何度も何度もくりかえしては、別の角度から撮影されてるのを見て、おれは思ったんですよ——これは自分にもできる！ って。たぶん、ヘイヴァーギル先生と演劇の稽古をしたときの記憶がよみがえったんでしょうね。これがやりたい、って思ったんです。先生の言うとおりだった。おれには演技の才能がある。自分は役者なんだ、って！

あの最初の日のめぐりあわせといったら、本当に奇跡でしたよ。たまたま、現場にキャスティング・ディレクターも来てたんです。おれは撮影が終わってから、そのマルコム・ドルーリーって人に会いにいきました。どうにか力になってもらえないか……つまり、この業界に入るためってことですけど、頼んでみたんです。本当に緊張したけど、マルコムはすばらしく親切に話を聞いてくれましたよ」

奇妙なことに、マルコム・ドルーリーにはわたしも会ったことがある。八〇年代の終わりごろ、わたしが脚本を書いたテレビの子ども番組を、マルコムが担当していたのだ。わたしの記憶にも、たしかにいい印象が残っている。

「すごく長話になっちゃったんですけどね。おれは寒さに凍えてて、おまけに身体じゅうが馬くさかったけど、マルコムは気に入ってくれたみたいで、何かいい話があったら声をかけるよ、って言ってくれて――しかも、ちゃんと約束を守ってくれたんですよ。『MI－5　英国機密諜報部』や『リトル・ドリット』――またもや馬の相手をするはめになりましたけど――で、ちょっとは台詞のある役をもらって。そのあたりで、おれはナショナル・トラストを辞め、エージェントと契約して、そこからぐんと上昇気流に乗ったってわけです。おれが演劇学校を出ていないからって、こっちを見くだしてくるような連中も大勢いましたよ、ジョーダンみたいにね。でも、おれはこの仕事が好きだし、どうやら幸運にも恵まれたみたいだし」言葉を切る。「すみません、おれ、お役に立てる話はぜんぜんできませんでしたね――でも、そろそろ舞台に出る準備をしなくちゃ。おれはハリエット・スロスビーを殺してないし、おふたりが犯人を見つけることを願ってますよ。真相がわかったら、知らせてくださいね！　じゃ、申しわけありませんけど……」

ホーソーンとわたしは立ちあがった。

「ひとつだけ、訊いていいかな？」わたしは尋ねた。ホーソーンが危ぶむような視線をこちらにちらりと投げてくる。捜査に口を出すなとは、これまでもずっと言われてきた。だが、チリアンと初めて顔を合わせたときから、わたしの心にはずっと引っかかっていたことがあるのだ。いまはそんな話を持ち出すべきときではないのはわかっているが、この機会を逃したら、もう二度と確かめることはできないだろう。「『インジャスティス』というドラマのことを憶えているか？」

「たしか、刑事ドラマでしたよね？　弁護士の出てくる……」

「あれは、わたしが脚本を書いたんだ。きみは少年犯罪者矯正施設で自ら生命を絶ってしまう、アラン・スチュワートという役を演じるはずだった。だが、引き受けておきながら、ぎりぎりになって降板してしまっただろう。あれはどうしてだったのか、わたしはずっと不思議に思っていたんだ」説明しながらも、自分がどれだけ馬鹿げた話を持ち出してしまったのか、はっきりと見えてくる。わたしはいま、殺人事件捜査の真っただ中にいるというのに！　だが、ここまで話してしまったら、もう引っこめるわけにはいかない。「そう、どうしても気になっていたのでね……」申しわけなさそうに、最後のひとことをつけくわえる。

「ええ。憶えてます」チリアンはばつの悪そうな顔になった。「あれは、おれが決めたことじゃなかったんです。おれ自身は、すばらしい役だと思ってたんですよ。でも、断るようエージェントに言われてしまって。ほかにもいっぱい誘いが来てるんだし、あなたの将来を考えたら、これを引き受けてる場合じゃないでしょ、って。ひどい言いわけに聞こえますよね。でも、おれはいつも、エージェントの意見は聞くようにしてるんです。その結果、そうなっちゃったんですよ。すみませんでした」

「わたしは、チリアンがハリエット・スロスビーを殺したんだと思うな」廊下に出るやいなや、わたしは意見を述べた。

ホーソーンはいぶかしげな目でこちらを見た。「本気か？」

「事件の起きた水曜の午前中、きみはどこにいたのかと、どうしてチリアンに訊かなかった？」ホーソーンの捜査手法に文句をつけたのは、これが初めてだ。だが、わたしはもう、とにかく疲れ、苛立(いらだ)っていたのだ。昨夜はほとんど寝ていないし、きょうはきょうでほぼ立ちっぱなしではないか。そもそも、留置場でひと晩を明かしたばかりだというのに！　わたしの神経は、もうずたずただった。

「そんなことを訊いても意味がないんだ、相棒」驚いたことに、ホーソーンはまったく気を悪くした様子はなかった。どこまでも、おちついた口調で説明する。「チリアンは役者だろう。しかも、帰宅したのも遅かった。おそらく、昼近くまで眠っていたはずだ」言葉を切る。「あんたと同じにな」

「とはいえ、チリアンが嘘をついていたのはたしかなんだ」

「どうしてわかる？」

「エージェントが『インジャスティス』をやらせたがらなかったと、チリアンは言っていただろう――だが、それは真実じゃないんだよ。あの青年のエージェントはほかにも何人か俳優を抱えていて、わたしも何度となく会ったことがある。チリアンがあの役を降りたとき、エージェントは本気で腹を立てていたんだ。さっきの話とは逆なんだよ。あの役こそはチリアンにぴったりだと思っていたのにと、その女性はわたしにこぼしていたんだから」

「ひょっとしたら、嘘をついてるのはエージェントのほうかもしれないけどな」

「そうは思わないな。その後ほどなくして、エージェントはチリアンとの契約を解除した……まあ、チリアンのほうから切ったのかもしれないが。どちらにせよ、その女性はわたしに真実を語っていてくれたはずだ」ホーソーンが納得していないようなのを見て、さらに言葉を重ねる。「わたしの脚本の話を捜査に持ちこむつもりはないし、わたしの書いたドラマを降板したからといって、チリアンに腹を立てているわけでもない。ただ、あの青年の話を、何もかも頭から信じてしまうべきではない、と言っているだけなんだ」

「誰の話だろうと、おれは頭から信じたりはしないよ」

「わたしの話でもか？」

ホーソーンはにやりとした。「生涯かけて作り話を書きつづけてるやつの話を、どうして信じなきゃならない？」

これには、わたしにも当然ながら言いぶんはある。とはいえ、それをうまくまとめる前に、ホーソーンはさっさと通路を歩き出し、訪ねるべき最後の場所、三つめの楽屋に向かった。頭を振りながら、わたしもその後に続く。

12　別の短剣

「どうしてあなたたちと話さなきゃいけないの？　警察にはもう話しました。これ以上、何も話すことはないから」

スカイ・パーマーはいつもの電子タバコをくわえていて、一瞬、その先端が怒ったように赤く輝く。わたしがホーソーンを紹介した瞬間から、こんなにぎっしり予定が詰まっているのに迷惑な話だといわんばかりに、スカイは不機嫌になっていた。電子タバコを投げ出すと、ヘアブラシを手にとり、髪を梳きはじめる。初めて会ったときピンクに染めてあった髪は、いまはもう元の色に……ごく淡い金色に戻りつつあった。

「わたし、もうすぐ舞台に出るところなのに」スカイは続けた。「まだメイク中だけど。そもそも、本番前に人と話すのは嫌い。よけいなことを考えたくないの。いまは、自分の役柄に入りこまなきゃいけないんだから」

初めて出会ったときから、スカイはどうにもとらえどころのない人物だった——若さ、自信、はにかみ、そして傲慢さが混じりあったような。こうしてプリンプトン看護師の姿で坐っていると、その印象はさらに強まる。もともと、この衣装はプリンプトン看護師を戯画化するためのデザインだ。わざと身体にぴったりさせて胸や腰を強調し、黒いストッキングを伝線させている……ここは、劇評家のひとりがわざわざ指摘していた。ブラウスの下には血糊――ケンジントン・ゴアと呼ばれる――の入ったビニール袋が隠されていて、第一幕の最後に手術用メスで刺されたとき、どっと噴き出す仕掛けになっている。『ロッキー・ホラー・ショー』さながらの場面だが、舞台の上のスカイは、いつもみごとに演じてのけていた。だが、いま楽屋にいるスカイは、ひどく混乱している。本来の自分と役柄とのせめぎあいに巻きこまれているかのようで、わたしから見ても、どちらがどちらなのかわからない。

スカイは二十五歳そこそこ、まだこんなにも若いのだからと、あらためて自分に言いきかせる。レギンスにふわふわしたマフラー、膝までのブーツ、指先の出た手袋という恰好に、裕福な伯母からでも相続したらしい年代もののアクセサリーを日替わりで身につけ、ふらりと稽古場に現れるのは、『キャバレー』の主人公サリー・ボウルズに自分をなぞらえてでもいるのだろうか。人生の表面を軽やかに滑走し、みなに羨望の目を向けられる、そういう自画像を描いているのかもしれない。そんなスカイに、ホーソーンはうさんくさげな目を向けていた。あまり感心はしていないようだ。

ピンク・ゴールドの携帯が鳴り、スカイはこちらを見ようともせずに、手を伸ばして電話に出た。

「ええ……ええ……それが、いまは話せないの。もうすぐ本番だし、いまは人が来てて。……そうじゃないけど……」

話せないと言いつつ、携帯を持つ手の小指を宙に突き立て、スカイは相手の話に聞き入っていた。

通話が終わるのを待つ間、わたしは楽屋の中を見まわしながら、ホーソーンはこれをどう見るだろうかと考えをめぐらせていた。スカイ・パーマーの素性、家族との関係、この十年間の歩みなどについては、周囲に散らばっているさまざまな手がかりから、さほど苦労せずに読みとれるにちがいない。

室内には、ところ狭しと雑多なものが並んでいた。花屋でも——あるいは、ひょっとして葬儀屋でも——開けそうな量の花が贈られており、中には無理やりひとつの花瓶に押しこめられ、息も絶え絶えになっている巨大なバラの花束もある。贈られた初日祝いのカードは、いかにも高価そうなものがほとんどだ——そこらの店で売られているような品ではなく、手描きの一品ものが目につく。いくら部屋が散らかっていても、スカイがいつも使っているグッチの傘とカルティエの腕時計が置かれているのは、すでに見つけていた。そのほか、さまざまなクリスタルの香水瓶から、陶製の容器に入ったハンドクリーム、《フォートナム・アンド・メイスン》のビスケット、可愛らしい缶に入った各種の茶葉、リキュール入りチョコレート、石鹸、アロマ・ディフューザーとかいう、オイルの入った瓶から奇妙な棒が何本か突き出しているものの、わたしにはまったく何の香りもしないしろものまで、贅沢なブランド名の入った品々がそこらじゅうに置いてある。シャンパンのボトルが三本、ジンが一本、棚にずらりと並べられ、どうも洗っていないように見えるグラスも十数個はあった。

これらの品々も、わたしが知っているスカイとは何ひとつ結びつかない。かつて三年間にわたってテレビドラマ『イーストエンダーズ』で女性バーテンダーを演じたときも、これまでの稽古中もずっと、ロンドンおよびその周辺で使われる河口域英語を話していたのに、いまわたしたちを追いはらおうとしたときの口調といったら、エリート校として知られるチェルトナム・レディーズ・カレッジ出のようだった。ここまで出会ってきた人々については、それなりによく理解できているつもりだ――チリアンも、ジョーダンも、アーサーとオリヴィア・スロスビーの父娘についても。だが、スカイだけは話が別だ。謎が何層にも重なりあっている。

「『マインドゲーム』一座のみなさん、開演十五分前のお知らせです。開演まであと十五分となりました。よろしく」

姿の見えない声が響く。おそらく、舞台監督のプラナフだろう。この告知は、インターコムを通じてそれぞれの楽屋に届けられている。部屋の隅、天井に近い位置にスピーカーが取り付けられていることに、わたしは初めて気づいた。スカイにも、告知ははっきりと聞こえたようだ。「わたし、もう行かなくちゃ！　またね！」電話を切り、携帯を置くと、こちらに向きなおる。「本当にごめんなさい。もう、出る準備をしなくてはいけないの」

「舐めてもらっては困るな、お嬢さん。わたしはこの舞台を観てましてね。序盤のたっぷり十五ページくらいは、おたくの出番がないことを知ってるんですよ」苛立ったときのホーソーンは、わたしならけっして使わないだろう言葉をあえて使うことが多い。おそらく、どう思われようがかまわないということを、あえて相手に伝えようとしているのだろう。「ハリエット・スロスビーについて、いくつか話を聞きたいことがあるんですがね」

「さっきも言ったでしょ。お話しすることは何もありません。あの人のことなんか、ほとんど何も知らないし」

「どこに住んでたかは知ってます?」

「どうしてそんなことを訊くの? わたしが何かしたというつもり? ええ、あの人の家がどこにあったかは知ってます。わたしたち、みんなが知ってたはず」スカイはまっすぐわたしを見た。「雑誌に載ってた記事、あなたが見せてくれたでしょ」

「何だって?」

またしても、足もとの地面が大きく割れ広がっていくような感覚。この事件で、わたしはどれだけ有罪の証拠を突きつけられることとなるのだろうか?

「ほら、《ハウス&ガーデン》誌。稽古に入った最初の週、あなたが見せてくれたじゃない。ハリエットの家の写真が載ってる記事。家は運河沿いにあるって、そこに書いてあったけど……マイーダ・ヒル・トンネルの近くだって」

「何の話をしているのか、さっぱりわからないな!」わたしは叫んだ。「そんな雑誌、見た憶えもない。ハリエットの住所など知らなかったし……」

「わたしのこと、嘘つきだっていうの?」

助けてくれと視線を送ると、ホーソーンはちらりとこちらを見やり、どこか悲しげに頭を振ってよこした——だが、スカイから注意をそらすことはない。「おたくをどうこう言うつもりはありませんがね」スカイがおちつくのを待って、ホーソーンは先を続けた。「初日の夜、休憩室で何があったかを話してもらえませんか」

「つまり……あの飲み会のこと？」

「劇評のことですよ」

これには、スカイの心も動いたようだ。「ああ、あれね。劇評の話なんて出さなきゃよかったと、いまは思ってるの。でも、止める間もなくチリアンがわたしの携帯をとりあげて、みんなに見せちゃって。あんなひどい内容だったなんて、夢にも思わなかったから」言いわけするように、最後のひとことをつけくわえる。

「たしかに、せっかくの一夜にとんだ興醒ましでしたね」ホーソーンがうなずいた。

「でも、ハリエットが殺された件とは何の関係もないはずよ！」スカイはホーソーンをにらみつけた。「あの舞台の悪口を書いたからハリエットが殺されただなんて、本当に思ってるの？そんなの、馬鹿げてる。そんなことで責任を感じる気なんて、わたしはないから。あの場にいた誰かが、もしもそのせいでハリエットを殺すくらい頭がどうかしてたなら、あそこでわたしが劇評の話をしなくても、新聞に載ったのを見て腹を立て、週末に殺してたでしょうよ。だから、劇評のことを持ち出そうがどうしようが、結局は同じだったってこと」

そんなことで、ホーソーンが諦めるはずもなかった。「さあ、それはどうですかね、スカイ。長い一日が終わった。酒もたっぷり入ってる。夜も遅い。そんなときに持ち出した話題が、うっかり引き金を引いちまったのかもしれない。その場で何が起きたかは、おたくもその目で見たはずですよ」

携帯に、メッセージが届いた音。画面をちらりと見たスカイの顔を見れば、本当はすぐに手にとり、返信したいのだろう。だが、それをこらえ、携帯を裏返す。

「ジョーダンのこと？　だったら、わたしじゃなくて、あの人の話を聞きにいったらいいのに。たしかに、ジョーダンはほんとに気が短いの。チリアンとはしょっちゅうぶつかるし。奥さんにも……いつだって、電話ごしにどなってるんだから。わたしだって、稽古中にひどい目に遭わされて！　その話、聞いた？　あのときの青あざ、見せたかったくらい」腕を撫でてみせながらも、さすがに言いすぎたと気づいたらしい。「でも、あそこで短剣を振りまわしたのは、ただ軽率なふるまいだった、ってだけのことよね。ジョーダンは誰も殺したりなんかしない。そういう人じゃないもの。わたし、あの人のこと、わりと好きよ。退屈な演技論をぶったり、経歴自慢――『アメリカン・ハウス・オブ・ホラー』やら何やら――が止まらなかったりするとき以外は、そこそこいい人なの。わたしに花もくれたしね。それに、あの劇評に腹を立てたのは、ジョーダンひとりってわけじゃないし。ユアンもさんざんこきおろされて、同じくらい頭にきてたんだから」

「ユアンが怒っていたようには見えなかったがね」わたしは口をはさんだ。さっきの雑誌の話のせいで、いまだ頭がくらくらする。ダルストンで行われた稽古のことをいくら思い出してみても、スカイに何か渡した記憶など何もないのに。「何か、冗談を飛ばしていたくらいで。劇評のことなんか、さして気にしていないようだったじゃないか」

「あなたはユアンを知らないのよ」と、スカイ。「あの人はね、他人に自分の考えを読まれたくないの。だから、何もかも心のうちに収めて、絶対に表に出さないってわけ。ジョーダンとは正反対」

「おたくは、どうしてそんなにユアン・ロイドに詳しいんです？」ホーソーンが割って入った。

「いっしょに仕事するの、今回で二度めだから。悪い人じゃないの。前回は、ヨークシャーで『マクベス』を演ったのよね」

「おたくは何の役を？」

「出演者はたった六人しかいなくて。わたしはマクベス夫人と、マクダフ夫人と、フリーアンスと、門番と、三人の魔女を全部」

「いい経験だった？」

「ううん、あんまり。ずっと雨が降りっぱなしで、お客はぜんぜん来ないんだもの」

「開演十分前のお知らせです。開演まであと十分となりました。よろしく」アナウンスが入る。

「ひとつだけ、どうにもわからないことがあるんですがね」ホーソーンが穏やかな口調で切り出した……まちがいなく、危険な徴候だ。「いったい、あの劇評をどこで見つけたんです？」

「携帯で」

「そういうことじゃない」悲しげな目で、ホーソーンはスカイを見つめた。「あの劇評をネットで検索してみたんですがね、見つからないんですよ。どこにもないんだ。考えてみりゃ、どうにもおかしな話でね。ハリエット・スロスビーが《サンデー・タイムズ》紙から原稿料をもらってたんなら、それをSNSなんかに投稿するわけがない。そもそも有料記事ですからね。

新聞社としちゃ、無料で垂れ流されちゃ困るんだ。だとしたら、おたくがあの劇評を読むには、ハリエットのコンピュータにアクセスするしかない」言葉を切る。「あるいは、そういうことのできる知りあいがいたか」

沈黙が広がる。このとき初めて、スカイは無防備な表情を見せた。

「あなたの勘ちがいよ。そういうサイトがあって……」

「どこのサイト?」

「わたしは見てないけど」

またしても沈黙。ホーソーンはじっと待っていた。スカイは何も話そうとしない。

「これが殺人事件の捜査だってことを、忘れてもらったら困るんですがね」いつものように、ホーソーンは〝殺人〟という言葉を、まるで味わっているかのように重々しく発音する。「いまわたしに話すか、それとも警察に話すか。それはおたくの選択しだいだ」

「あなたに話すつもりはないから」

ホーソーンはにっこりした。「それなら、もうひとつの道を選ぶしかないな。カーラ・グランショー警部に引き継ぎますよ。ただ、おたくにとっちゃ、いささか具合の悪いことになるかもしれないが。殺人事件の捜査を妨害したとなると、簡単には終わらないんでね。おたくの役を代われる役者がいることを祈りますよ。刑務所に入れられたって不思議はないんだ」

ホーソーンは立ちあがり、部屋を出ようとするそぶりを見せた。

「待って」スカイが声をかける。どうふるまうのが得策か、あれこれ思いをめぐらせているようだ。だが、ほかの選択肢など残されていないと悟るのに、さほど時間はかからなかった。

「オリヴィアが送ってきたの」

「ハリエットの娘か！」わたしは口の中でつぶやいた。

「そう」

ホーソーンがふたたび腰をおろす。「何のために送ってきたんですかね？ オリヴィアとは知りあい？」

スカイは力なく肩を落とした。「何度か会ったことはあるけど」

「どこで？」

「最初はバービカン劇場で。『るつぼ』を演ったとき。いつものことだけど、ハリエットは初日のパーティに押しかけてきたのよね。どうしてそんなことするのかと思うけど。誰も歓迎してないの、本人もわかってるはずなのに。そのときも、オリヴィアはお母さんに無理やり引っぱってこられてて。いかにも気まずそうにしてた。それで、ちょっとおしゃべりしてみたら、すごく話が合ったの。共通点もたくさんあったし」

「共通点っていうと？」

「うーん、まず第一に、どうにも我慢ならない母親がいる、ってところかな。わたしの場合は継母だけど。誰かと友だちになりたいときは、こんな話題から始めるのもいいのよね。それで、フェイスブックでつながって。二、三回、いっしょに飲んだこともある。でも、その程度のつきあいなの。劇評を送ってくれなんて、頼んでもいないんだから。わたしが見たいかもしれないって、オリヴィアのほうが気を回してくれただけ」

「母親のコンピュータに不正アクセスしたってことか?」ホーソーンは衝撃を受けたような声だ。まるで、つい今朝がた、ランベスの法科学鑑定研究所の英国警察データベースに攻撃を仕掛けさせて、サーバーを落としてのけたことなどさっぱり忘れているかのように。

「不正アクセスなんてしてない」スカイは言いかえした。「ただ、パスワードを知ってただけ。母親がわたしのことはけなしてないって、知らせたかっただけなんだと思う。現に、わたしのことは何も悪く書いてなかったしね。むしろ、けっこう好意的だった。わたしがいけなかったのは、それをみんなに知らせちゃったこと。ほんとに馬鹿なことしちゃったと思ってる。何があったのか警察に聞かされても、最初はとうてい信じられなくって……ハリエットが死んだことも、誰かに殺されたんだってことも。それでも、わたしたちの中に犯人がいるかもしれないなんて、まさか夢にも思ってなかったの、ジョーダンがあんなことを言ってたとしてもね。そんなこと、とうていありえないもの」

またしても、携帯にメッセージが着信した音――だが、誰が懸命に連絡をとろうとしているにせよ、スカイはそれをわたしたちに見せるつもりはないようだ。

「警察はおたくの家に訪ねていった?」ホーソーンが尋ねる。

「ええ」

「家はどこです?」

「ヴィクトリア・パーク」

「水曜の午前中は、家にずっといたんですかね？　たとえば、午前十時ごろは？」

スカイは目を落とした。「それって、事件が起きた時刻ね」静かにつぶやく。やがて、ふたたび顔をあげると、スカイはホーソーンの視線を挑むように受けとめて口を開いた。「わたしはずっと家にいました。ひとりでね。防犯カメラを調べてみたらいいでしょ？　うちの前の通りにも、ハリエットが住んでた運河のあたりにも、カメラはいっぱいあるはずよ。わたしはどこにも出かけてません」

「おたくはひとり暮らし？」

「ええ」

「賃貸？」

スカイはためらった。いかにも気まずそうな様子だが、ここで嘘をついても仕方がない。

「わたしの持ち家よ」

「なるほど、役者ってのはずいぶん稼げる仕事らしい」と、ホーソーン。

「父に援助してもらったの」

「それで、そのお父さんというのは誰です？」

スカイは言いよどんだが、もう話すしかなかった。おそらく、スカイの素性については、警察がすでに洗いあげていたのだろう。言ってみれば、殺人事件の容疑者にほかならないのだから……少なくとも、わたしが逮捕されるまでは。この答えを、ホーソーンもすでに知っていたのだろうかと、わたしは思いをめぐらせた。知っていたとしても、けっして驚きではない。

スカイの父親は、英国でも最大級の人気を誇るロック・バンドのひとつで、リード・ヴォーカルを務めている人物だった。聞いた瞬間、わたしもすぐに思いあたるほどの有名人だ。その瞬間、スカイにまつわるすべての謎が腑に落ちた気がした――身の回りのさまざまな贅沢品も、二十代で家を持っていることも、役者という仕事に対してどこかどっちつかずに見えることも。本来、スカイは働く必要などないのだ。おそらく、父親が持っている芸能界の伝手により、なんとなく演劇の世界に足を踏み入れたのだろう。役者でなければ、ひょっとしたらPRの仕事か、あるいはメイフェアの高級画廊あたりに就職していたかもしれない。かつて、父親の離婚が新聞の紙面をにぎわせていたことも記憶によみがえる。たしか妻を捨て、自分の娘とさして年齢の変わらないモデルと再婚したはずだ。

「初日の舞台を、お父さんは観にこなかったわけだ」ホーソーンは指摘した。来ていたら、誰もがその話を聞いていただろうから。キースもきっと、わたしたちに話してくれただろう。それどころか、劇場の入口にはパパラッチどもが群がっていたはずだ。

「初日のこと、父はそもそも知らなかったの。いまはツアーに出てるから」

こちらをきっとにらみかえしたスカイの目には、かすかに涙が光っている。父親との関係について、わたしたちが何を知りたかったにせよ、それはこんな短い言葉の中にすべてこめられていた。

「みなさん、開演五分前のお知らせです。開演まであと五分となりました」またしてもアナウンス。

「これで終わりにしてもらっていい？　ほんとに、もう準備しないといけないの」

これ以上はとくに話すべきこともなく、わたしたちは言われたとおりにした。楽屋を出ながら、わたしはいささかスカイが気の毒になっていた。有名人の親を持つ若者には、これまでも何人か会ったことがあるが、たいていは恩恵より問題のほうが大きいものだ。

非常口を通って、ラムリー・コートに出る。ここのドアはレバーを押すだけで開き、警報が鳴り響いたりすることもない。劇場に入ったときに記帳していないのだから、わざわざ楽屋口番のところへ戻る必要もないだろう。外に出るやいなや、わたしはホーソーンに向きなおった。

「さっきの雑誌の話だが――」

ホーソーンは頭を振ってみせた。「ああいうことは、もっと早く話しといてくれないと困るな、トニー」

「すっかり忘れていたんだよ。たぶん、ダルストンで稽古していたときのことだと思う。あのころは、いろんなことで頭がいっぱいでね。きっと、誰かが差し出してよこした雑誌を、そのままスカイに渡したんだ、中も見ずにね。中どころか、表紙も見ていなかったんだ」自分がしどろもどろになってまくしたてていることに、ふと気づく。「ハリエットの住所なんて、グランショー警部から聞くまではまったく知らなかったんだよ」弱々しい口調で、わたしは締めくくった。

「あんたを信じるよ、相棒」ホーソーンは考えこんだ。「まあ、法廷で陪審員を納得させるには、どうにも説得力が足りない気もするが、ひょっとしたらみな、あんたを気の毒に思ってくれるかもしれないしな。なにしろ、自分に不利な証拠ばかり、せっせと自分で積みあげてるありさまだ」

しばらく無言で歩きつづけ、ストランドへ戻る。劇場の正面入口は、いまは閑散としているが、時刻はちょうど七時半、第一幕が始まったところだ。中をちらりとのぞきこむと、ひとりで坐っているチケット売場主任の姿が見えた。どこか暗い表情だ。

「ホーソーン……」さっき楽屋でひらめいたことを、ここでうちあける。「例の『マクベス』に、スカイ・パーマーは出演していたんだ」

「その話なら、おれも聞いてたよ」

「だが、それが何を意味するのか、考えてもみてくれ！ そのときにも、スカイはあの短剣をもらっているはずなんだ。ヨークシャーでの公演に出ていた全員に、アフメトはあれを配ったんだから」あらためて、さっきスカイが話していたことをふりかえってみる。「そして、演出はユアン・ロイドだった。つまり、ユアンももう一本、同じ短剣を持っているというわけだ」

「おれも同じことを考えてたがね、トニー。残念ながら、だからっておれたちの捜査の助けにはならないな」

「どうして？」

「あんたのプロデューサーは、ほかにも十本以上よけいに短剣を注文してたかもしれない。友人やら、後援者やら、衣装デザイナーやら、劇場支配人やら、そういう連中に配るぶんをな。そのうえ、あんたは自分の短剣を失くしてる。ハリエット・スロスビー殺害に使われた凶器は、まさにあんたの指紋のついた、その失くした一本だったわけだ」

わたしはしょんぼりした。「そのとおりだな」

ホーソーンが腕時計に目をやる。「アフメトが、事務所でおれたちを待ってる。今夜そっちに行くと連絡しておいたんだ」

「明日にできないのか？」わたしはもう疲れはてていた。昨夜は一睡もしていないし、さらに半日を留置場ですごした後、次々と容疑者を訪ねあるいてきたのだ――この一時間は、『マインドゲーム』の出演者全員を。

「そりゃ、あんたしだいだがね、相棒。ただ、時間はどんどん流れてく。DNA型の検査結果がいつ届いてもおかしくないんだ。まあ、もしもトルパドル・ストリートに戻りたいっていうんなら……」

留置場。カーラ・グランショー警部。そう思ったとたん、頭がしゃっきりとする。「いや。すぐ行こう」

劇場の前を歩いて通りすぎる。チリアン・カークが舞台に立ち、ファークワー博士の院長室を見まわし、台詞（せりふ）を唱えている姿が目に浮かんだ。あの本棚についての台詞で、今夜も観客は笑ってくれただろうか？　看板にきらめく自分の名を見やる。さらにひとつ電球が切れてしまっていて、わたしの名はいまやＡＮＯＮＹだ。もうひとつ切れたら、まさに〝無名の人（アノン）〟となってしまう。まあ、この舞台に寄せられた数々の劇評を思えば、それがわたしにふさわしい名なのかもしれない。

ホーソーンがタクシーを止め、わたしたちはまた、次の目的地に向かった。

13　不運の連鎖

ユーストン駅周辺は、以前からずっと好きになれない場所だ。『刑事フォイル』の脚本を書きつづけていた十六年間で、この地区にはすっかり詳しくなった。この二、三平方キロあたりで唯一、まっとうな外観の現代建築といえる大英図書館で、さんざん資料を調べつづけてきたからだ。ロンドンという都市の中心からたった二十分ほど歩いただけだというのに、どうしてこの道沿いはこんなにも安っぽくあか抜けないままなのだろう。そのうえ、この道路ときたら、いつも端から端まで渋滞が続いており、二十年間にわたってまったく改善されない。利用できる店も見あたらず、うっかりどれかのレストランに入ろうものなら腹の立つことばかりだ。行き交う人々の半分は、バックパックを背負った旅行者というところか。アフメトがこんな場所に事務所をかまえていると聞いた時点で、何か気づいていてもよかっただろうに。ここは演劇の仕事に携わるべき場所ではないのだ。

わたしは正面入口にホーソーンを案内し、ずらりと並んだごみ箱の後ろに隠れた階段を下りて、部屋ごとに賃貸に出されている、このくたびれた灰色の建物の地下へ向かった。舗道より下の窓からは明かりが漏れているものの、ガラスがあまりに汚れているため、中はまったく見えない。呼鈴を鳴らす。時刻は八時十分前だが、あたりはあまりに暗く、もう真夜中かと錯覚するほどだ。四月の天気はいっこうに回復する兆しが見えない。雨こそ降っていないものの、濃い霧のせいで視界が利かないのは同じだ。誰も出てこないので、わたしはふたたび呼鈴を鳴らした。ドアが開き、ツイードのスカートに藤色のセーター、胸に老眼鏡をぶらさげたモーリーン・ベイツが現れる。いかにも暗い表情で、わたしたちを中に入れまいとでもいうように、戸口に立ちふさがっていた。

「ユルダクル氏と約束があったはずですが」と、ホーソーン。

「それは存じてます。ええ。ただ、いまはどうしても折が悪くて」そんなことを言われたからといって、わたしたちがむざむざ引きかえすと思うのだろうか？

「人が殺されたってときに、いい折なんかありませんがね」ホーソーンが切りかえした。

「そんなことに、ユルダクル氏がお役に立てるかどうか」

「中に入れてくれれば、それも自ずとわかりますよ」

諦めたように口をとがらせ、モーリーンは向きを変えると、狭い通路を通ってわたしたちを事務所の奥に案内した。アフメトはちょうど、居心地悪そうな顔でひじ掛け椅子に身を縮めている黒髪の男と話を終えたところのようだ。わたしたちが来たのを見て、男が立ちあがる。二メートルにも届こうかという身長で、アフメトの上にそびえ立ちながらも、もじもじとして申しわけなさそうだ。そういえば、初日の夜のパーティで、アフメトと話しこんでいた人物だと、わたしはふと思い出した。いまもやはり、あのときのように浮かぬ顔をしている。室内には夕バコの煙が立ちこめていて、嫌だなと感じながらも、この時代にめずらしいとしみじみ思わずにはいられない。アフメトはいまもタバコを吸っている。いつもの銘柄、L&Mの箱が目の前に置かれ、メノウの灰皿には少なくとも半箱ぶんの吸い殻が積み重なっていた。

長身の男は、すぐにでも退散しようとしていた。わたしたちに向かって「こんばんは」と口の中でつぶやくと、自分のノートパソコンと書類をかき集め、革のブリーフケースに不器用な手つきで押しこむ。モーリーンが出口まで案内し、別れぎわに交わした会話がかすかに漏れ聞こえてきた。

「それじゃ、二、三日中にまた電話しますよ」

「ありがとう、マーティン」

「いや、本当に申しわけない。なにしろ、こういう事情ですから……」

「どうか、ご心配なさらないで。どうにかやってみます」

なるほど、何か悪い知らせを持ってきた人物というわけか。

その間にも、わたしはアフメトにホーソーンを紹介し、ホーソーンはすでに空いた椅子に腰をおろしていた。机の前のアフメトは、ノートパソコンと手紙や請求書の山の後ろに、なかば隠れるように坐っている。いつものようにスーツ姿だが、きょうは上着を脱いでいるため、昔ふうのシャツとサスペンダーがあらわになっていた。指にはニコチンの黄色い汚れ。それどころか眼球の白い部分まで、うっすらと黄色く染まりはじめている。

「さてと、調子はどうです?」ホーソーンが陽気な口調で切り出す。

「あまり思わしくありませんな」そのたったひとことが、弔いの鐘のように重々しく響く。アフメトがここまで打ちひしがれた声を出すのを、わたしは初めて耳にした。こちらを見る目は、まるで飼い主に捨てられた犬のようだ。「いま出ていった人物はマーティンといって――わたしの会計士なんですよ。実に頼りがいのある男でね。だが、いま聞かされたところによると……」

「公演は打ち切りになってしまうのか?」わたしは尋ねた。結局は、そこに行きつくしかないのだろう。いまはただ、真実をはっきりと伝えてほしかった。

アフメトは新しいタバコを取り出すと、火を点けた。「いまは懸命にあがいているところなんです、アンソニー。わたしはずっと、あがきつづけて生きてきたんだ」青みがかった煙を吐き出す。「いまでこそお話ししますがね。演劇の舞台をプロデュースしたいというのは、わたしが《リアリー・ユースフル・シアター・カンパニー》に加わったときから、ずっと抱いてきた大望なんです。わたしはあの劇団に、何年にもわたって在籍していたんですよ」

「つまり、アンドリュー・ロイド・ウェバーと仕事をしていたんだね?」わたしはすっかり感心していた。《リアリー・ユースフル・グループ》というのは、ロイド・ウェバーが生み出した何十億ポンドもの価値があるミュージカルの著作権を管理するために作られた会社だ。その後、劇場経営、映画やレコード制作といった事業にも手を広げ、多角経営を行っている。こんな夢のような大成功を収めている複合企業体の一員だったなどと、アフメトはこれまで一度も口にしたことはなかったのに。

「わたしが働いていたのはIT部門でしてね。チケット販売管理ソフトの開発を手伝っていたんです。いまでも、そのソフトは社内で使われているんですよ！」ほんの一瞬、アフメトは笑みをひらめかせると、はるか遠くに視線を投げた。「スプレッドシートに簡単に取りこめる、データベース互換ファイル。宛名差しこみファイルや会計報告。オンラインでのクレジット・カード認証。宣伝。収入管理。誰にでも利用しやすい、初めてのオンライン座席表！　このソフトに、わたしがどんな名をつけたと思います？　コンピュータ支援チケット販売システム（コンピューター＝アシステッド・チケッティング）――つまり、キャッツ（CATS）というわけです！　サー・アンドリューはこの名を聞いて、にっこりしていたそうですよ。そのときは叙爵（じょしゃく）されていなかったので、まだサーだったんですが。いったい、どうして使ってくれなかったのか。いや、名前のことですが。このソフト自体は、いまでも立派に現役なんです」

「それで、おたくはプロデューサーになったんですね？」ホーソーンが尋ねた。

「ええ、そうなんですよ。ああいうミュージカルがどれほど巨額の富を稼ぎ出すか、わたしはこの目で見てきましたからね。いや、とうてい信じられませんでしたよ！『オペラ座の怪人』は一億五千万もの観客を動員し、全世界で六十億ドルの興行収入を叩き出しているのをご存じですか？」アフメトはわたしを指さした。「しかも、いいですか、けっしてすべての劇評が好意的だったわけではないんですからね！　あの舞台を古くさいたわごとだとこきおろした劇評家も、けっしてひとりふたりじゃなかったんです。つまり、連中には何もわかっていなかったんですよ」

「だったら、われわれの舞台もうまくいくかもしれないな」と、わたし。

「いや、いや、それはまた別の話です。『オペラ座の怪人』の観客は、あの舞台装置や豪華な衣装、音楽、演技に喝采したんですよ。『マインドゲーム』は……そこまで愛されているわけじゃない」涙の浮かんだ目で、アフメトはじっとわたしを見つめた。「何もかもわたしが悪かったんです、アンソニー。あれはすばらしい脚本だ。独創的で。いささか暴力的すぎるところはありますが——そのことについても、さんざん話しあいましたよね——観客をおおいに沸かせる力のある脚本です。だからこそ、わたしは自分の判断を信じてこの舞台の制作に踏みきったんですが、結局のところ、わたしはまちがった評価を下してしまっていたのかもしれません。すべては、わたしの責任です。こんなふうに、あなたを落胆させるはめになってしまって」

反論すべきだったのだろうが、わたしはもう、あまりに意気消沈してしまっていた。

「ハリエット・スロスビーのせいだとは思わないんですか？」ホーソーンが尋ねた。

「どうして？」アフメトは心底から驚いているようだ。

「だって、あの劇評家こそは、いわばいちばん大きな声を張りあげて舞台をこきおろしたわけでしょう。まちがいなく、いちばん無礼なもの言いで」言葉を切る。「しかも、口火を切った人物でもある。だからこそ、あんなふうに殺されるはめになったのかもしれない」

「あの劇評のせいで、ハリエットが殺されたとお思いなんですか？」アフメトは頭を振った。

「申しわけありませんがね、ミスター・ホーソーン。そんなことはありえませんよ。ときとして、われわれは劇評家の言葉に動揺することもある。腹を立てることもね。しかし、そんなことで暴力に訴えたりはしませんよ！」

「ジョーダン・ウィリアムズは暴力に訴えようとしたんじゃないですかね。ハリエットに危害を加えると凄んだんだから」

これには、モーリーンが反論した。「そんなことをする人じゃありません！」

「トニーはその場にいたんですよ。ちゃんと聞いてたんだ」

「ジョーダンはお酒が入って、ちょっと感情的になっていただけなんです。だって、もし本気だったんなら、みんなが顔をそろえている場でそんなことを口にするはずはないでしょう。あれは冗談だったんですよ」

「あれが笑えるってのは、いささか奇妙な感覚ですがね」ホーソーンは考えこんだ。「ジョーダンという人物を、おたくはどれくらい知ってるんです？」

ごく罪のない質問に聞こえたが、モーリーンは顔をそむけ、説明をアフメトにまかせた。

「われわれがこの組みあわせで仕事をするのは、今回が初めてでしてね。しかし、稽古中にずいぶん親交は深まりましたよ。そりゃ、ジョーダンが怒るのは当然でしょう。しかし、本気で実行に移すつもりはさらさらなかったんです。あれは演技ですよ！」

「だが、おたくもまた怒ってた」ホーソーンが指摘する。「ハリエット・スロスビーは嘘つきで、あの劇評はくそみたいなでたらめだ、と」

その言葉を聞いて、モーリーンはたじろいだ。下品な言葉づかいが嫌いなのだろう。アフメトはわたしを悲しげに見やった。「あなたが話したんですね？」どうやら、わたしは仲間を裏切ったと思われているようだ。ジョーダン・ウィリアムズも、たしか同じことを口にしていたと思い出す。「わたしは動揺していましたからね、当然のことですが。あれが最初の劇評でしたし。とはいえ、わたしはハリエット個人に悪感情を抱いてはいません。ああいう女性ですしね。自分の仕事をしただけなんでしょう。それに、わかりますよね、ときにはどうにも手の打ちようがないこともあるんですよ。わたしの会社はこのところ不運続きでしてね。批評家を責めたっていい。観客を責めることもできる。しかし、結局のところ、それが何になるんです？決断を下してきたのはわたしなんだ。自分を責めるしかないんですよ」

「倒産しかかってるってことですか」と、ホーソーン。

アフメトは否定しようともしなかった。うなずいて口を開く。「あなたがたがいらしたとき、わたしはうちの会計士と話しあっていたところでしてね。マーティンによると、もう、ほかに打つ手はないと。『マインドゲーム』だけじゃないんです。うちは、『マクベス』でも多額の赤字を出してしまっていて」

「だから、天候保険に入っておけばよかったんですよ」モーリーンがつぶやく。

「それについては、あのときさんざん話しあったじゃないか」アフメトがぴしゃりと言いかえした。「天候保険か衣装か、どちらかを選ぶしかなかったんだ」冷静さをとりもどし、先を続ける。「そんなことも、数多い不運のひとつでしかありません。ほかにも、わたしが手がけながら、ついに上演にはいたらなかった芝居がいくつかあって、それも赤字を生んでいますしね。それ以外にもさまざまな経費が……この事務所の家賃、コピー機のレンタル料。もう諦めるしかないと、マーティンに説得されましたよ」

「こんなひどいことってあるかしら」モーリーンが叫んだ。動揺しているというより、抑えきれない怒りに震えているように見える。両の頬に、いつの間にか薄赤い輪が浮き出していた。

「アフメトほど身を粉にして働いている人なんて、どこにもいないんですよ。わたしは二十年間、この人を見てきたんです。当然、もっと報われていい人なのに」

「おたくも《リアリー・ユースフル・カンパニー》にいたんですかね？」ホーソーンが尋ねた。

「いいえ。わたしたちが出会ったのは、ニュー・ロンドン劇場でした。わたしのために、アフメトは特別な夜を用意してくれたんですよ」ホーソーンにもの問いたげな目を向けられ、モーリーンは説明せざるをえなくなった。「ちょうど、わたしにとっての記念の回で」

「モーリーンが『キャッツ』を百回観たと、例のチケット販売ソフトが教えてくれたんですよ」アフメトが言葉を補う。

「わたし、本当にあの舞台が好きで。どうしてかなんて、とうてい説明できませんけど」モーリーンは遠くを見るような目になった。「もちろん、音楽がすばらしいのはたしかですよね。『メモリー』の素敵なこと！　『ラム・タム・タガー』、あれは何回聴いても、そのたびに笑っちゃうんです。そらでうたえない歌なんて、あの舞台で一曲もありません」うっかり心の内をぶちまけてしまったことに気づき、ふいに人目が気になったのか、そこで続きを呑みこむ。

「夫が亡くなって以来、わたしの人生に空いてしまった穴を、あの舞台が埋めてくれたんです」モーリーンは言葉を継いだ。「最初に、なんの気なしに観にいって。しばらくして、もう一度観てもいいかなと思って。そんなことをくりかえすうち、自分が幸せなのは劇場にいるときだけだって、わたしはふと気づいたんです。あそこは、まるで世界のすべてからわたしを守ってくれる結界のような場所でした。

いい席をとるお金の余裕はなかったんですけど、その夜、劇場に行ったわたしは驚きました。だって、いきなり最前列に案内されたんですから。アフメトが手配してくれていたんです。幕間にはシャンパンをグラスに一杯ご馳走になって、お芝居がはねた後には、楽屋で何人かの出演者にも会わせてもらえました。本当に素敵な夜で、それ以来、わたしとアフメトはお友だちづきあいをするようになったんです」

「わたしが独立して事務所をかまえたときに、モーリーンはうちに来て、ここで働くと言ってくれましてね」

「それで、その前はどんな仕事を？」ホーソーンが尋ねた。

「レディングの《ヒューレット・パッカード》で、秘書をしていました」

その瞬間、理屈が通らないとわかってはいても、押しよせてきた罪悪感と悲しみがわたしの胸を刺した。モーリーンとアフメトは、まさに〝おかしな二人〟とでも呼ぶのがぴったりの組みあわせではないか。そんなことは最初からわかっていたのに、自分が『マインドゲーム』の舞台が実現するのを観たいばかりに、胸の内にくすぶる懸念から目をそらし、ふたりをそのまま突き進むにまかせてしまったのだ。だが、わたしの胸に突き刺さっているのは、舞台が失敗したことそれ自体ではない。自分のせいでこんなことになってしまったという、自責の念。ふたりをこんな窮地に追いこんでおいて、わたしにはほかの逃げ道がある――これから出版される予定の本が何冊も待っているのだから――だが、アフメトとモーリーンは、もはや袋小路に追いこまれてしまっているのだ。いっそ、いますぐこの事務所を後にして、二度とふたりと顔を合わせずにすむならどんなにいいだろう。ホーソーンがさっさと必要な情報をすべて聞き出し、ここを出ていけることを祈るばかりだ。

だが、まだ聞きこみは終わっていなかった。ホーソーンはポケットに手を突っこむと、劇場で見つけた、あの米国製タバコのつぶれた箱を取り出す。「これはおたくのですかね、ミスター・ユルダクル？」

アフメトは怪訝（けげん）な顔をした。「わたしが吸っている銘柄ですね。ええ」

「これはヴォードヴィル劇場の休憩室で見つけたんだが」ホーソーンは箱を開けると、中に白いタバコが三本、破れて中の葉がこぼれているところを見せた。「まだ残ってるのに、どうして捨てたのか、どうにも不思議でしてね」

「さあ、憶えてませんね。どこにあったんです？」

「ごみ箱の中に」

「じゃ、誰かが見つけて捨てたのかもしれませんが。こんなものを置いてきたなんて、自分では気づいていませんでしたよ」

「紙の破れたタバコが三本あったところで、それが何だっていうんです？」モーリーンの口調には、いまや軽蔑の響きがあった。

「まあ、たぶん何でもないんでしょう」にっこりすると、ホーソーンは立ちあがった。「感謝しますよ、ミスター・ユルダクル。実に参考になりました」

「出口までご案内します」

わたしたちが廊下に出ると、モーリーンがその後に続き、事務所のドアを閉めた。「ユルダクル氏はひどく動揺しているんです」低い声で告げる。事務所に押しかけて質問を浴びせる権利など、あなたにはないのだとホーソーンを説諭するような口調だ。「あの女性の死に氏がかかわっているなんて、どうか、夢にも思わないでいただけますか」

「もっとも失うものが多いのが、ほかならぬユルダクル氏でしたからね」ホーソーンが冷静に指摘する。

「もしもこの件で誰かを殺したいと願うなら、ユルダクル氏はきっとアンソニーを殺していたでしょうよ」突然こんなことを言われ、わたしは衝撃を受けたが、モーリーンはすでに怒りに燃える目をこちらに向けており、その勢いはもう押しとどめようもなかった。「あなたの脚本なんてやめておいたほうがいいと、わたしは警告していたんです。現代の観客から見たら奇妙すぎるし、いったい何をねらった作品なのか、誰にも理解できないだろうからって。そもそも、あれは喜劇なんですか？　それともスリラー？　ひとことで言って、何なんです？　でも、氏はすっかりあなたに信頼を寄せてしまっていた。そのあなたが、今度は探偵のお友だちを連れてきて、何の罪もない、人を傷つけることなど思いもよらない人に中傷を浴びせかけるなんて。ユルダクル氏は、仕事仲間としてすばらしい人物です。あの人のためなら、わたしは何だってしますとも！　それに、これだけは言っておきますけど、かんしゃくを起こすところなんて、わたしは見たことはありません……ええ、一度もね。紳士以外の何ものでもない人なんです」

「じゃ、そのユルダクル氏は、水曜の午前中どこにいました？」ホーソーンがいきなり核心を突いた。

信じられないといった目で、モーリーンはホーソーンを見つめた。「パルグローヴ・ガーデンズのあたりになんて、足を踏み入れてもいませんよ。十一時に《フロスト&ロングハースト》で打ち合わせがあったので」

「《フロスト&ロングハースト》ってのは、いったい何なんですかね？」

「うちが頼んでいる会計士事務所です。さっきあなたがたが会ったのが、マーティン・ロングハーストですよ」

「その事務所はどこにあるんです？」

「ホルボーンに」

ホーソーンはため息をついた。「ホルボーンからリトル・ヴェニスは、地下鉄で三十分もからない。つまり、ハリエット・スロスビーを殺すだけの時間は充分あったことになりますがね」

軽蔑をこめた目で、モーリーンはにらみかえした。「わたしがさっきお話ししたこと、まったく聞いていなかったんですね」鼻を鳴らす。

「ハリエットは殺されて当然の人物などではなかったと、おたくは思ってるんですね？」ホーソーンはわざと挑発にかかっているようだ。

「これだけは言っておきますけど、わたし、あの人の劇評の一言一句にいたるまで同感でした――少なくとも、脚本に関してはね。まあ、わたしだったらあんな言葉は選ばなかったかもしれませんけど、それでも、殺されて当然なんてことがあるはずはないでしょう。誰だってそうよ」

「ちょっとした好奇心からお訊きしますがね、おたくはどうしてハリエットがパルグローヴ・ガーデンズに住んでたと知ってたんです?」

「そんなこと、知りませんでしたけど」

「いましがた、ユルダクル氏がその近辺には足を踏み入れてないと言ってましたがね」

モーリーンは深く息を吸いこんだ。ひょっとして、声をかぎりに絶叫するのではないかと思ったほどだ。「その住所は、警察のかたが教えてくれたんです」淡々と説明する。「警察が来るまでは、ハリエット・スロスビーのことなんて、わたしは何も知りませんでした。わたしに関するかぎり、もう二度とその名は聞きたくありません」冷たい風が流れこむのもかまわず、モーリーンはドアを開けた。「どうか、もうここには戻ってこないでくださいね。これ以上はお話しすることもありませんし、ここまでのところ、あなたがたは何の役にも立っていないんですから」

モーリーンの目の前を通りすぎ、階段を上って街路に戻る。

「《フロスト&ロングハースト》か」と、ホーソーン。

「会計士事務所だと言っていたな……」わたしはつぶやいた。

「この名前を聞いて、何かぴんとこなかったか？」

「いや。何かあるのか？」

「あんたが刑事じゃなくてよかったよ」ホーソーンは腕時計に目をやった。「あと一件、訪問すべき先がある。あんたにその気があればな」

「きみときたら、いっさい食事ってものをとらないのか？」

「ユアン・ロイドがおれたちを待ってるんだ」

ユアンを訪ねれば、容疑者全員から話を聞いたことになる。ひょっとしたら、この事件に新しい角度から光を当てられるかもしれない。わたし自身はいまのところ、ハリエット・スロスビーを殺した犯人が誰なのか、まったく見当がつかずにいた。もちろん、日々とげとげしい言葉を浴びせられるのに耐えられなくなり、夫が殺した可能性はある。学校を抜け出し、自転車で帰宅して妻を殺すのは、さほど難しいことではあるまい。娘は母親を嫌っていたことを隠そうともしていないし、職場も家からさほど離れてはいなかった。ジョーダン・ウィリアムズ、チリアン・カーク、スカイ・パーマー、アフメト・ユルダクル、モーリーン・ベイツ、そしてユアン・ロイドという六人の主要な容疑者は、全員があの舞台を通じて被害者と関係があったことになる。この中の誰がわたしの短剣を盗み出し、ハリエットの胸に突き立てたとしても不思議はない。

犯人は、この中の誰かだ。

だが、いったい誰なのだろう？

14 予感

ユアン・ロイドの自宅は、ある一点を除き、どこからどう見ても厩舎を改造した家(ミューズ・ハウス)だった。ただ、狭い路地(ミューズ)にあるわけではない、というだけで。淡い青に塗られた、こぢんまりとした優美な家で、平らな屋根と、車庫を改造した居間がある。目の前には古風な街灯の並ぶ石畳の道があり、両側は二軒のよく似た家にはさまれていた。この道はミューズにありがちな袋小路ではなく、どこかへつながっている。北ロンドンに住む母親たちが、子どもを学校へ送るときに抜け道として使う光景が目に見えるようだ。ロンドンの地下鉄でももっとも陰鬱(いんうつ)なフィンズベリー・パーク駅は、すぐ先の角を曲がったところにある。わたしがクラウチ・エンドに住んでいたころは、ここが最寄り駅だったので、ひょっとしたらユアンと知らずに何度もすれちがっていたかもしれない。まったくの見知らぬ他人がいつしか友人に変わりうる、目に見えない道筋の不思議には、ただただ驚嘆するばかりだ。

ホーソーンが呼鈴(よびりん)を鳴らすと、表に面した窓のひとつから黄色い光が漏れ、スピーカーからショパンの夜想曲の調べが聞こえてくる。これこそ、まさにわたしが想像していたとおりのユアンの住まいにほかならない。この家の外観は、ひとつのことに打ちこむ気質をよく表しており、ユアンが演出する自分自身の像によく似ている。窓から漏れる光と音楽は、まるでわたしたちの到着に合わせ、特別に演出したかのようだ。そして、この家はいかにも離婚した男の住まいに見えた。ユアンはかつて結婚していて、子どもも四人いたのだと、アフメトは前に語っていたものだが、ここにそんな大家族が住んでいたとはとうてい思えない。ユアンはいまもひとりなのだろうかと、わたしは思いをめぐらせた。

夜想曲がトリルの途中で止まる。しばらくしてドアが開き、丸眼鏡ごしに目をぱちくりさせているユアンが姿を現した。これから行くとホーソーンが連絡しておいたので、わたしたちの到着に備えてヴェルヴェットの上着をはおり、またしても目新しい長いスカーフを肩から垂らしている。とはいえ、わたしたちの訪問はあまり嬉しくはないようだ。まるで中に入れまいとするかのように、戸口に立ちはだかっている……もっとも、この家の玄関ドアはごく小ぶりなのだが。

「あなたがミスター・ホーソーン？」

「ええ」

「申しわけないが、ほんの数分しか時間を割けなくてね。妻がもうじき帰宅するし、わたしはちょうど夕食を用意しているところなんだ」

なるほど、わたしがついいましがた抱いた疑問に、こんな形で答えが返ってくるとは。

「ほんの数分でかまいませんよ」と、ホーソーン。これが、この男のやりくちなのだ。いったん中に足を踏み入れようものなら、気がすむまではけっして腰をあげないのだが。

玄関のドアをくぐると、そこはすぐ居間になっていた。仕切りのないキッチン、現代ふうの家具、二階へ続く螺旋階段、そして千冊を超える蔵書を、効果的にひとつにまとめた空間だ。ハリエットの書斎と同じく、ここにもほぼ演劇関係の本ばかりが並んでいる。わたしは本棚にざっと目を走らせた。トレヴァー・ナンやローレンス・オリヴィエ、ピーター・オトゥール、ハロルド・ピンターの伝記——と、ここまで見て本がアルファベット順に並んでいることに気づき、びっくりする。壁にはユアンが若いころに観たであろう有名な舞台のポスターが、額に入って飾られていた——『怒りをこめてふりかえれ』、『ヴァージニア・ウルフなんか怖くない』、『ローゼンクランツとギルデンスターンは死んだ』。ミュージカルや喜劇はひとつも見あたらない。これまで授与された賞もそこここに飾られていたが、トニー賞や英国アカデミー賞(BAFTA)のように、ひと目でそれとわかるものはなかった。キッチンに目をやると、大きな銅製の鍋が火に掛けられ、蓋がかすかに上下して、中身がふつふつと沸きあがっているのがわかる。あたりにはタマネギやさまざまな香辛料の香りが広がっており、そういえばユアンは菜食主義者だったなと、わたしはあらためて思い出した。コルチェスターでいっしょに夕食をとったときに気づいたことだ。

「どうかな、ワインでも一杯?」ユアンが勧めた。

「いや、けっこうです」なぜか、ホーソーンがわたしのぶんまで断ってしまう。

ユアンはすでに、自分のグラスに赤ワインを注いでいた。コーヒーテーブルを囲み、ワイドテレビを眺められるよう置かれたL字形のソファを、わたしたちに示す。わたしは短い辺に腰をおろし、ホーソーンにゆったりした側を譲った。ユアンは安楽椅子にかけ、ワインのグラスをかたわらに置くと、眼鏡を外し、ハンカチでレンズを拭う。

「実におそろしいことが起きてしまったようだね」口を開いたのはユアンだった。「ニュースで知って、とうてい信じられなかったよ」

「そりゃまた、どうしてです？」ホーソーンはいかにも無邪気に尋ねた。「ハリエット・スロスビーのような女性には、敵がぞろぞろいて当然でしょうに」

「たしかにな。だが、それでも……」

「現に、おたくの目の前でも、あの女を殺してやると言いはなった人物がいたそうですが」

「ジョーダンのことだろう」そんな疑いを一蹴するように、ユアンは手を振ってみせた。「あいつはただ、そうやって鬱憤を晴らしただけだよ」

「本当ですかね？　剣を突き立ててやる、とまで具体的に宣言して……まさに、その剣が犯行に使われたわけですが」

「わたしの聞いたところによると、凶器は別の剣だったそうだが」ユアンはホーソーンが好きになれなかったようだ。それは、すでにわたしも見てとっていた。そして、自分がハリエットについてどう感じていようと、まずは自分の舞台の出演者を守らなくてはという責任感に駆られているようだ。「ジョーダンはいい役者だし、善良な人間だ。ふたりの子どもの父親でもある。あいつに非があるとしたら、それは時おり考えなしにものを言う癖があることくらいだな。ジョーダンだって、頭にくることはある。われわれも、みな同じだよ。演劇というのは、実に神経を削られる業界だしな。だが、あの夜ジョーダンが何を口走ったにせよ、けっして本気ではなかったことはわたしが保証するよ。そもそも考えてみてほしいんだが、ミスター・ホーソーン、もしもあなたが誰かを殺そうと思ったら、大勢の人間の前でそんなことを宣言するかね？」

「ひょっとしたら、その場にいた誰かがジョーダンの発言から犯行を思いついたのかもしれないでしょう」

「その可能性はまずないと見ていいだろう」ユアンはグラスのワインを飲みほすと、わたしたちに向かって小さな目をしばたたかせた。「あのとき、あの部屋にいた人々を、わたしは誰よりもよく知っている。それぞれの人間に何ができ、何ができないかを的確に判断できる人間は、わたしをおいてほかにはいないと思っているよ。稽古のとき、ジョーダンに即興の演技をしてみてもらったことがあるんだが――ファークワー博士がプリンプトン看護師に襲いかかる場面だ――あいつの心の奥底の引き金を探しあてるまで、驚くほどてこずってね……なかなか内なる怒りを解放できなかったくらいだ」

「それは、危うくスカイ・パーマーを病院送りにしかけた前、それとも後のことですかね？」

「そんな大げさな話じゃないさ。ほんのいくつか、青あざができただけのことじゃないか」ユアンは言葉を切った。「ジョーダンが感情に動かされない人間だなどと、わたしは言うつもりはない。むしろ、その逆だからな。いまは夫婦仲がこじれているらしいから、そのせいもあるんだろう……」

「そんなこと、まったく知りませんでしたよ」ホーソーンはぬけぬけと嘘をついた。

「それは、つまらないことを言って悪かった。わたしはただ、ジョーダンが人に危害を加えるような人間ではないと、あなたにわかってほしかったんだよ」ワイングラスごしに、ユアンはわたしを見つめた。「誰彼かまわず糾弾するつもりだというんなら、怒りをあらわにしたのがジョーダンだけではなかったことも、きちんと理解しておいたほうがいい。たとえば、ほかならぬアンソニーだって、あのときジョーダンに同意していたんだから」

「同意なんてしていない！」

「きみがうなずいたのを見たよ」

「ユアン――それはあんまりだ。わたしは、なんてひどいことを言うのだろうと思っていただけなのに！」

「たしかに、そのとおりだがね。わたしが言いたいのはただ、あのときは全員が酔っぱらっていて、夜も更けていたし、何より神経を張りつめた夜が終わったところだったから、みな気持ちがひどく昂ぶっていたってことなんだ。あんな劇評が出たってことを、スカイが言わずにおいてくれたらと思わずにはいられないよ。いったい何を考えていたんだか、さっぱりわからない。せめて、黙って先に読んでいてくれたらよかったのに」

「それで、あなたはどう感じたんです？」ホーソーンが尋ねる。

「あの劇評について？　そりゃ、腹が立ったさ……くらくらするほどね」ここまで、ほぼよどみなく話してきたユアンが、ここで初めて〝くらくら〟の〝く〟を発音しようとして口ごもる。

手にしていたグラスがいつの間にか空になっていたのに気づき、ユアンはさまざまな酒瓶の並んだワゴンに歩みよった。「あなたがたは本当に何も飲まないんだね？」

「ええ、けっこうです、ご親切にどうも」と、ホーソーン。

自分のグラスを満たすと、ユアンはまた元の席に戻った。

「まず第一に、あの劇評は実に不当な言いがかりだった。地方を巡業していたときは、多くの観客がたしかにあの舞台を楽しんでいたし、わたしの見るところ、ロンドン公演はさらに鋭さと力強さを増していたはずだからね。だが、たとえ何か瑕疵があったとしても――脚本にしろ、わたしの演出にしろ、何にしろね――あんな底意地の悪い書きかたをする必要はないだろう」グラスの酒をひと口あおる。「ハリエット・スロスビーは、ひとことひとことを注意ぶかく選びながら書いている。そこに、わたしはどうにも呆然としてしまうんだ。舞台を批評すること、それ自体はかまわない。だが、ハリエットはその批評によって、できるかぎり相手に嫌な思いをさせてやろうと、じっくり言葉を選びぬいている。そのうえ、パーティにまで押しかけて、同じことをしたんだからな！　つまりだ、どうしてあの女がわざわざ初日のパーティに押しかけてきたか、自分でも考えてみたらいい。そんな劇評家はほかにいないんだから。だが、ハリエットだけは、さらに人々を傷つける絶好の機会を逃したくなかった――そして、それを存分に楽しんだというわけだ。あの女がわたしに何を言ったか、きみだって聞いていただろう」

「ハリエットとなんか、ほとんど話していなかったじゃないか」

「あれだけ話せば充分だ」グラスを乱暴に置くと、赤ワインがはねて指にかかる。「ハリエットが《サヴォイ・ホテル》について言ったことを、きみはもう憶えていないのかもしれないな。〝ああいう大きなホテルって、どうもわたしの心が燃えあがらないのよね〟――これが、あの女の口にした言葉だよ」

「どうもよくわからないな」

「きみにはわからないだろう」こんなユアンを、わたしはこれまで見たことがなかった。ジョーダン・ウィリアムズの内なる怒りの引き金はなかなか探しあてられなかったかもしれないが、自分自身の内なる怒りは、いままさにどっとあふれ出している。おそらくは、さっきからあおりつづけているワインのせいもあるのだろう。「わたしの人生は、燃えあがる炎に包まれて破滅したんだ」

「きみの演出した舞台『聖女ジョウン』のことか！」その瞬間、記憶がよみがえる。

「そのとおり。きみも知っているかもしれないが、例の事故の後に書いた劇評で、ハリエットは同じことをしたんだ。あの事故については新聞にさんざん書きたてられたが、ほかの劇評家たちは誰ひとり、あの劇そのものについて批評を書こうとはしなかった。どうしてそんなものを書く必要がある？　もう、舞台は打ち切りになってしまったのに。初日の夜にあんな大惨事を引き起こしてしまっては、もう誰も観にこないからな。だが、ハリエットだけは、どうしてもこの事故をあざ笑わずにはいられなかった。当然ながら、そうあからさまに書いたわけじゃない。たった一行、目立たないように埋めこまれてあっただけだがね。〝ユアン・ロイドの騒がしい演出のせいで、観客の心が燃えあがることはなかった〟と。わかるだろう？　同じ言葉を使っているんだよ！」

「その劇評のコピーはお持ちですかね？」ホーソーンが尋ねた。

「いや。あんな汚らしいものを家に置きたくはないからね。ネットで検索すれば見つかるはずだよ。大部分は同情のこもった文章ではあった――そう見せかけていただけかもしれないが。当時はソニア・チャイルズがどれほどひどいやけどを負ったのか、まだ誰も知らなかったから、こんな劇評を書いたところで、ハリエットがとくに非難されることもなかったんだろう。実のところ、ソニアのことは褒めていたしね。〝観客席にいた誰もが、きっとソニアの迅速な回復を願っていることだろう。この才能ある女優がふたたび舞台に立つ日を、みなが待ちかねている……〟と。だが、すべての言葉がわたしを非難していたんだ。わたしの野心を。わたしの傲慢さを。わたしの愚かさを。

ハリエット・スロスビーを訴えることも考えたよ。劇場は完全にわたしの味方になってくれていた。だが、当時、わたしはもうひどく打ちのめされてしまっていてね。若く美しい女優が第Ⅲ度のやけどを負い、集中治療室にいる。ソニアの未来を、わたしは奪ってしまったんだ。自分の評判など心配する権利がこのわたしにあるだろうか、結局のところ、こんな事故が起きてしまったのもわたしのせいだというのに、とね。いったい何が原因なのかは、いまになってもわからない。回路のどこかがショートしてしまったのか？　変圧器が過熱した？　何にせよ、偽の炎のつもりだったものがほんものの炎に変わってしまったあの日こそは、わたしの人生でもっともおそろしい、最悪の日となった――そして、ハリエット・スロスビーは、その最悪の日にさらに追い討ちをかけたんだ。そのことを、わたしはけっして許すつもりはない。とはいえ、わたしはハリエットを殺してはいないんだ」ホーソーンにじっと観察されているのに気づいていたユアンは、その視線を真っ向から受けとめた。「あの日の午前中は、ずっと家にいたしね。何本も電話がかかってきた。誰と話したか、名前を挙げたっていい」

「誰か、おたくが家にいるのを見ていた人物は？」

「いない。妻は診療所にいたのでね。スポーツ・セラピストなんだ。家にはわたししかいなかった」

「おたくが犯人じゃないとしたら、誰がやったんですかね？」

「さっきも言っただろう。あの夜、休憩室にいた誰かが犯人だとは、わたしは思っていないんだ。ジョーダンであるはずはない。スカイでも、チリアンでもない——どちらも、ハリエットを殺す理由などないからね。あのふたりについては、ハリエットもさほどこきおろしてはいなかったし」

「チリアンについては、まだほとんど何も聞かせてもらってませんね。あの青年をどう思ってます？」

ユアンは眼鏡を外すと、まるで悩みの数珠（ウオリー・ビーズ）のように手の中でひねくりまわした。「その質問には演出家として答えるしかないが、実のところ、チリアンのことはよく知らないんだ——わたしの立場でこんなことを言うと、それが最大の悪口になってしまうが。あいつは一匹狼でね。自分も一座のひとりなんだと自覚させるのにほとほと苦労したものだが、まあ、参加したのがぎりぎり最後だったからな」ため息をつく。「演技の専門教育を受けていないことも、さらに足を引っぱっている。自分をどう見せるかということがわかっていないんだ。そして、すぐ退屈してしまう。そういう人間に演技指導をするというのは、けっして簡単なことじゃない。これまでの経験から思うんだが、チリアンは舞台には向いていないんじゃないかな。人殺しでも何でも許されるくらい、とにかく有名になりたい役者のひとりだよ」自分が口走ったことに気づき、ユアンは言葉を切った。「ただの慣用句のつもりで不穏当なことを口にしてしまったが、わたしの言いたいことはわかるだろう。チリアンはカメラ映えすると思うんだ。ほんもののスターになる資質を備えている。だが、だからって、必ずしも舞台で経験を積む必要はない」

「スカイについては？」

「実に頼りになる役者だよ。ミドルハム城で『マクベス』を演ったときには、とんでもない悪条件が重なってしまったんだが、あのときも一度として愚痴をこぼさなかったしな。スカイが『マインドゲーム』に参加してくれると聞いたときには、わたしも胸が躍ったものだ」

「アフメトはどうです？　そのアシスタントは？」

「あれは害のない男だよ」わたしたちを迎えてから、ユアンは初めてにっこりした。「モーリーンといえば、『キャッツ』を百回以上観たという話は知っているか？」

「それが、何か関係があるんですかね？」

「それはどうかな。ただ、なかなか愉快な話だと思ったんだ。モーリーンはアフメトに首ったけでね。あの男のためなら、どんなことだってするだろう」

ホーソーンが何か訊こうとしたとき、ポケットに入れていた携帯の着信音が鳴った。携帯を取り出し、画面に現れた長いメッセージに目を走らせる。ホーソーンがこんなことをするのは初めてだ——筋道立てて思考を組み立てているときに、外界からの割りこみを許すとは。やがて、携帯をポケットに戻すと、ホーソーンは口を開いた。「ありがとう、ユアン。実に助かりましたよ」

わたしたちは椅子から立ちあがった。

ユアンも席を立つ。「そういえば、『マインドゲーム』の初日の夜、わたしは何か悪いことが起きるにちがいないという気がしたんだよ」記憶をたどるような目でつぶやく。

「ほう？　それは、どんな理由で？」

「予感がしたんだ。これまでの人生、ずっとそうだったんだよ。演劇学校にいたころ、バイク事故を起こしたことがあるんだが、そのときも、バイクに乗る前から何か嫌な予感がしていてね。『聖女ジョウン』の初日には、おそろしく気分が悪かった。緊張のせいじゃないんだ。腹の奥で、何かがねじれるような嫌な感覚があってね。そして、今回の初日の深夜、休憩室を出ようとしたときに、やはり同じ感覚が襲ってきた。もともと気分はよくなかったんだ。飲みすぎたからな。われわれ全員がそうだった。だが、あのときは首の後ろに何かひやりと冷たいものが触れたような気がしたんだよ。まるで、何かが跡を尾(つ)けてきているように」

「悪い劇評が出る予感だったとか」ホーソーンが水を向ける。

「劇評なんかどうだっていい。何か、もっとおそろしい予感だよ。ハリエットが刺されたと警察から聞かされたとき、わたしはまったく驚かなかった――」

ユアンは言葉を呑みこんだ。思いがけなく、玄関のドアが開いたのだ。

「早かったね！」わたしたちの肩ごしに、ユアンは玄関から入ってきた女性を見つめている。射しこんでくる街灯の光を背に、一瞬、その女性の姿は黒い影にしか見えなかった。

「最後の患者さんがキャンセルになったの」女性が答える。その声には、いぶかっているような響きがあった。来客があるということを、ユアンから聞いていなかったのだろう。

「こちらはホーソーン警部。ハリエット・スロスビーの事件について、わたしの話を聞きにきたんだ。そして、こちらはアンソニー。『マインドゲーム』の脚本家だよ」

女性が居間に足を踏み入れ、ようやくその姿がはっきりと見える。肩より長い黒髪を垂らした、はっとするほど美しい人だというのが、わたしの第一印象だった。ほっそりとした身体つき、ウエストをベルトで締めた灰色の薄手のコート。茶色の目。イタリアか、あるいは東欧出身だろうか。英語には、かすかな訛りがある。

だが、女性がホーソーンのほうを見やった瞬間、その横顔を覆う痛々しい瘢痕が目に飛びこんできた。首から額にかけて赤い網目のような皮膚が広がり、目の周りには黒っぽく色素が沈着している。けっして寒い夜ではないのに、女性は手袋をはめていた。あの下にはどんな傷痕が隠れているのだろうかと、つい考えをめぐらせてしまう。この女性が誰なのかをわたしは悟り、ひどい衝撃を受けていた。

「ソニアだよ」ユアンが紹介する。

ソニア・チャイルズ。『聖女ジョウン』の主演女優だ。

「きみたちは結婚していたのか……」わたしはつぶやいた。

「ああ」

自分がけがを負わせてしまった女優のため、ユアンは妻子を捨てたのだ。わたしはただ、言葉を失ってしまっていた。

ホーソーンが助け船を出す。「もう、これ以上は時間をとらせませんよ」明るい口調だ。「いや、本当に助かりました」

わたしのほうは、一刻も早く外に出たくてたまらなかった。

ロンドン中心部に戻るため――わたしはファリンドンへ、ホーソーンはブラックフライアーズへ――タクシーに揺られている間も、ありとあらゆる疑問が頭の中を駆けめぐる。前妻と結婚していたころから、ユアン・ロイドはソニアと関係を持っていたのだろうか？　ソニアと暮らしはじめたのは愛情ゆえなのか、それとも起きてしまった事故の責任をとってのことなのか。もっとも、こんな疑問に答えが与えられるとは思えない。すべての疑問に答えが出るわけではないおそろしい世界に自分は生きているのだと、わたしはあらためて思い知らされているところだった。ハリエット・スロスビーを殺したのは、いったい誰なのだろう？　これこそは、われわれが答えを見出さなくてはならない疑問だ。これ以外のことは、とりあえず考えなくてもいい。ふいに、探偵になど絶対になりたくないという思いが頭をよぎる。こんなにもかぎられた情報のみで、この世界を見とおさなくてはならないとは。

わたしたちは、どちらも黙りこくったままだった。ホーソーンは深くもの思いに沈んでいる。わたしはといえば、どう見ても何ひとつ得るところのなかった聞きこみにさんざんつきあったあげく、身も心も疲れはてていた。もちろん、これはわたしの見立てちがいに決まっている。きっと、きょうの聞きこみでは、さまざまな容疑者たちがどっさりと手がかりを提供してくれていたにちがいない。わたしは何ひとつ気づかずに終わってしまった、というだけのことだ。いまはただ、腹が空いてならなかった。このまま帰宅して、家に何か食べるものはあるだろうか。それとも、最近うちのアパートメントからすぐ角を曲がったところにできた、グリルチキン専門店《ナンドーズ》に寄っていくべきか。いまのわたしの頭では、その程度のことしか考える気力がなかったのだ。

ヨーク・ウェイを南下し、キングズ・クロス駅の裏手あたりにさしかかったころ、わたしはふと、さっきホーソーンの携帯に届いていたメッセージのことを思い出し、それについて尋ねてみた。

「いい知らせじゃなかったよ」そう言うと、ホーソーンは話を終わらせようとした。

「何だったんだ?」

「本当に知りたいのか?」

「だから訊いているんじゃないか」

ホーソーンはポケットから携帯を取り出した。「ちょっとした進展があったらしい。カーラ・グランショーが一歩前進、ってとこかな」

「犯人をつきとめたのか?」

「まあな、新しい証拠が見つかったんだ」

わたしは仰天した。「頼むよ、ホーソーン。何が見つかったんだ? どうして教えてくれなかった?」

ホーソーンは携帯の画面に目をこらした。「ハリエット・スロスビーの自宅から二、三分の距離にある、マイーダ・ヒル・トンネル付近に設置された防犯カメラに、あんたらしき姿がとらえられてたそうだ。灰色のダウン・ジャケットを着ていたが、フードをかぶっていたせいで、はっきり顔が確認できたわけじゃない。だが、あんたの自宅から押収した衣類の中に、よく似たジャケットがあったそうでね」

「それがどうした?」不安がじわりと忍びよってくる。

「そのジャケットから、日本の桜の花が見つかったそうだ……花びらが二、三枚な。フードの内側に入りこんでたらしい」

「わたしのジャケットに……」

「ああ。なんでも、日本の桜には三百を超える種類があるそうでね……さまざまな品種やら、交配種やら。警察の調べたところでは、その花びらはプルヌス・エドエンシス、いわゆるソメイヨシノのものだったらしい。どうやら、ロンドンの街なかではめずらしい種類の木でね。咲いたばかりはピンクだが、いまはかなり白っぽくなっている」

「それで？」わたしはまさに、ユアンが話していたとおりの感覚に襲われていた。腹の奥で何かがねじれ、背筋にひやりと冷たいものが触れる。

「ちょうどパルグローヴ・ガーデンズに、その品種の桜並木があるんだとさ。ハリエットの家を出て、すぐのところに」

タクシーは信号のある交差点を勢いよく抜け、駅の裏手を通りすぎる。気がつくと、わたしの空腹感はどこかに消えてしまっていた。

15　クラーケンウェルの夜

アパートメントに帰ってみると、夕食はすでに用意されていた。わたしがついこの間までとりくんでいた作品の執筆中に作り、それ以来ずっと冷凍室に入れっぱなしだった料理を、先に帰宅したジルが解凍してくれていたのだ。ふたりでロゼのワインを開け、テーブルを囲む。このひたすら長い一日で初めて、わたしは日常が戻ってきた感覚を噛（か）みしめていた。これが、本来のわたしの生活なのだ。結婚以来、もう三十年になる。ふたりの息子もそれぞれ仕事に就き、充実した日々を送っているようだ。年老いた犬は、かごに丸まって眠っている。部屋の奥を見やると、母から受け継いだピアノが明かりを反射してきらめいていた。執筆に疲れると、わたしはよくこのピアノを弾く。コンピュータのキーボードとピアノの鍵盤（キーボード）の間を行き来しているというわけだ。背後には、五百冊ほどの蔵書。半分は父が遺したもので、そのために造りつけた棚に並べてある。残りは、何十年もの間にわたしが集めた本たちだ――《ジェームズ・ボンド》シリーズ全巻、ノンサッチプレスが一九四六年に発行したディケンズ全集、ヘイ・オン・ワイで見つけた『この私、クラウディウス』のサイン本。どれも、わが友と呼べる存在だ。

「きょうはどんな一日だった?」ジルが尋ねる。

　せっかくの穏やかな日常の安心感は、一瞬にして消え去った。

「さんざんだったよ。今朝は、警察の留置場で目を覚ましてね。わたしの脚本を気に入らなかった劇評家を殺した疑いで、逮捕されてしまったことはもう話したかな? イズリントンの留置場にひと晩ぶちこまれて、尋問を受けたよ。どうも、状況はあまり芳(かんば)しくなくてね。わたしに二十年の刑を宣告するだけの証拠を、警察はすでに集めているようだ――いましがた入った知らせによると――事件現場の家のすぐ外に咲いていた、日本の桜の花びらも含めてね……」

　実のところ、話したいことは山ほどあったが、こんなことは何ひとつ言わずにおいた。この二日間はわたしの人生で最悪の日々だったし、次の二日間はさらに悪化するのではないかと怯えているところなのだ。もしもDNA型の検査結果が届く前に、ホーソーンが真犯人を見つけられなかったら、いったいどうなってしまうのだろう? わたしが殺人容疑で逮捕されるなど、どうやって息子たちにうちあければいい? 妻にすべてを話してしまいたいのはやまやまだったが、こんな話を聞かせるのはあまりにしのびなかった。それでなくとも、ジルは自分の会社を切りまわし、いまは《アレックス・ライダー》シリーズのテレビドラマ化のため、全八話を制作する資金の調達に奔走する忙しい日々を送っているというのに。この事件については、何か妻にできることがあるわけでもない。これは、わたし自身がどうにかしなくてはならない問題なのだ。

「ホーソーンに会ったよ」実際には、わたしはこう答えただけだった。

「おやおや——本当に？　あの人との本は、もう書かないのかと思ってた」

「まあね……今回は、なかなかおもしろそうな事件を捜査しているようなんだ」

ジルは驚いたようだった。「だって、『ヨルガオ殺人事件』はどうするの？」

『ヨルガオ殺人事件』というのはミステリで——実録ものではなく小説だ——わたしがもう、六ヵ月にわたってとりくんでいる作品だった。構想はほぼまとまってきたのだが、いまのところ、まだ一語も書いてはいない。刑務所に入ることになったら、ノートパソコンは持ちこめるのだろうか？　おそらく無理だろう。

「今夜、少し書いてみるかもしれないな」曖昧に答えておく。

それを聞いて、ジルはふと思い出したらしい。「そういえば、昨夜はどこにいたの？」

たぶん訊かれるだろうと思っていたので、わたしはすでに答えを用意していた。「ユアン・ロイドに会いにいってね。フィンズベリー・パークの近くに家があるんだよ。ふたりですっかり飲みすぎてしまって、昨夜は泊めてもらったんだ」

ジルに嘘をつくのは嫌だった。こんなにも長くともに暮らしているうえ、ジルはわたしよりはるかに頭が切れるので、隠しごとをしようとしても意味がない。どのみち見つかってしまうのだから。とはいえ、今回はどうにもほかに選択肢がなかった。いまはただ、誰かがぽろっと重要な情報を明かしたり、どこからともなく手がかりが転がりこんできたりして、ホーソーンが事件を解決してくれるよう祈るばかりだ。そんなふうに、わたしは自分に言いきかせた。こんなことをジルが知らずにすむなら、それがいちばんいいのだから、と。

「劇評家が殺されたって話は聞いた？」ジルが尋ねる。

「いや！」わたしはぎょっとした。「誰が殺されたんだ？」

「ユアンがその話を出さなかったなんて、びっくり。わたしはニュースで聞いたの」

どうにも居心地の悪い夜だった。ジルといっしょにテレビを見る――『ゲーム・オブ・スローンズ』第七シーズンを。体調がいいときでさえ、このドラマはいったい何が起きているのか、わたしにはわかったためしがない。ましてやこんな状況では、セックスや残虐シーンの大盤ぶるまいも楽しむどころではなかった。一時間後、わたしは仕事部屋に上がり、どうにか執筆にかかろうとしてみたものの、目の前のコンピュータの画面と同じく、頭の中も真っ白なままだ。ひどく疲れていて、もうベッドにもぐりこみたかったが、きっと眠れないだろうことはわかっている。そんなわけで、わたしは犬――チョコレート色のラブラドール――を連れ、散歩に出かけることにした。少なくとも、いくらかは頭をすっきりさせられそうだ。

　十時半をいくらか回ったくらいだったが、その夜、クラーケンウェルはいつになく暗い闇に包まれていた。まだ雨は降っていないというのに、通りは閑散とし、月は分厚い雲の後ろにすっかり隠れてしまっている。街のこのあたりに住む楽しみのひとつは、オフィス街から人がいなくなり、パブやレストランが閉店するやいなや、まるで十九世紀に引きもどされたような気分を味わえることだ。わたしのアパートメントが建つ通りはカウクロス・ストリートといい、文字どおり、かつては食肉市場へ向かう牛たちが渡っていった道なのだという。いまは《ナンドーズ》や《スターバックス》、《サブウェイ》などが金に飽かせて進出しているものの――わたしたちが愛用していた書店は、そのあおりを受けて十五年前に閉店してしまった――少し離れたところからこちらを見おろすセント・ポール大聖堂のおかげもあり、このあたりにはいまだに歴史を感じさせる雰囲気が残っているのだ。

　犬を連れていける小さな公園は、近くに三ヵ所ある。わたしのアパートメントにいちばん近い公園――セント・ジョンズ・ガーデンズ――は、もともと墓地だったのだが、埋葬されていた遺体はすべて別の場所へ移されてしまい（ロンドンの南西、サリー州ウォキングまで運ばれたのだから、死者たちはさぞ驚いたことだろう）、いまは鉄柵に囲まれた不規則な形の土地に雑草が生い茂り、花壇や小径、ベンチが設置されているだけだ。夜は麻薬の売人が入りこまないよう、地元の自治体によって入口が施錠されているのだが、ときどき係員が忘れるらしく――幸い、今夜も開いていた。公園の中に入りこむと、犬の首輪から引き紐を外してやり、あたりを嗅ぎまわる様子を眺める。足もとの地面は湿っていたが、たしかに春の暖かさを含んだ空気が、マリファナ特有の匂いを運んでくる。周囲の三方は無人のオフィス、一方はテラスハウスの裏側だ。犬はわたしを顧(かえり)みようともしない。ひどく孤独な気分だった。

　最初に恐怖を感じたのは、何がきっかけだったのだろう。おそらくはターンミル・ストリートからこちらへ延びる狭い路地を、誰かが歩いてくる足音だったような気がする。それ自体は、何もおかしなことはない。この公園に、夜に犬を連れてくる飼い主は何人もいるからだ。飼い主の名は知らないものの、犬たちの名はみな知っている。だが、その足音はあまりに重く、あまりにゆっくりで、何か企んでいるかのように感じられたのだ。すぐ角を曲がったところにあるファリンドン駅では、クロスレール線の工事が昼も夜もぶっ通しで行われており、そこに投光器がひとつ設置されている。その光に照らされて、長い影がこちらに向かって伸びていた。その影の主はふいに立ちどまり、光を背に受けて、まるで一九七三年の映画『エクソシスト』のポスターを飾るマックス・フォン・シドーのような風情でたたずんでいる。無言のまま、身じろぎもしないその姿は、どうやら男性のようだ。そう、そして、まちがいない。男はこのわたしを見ている。どうにも無防備に感じられ、どこかに身を隠したいと願ってしまうほどに。

「ラッキー！」わたしは叫んだ。けっして、この状況を幸運だと表現したわけではない。それが、うちの犬の名前なのだ。

　犬は戻ってこようとしない。

　これだけのことが起きていてもなお、自分が危険にさらされる可能性があるなどと、わたしは夢にも思っていなかった。おそらくはきょうも顔を合わせ、笑みを交わしたうちの誰かが、その裏に異常な殺人鬼の素顔を隠し、わたしに対して何か企んでいたなんて。結局のところ、あの中の誰かがリトル・ヴェニスを訪れ、ハリエット・スロスビーを自宅の共用の廊下で刺殺してのけたのだ。そして、その同じ人物が、わたしに罪を着せようとした。ひょっとして、犯人はいま、自分の身が脅かされているると感じているのだろうか？　きょうの聞きこみでホーソーンが口にした何らかの言葉が、おまえはもう逃げられないと、犯人を追いつめているのだとしたら？　だからといって、わたしを殺す理由などないはずだが、理性のたがが外れてしまった人間には、もはや理由など必要ないのだ。もしも自らが書いた文章のせいでハリエットが殺されてしまったのだとしたら、わたしも同じ目に遭わないともかぎらないのでは？　わたしの場合、きっとそれは『マインドゲーム』の脚本だろう。ハリエットが嫌った脚本。わたしがそれを書きあげた。もしかしたら、ハリエットもわたしも、同じように罰を受けなくてはならないのかもしれない。

そんな思いが、胸の内に渦巻く。馬鹿げた想像をふくらませてはいけない、ここは自宅から歩いてほんの数分の、安全きわまりない場所なのだと、わたしは自分に言いきかせた。だが、ひとりで外を歩きたいという気持ちは、いまや完全に消え失せてしまっている。ふたたび犬の名を呼ぶと、わたしの声の不安げな響きを聞きとったのか、今度こそ犬は戻ってきて、首輪に引き紐をつけさせてくれた。先ほど現れた男は、依然として動こうとしない。まるである種のゴーレムのように、巨体を傾げて舗道に立ちつくしている。

「いい子だ！」犬に向かって、わたしは明るく声をかけた。その男にわたしの声を聞かせ、怯えてなどいないことを知らせたかったのだ。

北口から公園を出て、このあたりではやや新しい建物であるゴールドスミス・センターに向かって歩き出す。そのとたん、男もわたしを追うように歩きはじめた。舗道に響くその足音を聞き、わたしも足を速めようとする。だが、なんということだろう、犬が言うことを聞いてくれない。あふれたごみ箱にすっかり興味を惹かれてしまい、いくら引き紐を引っぱっても、頑として動こうとしないのだ。

わたしのアパートメントの最上階が、ほかの建物の上に突き出しているのが見える。もしも思いきり叫んだら、ジルが聞きつけてくれるかもしれない。だが、ホラー映画の登場人物は、往々にして大声で助けを呼ぶのをためらう。それは、わたしも同じだった。本当にこれが危険な状況なのか、まったく確信が持てなかったからだ。ひょっとしたら、つい想像をたくましくしてしまっただけとも考えられる。それに、声の届きそうな範囲に人影はない。そんなときに大声を出し、逆に相手を刺激して、襲いかかってこられたらどうする？　ちらりとふりかえると、男は手に何かを握り、腰のあたりに低くかまえている。手の中のものが、きらりと光った。あれはナイフだろうか？

わたしは心を決め、かがみこんで犬の引き紐を外した。こういうときはきっと、犬は飼い主を守ってくれるものではないだろうか？　主人が危険にさらされていると気づいたら、ふりかえって吠え、牙をむき出してくれるかもしれない。

引き紐を外された犬は、さっさとごみ箱へ駆けもどってしまった。

それどころか、間が悪いにもほどがある。外した引き紐を手に立ちあがろうとしたときには、すでに男はわたしのすぐ後ろにいた。のしかかるようにこちらを見おろす顔は、逆光で暗い影にしか見えない。じっと目をこらしたそのとき、男がわたしの名を呼んだ。声を聞き、ようやく気づく。

「ジョーダンじゃないか！」わたしはささやいた。「こんなところで会えるとは嬉しいね！」

実のところ、わたしは何を言えばいいのかわからずにいた。いったい、どうしてジョーダン・ウィリアムズがここにいるのだろう？　わたしを脅すために、わざとこんなことをしたのだろうか？　いまは舞台に立っているべき時間では？　いや、そこは心配ない。舞台は四十五分前に終わっている——その後、着替えてから地下鉄でファリンドンまで来ても、時間の余裕は充分だ。それに、手にしていたのはナイフではなかった。目の前に立つジョーダンを見ると、その手には携帯が握られているだけだった。

「やあ、アンソニー」

「こんなところで何をしているんだ？　きみが住んでいるのは、てっきり……」そう言いかけて、ジョーダンの家がどこにあるのか、まったく知らなかったことに気づく。

「家はホクストンにある。だが、よくこっちから帰るんだ。頭をすっきりさせたいときにな」

「今夜の舞台はどうだった？」

「上々だよ」

「いい観客に恵まれたか？」

「満員ではなかったな。だが、みんな喜んでくれていたよ」

夜空の下、ケンタッキー・フライドチキンの残骸をあさる犬のかたわらで、こうして顔を突きあわせて立ちつくしているのは、いささか滑稽にさえ思えた。

「実は、きみに会えないかと思っていたんだ」ジョーダンは認めた。「きみのアパートメントまで来て、明かりが点いていたら寄ってみようかと思っていた。だが、駅から出てくると、ちょうどきみが犬を連れて道を渡るところを見かけたのでね、こうして後を追いかけてきたというわけだ」

「また、どうして?」思わず知らず、身がまえたような口調になる。こうして、相手が誰なのかわかってみても、ジョーダンは一対一で対峙するには危険な相手に思えた。ハリエット・スロスビーを殺してやるとうそぶき、スカイ・パーマーにけがをさせ、聞いたところによると妻とも別れる瀬戸際にあるという人物だ。たとえ深夜にかつての墓地で不意打ちを食らったとしても、これがチリアンかユアンなら、わたしもここまで警戒はしなかっただろう。あのふたりなら、自分の体格に近いからだ。「だが、もうこんな時間だよ、ジョーダン。話なら、明日でもいいじゃないか」

「きょう、モーリーン・ベイツと話してね」わたしの言葉を無視し、ジョーダンは切り出した。

「ほう、それはそれは」わたしは笑顔で答えた。「わたしは今夜、事務所を訪ねてきたところでね。きみと会ったとは言っていなかったが」

「いや、電話で話したんだ。きみは本を書くつもりかもしれないと、モーリーンは言っていた」

「本?」

「われわれについて。ハリエット・スロスビーの事件のことを」

どうしてモーリーンがそんなことを知っているのだろうと、わたしは首をひねった。本のことなど、何も話していないのに。こんな状況では、わたし自身、本についてまだ何も考えてはいなかった。

「聞くところによると、きみはきょう連れてきた探偵のことを書いた本を、すでに一冊出しているそうじゃないか。モーリーンによると、きみはそのためにあの探偵に同行しているとか」

「いや、そんな本を書くかどうかは、まだ何も決めていないんだ。知りたいというなら話しておくが、ホーソーンとの契約はすでに終わっているんでね」そこでやめておけばよかったのに、つい言わずもがなのひとことをつけくわえる。「まあ、たしかにありうる話だとは思うが」

そう言われては、ジョーダンも引っこむわけにはいかなくなったようだ。「そういうことなら、きょう楽屋に来たときに、わたしにも話してくれるべきだったな」

「どうして?」

「なぜなら、わたしはきみの本になど登場したくないからだ。わかるか？　そんなことをきみが考えていると知っていたら、きみたちに話などしなかった」

「いったい、なぜ?」わたしは心底わけがわからなかった。思いあたる理由といえば、ジョーダンが本当にハリエットを殺していて、そのことを世間に知られたくない、ということくらいだろうか。たしかに、役者としての将来を考えれば、けっしてありがたくはないだろうが。

「何か、怖れていることでもあるのか?」

「何も怖れてなどいない!」けっして声を荒らげてはいないものの、感情を抑えようとしているのが伝わってくる。「わたしのこれまでの人生のあれこれを本に書いていいかなどと、きみは許可を求めてはこなかった。どのみち、わたしは許可など与えるつもりはないがね。きみの本に、わたしの名が載るなどまっぴらだ。そんなものに、いっさいかかわる気はないのでね。これで、この話は終わりだ」

「ちょっと待ってくれ、ジョーダン」わたしもまた、怒りをおぼえていた。こんなふうにわたしを探し出し、いきなり物陰から飛び出したりして、真夜中にわたしを脅かす権利など、ジョーダンにはないはずだ。ふいに、もう我慢ならなくなる。「いいか、わたしはそれについて本に書くかもしれない。あるいは、書かないかもしれない。だが、どちらにしろ、きみに口出しされるいわれはないね。いったい何の権利があって、きみはわたしに命令するんだ?」

「つまり、実際にはまだ何も書いていないんだな」

さすがに嘘はつけなかった。「メモくらいはとったがね」

ジョーダンはわたしに向かって人さし指をつきつけた。「いいか、わたしのことを書こうものなら、どんな手を使ってでも後悔させてやるからな。わたしにはわたしの人生がある。重ねてきた経験もある。そんなわたしの物語を盗用し、きみにとって都合のいい世界を彩るために、わたしを文化的ステレオタイプなキャラクターに落としこむ権利など、きみにありはしない」

「いったい何の話をしているんだ?」

「特権を持つ白人作家が、自分の利益のために——ありとあらゆる意味でな——知りもしないことを書き散らすという問題についてだ。きみにわたしの経験は理解できない、実際に味わっていないのだからな。わたしとちがって!」

「冗談じゃない！」わたしは自分の耳が信じられなかった。「つまり、たとえわたしがハリエット・スロスビーの事件を書くことになっても、きみをその本に登場させてはならない、名前を出すことさえ許さないと、きみは言いたいのか――きみの持つ民族的背景のために？」

「いったい、わたしをどう書いた？　その、きみのメモとやらに？　わたしがネイティヴ・アメリカンだということも書いたのか？」

　足もとの地面がぐらついたような気がして、ふいに気分が悪くなる。つまり、ジョーダンは文化盗用の話をしているのだ！　こんな言葉は、こうして書くだけでも気が滅入る。だからこそ、普段から政治問題や社会問題にはできるだけかかわらないようにしているのに。わたしはただ、人々を楽しませるためだけに書きたいのだ。人生でひとつ心に決めていることがあるとすれば、それは誰かに嫌な思いをさせるようなことはすまいという思いだった。だからこそ、隙あらばわたしの喉を切り裂いてやろうと、ツイッターという巨大な獣が虎視眈々とこちらをうかがっていることも意識している。

　いまの質問にどう答えるべきか、わたしは必死に頭を働かせた。

「きみのことは、たしかにネイティヴ・アメリカンだと認識していた。つまり、きみの来歴や……養子になった経緯など……すべては、きみがわたしたちに話してくれたことじゃないか」

「だからといって、それをきみの本に使っていいと許可はしていない。わたしがそうしたことをホーソーン氏に話したのは、それが警察の捜査だからだ。話すしかないだろう。だが、きみはその場にいて、いわば立ち聞きしていただけだ。そもそも、あの場にいる権利など、きみにはなかった」

「いいかげんにしてくれ、ジョーダン。わたしが文化盗用したと責めるのはあんまりじゃないか。つまり……そういった問題が存在しないなどというつもりはない。もちろん、存在はするさ。ひどいことだと思っているよ！」自分がしどろもどろになっていることに気づく。「きみとは、ずいぶん長い時間をともにすごしてきた。きみの民族的背景は、初めて会う前から知っていたよ。だが、それがどうだというんだ？　アフメトも本に登場させてはいけないのか、あの男がトルコ人だから？　プラナフもインド人だから書くなというのか？」

「舞台監督のプラナフのことなら、あいつはパキスタン人だ！」ジョーダンの目が怒りに燃えあがる。「わたしについてはどう書いた？　わたしの肌の色のことは？　ポニーテールについては？」

「書いたかもしれないが……」

「そういうことが、まさにステレオタイプだというんだ」

「だが、きみは現にポニーテールにしているじゃないか！　それはわたしのせいじゃない。すごくいいと思ってはいるよ。きみに似合っている」

「ほかにも、いろいろなことをわたしは話したはずだ。ローズバッド居留地のこと。ポモナのこと。そういったことも、きみはみな書くつもりなのか……？」

「どうして書いちゃいけないんだ？　そういったことを、わたしは何も知らなかったよ。きみが、どんなふうに家族から引き離されてしまったか。同化政策のこと。カーライル・インディアン工業学校のこと。いや、まさにひどい話だ！　だからこそ、人々がそれを知り、そこから学ぶことが大切なんじゃないのか？」

「だが、それはわれわれの物語なのだ」

「ああ、もちろんそうさ。それは、わたしもわかっている。だが、物語というのは、そもそも共有するものだろう。そのために物語が存在している、と言ったっていい。それぞれ別の立場にあるわれわれをつないでくれるのが、まさに物語なんだ。そんなふうにして、われわれはお互いを理解しようとする。その理解こそが、わたしの仕事のいちばん大切な部分なんだよ」わたしはもう、こんな議論をしたくはなかった。へとへとに疲れているのに。早くベッドに入りたい。「だったら、あのとき聞いた話をすべてなかったことにすれば、きみはそのほうがいいというのか？　きみから何も聞いていないふりをしろと？」

「わたしが言いたいのは、これはきみには関係のない話だということだ。わたしが何を感じたか、きみに理解できるわけはないのだからな」

「じゃ、理解しようと努めることさえ許されないというわけか？　そうなったら、いったいわたしに何が書ける？　さっきの話では、アフメトやプラナフについても書いてはいけないということだったな。それなら、モーリーンやスカイのことも書けない……どちらも女性だからね！　ラッキーのことも書けない、こいつは犬なんだから！　きみの言うことを聞いていたら、結局は自分自身のことしか書けないじゃないか！　中年の白人男性作家に殺される中年の白人男性作家の本を、中年の白人男性作家が書きあげる、ってわけだ！」

わたしたちは、同時に深く息を吸いこんだ。ふいに、この口論の馬鹿馬鹿しさがつくづく身にしみる。

「こんな話のために、きみはここに来たわけじゃないだろう」わたしは続けた。「文化盗用なんて、本来は何の関係もない。きみはただ、自分がしたことを恥じているから、わたしに何も書いてほしくないんだ」

「恥じるべきことなど、わたしは何もしていない」

「ハリエットを殺すと凄んだじゃないか！　そして、ケーキに短剣を突き立てた。それに、スカイにけがをさせた一件のこともある。さらに、奥さんとも喧嘩したそうだね」

ジョーダンは目に見えてたじろいだ。「それはちがう……」

「すまない。きみの私生活に踏みこむつもりはさらさらないんだ。だが、きみが電話でどなっているところをみなが聞いていてね――それに、初日にも奥さんは来ていなかった」

「言っただろう。妻は仕事だったんだ」だが、その声には力がなく、わたしは自分の指摘が正しかったことを悟った。「きみに、ジェーンのことは書いてほしくない」

ふいに、自己嫌悪が襲ってくる。そもそもの最初から、わたしはジョーダン・ウィリアムズが好きだったし、感謝もしていた。ジョーダンがファークワー博士役を引き受けてくれたことは、この舞台にとって大きな一歩だったし、真剣に役にとりくむその姿勢が、わたしたちみなを当初から支えてくれていたのだ。公演が始まる一週間前にはラジオに出演し、わたしのことを褒めてくれさえした。それなのに、なぜわたしはそのジョーダンと、こんなところで何の意味もない罵(ののし)りあいをしているのだろう。

「聞いてくれ」わたしは口を開いた。「いまのところ、わたしは本のことなど何も考えていないんだ。書きたいと思ってさえいない。いまはただ、誰がハリエット・スロスビーを殺したのか、それをつきとめたいだけなんだよ」深く息を吸いこむ。「ついでだから、これもきみに話しておくよ。警察は、わたしが犯人だと考えている。二十四時間にわたって留置場に入れられ、尋問も受けた。いまはまあ、保釈中とでもいうのかな。ほら！　これで、きみもわかってくれただろう」

「だが、ハリエットを殺すと凄んだのはわたしだぞ！」

「それは知っている。だが、実際にハリエットの胸に突き立っていたのは、このわたしの短剣だったんだ」

ジョーダンは怪訝(けげん)な顔で、じっとこちらを見つめた。そのとき、ふと記憶がよみがえったようだ。「そういえば、きみも休憩室で短剣を手にしていたな！　持っているところを、わたしも見たよ」

「わたしがその短剣をどうしたか、ひょっとして、憶えていたら教えてくれないか？」

「たしか、部屋の隅に置いたんじゃなかったか。冷蔵庫のそばに。そうだ！　まちがいない、そこで見た」

「お開きにして帰ったとき、まだそこにあったかな？」

「憶えていないな」ジョーダンはかぶりを振った。「ひょっとして、誰かが持っていったかもしれない」

「きょう、わたしたちが劇場に顔を出し、きみたちにいろいろな質問をしたのは、これが理由だったんだよ。ホーソーンはわたしの友人でね。いや、まあ、そんなようなものだ。わたしが刑務所にぶちこまれないよう、力を貸してくれている」わたしはすっかり気力が失せ、疲れはてていた。「きみの気持ちを傷つけてしまったとしたら、すまなかった。けっして、そんなつもりじゃなかったんだ」

ジョーダンがにっこりする。その瞬間、もしこの役者が本当にドクター・フーを演じられていたら、どんなにはまり役だっただろうという、まったく関係ない思いがわたしの頭をよぎった。

「ひょっとしたら、きみの助けになれるかもしれないな」と、ジョーダン。

「どうやって?」

「誰がハリエットを殺したか、ちょっと考えがあってね」

わたしはまじまじとジョーダンを見つめた。

「チリアンだよ」わたしが口をはさむ前に、急きこんで先を続ける。「こんなことを口にするのは軽率だし――何があろうと、わたしから聞いたとは言わないでほしいんだが――それでも、これはきみに話しておこう。ハリエット・スロスビーのことを、チリアンはひどく気に病んでいたのだ。それはもう、気分が悪くなるほどにな! ハリエットが自分の役者としての将来を――ハリウッドの大作映画に出演するという、このまたとない好機をつぶすつもりではないかとね」

「また、どうして？」

「きみも知っているはずだ。あのとき、チリアンのすぐ隣にいたのだからな!」まるで立ち聞きされるのを怖れているかのように、ジョーダンはさらにこちらに顔を近づけた。「パーティの席にハリエットが現れ、ちょうどきみらに近づいてきたとき、チリアンは『テネット』の話をしていたのだろう。憶えていないか?」

「わけがわからない、とか言っていたな」

「そのとおり。チリアンは何もわかってはいないくせに、ひどいたわごとばかり吐き散らした。とにかく脚本はでたらめで、監督——クリストファー・ノーラン——は頭がいかれているとか、そんなことをな」

「それで……?」

「ハリエットがそっと背後から近づきつつあることに、チリアンは気づいていなかった。ようやくふりかえったときには、もう遅かったというわけだ。自分が口走ったことを、ハリエットにすべて聞かれていたのだからな! その後、わたしはチリアンといっしょに劇場に戻ったんだが、あいつはすっかりすくみあがっていてね。何があったのか尋ねたら、その話をしてくれたよ。ハリエットが自分のことを書くんじゃないか、あのときの話をそのまま載せるんじゃないかと、ひどく怯えていた」

「劇評に?」

「いや。ハリエットが書くのは劇評だけではないからな。《イヴニング・スタンダード》紙に日記形式のコラムも書いていたから、そこでぶちまけないともかぎらない。あるいはクリストファー・ノーランの事務所に電話して、独占インタビューの約束と引き換えに、じかに告げ口をするかもしれない。あの女は、とんでもない人でなしだったからな。ハリエットならやりかねないと、わたしも思うよ。そんなことになったら、次はどうなる？　チリアンは役を降ろされるだろう。時を駆けるスパイから、テレビドラマの端役に逆戻りだ。いや、端役でも使ってもらえるかどうか。ノーランはハリウッドの大物だからな。役者生命を絶たれることになるかもしれない」

「つまり、チリアンはその話が公になるのを怖れ、ハリエットを殺したと？」

「いいか、そんな心配はいらないと、わたしはあいつを説得したのだ。ハリエットも、どうせならもっと有名な役者をねらうだろうとね。たしかに――休憩室ではチリアンもだいぶおちついているようだったよ、少なくともあの劇評を読むまではな。とはいえ、あいつが何を考えていたか、頭の中まではわからない。実のところ、わかったためしがないのだ。チリアンと仕事をするのは、そこが厄介でね。ひょっとしたらあの翌日、あいつはあそこまで出かけていって……」言葉の代わりに、ジョーダンは短剣を心臓に突き刺す真似をしてみせた。

犬が訴えるように鼻を鳴らす。

「そろそろ帰らないと」と、わたし。

「そうだな」ジョーダンは片手を差し出した。「すまなかった、アンソニー……」

「こちらこそ」その手をとる。「もしも万が一、きみを本に登場させることになったら、名前は変えるよ。ほかにも、要望があったら言ってくれ。韓国人とか、そんな設定にしたっていいんだ」

「いや。わたしはわたしのままでいい」

わたしたちは握手を交わした。ジョーダンは公園の中へ戻っていく。わたしは、家へ。

16《フロスト&ロングハースト》

翌朝、ホーソーンとわたしは、ホルボーン駅の近くのにぎやかな交差点で待ち合わせた。先に来ていたホーソーンは、コーヒーショップの外のテーブルに腰をおちつけ、タバコに火を点けていた——けっして、朝の最初の一本ではないだろうが。ホーソーンの喫煙習慣については、これまでも何度となく書いてきたものだが、あらためて考えてみると、これはタバコそのものというより、喫煙という行為の中毒にちがいない。この行為なしには、自分がいつもの自分なのだと思えないのだろうし、喫煙が不健康だ、反社会的だとされればされるほど、絶対にやめようとはしないだろう。こんなにも人並み外れた才能の持ち主でありながら、ホーソーンはひどく孤独な男だ。妻とも、十代の息子とも離れて生活している。友人にも、わたしはいまだお目にかかったことがない。下の階に住むケヴィン、そして、どこか風変わりな読書会仲間のほかには、友人らしき人物など、ホーソーンの話に登場したことはないのだ。そして、たったひとりで暮らしている。自分の人生に、いかに楽しみが少ないかをホーソーン自身も理解していて、だからこそ、残されたわずかなものにしがみついているかのようにも見えた。殺人とタバコ。せんじ詰めれば、それがホーソーンという人間なのだ。

わたしはホット・チョコレートを買うと、同じテーブルについた。駅からはぞろぞろと通勤客があふれ出し、交差点には四方から忙しく車が行き交う。早朝の待ち合わせ場所としては、あまり快適な場所とはいいがたかったが、久しぶりに太陽が顔をのぞかせたのはせめてもの慰めというものだろう。わたしはさっそく、昨夜ジョーダン・ウィリアムズと出会ったときの一部始終を、ホーソーンに話してきかせた。あのとき聞かされた話を思いかえすうち、わたしはほとんど一睡もできないまま朝を迎えてしまったのだ。そもそもの最初から、わたしはチリアン・カークを疑っていた。そこへ、いまやジョーダンが殺人の明確な動機を明らかにしてくれたのだから。

腹の立つことに、ホーソーンは乗ってこなかった。

「悪いな、相棒」タバコを吸いながら、そう答える。「自分の書いたドラマへの出演を断られて以来、あんたがチリアンを気に食わないのは知ってる。だが、どうも辻褄が合わないんでね」

「どこが合わないんだ？」

「そうだな、まず第一に、チリアンがパーティで口走ったことをハリエットが本当に聞いてたのか、そこがおれたちにはわからない。チリアン本人にだって、きっとわからなかったはずだ。

小さなレストランに大勢の客が詰めかけてたわけだし、あんたの話じゃ、けっこうにぎやかだったみたいじゃないか。トルコ音楽は流れてて、みんながてんでにしゃべってて、って具合にね」

「はっきりわからなくたっていいだろう。チリアンはハリエットを訪ねていって、本人に訊いてみたかもしれないんだから」

ホーソーンはうなずいた。「その可能性はある。だが、犯行がどこで起きたのか、それを忘れちゃいけない」

「パルグローヴ・ガーデンズだろう」

「そうじゃなくて――家のどこで起きたのか、って話だ」いささか悲しげな目で、ホーソーンはわたしを見た。「ハリエットは共用の通路で刺されたんだよ」

「それがどうした?」

「いいか、あの映画の悪口を言ったのをハリエットに聞かれてたかどうか、たしかにチリアンは心配してたかもしれない。だが、一方で、たとえ聞かれてたとしたって、ハリエットが真面目にとらない可能性だってあったわけだろう。しょせん、パーティでの軽口だ。誰もが酔っぱらってた。それに、ジャーナリストってのは、普通は私的な会話を記事にしたりはしないもんだ」

「ハリエットはジャーナリストじゃない」

「ごもっとも。だが、チリアンにしてみりゃ、ハリエットは聞きつけた話を書くつもりだ、絶対にまちがいないって確信を得たいところだろう、実際に手を下す前にな――そうでなきゃ、ここまでの危険を冒す意味がない。だとしたら、チリアンはどうする？　家を訪ねていって本人と話し、自分の真意をうまいこと説明して、ハリエットがパーティで何を聞いたのか、その情報をどうするつもりなのかを探り出すだろう。劇評では、チリアンを褒める言葉も書いてたからな。ひょっとしたら、ちょっとした軽率な軽口くらいさっさと忘れてもらえるよう、どうにか説得できるかもしれない。だが逆に、きっとチリアンの役者生命をつぶしてやるとハリエットが心を決めてたとしたら、仕方ない、それはあの女に短剣を突き立てる理由になる、ってわけさ。

いいか、トニー、おれが言いたいのは、通路に立ったまますそんな話をするだろうか、ってことだ。おれはしないと思うね。すぐ目の前のドアを開けりゃ、その先がハリエットの書斎だろう。だったらそこに行くか、あるいはキッチンにでも腰をおちつけて、うまいお茶でも飲みながら話せばいいんだ。〝やあ、ハリエット。ひとつだけ話しておきたくて。昨夜おれが言ったこと、本気じゃなかったんです。ほんと、どうかしちゃってて……〟とかなんとかかな。

だが、実際はそうじゃなかった。あの朝、あの家を訪れたのが誰だったにせよ、そいつはハリエットを殺すこと、それだけを固く心に決めてきたってわけだ。おしゃべりはなし。考えなおす余地もなし。その客に、ハリエットはドアを開けた。それが、生涯で最後にしたことだったんだ」

「そして、その客はチリアンではなかった、と」

「まあ、そうともかぎらんがね。それとは別に、あの男をケヴィンに探らせてみたよ。ウェールズで生まれ育ったって話や、両親が自動車事故で死に、ハロゲートの家にひきとられたこと、ナショナル・トラストに就職したこと……」

「それで、どうだった？」

「全部、裏はとれたよ。『ハートビート』でチリアンが出たのは、『もうひとつの心のかけら』って回だった。もっとも、クレジットに名前は出てなかったけどな」

「エキストラだったんだろう」

「最近は背景役者とか呼ぶらしいな」

わたしは、すっかり落胆していた。「カーラ・グランショー警部から、何か連絡は？」

「カーラがおれに電話をよこすはずがないだろう！」

「法科学鑑定研究所のほうはどうなった？」

「まだ復旧に時間がかかってるらしい」ホーソーンはふっと薄笑いを浮かべた。「あんたはたしか、おれの友人ケヴィンのやりくちに批判的だったんだよな」

「どんなことにも例外があると、わたしはいつも思っているんだ」

タバコを揉み消すと、ホーソーンは立ちあがった。わたしのホット・チョコレートはまだ残っていたが、まったく惜しくはない。実のところ、排気ガスめいた味だったので。「マーティン・ロングハーストがおれたちを待ってる」ホーソーンが告げる。

アフメトの会計士は、初日のパーティにも顔を出していた。ハリエット・スロスビーと話していたのを見かけた憶えがある。何があったのかは知らないが、どこか不安げな様子だった。そして、眠れないままベッドに横たわっていた今朝四時、わたしはふと、その前にもあの会計士を目にしていたことを思い出していた。『マインドゲーム』舞台の初日、わたしの一列後ろの席にいたのだ。とはいえ、わたしはなぜホーソーンがあの会計士に興味を持ったのか、その理由がさっぱりわからずにいた。アフメトが財政難に苦しんでいることは、すでにわたしたちも知っている。それ以外に、あの男からどんな情報が得られるというのだろう？

顧客のアフメトとは異なり、《フロスト&ロングハースト》は明らかに繁盛しているらしい。裏通りに建つクイーン・アン様式の建物の、まるまる四階ぶんを事務所として借りている。建物の入口に記されているのはこのふたりの名だけで、いかにも高級な絨毯（じゅうたん）が敷きつめられ、ほんものの油彩画（馬と田舎屋敷が描かれている）が飾られているのを見ると、わたしはついユーストン・ロード沿いの地下にあるアフメトの事務所を思い出さずにいられなかった。いったい、どうしてこんな会計士事務所が、アフメトを顧客として抱えることになったのだろうか？こうした事務所には裕福な弁護士や実業家、ヘッジ・ファンド・マネージャーといった人種のほうが似合うだろうに。

マーティン・ロングハーストはすぐに姿を現し、わたしたちを建物の奥へ通してくれた。初日のパーティで見かけたときには、いかにもぎこちなく見えたものだ。アフメトの事務所で会ったときには、どこか気分が悪そうだったが、それはきっと、舞台の前売り券の売り上げを見てしまっていたからだろう。だが、きょうのロングハーストは、まるで別人に見える。サヴィル・ロウの高級紳士服店で仕立てたスーツをまとい、つやつやした黒髪を後ろに撫でつけ、袖には金のカフスを光らせて、すっかりくつろいだ様子だ。いわば自分の陣地にわたしたちを案内しながら、途中で足をとめ、壁に飾られた絵画を二枚ほど見せびらかす（これはエドワード・ウォルター・ウェッブの作品なんです。描かれているのは、一八四〇年のリバプール固定障害競走の優勝馬でしてね……）。わたしたちが通されたのは、鏡面のようにきらめくオーク材のテーブルを据えた会議室で、椅子は十二脚あり、壁ぎわの長テーブルにはコーヒーと紅茶が用意してある。わたしたちが席につくと、ロングハーストはホーソーンにコーヒー、わたしに紅茶を用意しながら、その間もおしゃべりをやめようとはしなかった。

「あなたの脚本を、心から楽しませてもらいましたよ、アンソニー。いや、本当におもしろかったです。実をいうと、うちの娘があなたの作品の大ファンでしてね。《アレックス・ライダー》シリーズを読むには、さすがにまだ小さすぎるんですが——もしよかったら——別の本にサインをもらえたら、すごく喜ぶと思うんですよ」テーブルの上に、何度となく読みこんだらしい『グラニー』が置いてあることに、わたしはすでに気づいていた。自分の本が部屋のどこかに置いてあると、ついそれが最初に目についてしまうのだ。

ロングハーストも席につく。身のこなしが慎重なのは、これだけの長身だからだろう。背筋をまっすぐに伸ばして椅子にかけると、すらりとした上品な指で炭酸水のボトルをつかむ。年齢は三十代後半だろうが、親から受け継いだ富のおかげか、それともすでに成功を重ねてきているせいか、もの慣れた自信たっぷりな様子は、ユーストンで会ったときとは人が変わったかのようだ。ひょっとしたら、つねに目の前の顧客に合わせ、相手が裕福で地位のある人間なら、それだけ洗練された自信あふれる態度で迎えるということなのだろうか？

「それで、どんなご用件でしょうか？」やがて、ロングハーストは切り出した。

わたしは口をつぐんでいた。どうしてここに来たのかいまだにわからないのだから、口を開くのも気恥ずかしい。

「そりゃ、ハリエット・スロスビーの件でお話をうかがいたくてね、当然でしょう」と、ホーソーン。

「さあ、お話しできるようなことがあるかどうか」ロングハーストは慎重に言葉を選んだ。「なにしろ、わたしとはまったく関係のない事件ですからね。事件のことは、昨日わたしの顧客であるユルダクル氏から聞かされたばかりで、わたしの反応もご想像のとおりですよ」

「ユルダクル氏は、いつからおたくの顧客に？」

「八年前、この事務所のソフトウェア・システム開発を、氏にお願いしたんです。すばらしい仕事をしてくれましたよ。その後、氏が演劇プロデューサーとして独立することになったとき、わたしに経理を見てもらえないかと依頼がありましてね。実のところ、うちの事務所が定める顧客基準には――というか、わたしと共同経営者が理想として掲げる顧客基準には、まったく達していなかったんですが、それでもわたしは引き受けました。結局はあまりお役に立てなくて、たいへん申しわけないと思っているんですが、ユルダクル氏はきっと立ちなおりますよ。とにかく機転の利く人ですからね」

「あの夜、ハリエット・スロスビーが劇場に来ることは知ってました？」

「来るかもしれないな、とは思いましたよ。どうしてわたしにそんな質問をするのか、さっぱりわかりませんね、ミスター・ホーソーン。あの女性が殺されたことに、わたしが何か関係があるとでもお考えなんですか？」

「まあね、おたくは被害者と最後に話したうちのひとりでしてね」ロングハーストが否定するより早く、ホーソーンはたたみかけた。「おたくは芝居がはねた後、《トプカピ》ってトルコ料理店で、被害者とふたりで話してたそうですが」

ロングハーストはためらった。「混んでいる店内で、ふたことみこと交わしはしました」そこは認める。「でも、たいして意味のある話はしていません」

「つまり、そのときが初対面だったと？」

真実を隠しとおすことはできないと悟り、ロングハーストの目に一瞬、苛立ち（いらだ）の色が浮かぶ。

「そうじゃない。そんなことを言うつもりはありませんでした。実をいうと、あの女性とはかつて一度だけ会ったことがあるんですが、それもはるか昔のことで。もう二十年近く経ちましたかね。ただ、そのことはお話ししたくないんです」

「そりゃ、たしかに話したくはないでしょう、ミスター・ロングハースト。だが、残念ながら、誰かが殺されたとなると――それも、とりわけ残忍に――どうしても答えてもらわなきゃならない質問もあるんですよ」

「わたしはあの女性を殺してはいません」

「だが、おたくには動機があった」

「わたしに?」

「被害者は、おたくのことを本に書いてましたね」

そういうことだったのか。ホーソーンの言葉を耳にするやいなや、自分が何を見落としていたのか、わたしは気がついた。リトル・ヴェニスのあの家で、ハリエット・スロスビーの仕事部屋を見せてもらったとき、三冊の本が机に置かれていたのを思い出す。どれもハリエットの著作で、中に『悪い子ら——英国の片田舎で起きた死』という一冊があった。それがどんな本なのかは、アーサー・スロスビーが説明してくれたではないか。〝トレヴァーとアナベル・ロングハースト夫妻をとりあげた本なんですがね。この夫妻のこと、憶えていませんか?〟と。ある教師の死に、夫妻の息子がかかわっていたのだという。ロングハーストというのはさほどありふれた姓ではないから、ホーソーンはすぐにこのつながりに目をつけたのだろう。

「おたくのご両親は、トレヴァーとアナベル・ロングハースト夫妻ですね」ちょうど、ホーソーンがそこに踏みこむ。

ほんの一瞬にも満たない間、ロングハーストは否定しようか迷っているように見えたが、そんなことをしても意味はないと悟ったのだろう。「ええ」

「スティーヴンという弟さんがいた」

「そのとおりです」ロングハーストの手には、いまだ炭酸水のボトルが握られていた。ふいに、ほとんど乱暴にさえ見える手つきで、その栓をぐいと開ける。

ここで、ふいにホーソーンは態度を和らげた。「こんな話を持ち出して、申しわけないとは思ってますよ、ミスター・ロングハースト。いまも心に傷の残る出来事だったでしょうに」

「わたしの気持ちなんて、あなたにはとうていわかりませんよ、ミスター・ホーソーン。スティーヴンが何のいわれもなく世間の噂の的となったとき、わたしは十八歳だったんです。弟は八歳も下だったから、まだまだ幼い子どもでした。そのときまでは、わたしはごく普通の子ども時代をすごしてきましたよ――ごく幸せにね。それなのに、一瞬にしてすべてが引き裂かれてしまったんです」

「当時在学していた小学校の教師が死に、弟さんがその責任を問われたとか」

「ちがいます。さっきも話したとおり、弟はまだ十歳だったんですよ！　法律にどう書いてあろうと、まだ責任を問われるような年齢じゃない。弟は、自分が何をしているかわかっていなかったんです。当時はまだ、どこまでも無邪気な子どもでね。一歳上の少年と遊び、その子の影響を受けたことが、悲劇の始まりでした。スロスビー夫人があの本で描写したのは、実際の弟とは似ても似つかない少年像だった――あんなもの、金儲けにしか興味のない売文屋がまとめた、薄汚い中傷や悪意に満ちた噂話の寄せ集めにすぎませんよ」

「なるほど、おたくはハリエット・スロスビーをけっしてよくは思っていなかったわけだ」

「わたしをあざ笑いたいのなら、どうぞお好きに。たしかに、あの女性との因縁については、あなたが訪ねてきた時点ですぐにお話しすべきだったんでしょう。ただ、これだけの年月が経っても、心の傷はまったく癒えていなかったということです」

「そうなると、今回の思わぬ再会には、さぞかし打ちのめされたことでしょうな」

「こんなこと、まったく予期していませんでしたからね。さっきもお話ししたとおりですよ。劇場に行けば、スロスビー夫人が来ているかもしれないとは思いました。とはいえ、アフメトはわたしに、ぜひ初日に来てほしがっていましたし——この舞台が成功するかどうかに、事務所の未来がかかっていましたからね——そんなときに、がっかりさせたくはなかったんです。それに、客席には六、七百人の観衆が詰めかけているわけですから、ばったり顔を合わせてしまう確率は、さほど高くないと思いましたしね。夫人の席がどこかを確認して、そこには近づかないよう用心していたんです」

「だが、それもあのトルコ料理店へ行くまでのことだった、と……」

「まあ、そういうことですね。あれには驚きましたよ。まさか、初日のパーティに乗りこんでくるなんて。実際、新聞の劇評家があんな席に顔を出すことはめったにないと、わたしも知っていますからね。実に腹立たしい不意打ちでした」

「それで、どんな会話を交わしたんです？」

「わたしより先に、向こうがわたしを見つけましてね。わたしが先に見つけていたら、何か理由をつけて、さっさとお暇していたんですが。実のところ、これだけ年月が経っているのに、夫人がすぐにわたしに気づいたのには、まったく驚かされましたね。しかし、向こうは躊躇さえしませんでした。まっすぐわたしのほうへやってきて、また会えてあなたも嬉しいでしょうといわんばかりに、自分の名を名乗ったんです。わたしのほうは、夫人の近くにいるだけで気分が悪くなったというのに。そして、両親はどうしているかと尋ねられました。そんなふうに、一方的に会話を進められて。もう、なんと答えるべきかもわかりませんでした。いっそ、回れ右をして店を出ていきたいと、心の奥底では思っていたくらいです。それでも、いちおう手短に答えましたよ、どちらも元気にしている、と」

「それから？」

「今夜の舞台は楽しかったかと訊かれました。どうにも奇妙な質問だなと思いましたよ。だって、夫人は劇評家でしょう。わたしの意見なんか訊いて、いったいどうするんです？」

「それで、おたくはなんと？」

「同じ質問を返しましたよ――〝あなたは？〟とね。もちろん、夫人が楽しもうと楽しむまいと、わたしの知ったことじゃありません。ただ、とにかく会話を終わらせたかったんです。近くでバンドが演奏していて、向こうの声もよく聞きとれませんでしたしね。とにかく、夫人は奇妙な薄笑いを浮かべ、返事を避けました。〝それはわたしのちっちゃな秘密！〟とか言ってね。たぶん、劇評を書くまでは何も漏らしたくなかったんでしょう」

ロングハーストは炭酸水をグラスに注ぐと、ごくりと喉に流しこむ。喉ぼとけが上下するのを、わたしはじっと見つめるばかりだった。

「がっかりさせてしまって申しわけありません、ミスター・ホーソーン。でも、これだけのことだったんです――スロスビー夫人との会話は、これで全部なんですよ。夫人がいったい何を考えていたのか、わたしが再会を喜ぶかもしれないなどと、どうしてほんの一瞬でも思ったのか、想像してみる気にもなりませんがね。わたしは理由をつけて、その場を離れました。そして、そのままパーティも中座してしまったんですよ」

「もしかすると、わざとおたくを動揺させようとしたのかもしれない」と、ホーソーン。

「たしかに、そうかもしれませんね」

「じゃ、今度は例の本のことについて訊きたいんですがね。いったい、あの本のどこにそれほどむかついたんです？」ぞんざいな口の利きかたではあるが、ホーソーンとしては、こんなに愛想のいいのもめずらしい。「ちなみに、紙の本は絶版らしいが、Ｋｉｎｄｌｅに無料版があったんで、それをダウンロードしてみましたよ。まだ最後まで読んじゃいないが、ここまでのところ、うちの読書会の課題に推薦する気にゃなれませんね」

「いま、こんな話をする必要があるんですか？」

「ハリエット・スロスビーを殺した犯人をつきとめるとしたら、急ぐ必要があるんでね」

わたしにとっては、あらためて念を押されるまでもなかった。ＤＮＡ型、指紋、日本の桜の花びら、わたしにとって不利な証言。いつカーラ・グランショー警部がわたしを再逮捕しに現れても、まったく不思議はないのだ。

どうやら、ホーソーンはこの会計士とある種の信頼関係を築くに至ったらしい。ロングハーストはのろのろとうなずくと、炭酸水のグラスを置いた。「わかりました」

わたしたちは続きを待った。

「一九九八年の春に起きたことについて、あなたがたの知りたいことすべてを、わたしからお話しすることはできないんです」やがて、ようやくロングハーストは口を開いた。「わたしが知っているのは、あくまで十八歳の少年の視点から見た一部始終にすぎませんし、事件が起きたとき、そもそもわたしはモクサムにいなかったので。両親はわたしを寄宿学校に――マルロ・カレッジに入れました。スティーヴンが問題を起こしたのは、わたしがそこを卒業し、大学入学までの一年間を利用する、いわゆるギャップ・イヤーとして、子どもたちにサッカーを教えるためにアフリカのナミビアにいたときだったんです。両親は手紙をよこし、何があったのかを説明してくれて、すぐに家族のもとへ帰らなくてはと思ったわたしに、いまは戻ってきてはいけないと言いふくめました。この騒ぎに巻きこまれ、世間の目にさらされてはいけないと、わたしを守るためにね。ほぼ両親の願いどおりに、ことは運びました……少なくとも、あの本が出版されるまでは。

もうご存じかと思いますが、もうじき二十一世紀を迎えようとしていたあのころ、両親はかなりの有名人でした。新聞の時事欄やゴシップ欄に、しょっちゅう登場していましたから。最初は子ども服の会社から始まって、あつかう商品をどんどん増やしていったんです――玩具や本、家具までね。企業名も、もしかしたらご存じでしょう。《レッド・ボタン》というんですが。あのころは《レッド・ボタン》ショップや《レッド・ボタン》レストランが各地にあり、リゾート施設や遊園地まで経営していましたよ、ついに事業を畳むまではね。両親は莫大な財産を持っていて、同時に中道左派、当時のいわゆる新しい労働党の熱心な支持者でもありました。まさにその年、ピーター・マンデルソンが〝汚い金儲けをする人がいてもかまわない〟とかなんとか、そんな意味の発言をしたんですよ。あれは首相を応援するための発言でしたが……ひょっとしたら、頭にあったのはわたしの両親のことだったかもしれません。

両親は、すでにかなり巨額の資金を労働党に提供していました。一九九四年にトニー・ブレアが党首選に出馬したときには、その支持者の代表格として表に出ていましたし、その三年後、労働党が選挙に勝ってブレアが首相の座に就いたときには、官邸でいっしょに祝う姿が見られましたよ。父はミレニアム・ドーム建設計画にも当初からかかわっていましたし、ひょっとしたら、いずれは貴族院に入っていたかもしれません……もしも、あんなことにさえならなければ。

両親がモクサム・ヒースという村に移り住んだのは、九〇年代のことでした。残念ながら、ウィルトシャーの中ほどにある村での暮らしがどんなものか、わたしはさほど詳しくお話しできないんですよ、わたし自身はほとんどそこに住んでいないので。わたしはたいてい寄宿学校にいるか、ロンドンにいるかのどちらかでした。ロンドンには、スローン・スクエアに家を残してあったんです。いまふりかえってみても、両親がどうして田舎暮らしもいいかもしれないなどと思いついたのか、わたしにはまったくわかりませんね。およそ伝統と名のつくものには、片っ端から反対してきたような人たちなのに。わたしに言わせれば、あれは両親の人生でまちがいなく最悪の決断でしたよ。モクサム館というのは、村のすぐ外に四十万平米あまりの敷地を持つ、無駄に広大な田舎屋敷ですが――あそこを買ってから、何もかもがうまくいかなくなりはじめたんです。ヘリコプターで館に乗りつけたのも、あまりうまいやりかたではありませんでしたね。父が自分で操縦していたんですが。

村の人々とわたしの両親との間には、はっきりとした溝がありました――とはいえ、土地の人間とよそものの間の、よくある溝というだけではなかったんです。当時は保守党が力を失いつつある時期で、ずっと保守党の青に染められてきた地域には、労働党に対する憤(いきどお)りがくすぶっていたのかもしれません。まあ、本当のところはわかりませんが。両親は、ただ裕福だというだけではありませんでした。裕福な人間など、モクサムには大勢いましたからね。言ってみれば、両親は裕福な社会主義者だったんです。狩猟に反対する労働党の政策を支持していたりね。あと、両親は風力発電機を建てたがっていたんですが、これにはかなり大勢の反発を食らいましたよ。景観がぶち壊しだ！　地元の人間が狩りをするまでもなく、発電機に巻きこまれて鳥が死ぬじゃないか！　とね。父は大気中への鉛排出を減らす運動にも参加していたんですが、だとしたら自家用のヘリポートを持つなんて、矛盾もいいところですよね。そうした騒ぎに、わたしはかかわらないようにしていたんですが、そんな揉めごとが次から次へと起きたのはよく憶えています。プールのこと。十メートル動かす動かさないで村人と揉めた歩道のこと。礼拝堂の修復資金集めのこと。年に一度の村の祭りのこと。昔ながらの英国の村と、そこに新しくやってきた、よそものの偽善者夫婦……事実はどうあれ、誰もがそんなふうに見ていました。両親のやることなすこと、すべて批判されていましたよ。

もしかしたら、両親が村の学校――モクサム・ヒース小学校へスティーヴンを入れようと決めたのは、それが理由だったのかもしれません。これは、スロスビー夫人が著書で示唆していたことのひとつでした。ロングハースト夫妻は息子を使って村人に迎合しようとした、自分たちも村の一員であることを示そうとしたのだと。まったく、くだらない言いがかりですよね、わざわざ否定するまでもありませんが。でも、とにかく、夫人はそう書いていたんです。

あなたがたには、弟のことをお話ししておかなくてはいけませんね。九歳まで——ロンドンを離れるまで——は、弟はごく無口な子どもでした。読書が好きでね。学校の成績もよかったんです。友だちもたくさんいましたよ。ハリエット・スロスビーは弟を、甘やかされたわがままな子と評していました。わたしだったらそんな言葉は使いませんが、ただ、大事にされていたことはたしかです。なにしろ、実際にはひとりっ子も同然でしたしね。両親はいつも、弟のことを付け足しだなんて言っていましたが——それでも、本当に愛され、大切に育てられていたんですよ。

それなのに、弟がモクサム・ヒースにやってきたとたん、何もかもが変わってしまいました。弟にとってどれだけ苛酷な状況だったか、あなたがたにも想像はつくでしょう。先ほどからお話ししてきたように、兄のわたしはそばにいませんでした。ロンドンでの友だち全員と別れ、モクサムではなかなか新しい友人ができなかったんです。両親はそのころ、《レッド・ボタン》の米国進出を計画しており、国外に出ていることが多くなりつつありました。スティーヴンには可愛らしい養育係がついていて、オーストラリア人の女の子だったんですが、うちの家族といっしょにウィルトシャーに越してきて、できるかぎりの世話はしてくれていたんです。でも、いまふりかえってみると、こんなことを認めるのは家族ではわたしが最初でしょうが、あれはたしかに育児放棄だったと思います。気がつくと、もうとりかえしのつかないことになってしまっていて、手遅れになるまで誰も気づかなかったんですよ。

モクサム・ヒース小学校は、できるだけ広い通学範囲から男女の児童を受け入れるという方針をとっていました。地元の名士や銀行家の子弟だけが集まる学校にしたくないというのは、賞賛すべき姿勢ですよね。ただ、そうやって集められた男子児童のひとりから、スティーヴンは悪い影響を受けることになってしまったんです、転校してすぐにね。そのウェイン・ハワードという子は、村から十数キロ離れたチッペナムの郊外に建つ団地に住んでいました。小さな村の暮らしにはまったくなじみのない子でしたから、もっと大きな町の学校のほうが、ずっと楽しくすごせたでしょうに。何はともあれ、その子は毎日バスで通学してきて、スティーヴンとすっかり仲よくなったんです」

ロングハーストは悲しげに頭を振った。

「初めて会ったとき、ふたりはほんの九歳と十歳だったなんて、とうてい信じられませんよ。まだ、ほんの子どもじゃありませんか！　しかし、すぐに弟たちは手に負えない悪ガキふたり組とでも呼ぶべき存在となり、当然ながらウェインのほうが主導権を握っていたんですが、学校の教師や近隣の住民、はては警察とまで問題を起こしはじめたんです。あるとき、村の《ジンジャー・ボックス》という雑貨店で、ふたりが万引きしたと通報がありましてね。その事件の後、両親は学校を訪れ、あのふたりを引き離すべきだと要求しました。しかし、こんな小さな村で、それは言うほど簡単なことじゃありません。いま思えば、そのときに両親が不吉な予兆から目をそらさず、スティーヴンをロンドンに戻してやればよかったんです。でも、さっきもお話ししたとおり、そのころ両親は仕事のことで頭がいっぱいだったので、〝しょせん男の子なんてそんなもの〟と思いたかったんでしょう。スティーヴンにとっても同年代の男の子と友だちになれたのはいいことだ、放っておけばやがてあの子たちもおちつくだろう、とね。

しかし、その判断が、非情にも弟たちの小学校の教師、フィリップ・オールデン少佐の死を招くことになりました。

オールデン先生はこの村の生まれで、元軍人でした。フォークランド紛争に従軍し、退役してからは教師の資格をとり、トロウブリッジの学校で二年ほど教鞭を執った後、モクサム・ヒース小学校に移ってきたんです。こちらでは副校長の地位に就きました――六十代なかばという、かなりの年輩で、いささか変わりもので。まさに、ウィルトシャーの小さな村で出くわしそうな人物でしたよ。クリケットが大好きで、チェス・クラブも運営していました。研究室にはキケロの胸像を飾っていましてね。大理石製の、どっしりとした品でした。たしか、亡くなった父親が遺したものだったとか。

フィリップ・オールデンは、いわゆる古い価値観の持ち主でした。規律を信奉し――元軍人という経歴を考えれば、驚くことではありませんが――勉強を怠けたり、授業中に態度が悪かったりした生徒たちには厳しい罰を与えていたそうです。スティーヴンとウェインが目をつけられるまで、さほど時間はかかりませんでした。春学期の途中で、ついに大きな騒ぎが起きてしまって。ひどく愚かで不愉快ないたずらをしたと、ふたりが責められることになったんです。

図書室の本を何冊もだめにしたと――ページを破いたり、余白に卑猥ないたずら書きをしたり。自分たちはやっていないと、ふたりは否定したんですが、オールデン先生は罰として、ふたりをバース・スパへの学校の旅行に連れていかないことに決めたんです。こんなこと、ずいぶんささやかな、どうでもいい話に聞こえるでしょうが、結局は大事件になってしまったんですよ。

ウェインとスティーヴンは、オールデン先生に復讐することに決め、昔ながらのよくあるいたずらを仕掛けました。もちろん、思いついたのはウェインですがね。ふたりは先生の研究室に忍びこみ、半開きにしたドアの上に、キケロの胸像を載せたんです。あんな重いものを、よくもまああそこまで運びあげたものだと思いますよ。ただ、研究室には本がたくさんあり、手の届かない棚にも並んでいたので、オールデン先生は部屋に脚立を置いていたんです。おそらく、ふたりはその脚立を使ったんでしょう。後になって、あれはただの冗談だった、誰もけがをさせるつもりはなかったと、ふたりは言いはりました。でも、結局のところ、研究室に入ろうとしたオールデン先生は、落ちてきた胸像に頭蓋骨を砕かれ、その翌日に亡くなってしまったんです。

ふたりは青少年裁判所に送致され、故殺の容疑で審理を受けることとなりました。法律上は、ふたりは刑事責任を問える年齢に達していましたし、なんとまあ嘆かわしいことに、戦争の英雄を死なせてしまったわけですからね。ふたりは有罪となり、それぞれ五年と十年の刑が言いわたされて、別々の施設で刑に服することとなったんです。年長の少年の影響を受けただけだと、スティーヴンの弁護士が証明してくれたおかげで、弟の刑期は短くなりました。それでも、わたしたち家族にとってみれば、長かろうと短かろうと、さほど変わりはありませんでしたね。裁判が終わり、ふたりの名が公表されると、それまで報道を規制されていたマスコミが、すさまじい勢いでわたしたちに襲いかかってきたんです。その結果、両親は壊滅的な打撃を受けることになりました。米国進出など、即座になかったことになりましたよ！《レッド・ボタン》は、あっという間に倒産です。自分たちの子どもが少年刑務所に入っているというのに、子ども向け製品が売れるわけはありませんからね。言うまでもなく、政治家の友人たちはひとり残らず両親から去っていきました。両親の心労はたいへんなもので、一年後、ふたりは別居することになったんです。いま、父はイギリス領ヴァージン諸島に住んでいますよ。母はバンクーバーに戻りました。もともとカナダの生まれだったので。スティーヴンはサフォーク州のウォーレン・ヒルにある矯正施設で四年をすごした後に、母と暮らすという条件で仮釈放になりました。いまはふたりとも、バンクーバーでいっしょに暮らしているんです」

長い沈黙。こんなにも沈んだ表情のホーソーンを、わたしはこれまで見たことがなかった。だが、考えてみると、十代の息子を持つ父親として、いまの話はひどくこたえたにちがいない。

「弟さんたちと会うことは？」やがて、ホーソーンは尋ねた。

ロングハーストはかぶりを振った。「いや、なかなか思うようには会えませんね。数年前のクリスマスに、家族を連れてバンクーバーを訪ねたんですが、これがかつて人を殺したことのある叔父さんだよ、などと娘たちに説明するのも難しくて。母は自分の生活を立てなおし、父やわたしの助けなしでやっていこうと心を決めてしまったんです。わたしにとっては悲しいことですが、まあ、その気持ちはわかりますからね」

「どうしてハリエット・スロスビーがこの本を書こうと決めたのか、理由はご存じですかね?」

「ええ、実は知っているんです。当時、スロスビー夫人は事件記者としてブリストルの新聞社で働いていたんですが、村の住人に知りあいがいたそうなんですよ」

「それは、フランク・ヘイウッド?」

「まさに、その人物です。ええ。スロスビー夫人が記事を書いていた新聞に、劇評を載せていたそうでね。二、三年後にヘイウッド氏が亡くなったときには、夫人がその後釜に坐ったんです。モクサムの村人たちについて、その内情をたっぷりと夫人に吹きこんだのは、ほとんどの顔ぶれと親交があったヘイウッド氏だったんですよ。それを思うと、わたしはどうしても氏が許せなくて」ロングハーストの目が暗くなる。「『悪い子ら』という本は、真実を面白半分にねじ曲げたしろものにすぎません。その中で悪役に仕立てあげられたのが、わたしの両親だったんです。スティーヴンは年長の少年の言うなりに動かされていただけだったと、裁判所もはっきりと認定してくれたのに。だからこそ、ふたりの刑期にはあれだけの差がついていたわけですよね。それなのに、スロスビー夫人の書きようは、まるで両親のせいでオールデン先生が死んだといわんばかりでした。世界を飛びまわるのに忙しすぎたとか。スティーヴンは親から放置されていて、それでいて甘やかされていたとか。スティーヴンはほしくもないのに生まれてきてしまった子どもだったので、非行に走っても、両親は見て見ぬふりをしていただとか。

　夫人の筆は、まだまだ止まりませんでした。章ごとに何を書くか、すべて最初から計画されていたんです。両親は村人たちと敵対していただとか。傲慢で自分勝手な人柄だったとか。近隣の住民にまったく敬意を払っていなかったとか。歩道のこと、村の祭りのこと……ごく些細な揉めごとをいかにも意味ありげに並べたて、こうしたことの積み重ねがオールデン先生の死につながったと、まるで論理的に検証されたかのように結論づけて。あの本は、誹謗中傷以外の何ものでもありません——けっして自分が名誉毀損で訴えられないよう、巧妙に言葉を選んではいますが。この本が出版されたとき、両親はまだいっしょに暮らしていました。ひょっとしたら、あのまま夫婦として難局を切り抜けることだってできていたかもしれない。そんな可能性を、ハリエット・スロスビーがぶち壊しにしたんです。夫婦の絆が失われてしまったことについては、スロスビー夫人に少なくとも責任の一端はあるでしょう。あの女性のせいで、わたしは母親と弟を失ったようなものなんです」

ロングハーストは両手を広げ、まだ完全に話が終わったわけではないことを示した。

「わたしはあの女性を憎んでいました。それは否定しません。憎しみなんて感情を、わたしはめったに抱くことはないんですがね。でも、あのハリエット・スロスビーという女性は、自分がやっていることを絶対に楽しんでいたんです。結局のところはただの悲劇的な事故、不幸な結末を招いた子どものいたずらを、金儲けの口実にすることがそんなに楽しかったのか？　真実をねじ曲げ——よく言えば、わかりやすい単純な構造にしてみせて——自分の本を売ることが？　そんなことをしておいて、よくもまあ、自分の良心と折りあって生きていけたものだと思いますよ。スロスビー夫人を殺した人間は、世の中のために善行を積んでくれたんだとさえ言ってしまいたいほどにね」

　初めて、ロングハーストの口もとに笑みが浮かんだ。温かみのかけらもない笑みが。

「あなたがたの目には、わたしが犯人に見えてしまうかもしれませんね。事件が起きた時間、わたしがどこにいたのかお聞きになりたいですか？　たしか、警察によると朝十時ごろだったそうですが」

「聞かせてもらえれば助かりますよ」と、ホーソーン。

「九時半に、ヴォードヴィル劇場に行きました。アフメトが置いてきた書類を、ちょっと調べなくてはならなかったので。楽屋のひとつを、アフメトが一時的に仕事部屋として使っているんです。ここに戻ってきたのは、ちょうど十時半少し前だったかな」

「ずいぶん長いこと劇場にいたんですね」

「そうでもありませんよ。せいぜい四十分くらいです。たぶん楽屋口番なら、わたしが帰るところを見ていたはずです」

「劇場に入るときと出るとき、記録帳に時間を記入しました？」

ロングハーストは記憶をたどった。「いや。書いていないと思います。ペンのインクが切れていたんですよ。でも、誰にでも訊いてもらってかまいません……こそこそと出入りしていたわけじゃないので」

「ありがとう、ミスター・ロングハースト。いや、実に率直なお話を聞かせてもらいました。こんなことを蒸しかえすはめになって、申しわけなかったですね」

どんなことであれ、ホーソーンが詫びを口にするなど、めったにお目にかかれる場面ではない。街路に戻るやいなや、わたしは尋ねずにいられなかった。「きみは、ロングハーストの話を信じるのか?」

細長く延びる庭園、クイーン・スクエア沿いの道を、わたしたちは歩いていた。太陽はいまだ輝き、花の咲きほこる木々が並んでいたが、その風景もわたしの心には響いてこない。ホーソーンはすでに考えに沈んでいた。「信じるって、具体的にはどの話のことだ?」

どうして、この男は素直な答えを返してこないのだろう?

「これまでずっと、短剣が盗まれたのはみなが酒を飲んだ後、夜の間のことだったと、わたしたちは想定していただろう。だが、ひょっとしたらマーティン・ロングハーストが、翌朝早くにあの短剣を盗んだ可能性もあるじゃないか」

「おれは何も想定しちゃいないがね」と、ホーソーン。

これは無視して、先を続ける。「一時間もあれば、リトル・ヴェニスまで往復できる。もしかしたら、ハリエット・スロスビーを殺し、そのまま事務所に戻ったのかもしれない」

「血まみれで?」

「コートを着て犯行におよんだかもしれないだろう!」

「だが、いったいどうして、あの男があんたに罪を着せようと思うんだ?」

「ほら、さっきの話を聞いていただろう。顧客のアフメトは、いまや破産しようとしている。ひょっとしたら、ロングハーストはわたしの脚本のせいだと思っているのかも」

「初日の翌朝、ロングハーストが劇場で短剣を盗んだってのは、たしかにありえないことじゃない。だが、そうなると三つの疑問が出てくる。そこに短剣があったと、なぜロングハーストは知っていたか。もしたまたま短剣を見つけただけなら、なぜそれがあんたのものだと知っていたか」

「それで、三つめの疑問は？」

「どうやって、ロングハーストはあんたの髪の毛を手に入れたか？」

たしかに、言われてみたらそのとおりだ。「あの男は、わたしの近くには来なかった」わたしは認めた。「髪の毛を手に入れられるはずはないな……理容室まで尾行されていたなら別だが、もう何週間も行っていないんだ！」

ホーソーンは足をとめた。目の前には、広い本通りとホルボーン駅がある。

「仮に、こう考えてみるとしよう――この殺人事件にあんたは関与してない、と。あんたは何ひとつ、この事件にかかわっちゃいない、とね」

「それはご親切に！」

「モクサム・ヒースという村で、ひとりの老人が死んだ。ふたりの子どもの手によって。ハリエット・スロスビーは、その事件を本にした」

「ハリエットの書いた内容を気に入らない人物がいたと、きみは考えているのか？」

「あの女の書くものを気に入る人物なんか、どこにもいないけどな。わざとみなの気にさわるように書いてたんだから。だが、人が死ぬと、その周囲にはさまざまな感情が渦巻くもんだ。

それに、このことも考えてみないと――いったいなぜ、あの本はハリエットの仕事机に置いてあったんだ?」

「『悪い子ら』か……」

「ひょっとしたら、ハリエットは何かおれたちに伝えようとしてたのかもな」

「まさか、これからモクサム・ヒースに行くつもりじゃないだろうな?」

「おいおい、相棒。カーラ・グランショーは、おれたちのすぐ後ろに迫ってるんだ。きょうが終わるころには、あんたを再留置するだけの材料が、カーラの手もとにそろっちまうんだからな」

一時間後、わたしたちは列車に揺られていた。

17　ハリエット・スロスビー著『悪い子ら』より抜粋

言うまでもなく、ふたりはまだ年端(としは)もいかない少年だった。二度の受勲歴があり、英国海兵隊員としてフォークランド紛争にも従軍した退役軍人、家庭を大切にし、生徒たちみなから慕われていた教師のフィリップ・オールデン少佐を、この少年たちが本気で殺すつもりがあったなどとは、誰も思うまい。大理石でできたキケロの胸像を、少佐の研究室のドアの上に載せながら、ふたりはきっとくすくす笑っていたことだろう。ああ、いたずらって楽しい! 被告人側の弁護人は、十一歳の子どもが〝頭蓋骨骨折〟などという言葉を知っていたとは考えにくいと強調したものの、このふたりの被告人は、おそらく家で『緊急治療室（カジュアルティ）』や『ピーク診療所（プラクティス）』といった医療ドラマをさんざん楽しんでいたはずだ。

　美しいノルマン様式の聖スウィズン教会の墓地に、フィリップ・オールデンが埋葬された春のうららかな午後——四月十九日に亡くなってから二週間後のことだった——牧師は参列者に赦しと理解を説いた。そう、わたしもまた、どうにか理解しようとしているのだ。本書の目的は、まさにそこにある……意味なく生命が失われたことの意味を、あらためて見つめなおすことに。だが、そのこぢんまりとした墓地に詰めかけた参列者たち、はるかアーブロースやポート・スタンレーといった遠隔地から駆けつけた弔問客たちと同じく、わたしはどうしても赦せずにいた。わたしの隣に立つ残された寡婦（かふ）、ローズマリー・オールデンは、どれほど拭（ぬぐ）おうと止まることのない悲しみの涙に暮れていたのだ。このエメラルド色の草地を無惨に掘りかえした長方形の穴の周りに、どうしてわたしたちが集まることになってしまったのか、その背景をふりかえってみたい。

　トレヴァーとアナベル・ロングハースト夫妻は、葬儀に花を贈った。実際に手配したのは個人秘書だったとしても。ほかの誰が贈ったよりも巨大なものをと注文された花輪は、教会の入口で威圧するように周囲を睥睨（へいげい）している——白い蘭と百合を黒いリボンでまとめ、けっしてまちがえられることのないよう、送り主の名をラベルにでかでかと記した二百ポンドの品だ。ロングハースト夫妻は、葬儀に姿を見せることはなかった。慎みからか、それとも恥ずかしさからだろうか？　これは、誰もが抱く疑問だろう。おそらくはその両方だと、まるで葬儀の鐘の音のように、答えはあたりに響きわたった。

トレヴァーとアナベルは、もともとこの村であまり好かれてはいなかった。いまや、息子が住民のひとりの生命を奪ってしまったのだから、さらに嫌われても不思議はない。新しく設置したお洒落なプールが通行人に見えてしまうからと、何百年も前から村の人々が使ってきた歩道を動かせと、この夫妻が躍起になって主張していた件については、すでに述べた。これまでずっと、モクサム草地の美しい芝生の上で開催されてきた村の祭りが、夫妻によって本来の場所から追い出され、ウェイトローズ駐車場で行わざるをえなくなってしまった経緯についても。これまで見てきたとおり、夫妻はこの村にやってきたその日から、辛抱づよい村の住民たちをわざわざ敵に回すようなやりかたを、まるで意図的に選んできたかのようだ。

そう、たしかにこの花輪も、詫びの言葉を形にしたつもりだったのかもしれない。ほかの花輪に、〝兄弟〟や〝軍人〟、〝さようなら〟といった言葉が花で編みこまれていたように。だが、この老いた軍人が生涯最後の行進に送り出されていたころ、その裏では重大な計略が進行しつつあった。ロングハースト夫妻が巨額の費用を投じ、このうえなく厳しい争いを最後まで戦いぬくべく、ロンドンでもっとも雄弁で容赦のない弁護士を集めた弁護団を結成していたのだ。夫妻の息子に責任の一端があるとされる教師の死について、それはあくまで不幸な事故であり、息子が罰を受けるべきではないというのが、その弁護方針だった。

この事件を担当したひとり、《ブラックウッド・チェンバーズ》に所属する下級法廷弁護士に、わたしは話を聞くことができた。秘密を厳守し、まったくの匿名とする約束でその弁護士が語ってくれたところによると、これは依頼者と合意の上で進めた戦略だったのだという。

「とにかく、ふたりの少年を引き離す必要があったんです。ふたりのうち、ウェイン・ハワードのほうが年長でしたが、この子はモクサム・ヒースの住民ではなく、近くのシェルドン・エステート、つまりチッペナムの郊外に住んでいました。父親には薬物犯罪の逮捕歴がありましてね。体格もスティーヴンより大柄で、思春期に足を踏み入れかけている、というところでした。もともと、この子はまだ十一歳ながら、目的のためなら手段を選ばないところがあったということです。出会った日から、スティーヴンはもうウェインの言いなりだったようですよ。われわれ弁護団の役割は、裁判官にその事実を認めさせ、年長の少年がそれより幼い少年の心を思うままに操っていたと証明することでした。単純にまとめてしまえば、スティーヴン・ロングハーストこそは疑う余地のない被害者だったのだと、そういう方針を打ち出すことにしたんです」

　スティーヴンが小柄だったこと、まだ声変わりを迎えていなかったこと、いかにも無垢（むく）な蒼い瞳の持ち主だったことも、この弁護方針には好材料となった。裁判が始まったとき、（ビデオリンクにより証言した）スティーヴンが着ていたのは、《レッド・ボタン》で特別に作らせた服だったが、確証こそないものの、これはもともと七歳児のためにデザインされたものだったという声もある。このとき、スティーヴンはお気に入りの本、『ライオンと魔女』を小脇に抱えていた。これは、少年をより幼く無垢に見せようという演出だろう。

ここまで述べてきたとおり、これは真実のほんの一面にすぎない。モクサム・ヒース小学校の運営を手助けし、このふたりの少年を知っていたローズマリー・オールデンには、いささか異なる記憶がいくつもある。また、スティーヴンの養育係であり、この少年の世話を任されていたときに負った傷痕がいまだに身体に残っているリサ・カーの証言もある。村の家庭菜園で起きた事件で、初めてこのふたりの少年と出会ったブラウンロウ巡査の証言も残っている。これらをすべて総合すると、何が見えてくるだろうか？　単純なことだ。スティーヴン・ロングハーストは甘やかされたわがままな少年であり、尊大で、使用人には横柄、動物に対しては残酷だった。よく言って、無邪気すぎて道を踏み外すのも時間の問題だった、くらいがせいぜいのところだろうか。ウェイン・ハワードとうっかり出会わなかったとしても、きっと同じような相手に出会い、同じことになっていたはずだ。では、いったいこれは誰の責任なのか？

ここで前に進み出るべきは、トレヴァーとアナベル・ロングハーストだ。

夫妻はこれまでずっと、次男は単なる付け足しであり、ほしくもなかった子どもであることを隠そうともしてこなかった――それを聞かされて、いったいスティーヴンはどう思っただろうか？　たしかに、目に見えるものなら――四輪バギーも、コンピュータ・ゲームも、九歳になる前に自分の馬も――充分すぎるほど与えてきたが、夫妻はけっして息子のそばにいようとはしなかった。自分たちの投資計画や《レッド・ボタン》米国進出の準備、話題になりそうな慈善イベントの企画で忙しかったからだ。自宅こそウィルトシャーに置いていたものの、心はいつもロンドンやニューヨークへ飛んでいた。十歳だった少年と、十代後半の自己中心的な兄との間には、何の絆も結ばれてはいない。兄はそれまでの五年間を超一流のパブリック・スクールで学び、当時は〝慈善事業〟に参加するため、アフリカ旅行に出ようとしていた。マーティン・ロングハーストは、わざわざ〝ギャップ・イヤー〟をとる必要があったのだろうか。弟との間の溝は、これ以上ないほど深かったというのに。

心の支えもなくたったひとり、愛してくれる家族ではなく、金で雇われた使用人に囲まれたスティーヴン・ロングハーストは、ウェイン・ハワードのような少年にとって、またとない標的だったにちがいない。まさに、オリバー・ツイストとアートフル・ドジャーの出会いというべきだろうか……いや、この場合、まさに文字どおり犯罪まみれの人生を送るべく生まれついた若きならずものが、老舗百貨店《ジョン・ルイス》から盗んできた乳母車でまどろんでいたようなものだ。モクサム館に初めて足を踏み入れた瞬間、ウェインはきっと、すばらしい金鉱を掘り当てたと小躍りしたにちがいない。

ふたりの少年は、ともに破壊と非行を好む気性を持っていた。出会ったときから、まっすぐに災厄へつながる道を歩きはじめてしまったのだ。そのすぐ先には、避けられたはずの暴力的な死が待っていた。

これらの事実を踏まえてもなお、わたしは心のどこかでウェイン・ハワードを哀れに思わずにはいられない。たしかに粗暴な少年で、スティーヴンに悪い影響を与えたのかもしれないが、それでもこのとき、ウェインはまだ十一歳だった。生まれ育ったのは、荒れた公営住宅だ。こうした人生に、いったいどんな希望があったというのだろう？　父親は、A級薬物を売買した容疑で有罪を宣告されている。　母親は、安もののウオツカとタバコのために児童手当を使いはたしていた。シェルドン・エステートのハワード家を訪れたソーシャルワーカーは――言うまでもなく、遅すぎる訪問ではあったが――その見るに堪えない惨状を報告している。わたしがあえてウェインのために声をあげるのは、ひとつだけたしかなことがあるからだ。ほかには誰ひとり、あの少年を守ろうとはしなかった。

トレヴァーとアナベル・ロングハースト、そして、その下に集結したおそろしく敏腕な弁護団は、最初から何の躊躇もなく、自分たちの息子を助けるためなら喜んでウェインを飢えたオオカミの群れに投げあたえようと考えていた。ああ、なんと皮肉なことか！　〝新しい労働党〟の価値観を信奉し、教育機会の平等を声高（こわだか）に訴えてきた社会主義者たちが、自分の息子が手にした特権の一割にも恵まれなかった労働者階級の少年に、すべての罪を背負わせようとして恥じないとは。これは、必ずしもわたしの見解というわけではない。ただ、フィリップ・オールデン少佐の葬儀が終わり、法廷審問の初日が近づくにつれ、こうした声がそこここで聞かれるようになってきたことは記しておきたい。

18　モクサム館

ホーソーンにならって、わたしもＫｉｎｄｌｅでハリエットの本をダウンロードし、チッペナムへ向かう列車の中でざっと目を通した。このハリエットの書きぶりを、いったいどう評価すべきだろうか？　甘ったるい感傷と強烈な悪意をごたまぜにしたしろもので、まさにＫｉｎｄｌｅがつけた無料という値段にぴったり見あっているというほかはない。マーティン・ロングハーストの意見には、わたしも同意するしかなさそうだ。こんなささやかな事件、英国の小さな村で起きた悲劇をひねくりまわし、安っぽいロマンス小説の教訓めいた話にまとめようとするなんて、どうにも胸が悪くなる。だが、これを読んでいるうちに、ハリエットが『マインドゲーム』について書いた劇評に、それほど腹が立たなくなってきたのも事実だ。劇場で上演された芝居を酷評するのはともかく、この『悪い子ら』で同じようにこきおろされているのは、現実に存在する人々ではないか。どれほどハリエットが不愉快な人間だったか、作中の文章ひとつひとつから、わたしはあらためて確認しなおしていた。こんな女性にどう思われようと、気に病む必要がどこにある？　実に興味ぶかい逆説ではあるが、劇評家が人格者であればあるほど、その意見は痛烈に胸に突き刺さるのだ。

事件記者だというのに、事実をごちゃ混ぜにするハリエットの手腕は相当なもので、書き手が誰に共感しているのかさえ、定かには読みとれない――まあ、どうやら関係者全員に対して批判的な目を向けているらしいことはたしかだが。スティーヴンは年長のウェインにそそのかされ、悪の道に踏みこんでしまった。愛情のない両親に見捨てられた、可哀相な子。だが、それでも『小公子』の主人公セドリックのように、すべてを得て当然の、裕福な少年でもある。ウェイン・ハワードはスティーヴンによくない影響をもたらした最悪の敵だ。すべての事件は、この年長の少年の扇動により起きたのだから。だが、ウェインもまた被害者であり……育ちや家庭環境により、ひどい傷を負ってしまっている。オールデン少佐は愛国者、戦争の英雄だったのはたしかだが、同時に頭の固い小言屋でもあり、現代の小学校で教鞭を執らせるべきではなかった。その妻のローズマリー・オールデンは、あれこれと子どもたちの世話を焼く過保護な母親だったが、厳格な父親から子どもたちを守ったことは一度もなかった——えんえんと、こんな調子で話が続く。

ホーソーンも自分のiPadを持参してきてはいたが、列車の中でハリエットの本を読もうとはしなかった。こんな本から役に立つ情報は何も見つからないと、すでに見切ってしまっているのかもしれない。だとしたら、ここでひとつだけでもホーソーンに先んじることができたのは嬉しいが、こうして画面に指を走らせ、退屈なページをめくりながら話を追っていても、この『悪い子ら』が何か捜査の役に立つとはとうてい思えなかった。すべてのものごとを、ハリエットは好き勝手にゆがめてしまっている。ある意味で、独裁者のようなふるまいとでもいうのだろうか。かかわるもの一切合切を、ハリエットは自分の世界に作りかえてしまう——わたしの脚本も、アーサーとの結婚も、『聖女ジョウン』の舞台も、無理やり乗りこんできた初日のパーティも。あの女性の人となりというものを、わたしはようやく理解できたようだ。殺人者の正体だけは、いまだわからずにいるのだが。

いまはただ、このモクサムへの訪問が時間の無駄に終わってしまわないよう祈るばかりだ。法科学鑑定研究所では、いまもコンピュータの専門家たちが必死に復旧を急いでいるのだから。

わたしには、もうほとんど時間は残されていない。

このハリエット・スロスビー殺害事件は、何らかの形で『マインドゲーム』とかかわりがあるにちがいないと、わたしはずっと考えていた。結局のところ、凶器となった短剣はヴォードヴィル劇場で盗まれたものだし、誰かがわたしに罪を着せようとしているという事実はとうてい否定しようがない。ここが、わたしにとっては最大の謎だった。犯人がハリエット・スロスビーを憎んでいた理由、これは想像にかたくない。だが、このわたしは、いったいどこでどうやって、そんな恨みを買ってしまったのだろうか？　ここまでのところ、ホーソーンは捜査の見とおしをほとんど語っていなかった。たしかに、わたしの髪のDNA型検査結果へのアクセスこそ妨害してくれたかもしれないが、なぜわたしの髪が遺体に付着していたのか、その謎については沈黙したままだ。短剣に残っていたわたしの指紋についても、防犯カメラがとらえていた映像についても、日本の桜の花びらについても、何ひとつ考えを語ってくれてはいない。ひょっとしたら、ホーソーンはいまだにわたしを最有力容疑者と考えているのだろうか。

とはいえ、ロングハーストの事務所を出た後、ホーソーンが口にした言葉を思い出すと、たしかにそのとおりだとうなずかざるをえない。ハリエットが殺された理由が『マインドゲーム』を酷評したせいだとは、わたしにもとうてい思えなかった。モクサム・ヒースで起きた事件が理由だと考えるほうが、はるかに納得がいく。ひとりの男が死に、ふたりの少年が少年刑務所に入った。そして、ひとつの家族がばらばらになってしまったのだ。その一部始終を、ハリエットは本に書きつづった。それも、おそろしく辛辣（しんらつ）に。そろそろその報いを受けさせるべきときがきたと、誰かが考えたとしても不思議はない。

わたしたちはチッペナム駅からタクシーに乗り、環状道路から高速道路、そして田舎道をひた走った。運転手は最初のうち不機嫌な顔で、あまり遠くまで車を出したくなさそうだったが、きょうは一日ずっと貸切にさせてもらうとホーソーンが告げると、たちまち満面に笑みが広がる。これまでホーソーンの本を書いてきて、わたしにとっては稼いだ印税より払ったタクシー代のほうがまちがいなく多いが、今回ばかりは文句も言えない。パディントン駅では十一時の列車に乗りおくれ、次の便まで三十分も待たされたのだ。そのあげく、乗った列車は鈍行で、スラウ、レディング、スウィンドン、そのほか五、六ヵ所の聞いたこともない駅に停まるはめになった。列車に揺られながらハリエットの本に集中しようとしても、ともすれば脳裏にはグランショー警部の顔が浮かぶ。次の駅のプラットフォームに警部が待ちかまえているのではないかと、なかば覚悟していたほどだ。まるで、ヒッチコックの映画に出てくる逃亡者のように。

タクシーで田舎道を走り、新緑の萌(も)えるブナの並木道を抜けて、野の花のちらほらと咲く芝生の間を通りすぎる。緑に染まった陽光の中、宙に舞う埃(ほこり)がきらきらと光っていた。前方には石積みの塀が、まるでこちらにおいでと招いているかのように、彼方(かなた)へゆったりと曲線を描いている。春を迎えた英国の田舎の美しさを目にするたび、わたしはいつも驚嘆せずにはいられない。ウィルトシャーという土地には、とくにこちらを過去に引きこむような魔力がある。この瞬間、いまは二十一世紀だと教えてくれるものは、わたしたちが乗っている車のほか何ひとつ存在しなかった。

「ちょっと待った！」ホーソーンが運転手に声をかけ、夢想に浸りかけていたわたしを現実に引きもどす。「ここを右に曲がってくれ」

ほんの一瞬、わたしはぽかんとした。だが、ふと気がつくと、そこには色褪せたライオンの石像が守る開いた門があり、タクシーはちょうどその前を通りすぎようとしているところだった。木製の門札には〝モクサム館〟と記されている。もう、このすぐ先はモクサム・ヒースの村なのだ。この屋敷に、かつてトレヴァーとアナベル・ロングハースト夫妻が——仕事の合間に時おり——暮らしていたのか。そして、まさにそのころ、夫妻の十歳の息子が小学校の副校長を死亡させるという事件が起きたというわけだ。

運転手はホーソーンの声に反応するのが遅れ、門の前を数メートル通りすぎてしまった。口の中で何ごとかつぶやくと、車を後退させ、きれいに敷きつめられた砂利道に乗り入れる。その先には、道路から屋敷が見えないよう配置された、鬱蒼とした森。一分ほど走ると、ふいに視界が開け、そこはまるで小さな王国のような世界だった。モクサム館というのは、このあたりの領主が十九世紀に建てた広大な屋敷で、周囲には非の打ちどころのない縞模様の芝生が、低い金属の柵まで広がっている。反対側に目をやると、さまざまな色合いの緑の草地が何キロにもわたるいくつものなだらかな丘となり、はるか彼方まではてしなく連なっていた。ぐるりと車が旋回すると、そこにはとうてい現実とは思えない白い大理石の噴水があり——三つ叉の矛を手にしたネプチューンが、キューピッドやイルカの軍勢と戦っている——さらにバラ園、観賞用庭園、菜園、石庭が視界に飛びこんでくる。話に聞いた例のヘリポートも、たしかにそここにあった——薄紫の円形をしたアスファルトに、白いHの字が大きく記されて。最初は、なんと美しい屋敷だろうと思ったものだ。レンガと石灰岩が模様を描くように組みあわせられた外壁、ずらりと並ぶ左右対称の窓、灰色の瓦に煙突。だが、しだいに近づくにつれ、最近の建て増し部分が目につきはじめる——屋敷の本体と不釣り合いな温室、正面玄関に後付けした柱廊もどき、プールを覆う鋼鉄とガラスのドーム。モクサム館には、どこか魂のない抜け殻のようなところがあった。豪華な結婚式場として貸し出すにはもってこいの場所だろう。だが、わたしなら、けっして住みたいとは思わない。

タクシーが停まる。わたしたちは車を降りた。

「ここで何が見つかると思っているんだ、ホーソーン?」わたしは尋ねた。

「いや、たいして期待はしてないがね、相棒。だが、ここはハリエットが著書の幕開けの舞台とした場所だ。どうせ近くを通るなら、ひと目のぞいていくのもいいだろう」

「いまは誰も住んでいないようだが」

とはいえ、誰かが働いていることはたしかだった。やりすぎなほどにきちんと整えられている、芝生や花壇を見ればわかる。この屋敷は、いまも管理が行き届いていた——これだけの広大な敷地、数多くの部屋のある屋敷をくまなく世話するとなると、週に一度、使用人が通ってくるくらいでは追いつくまい。不法侵入者のような気分を味わいながら、わたしはいっしょに玄関へ向かい、ホーソーンが呼鈴(よびりん)を押すのを見まもった。何の音もしない。少なくとも、外にいるわたしたちには何も聞こえてこなかった。しばらく待つ。誰も出てこない。

「さあ、どうする?」そろそろ村へ急ぐべきではないかと思いながら、わたしは声をかけた。

その問いかけに答えるように、砂利を踏む足音が近づいてきて、屋敷の脇からひとりの男が姿を現した。見たところ、管理人か庭師のようだ。これで、上着にベスト、黄色のスカーフ、高そうなウェリントン・ブーツという恰好をしている。これで、小脇に散弾銃を抱え、ラブラドール・レトリーバーを連れていたら完璧だっただろうに。近づいてくるにつれ、厳しい気候にさらされながら季節を重ねた肌が見えてくる。六十代か、ひょっとしてもっと年長かもしれない。鼻梁(びりょう)は陽光に灼(や)けて赤らみ、首筋には寒さのせいで乾癬(かんせん)がひどく広がっている。くりかえし雨に打たれてきた頬はすっかり色が失せ、つねに風に吹き乱されてきた髪は、けっしてまとまることはあるまい。その顔を見ているだけで、ウィルトシャーの四季の移り変わりが目に見えるようだ。

「誰かを探してるのかね?」けっして親しみのこもった声ではない。

だが、ホーソーンは動じる様子もなかった。「おたくは?」

「わしはジョン・ランプリー。ゴリニシチェフ氏に雇われて、この屋敷と地所の管理をしてる」

「その人物が所有者なのか?」

「ああ。あんたらは私有地に侵入してるんだ」

「ゴリニシチェフ氏は在宅中?」

「残念ながら、その質問には答えられんな」

「どうも留守らしいな。まあ、それはどうでもいい。こちらはトレヴァー・ロングハーストの一家に興味があるんだが」

ランプリーは鼻を鳴らした。「あんたらは何なんだ？　観光客か？　それとも新聞記者かね？　だとしたら、来るのがちっと遅かったな。あれはもう何年も昔の話で、あの一家はもう、誰もこのあたりに残っちゃいない」

「わたしは刑事でね。ハリエット・スロスビーの死を捜査してる。この事件の記事は、新聞にも載ってたはずだがね」

初めて、ランプリーはいくらか興味をそそられたようだ。「ああ。誰かに刺されたとか書いてあったよ。あんた、身分証明書は？」

「そんなもの、必要か？」こういう相手にはどんな対応をすればいいか、ホーソーンは人を見さだめる目がある。この答えは、どうやらランプリーをおもしろがらせたらしい。

「まあ、いらんな」

「被害者と話したことは？」

「ハリエット・スロスビーと？　ああ、会ったことはある。会わなきゃよかったと思ったがね」

「だったら、話を聞かせてもらえると助かるんだが……もしも、いくらか時間を割いてもらえるんなら」

しばらくの間、ランプリーはじっとわたしたちを見さだめていたが、やがてゆっくりとうなずいた。「いいだろう。話しちゃいかん理由もないしな。よかったら、中に入るといい」そう告げると、どうやら最初から鍵がかかっていなかったらしい玄関の扉を開ける。

「じゃ、ゴリニシチェフ家の人々は、いまどこに?」ホーソーンが尋ねた。

「あの家族がここに滞在するのは、せいぜい年に三、四週間でね」と、ランプリー。「たいていは狩猟期だな……十月から十一月に。じゃ、あんたはハリエット・スロスビーがあの本のせいで殺されたと思ってるのかね?」

「ひとつの可能性ではあるな」

「まあ、だとしても驚かんよ。あの女の書いたことは、まるごとでたらめだったからな」

ランプリーはわたしたちを中に通した。玄関ホールは金縁(きんぶち)の鏡、当世風の鋼鉄とガラスのシャンデリア、ペルシャ絨毯(じゅうたん)で飾られていたが……どう見ても、もともと展示されていたショールームよろしく人間味がない。あまりに金をかけすぎ、あまりに完璧に作りこみすぎているからだろう。壁に飾られた絵は、題材が抽象的だというばかりではない。観るものに、何も伝わってこない絵ばかりだ。どの家具も、お互いにしっくりと調和してはいない。ランプリーが案内してくれた厨房は、どこかホーソーンの自宅のキッチンを思わせたが、広さは三倍はありそうだ。暖炉は備えつけられているものの、実際に火を焚いた形跡はない。何もかもがあまりに清潔すぎて、どうにも説明できない居心地の悪さがある。窓の向こうに芝生が見えなかったら、ロンドン中心部の高級住宅地にでもいるかのようだ。ここがどこだと言われても、きっと信じてしまうだろう。

「おたくもここに住んでるのか?」ホーソーンが尋ねた。もしかしたら、わたしと同じようなことを考えていたのかもしれない。

「わしは離れに部屋をもらっててね。あっちにも台所はあるんだが、あんたらをはるばる歩かせるのも気の毒だから」

「ロングハースト家にも仕えてたんだな」

ランプリーはうなずいた。「あのころ、わしはここの庭師のひとりだった。一家がここを出ていってからも、わしは残って地所の管理をしてたんだよ。三年間、ここは無人のままだった。その後、地元の家族がここを買ったんだが、やはり広すぎるってことになって、その家族も出ていっちまってね。次に来たのが、いまのロシア人家族だ。この一家は、屋敷にとことん手を入れてね……こうしたものを全部、中に運びこんだってわけさ。いや、まさに金に糸目をつけずにな！　直してみて気に入らなけりゃ、また元に戻す。階段も、浴室も、駐車場もね！　そのあげく、こんなふうになっちまった」これが、いまの屋敷に下したランプリーの評価なのだろう。何ひとつ、つけくわえるべき言葉はなかった。

「小学校教師のオールデン少佐が死亡したときも、おたくはここにいたんだね？」

またしても、ランプリーはゆっくりとうなずいた。「少佐とは知りあいだった。あの人のことは、村じゅうの人間が知ってたよ。なかなか変わった御仁でね。つるっ禿げに口ひげを生やして。いつだって、三つ揃いのスーツを着てた。亡くなるその日まで、ずっと地元の猟人会を熱心に支えてたもんだ。けっしてそんな嫌なやつじゃなかったよ、そりゃ、子どもらの中にゃ嫌ってるやつもいたかもしれんが」

「ハリエット・スロスビーの書いたことはまるごとでたらめだったと、おたくはさっき言ってたな。どういう意味だったのか、ぜひ聞きたいね」

「あんたは例の本を読んだのか？」

「いくらかは」

「あの女はブリストルから来た。この村に友人がいてね――フランク・ヘイウッドという男で――そいつが、わしにあのスロスビーって女を紹介したんだ。ここで、わしは失敗した。つまり、知りあいの紹介なんだから、信用してもかまうまいと思っちまったんだよ。あの女と話したのは、まさにこの厨房だった……あのときから、部屋の様子はまったく変わっちまったがな。あの女をここに通したとき、もう玄関ホールはがらんとしてた。ロングハースト家が出ていった後のことでね。とにかく、あれはわしの痛恨の失敗だったよ。あんなふうに話の都合のいい部分だけ利用され、残りはねじ曲げられるなんてな。おそらく、ここに話を聞きにくるずっと前から、すでに何を書くかは決めてたんだろう」

「それで、おたくはどんな話を？」

「ロングハースト家のこと。あのぼうずたちのこと。スティーヴン・ロングハーストのことなら、わしは当然よく知ってたし、もうひとりのウェイン・ハワードも、しょっちゅうここに入りびたってたんでね、かなりなじみがあったんだ。あとは学校のこと。村のこと。二時間ほどしゃべったんだが、あの女は何から何までちっこいノートにメモしていったよ。あれも、これも、何ひとつ逃さず。そういや、あんたはメモをとらんのかね？」

「メモは必要ないたちなんでね、ミスター・ランプリー。それで、いったい何をねじ曲げられたんだ？」

「何もかもさ！」ランプリーは鼻を鳴らすと、その鼻を指でひねった。「まず第一に、トレヴァーとアナベルはそんなに性悪な連中じゃなかった。そりゃ、よそから来た新参者は、モクサムみたいな土地じゃ揉めごとを起こしやすい。こういう土地では何が始末に負えないか、あんたは知ってるかね？　引退した銀行家やら弁護士やらがうようよいて、みんながみんな暇を持てあましてるってところだ。かつてはお偉いさんだったが、いまはもう何もすることがなくなった連中が、何でもかんでも大騒ぎして大問題にしちまう。あの本に書きつらねてあった揉めごとの数々を、あんたも読んだだろう？　あの書きっぷりじゃ、いまにも第三次世界大戦が始まりそうな気配だった。だが、実際にはそんなたいしたことじゃなかったんだ。

ほら、たとえば村の祭りの件だ。引っ越してきたほんの二、三ヵ月後に、自分の庭の正面にある芝生で祭りを開くのはやめてほしいとロングハーストの旦那が考えたって、そりゃ当然の権利ってものだろう。じっくり腰を据えて話しあいさえすりゃ、旦那だってきっとわかってくれたさ。それから、例の歩道の件も！　あそこを歩くと、この屋敷のプールがまる見えになっちまうんだが、ロングハーストの奥さんは毎朝まっ裸で泳ぐのが好きでね。奥さんとしちゃ、そりゃ歩道を動かしてほしいと思うのも無理はない——といっても、ほんの二、三メートルずらしてほしいと要望を出しただけなんだ。別に、地図を書き換えるような大工事をさせようとしたわけじゃない！　あの夫婦に落ち度があったとすりゃ、いささかせっかちにことを進めすぎたことだろうが、まあ、あのふたりはロンドンっ子だからな。ロンドンじゃ、何でもかんでも倍の速さでものごとが進む。田舎のやりかたになじみたかったら、とにかくゆっくり進めることだ。

村人たちについちゃ、あの本を読むと、みんながたいまつやら熊手やらを掲げて屋敷をとりかこみ、何もかも焼きはらってやろうと息巻いてたように思えるだろう。だが、実際はまったくそんなじゃなかった。そりゃ、《架け橋亭》――ってのが村の酒場でね――とか、ゴルフ・クラブとかで、ときたま陰口をたたかれることはあったさ。ロングハースト夫妻は、けっしてこのあたりでいちばんの人気もの、ってわけじゃなかったからな。金は持ってる、ちっとばかし偉そうだ、となりゃ、おもしろくないと思う連中もいる。だが、わしはあのスロスビーって女に、こんなふうに言ってやったんだ。どんな村を選んだって、文句を言う連中はいる。みんな、誰かしらの悪口を言いたいもんなんだよ。だが、週末になりゃ、誰もがきれいに忘れちまう。みんな、そのときの気分で文句を並べてるだけなんだから」

「スティーヴン・ロングハーストのことを聞かせてくれ」

「ああ、あの本で、いちばん腹が立ったのがそこだ。どうして、あの女はわしの言うことをまともに聞こうとしなかった？　わしは一切合切まとめて話してやったんだ――あの子とウェインのことをな――だが、ただの無駄骨だったよ。あの女の本を見たときは、まさかあんなことを書いてるだなんて、とうてい信じられなかった。それなのに、巻末の謝辞のページにはわしの名が載ってるじゃないか、まるでわしがこんなでたらめな話をでっちあげたみたいにな。いっそ出版社に連絡して、わしの名前を消してもらいたいくらいだ。もうさっさと忘れてしまいなさいと、うちのかみさんには言われたが、とうてい忘れられるもんじゃない。あんな恥ずかしいことはなかったね」

ランプリーは大きく息をついた。

「あの女はわしの話を、まるっきりあべこべに書きやがった。あんたは本を全部は読んでないそうだから、何が書いてあったかはわしが教えてやろう。あの女によると、スティーヴンは無垢な幼い少年だったのに、ウェインの悪影響で堕落したそうだ。自分が何をしてるのか、スティーヴンはわかってなかった、とな。もちろん、だからってあの女がスティーヴン贔屓ってわけでもない。甘やかされてだめになった子だと、はっきり書いてあったよ。養育係のリサがスティーヴンに押しのけられて、鉄条網に突っこんじまったときのことも、あの女は詳細に書きつづってる——もっとも、あれこそはただの事故で、あの本に書かれてるようなことじゃなかったんだ。

だが、何よりでたらめだったのは、ウェインのほうがリーダー格だったって話だ。この屋敷を見ただけで、そんなはずはないってわかるだろう。だって、そうじゃないか！　ありとあらゆる特権を持ち、世界でいちばん恵まれた子どもが、チッペナムくんだりの公営団地へ遊びにいって、父親は刑務所の中、狭っ苦しい三部屋の家で、洗ってない皿とごみに囲まれて暮らしてる十一歳の子を、英雄みたいに崇めたてるって？　冗談じゃない！　どう考えたって逆だろう！　わしはその場にいて、すべて見てたんだ。ウェインはごく普通の子だった。この屋敷に遊びにきて、もう、死んで天国に行ったみたいな気分になってたよ。庭にはプールがある。サウナもある。ホームシアターもある。冷蔵庫には、食いものがふんだんに詰まってる。これまで、ウェインが見たこともないような暮らしだよ。馬も、犬もいて……

ウェインのほうこそ、スティーヴンを崇めてた。スティーヴンはたしかに一歳下だったが、自分が何をやってるかは、ちゃんとわかってたさ。わしは何も、スティーヴンが悪い子だったなんて言うつもりはない。ただ、あの子は退屈してて、両親がこんなところに自分を連れてきたことに怒ってた。生まれてからほとんどロンドンで暮らし、向こうに友だちもいたんだからな。こんなど田舎で、いったい何をしたらいい？　プールで泳ぐ、トランポリンで飛び跳ねるったって、限度ってものがある。わしの意見を言わせてもらえば――これは、あのスロスビーって女にも言ってやったんだが――あの子は両親と、この世界そのものに復讐したかったんだろうな。その絶好の機会を与えてくれたのが、年長のウェインだったってわけだ。スティーヴンはここに来て、すぐに人が変わったようになったよ。わしはこの目で見てたんだ。不法侵入、万引き、ちょっとした破壊行為。何をするか決めるのは、いつもスティーヴンのほうだった。ウェインもそれに賛成してたかもしれないが、いつだって後ろからついてく側だったんだ」

「動物に残酷だったとかいう話は？」わたしは尋ねた。本に書かれており、気になっていたからだ。

ランプリーはあっさりと、その告発を打ち消した。「あのふたりが四輪バイクで出かけて、羊にぶつかっちまったときのことだろう。あれは、ただの事故だよ！　あの女の書いたでためは、挙げていったら切りがないんだ。養育係のリサはシドニーじゃない、メルボルンの出身だしな。この屋敷が建てられたのは十九世紀だ。スティーヴンが乗ってた馬はアメリカン・クォーター・ホースで、名前はブレー(Bree)だったよ——ブリー(Brie)・チーズとちがって、eがふたつだ。スティーヴンが落馬したというのも嘘だ——落ちたのはウェインのほうでね！　そうだな、この話をすれば、あのふたりの関係が見えてくるよ。生まれてこのかた、ウェインは馬になんか乗ったことがなかったのに、スティーヴンが無理やりやらせてね——乗ったとたん、真っ逆さまに顔から落っこちたんだ。その暖炉のそばに坐りこみ、鼻血をだらだら流しながら、そこらの十一歳の子と同じように大声で泣きじゃくってたウェインの姿は、いまでも目に浮かんでくる。結局、その後すぐに入院させられるはめになってね！　あのときウェインが馬に乗ったのは、スティーヴンの前で恥をかきたくない、ただその一心だったんだよ。ふたりがあの馬鹿げたいたずらをオールデン少佐に仕掛けたときも、きっと同じだったんだろう。あの事件で主導権を握ってたのはウェインだと、ロングハースト夫妻はどうにか裁判官に信じこませ、おかげでスティーヴンの刑期はウェインの半分ですんだ。だが、ふたりの関係は、本当はそんなじゃなかったんだ」

「当時、おたくは警察にその話をしなかったのか？」

ランプリーはかぶりを振った。「わしは口を出すような立場じゃなかった。ただの庭師だしな。どっちにしろ、誰も訊きにはこなかったよ」

もう、話したいことはすべて話したのだろう。やがて、ふたたびランプリーが口を開いたとき、その目には、はるか昔の記憶を思いかえしているような輝きが宿っていた。

「あの子たちは、どっちも〝悪い子〟なんかじゃなかった。そりゃ、けっして完璧なわけじゃなかったが。とにかく、まだほんの子どもだったんだよ！　どちらも、お互いを必要としてた。庭じゅう追いかけっこをしたり、あの門のライオンのところで、坐りこんで何やら悪だくみをしたり、そんな姿をよく見かけたもんだ。この庭は、あの子たちの秘密の遊び場だった。わしは、自分のこの目で見てたんだからな。子どもならではの一途さで、ふたりはお互いが大好きだったんだよ。うちでこの話をしたら、かみさんがなんと言ってたと思うね？　あの子たちはそれぞれ自分の運命に負けそうになってて、そんなお互いを必死に助けようとしてたのよ、とさ。そう、まさにこんなふうに言ってたんだが、わしはかみさんの言うとおりだったと思う。ふたりとも、それぞれひとりぼっちで、誰からも見捨てられてた。だが、いっしょにいられるときだけは、ふたりとも幸せだったんだ。いまでも、あの子たちが笑ったり叫んだり、ただ子どもらしくすごしてたときの声が、この耳にまざまざと聞こえてくるよ。いや、以前はたしかに聞こえてたんだ。いまはもう聞こえない。ハリエット・スロスビーの本のおかげで、もう聞こえなくなっちまった。あの子たちを〝悪い子〟なんて決めつけて、実際はぜんぜんそんなじゃなかったのにな。あの女をわしが許せないのは、まさにそこなんだ。意地が悪いにもほどがある」

ランプリーはわたしたちを玄関まで見おくってくれた。待っていたタクシーに乗りこみ、私道を走り出す。角を曲がるところでふりかえると、魂のない虚ろで広大な屋敷を背景に、ジョン・ランプリーはいまだ立ちつくしたままだった。

19　長い影

モクサム・ヒースの中心部にたどりついたところで、ホーソーンはタクシーの運転手にここで待っているよう告げた。車を降り、その先は歩く。どちらも無言のままだった。ひょっとしたら、ホーソーンは村の雰囲気に浸り、新しい住環境に適応できなかったロングハースト一家の気持ちを想像しているのだろうか。あるいは、ジョン・ランプリーの話をいまだふりかえっているのかもしれない。わたしは、まさに後者だった。

こんなにも悲しい事件の舞台となった地にもかかわらず、モクサムは息を呑むほど美しい場所だった。ジグソーパズルの題材か、あるいはハリー・ポッターの映画に使われそうな景色。夏にはきっと観光客が押しよせるのだろうが、四月のこんな晴れた日――しかも、まだ平日だ――には、けっして観光客向けではなく生活をする場としての、この村の真の魅力が伝わってくるような気がした。わたしたちが車を降りたのは、まさにこの村の中央に位置する、石造りの眼鏡橋のたもとだ。その下には、いっぱしの川のふりをしているささやかなせせらぎが見える。両側に並ぶ家や店は、みなバース産の石灰岩で建てられていて、ほかの建材ではとうてい真似のできない温かい輝きを放っていた。壁を這うツタ、二連の窓、煙突、春の花が咲きみだれる石の壺鉢、昔ながらの街灯、戦争記念碑、石造りのかいば桶など、細かい部分のひとつひとっについ目が惹きよせられる。初めてこの村にやってきて、やはりこの泡立つせせらぎや、遠くにそびえる教会の尖塔(せんとう)を眺めたであろうロングハースト夫妻の姿が目に浮かぶようだ。この村に住もうと決心してしまったのも、さほど意外なことではないのかもしれない。環状道路とオフィス街が発達するチッペナムや、ロンドンへ向かう六車線の高速道路であるM四号線までほんの数キロしか離れていないとは、とうてい信じられなかった。

見わたすかぎり、店は三軒しかない。新聞販売店、精肉および生鮮食料品店の前を通りすぎると、三軒めの菓子と土産物の店《ジンジャー・ボックス》はいまだ営業中だった。ここが、スティーヴンとウェインが万引きの標的とした店か。たしかに、モクサム・ヒースの魅力にすっかり心を奪われてしまったわたしにも、ロンドン育ちの裕福な少年がここでの暮らしにどれほど退屈するかは、容易に想像がついた。いまこの通りを歩いているのは二、三人だが、どう見てもみな六十代以上の老人ばかりだ。道の向こう側を教区牧師が通りかかり、わたしたちに向かってにっこりする。教区牧師とは！　ひょっとして、わたしは『バーナビー警部』の世界にうっかり迷いこんでしまったのだろうか？

とはいえ、教会に向かって坂道を上っていくと、二十一世紀の現実が目の前にちらほらと現れはじめた。道路に駐車禁止の黄色い線が引かれ、それと同時に——逆説的に——駐車車両が増えてくる。まるで下手な歯科医が適当につけくわえた差し歯のように、不格好に突き出した今出来の家、そして小さな平屋。この村にも図書館があるのは嬉しかったが、残念ながら建物は一九六〇年代のみっともないコンクリート造りのしろものだった。ようやく教会にたどりつき、聖スウィズン教会の名を見たときには、ひょっとして、ここでオールデン少佐の墓参りをしていくのだろうかという思いが頭をよぎる。だが、われながら見当ちがいもはなはだしかった。わたしの知るかぎり、ホーソーンほど感傷に縁遠い人間はいない。ちらりと墓地のほうへ視線を向けることさえなく、ホーソーンはそのまま歩きつづける。

次の目的地は、道の反対側にあった。こちらもやはり古い建物で、ヴィクトリア様式の赤レンガ造り。平屋だが、片側にどうも不似合いなガラスの建て増し部分がくっついている。標識によると、ここがモクサム・ヒース小学校だという。教室の窓からは、墓地が見晴らせそうだ――人間の生命のはかない移ろいを、こんなにも端的に示す縮図もないだろうが、子どもたちにとっては知ったことじゃない、というところだろうか。学校の前の舗道には、すでに何人かの保護者が集まってきていた。腕時計に目をやると、三時五分前。おそらく、あと五分で下校時刻なのだろう。だとすると、訪問するにはちょうどいい時間だったようだ。授業の終わりを知らせるベルが鳴るまで、わたしたちもそこにたたずんで待つ。やがて学校の扉が開き、子どもたちがぞろぞろと外に出てきた。女の子たちは青と白のチェックのワンピース、男の子たちは青いポロシャツに半ズボンという恰好だ。それぞれバンドで結んだ教科書や、丸めた水彩画、段ボールを使ったさまざまな工作などを手に、待っていた親の腕の中に飛びこんでいく。あっという間に、校舎はがらんとした。そこへ、わたしたちが足を踏み入れる。

四、五十人の生徒を抱える学校としては、けっして広い校舎ではない。それでも、受付にはそれなりにゆったりした広さがあり、事務室とはガラスで仕切られていて、訪問者用の名簿と名札が用意されていた。実際に校内へ入るには、その先の、開けるとブザーの鳴る自在扉をくぐらなくてはならない。この訪問者名簿は、どこかヴォードヴィル劇場の楽屋口を思わせた。この学校で楽屋口番のキースの役割を担っているのは、青いスーツ姿のてきぱきとした女性だった。ホーソーンはわたしたちの名を告げ、校長先生にお目にかかりたいと伝える。女性はうさんくさげな顔をしたが、それでも電話をつないでくれた。

　小学校というのは、わたしの名が通行証となりうる唯一の場といっていい。一分も経たないうちに、活力にあふれた大柄な女性が受付に飛びこんできて、わたしたちを迎えてくれた。十歳だったころ、まさにこんな女性が校長先生だったらいいのにと願っていたのを思い出す。『マチルダは小さな大天才』に出てくるミス・トランチブルのような変人ぶりを感じさせないでもないが、いかにも温かい満面の笑みを浮かべ、老眼鏡を紐で首に掛けている中年女性だ。名前はヘレン・ウィンターズという。

「あなたが来ると知ったら、子どもたちはさぞ喜んだでしょうに」ホーソーンを無視して、校長はわたしに話しかけてきた。「あなたの本、図書館でも大人気なんですよ」

「残念ですが、きょうは作家としての訪問じゃないんです」わたしは答えた。

「きょうお邪魔したのは、フィリップ・オールデン先生が死亡した当時、この学校にいたかたがまだ残っていれば、ぜひお話を聞きたいと思いましてね」単刀直入に、ホーソーンが切り出す。

「あら……」校長は口ごもった。まさか、こんな話になるとは思ってもいなかったのだろう。

「すみません、当時の人間はもう、誰も残っていないんです。正直なところ、もう何年も昔に起きた事件ですし、みなが忘れようとしているんですよ。あんなことが学校で起きてしまったなんて、けっして嬉しい思い出じゃありませんからね」

「先生がたの中にも、ひとりも残ってないんですかね？　ひょっとして、スティーヴン・ロングハーストのことを憶えてるかもしれない人は？」

「ええ、ひとりも。うちの教職員はみな、かなり若い人間ばかりなんですよ。わたし自身、モクサムに来てまだ四年ですし」

「おたくがいま使ってるのは、オールデン少佐の研究室だった部屋ですか？」

「いいえ。あの部屋はいま、クールダウン室になっています」

「ちょっと、見せてもらえませんかね？」

「そんなところを見てどうするんですか、ミスター・ホーソーン。当時とは、何もかも変わってしまっているんですよ。家具もみな運び出して……本棚までね。壁も塗り替えましたし」

「それでも、まだドアが残ってる」

わたしたちと会わずにおけばよかったと、ウィンターズ校長が後悔しているのが伝わってくる。「いいですよ、見ていただいても。お役に立つとは思えませんが」

校長は先に立って自在扉を抜け、子どもたちの絵がずらりと貼り出された廊下を歩きはじめる。わたしは絵を褒めたり、子どもの本の話をしたり、どうにか校長の気持ちを和らげようと努めた。小さな机やビーズクッションが並ぶ、明るい図書室の前を通りすぎる。銘板によると、この図書室を開設したときには、児童文学作家のマイケル・モーパーゴを招いたのだという。

「本当に素敵なかたでしたよ」ウィンターズ校長の言葉には、かすかなとげがあった。言いたいことは、よくわかる。わたしとちがってこの児童文学桂冠詩人は、なかば忘れられていた副校長の死を捜査に訪れたりはしなかったのだから。「あなたも、お会いになったことあります?」

「ええ、何度も。わたしも大ファンなんですよ」

やがて、校長室に着く——細長い部屋で、机には書類がどっさり積みあがり、壁には教員免許状や賞状などが掲げられていた。その隣がクールダウン室。興奮しやすい気質の子どもが心をおちつけられるよう、最新の研究により工夫を凝らした空間となっている。何もかもが柔らかい——ソファも、絨毯も、ビーズクッションも、ぬいぐるみも、そして、わたしたちが見ている間もピンクから薄紫、緑へと色の変わる照明も。片側の壁には、水中の景色が一面に描かれ、いくつもの低いテーブルの上にはそれぞれ、管の中で色つきの液体がゆっくりと形を変えるラヴァ・ランプが置いてあった。明かりを点けると、音楽も流れはじめる——映画『戦火の馬』のテーマ曲だ。この学校では、どこを開いてもモーパーゴが飛び出してくるような気さえする。

「ここが、オールデン少佐の研究室でした」ウィンターズ校長は説明した。「わたしが着任したときもまだ研究室のままでしたが、もう何年も副校長は置いていないし、こんな用途に改装しようとわたしが決めたんです」

「この学校には、難しい子どもが多いんですかね?」ホーソーンが尋ねた。

「〝難しい子ども〟など存在しないと、わたしたちは考えています」その口調から察するに、またしてもホーソーンはウィンターズ校長の忍耐力を刺激してしまったらしい。「子どもたちはみな、ときとして心をおちつける必要があるんですよ。九歳や十歳といった年ごろの子にとって、現代社会はストレスが多すぎますからね。現代の子どもたちは、つねに大きな圧力に耐えながら生きているんです。この部屋は、誰でも使っていいことになっていますしね。わたし自身、ときどきここで時間をすごすことがあるんですよ」

ホーソーンは、すでに校長に背を向けていた。奇妙なほど背の高いドアの枠を、じっくりと調べる。この上にキケロの胸像を載せるのがどれだけたいへんなことか、自分の目で見さだめているのだろう。これについては、ホーソーンもわたしと同じ結論に達したはずだ。あの年ごろの少年が、たったひとりであんな高さまで胸像を運びあげるのは無理に決まっている。ふたりが協力しあったのはまちがいない。そして、胸像はかなりの高さから落ちたことになる。台座の角の当たりどころが悪ければ、オールデン少佐の頭蓋骨など、あっけなく砕けてしまったことだろう。

「もう、充分にご覧になりました?」ウィンターズ校長が尋ねた。

ホーソーンはうなずいた。「村には、まだオールデン少佐のことを憶えてる人が残ってるはずですね」

「どうしてそんなことに興味があるのか、わたしにはさっぱりわかりませんね、ミスター・ホーソーン」

「最初に説明しておくべきでしたね、ウィンターズ先生。二日前、ロンドンでひとりの女性が殺されました。ハリエット・スロスビーという名の劇評家がね。自宅で刺されたんですよ。わたしは、この事件がこちらの学校で起きたことと関係があると考えてましてね。もう、はるか昔のことなのはたしかだが、殺人事件ってのは長い影を落としがちなんですよ。そこに、少しでも光を当てたいと思ってるんです」

ここまで、ホーソーンがわざと挑発的な態度をとっていたのだとしたら、それは効果があったようだ。「わたし自身は、ハリエット・スロスビーとは会ったことはないんです」と、ウィンターズ校長。「でも、どういう人なのかは知っています。モクサム・ヒースについての本を書いたんですよね。内容は、ひどいことばかりだったとか」

「スロスビー夫人は、この学校には取材に来なかったんですかね?」

「いいえ。たしか、来たはずですよ。ただ、わたしがこちらに来るずっと前のことですからね。事件があったころ、わたしはバース・スパに住んでいたんです。この学校で何があったかを知ったのは、校長として着任してからでした。でも、さっきもお話ししたように、わたしはもう、そんな忌まわしい思い出を掘り起こさないようにしていたので」

「それでも、事件当時にこの学校にいた人間のうち、誰かはまだ村に残ってるはずでしょう」

ウィンターズ校長は考えこんだ。おそらく、ホーソーンに村人の名を教えることは避けたかったのだろうが、教えてしまいさえすれば、さっさと厄介払いできることもたしかだ。やがて、校長は心を決めた。「だったら、ローズマリー・オールデンに話を聞いてみたらどうでしょう」

「オールデン少佐の奥さんですね？」と、わたし。

「ええ。いまでも、まだこの村に住んでいるんですよ。フィリップ・オールデン少佐が副校長だったころ、官舎として暮らしていた家に、いまも住まわせてもらっているので」

「二十年間も？　それは、ずいぶん異例な処遇じゃないんですかね？」ホーソーンはすぐさまその点に食いついた。

「ほかに行くあてもなかったし、それに、いろいろ言われてはいますけど、ロングハースト夫妻がずいぶんと配慮してくださったんです。フィリップ・オールデンの名前で信託財産を設けて、そのグリーブ・コテージという家を買いとり、ローズマリーがずっとそこに住んでいられるようにね。けっこうなお金がかかったはずですけど、あんなことが起きてしまって、夫妻としてはせめてもの償(つぐな)いのつもりだったんじゃないかしら」

「それで、その家はどこに？」ホーソーンが尋ねる。

「グリーブ・コテージ？　《ジンジャー・ボックス》からちょっと坂を上ったところです。でも、ひとつだけ注意していただきたいの。ローズマリーはもうかなりの高齢で、身体の具合もあまりよくないんです。昨年、脳梗塞を起こしてからは、ほとんど出歩かなくなってしまって。話を聞かせてもらえることになっても、どうか穏やかに、優しく質問してあげてくださいね」

　ホーソーンがそんなことをお願いされているのを聞き、わたしは思わず遠い目になってしまったが、何も言わずにおいた。

ウィンターズ校長はどうしてもと言いはり、わたしたちを正面玄関まで送ってきてくれた。

「スティーヴン・ロングハーストと連絡をとったことはないんですかね？」歩きながら、ホーソーンが尋ねる。

「ええ。あのふたりの少年は、どちらもモクサム・ヒースには戻ってこなかったんです。噂では、ウェインは軍隊に入ったとか、スティーヴンは少年刑務所を出て米国に渡ったとか聞きましたけどね」ふいに、校長は言葉を切った。「でも、スティーヴンのお兄さんには会いました」

「マーティン・ロングハースト？」

「ええ」

「この学校を訪ねてきたんですか？」

「ずいぶん奇妙な話なんですけど。もう、二年ほど前のことです。自分のお子さんを、この学校に入れることを考えているとかで……」

それは、たしかに奇妙な話だ。マーティン・ロングハーストは三十代後半だから、小学校に入る子どもがいてもまったくおかしくはないが、モクサム・ヒースに移る予定があるなどという話は聞いていない。仕事の拠点は、ロンドン中心部にあるのに。それに、この村がきっかけとなって一家が完全に離散してしまったことを思うと、そんなにもつらい記憶と結びついた土地になど、絶対に住みたくはないはずだ。

「そのとき、おたくはマーティンが誰なのか気づいてました？」

「名前を聞いて、もちろんすぐに思いあたりました。すごく背の高いかたで。ずいぶん攻撃的でした。なんだか、わたし、いたたまれない感じで」そのとき、また図書室の前を通りかかり、校長はふと記憶がよみがえったらしい。「そういえば、あなたの話も出ましたよ」

校長の目は、わたしを見ていた。「おやおや――本当に？」

「ええ。なんだか不思議な偶然ですけど、そうしてみると、何かご縁があるのかもしれませんね」さらに記憶をたどる。「この図書室であなたの本を見かけて、この本は子どものころ大好きだったと、わたしに話してくれました」

「それは嬉しいですね」

「どうかしら。こんなこと、あなたにお話ししていいかどうかわからないけど、マーティンはね、十四歳のときあなたにファンレターを送ったのに、お返事をもらえなかったんですって。あれはひどく傷ついたと言っていましたよ」

こんな話も、わたしは聞かされていなかった。

「ファンレターには、すべて返事を書いているんですがね」

「そうね、じゃ、きっとマーティンのお手紙は見落としてしまったんでしょう――もちろん、あなたがわざと無視したなんて思っていませんよ。でも、おもしろいものよね、こんなにちょっとしたことでも、人によっては大事件だったりするんだから」図書室の前を通りすぎ、やがて正面入口に出る。「グリーブ・コテージですからね」ウィンターズ校長は念を押した。

「助かりましたよ」ホーソーンは礼を述べ、そしてつけくわえた。「いや、実にいい学校ですね」

校長はにっこりした。「そうあろうと、いつも努力しているんです」

わたしたちはまた、坂を下りはじめた。

20 過去の罪

「オールデン夫人はお会いになりません！」

呼鈴(よびりん)に応え、グリーブ・コテージの玄関に出てきたのは、背の低い喧嘩腰の女性だった。訛(なま)りから判断して、東欧の出身だろうか。浅黒い肌にひっつめた髪、こちらをにらみつける目。ゆったりとしたチュニックを着て、胸に小さな時計をぶらさげている姿は看護師を思わせたが、実は民間の訪問介護員なのだという。ホーソーンは自己紹介し、訪問の目的を伝えたが、女性はいっこうに意に介さなかった。

「夫人は、いまはお休みになってるんです」

「さほど時間はとらせない。重要な用件なんだ。亡くなったご主人、フィリップ・オールデン少佐のことでね」

「ご主人のことなんて、夫人はお話ししたくありませんから」

グリーブ・コテージというのは、村の目抜き通りから脇に入ってすぐのところに三軒が寄りそうように建っている、かつて救貧院だった住宅の一軒だった。まるで舞台装置のように、何もかもが通常の半分ほどの大きさのこぢんまりとした家。傾斜屋根はがたつき、壁はゆがんでひび割れている。これをさらに縮小したら、ウィルトシャーによくある田舎家の完璧な模型として、観光客の土産に売り出せそうだ。

この家にぴったりのオーク材のドアを、いまにも鼻先で閉められそうになった瞬間、女性の背後で何かが動いた。ローズマリー・オールデン本人が、杖をついて姿を現したのだ。「どなたなの、タラ？」夫人が尋ねた。

「オールデン少佐のことで、お話があるんですって」介護員の女性は答えた。

「どんなお話？」

ここで、本来ならホーソーンは自分で説明したかっただろうが、タラは断固としてその前に立ちはだかり、玄関に入れようとはしなかった。「訊きたいことがあるんですって」

「どんなことを？」

「いま、帰ってくださいとお伝えしたんです」

「あら、だめよ。入っていただきなさい」

タラはためらった。言いつけに逆らってでも追いかえしたいという顔だが、老婦人の声には、どこか従わざるをえない響きがあったのだ。わたしもまた、それに気づいていた——きっぱりとした決断の響きに——わたしたちが誰なのかも知らないのだから、おかしな話ではあるが。しぶしぶ、タラが道を空ける。わたしたちは〝ようこそ〟と記されたドアマットがぎりぎり置ける程度の広さしかない廊下を通り、いささかこぢんまりしすぎている居間へ足を踏み入れた。

ローズマリー・オールデンは、すでに背もたれの高い椅子に腰をおろし、注意ぶかく杖をひじ掛けに立てかけているところだった。周囲には、ありとあらゆるものが雑然と置かれている。まるで、二、三軒ぶんの持ちものをすべて、この小さな空間に詰めこんだかのようだ。そこらじゅうに置物が飾られている――炉棚にも、窓辺にも、置物を並べるためにしか使われていないサイド・テーブルにも。そのほとんどは狩猟にかかわるもので、わたしはモクサム館の管理人ジョン・ランプリーがオールデン少佐を評した言葉を思い出していた――〝亡くなるその日まで、ずっと地元の猟人会を熱心に支えてたもんだ〟と。たしかに、この光景を見れば明らかだ。暖炉の上には、銀製の〝馬上の別れ〟の杯。明るい赤の上着を着た、陶製の狐。壁に留められた乗馬鞭。ビーグル犬の刺繍が入ったクッション。馬にまたがったフィリップ・オールデン少佐の写真も何枚かあったが、ほとんどは同好の士に囲まれている。

ローズマリーの人生――あるいは、その残り火――も、それらの中にちらほらと織りこまれていた。どうやら本が好きらしい――現代のペーパーバックではなく、おそらくは家族代々受け継がれてきたらしい革綴じのミニチュア本だ。小さな銀の箱やクリスタルの瓶、陶製の動物やガラスのバレリーナを集めているらしいのも見てとれる。夫人の椅子のかたわらにあるテーブルには、ヒヤシンスの鉢が置かれていた。こんなにも混みあった場所にはまったく向かない花で、暖まりすぎた室内の空気に、濃厚すぎる香りがねっとりと漂っている。

では、ローズマリー本人はどんな人物だろうか？　おそらくは七十代だろうが、十歳上と言われても驚きはない。年齢を重ねた身体はすっかり縮み、腕や肩はこわばって、筋張った首の瞼が浮きあがっている。体調はあまりよくないようだ。昨年患ったという脳梗塞のせいで顔の半分は麻痺してしまい、そちら側の眼球がまるでビー玉のように不気味に飛び出している。身につけているのは、足首までの丈の小綺麗な花柄のドレスにイヤリング、真珠のネックレス。髪はきれいに整えられ、念入りに化粧もしている。おそらく、タラがやってくれたのだろう。まるで、いまにも出かけるような恰好だ——お茶に、あるいはブリッジを楽しみに——だが、現実には、ローズマリーにそんな習慣はあるまい。ここが、この老婦人の世界のすべてなのだ。ここで、人生という幻を生きているのだろう。

「もう帰っていいのよ、タラ」

「だいじょうぶですか、オールデン夫人？」

「あたりまえじゃないの、いやね、自分の面倒は自分で見られますよ！」

「夕食はオーヴンに入れてありますからね」

「ええ、ええ、わかっていますとも。ありがとう、タラ」これは、感謝の表明ではなかった。帰りなさいという命令だ。

タラはいかにも不本意そうだったが、逆らったりしない分別はあった。椅子に掛けてあったキルトのジャケットを引っつかむと、そのまま玄関を出ていく。ドアが閉まる音がするまで、誰も口を開こうとはしなかった。やがて、オールデン夫人はこちらに向きなおり、飛び出した目でわたしたちをねめつけた。

「わたしはウイスキーをいただくわ」夫人はきっぱりと宣言した。「そこの隅にダルウィニーのボトルがあるの。五センチほどグラスに注いで、水で割っていただけるかしら」

そこにはさまざまなボトルがぎっしりと並ぶワゴンがあった。わたしは指定されたボトルを探し出し、ずっしりと重いタンブラーに注ぐと、水差しの水を足して、それを夫人のところへ運んだ。

「タラは、わたしがお酒を飲むのを嫌がるの。お酒は命取りになりますよと医者から言われているんだけれど、馬鹿馬鹿しいったらありゃしない。わたしはもう七十八歳で、この姿を見ればわかるでしょ！　わたしはもう、じわじわと死にはじめているのに。お酒を飲んだからって、何が変わるっていうの？」震える手でタンブラーを口もとへ運び、苦心しながら喉に流しこむ。

「フィリップの話がしたいんですって？」

「さしつかえなければ」

「でも、なぜ？　あなたは探偵だって、タラに話しているのを聞きましたよ。見たところ、あまり探偵らしくは見えないけれど。むしろ葬儀屋さんみたい。あなた、わたしを捜査しているの？」

いささか奇妙な質問ではあったが、ホーソーンはまったくたじろがなかった。「いや。われわれは、ロンドンで起きたある殺人事件の捜査をしてるんですがね。その事件は、どうやらこの村で起きた出来事とかかわりがあるようで」

「誰が殺されたの？」

「ハリエット・スロスビーって女性が」

「その人なら憶えています。ずいぶん前に、ここにも来たから。あの学校での事件について、本を書いた人よね。わたしは読んでいないけれど」

「どうやら、かなり嘘ばかりを書きつらねた本らしいですね」

「そりゃそうよ。あんな人、何も知っているわけがないんだから」オールデン夫人は微笑んだが、動いたのは唇の片側だけだった。「じゃ、そのためにあなたがたはここに来たの？　真実を知るために？」

「真実なら、わたしはもう知ってますがね、オールデン夫人、あなたと同じく。わたしはただ……」ちらりと馬上の少佐の写真を見やる。「……当事者の口から（フロム・ザ・ホースズ・マウス）、その真実を聞きたかっただけで」

夫人はまじまじとホーソーンを見つめた。少なくとも、片方の目だけは。もう片方は、どこか中空をにらみつづけている。「ずいぶん無礼なおっしゃりようね、ミスター……」言葉が途切れる。「お名前は何だったかしら？」

「ホーソーンです」

「ホーソーン！　わたしについて、あなたが何を知っているというの？　いま、初めてここに訪ねてきたばかりのくせに！」

ホーソーンは答えなかった。

オールデン夫人はタンブラーを傾け、ウイスキーを飲みほした。そして、それをわたしに差し出す。「おかわりをお願い」

「本気ですか?」

実際には、わたしはこんなことを口に出しはしなかったが、内心がそのまま顔に出てしまっていたのだろう、夫人はこちらをにらみつけた。「わたしのことを、どんな人間だと思っているの? 酔っぱらって、テーブルの上で踊り出すとでも? 何だったら、あなたも飲めばいいじゃないの。そのとりすました顔が、少しはましになるんじゃないかしら」

その口ぶりを聞いていると、かつてモクサム・ヒース小学校の廊下を見まわっていた、副校長夫人時代の姿が浮かびあがってくる。わたしの想像から、おそらくは寸分もちがってはいまい。「シャツの裾をズボンに入れなさい! もう少し、静かにしてもらえないかしら。ほら、廊下を走らないの!」わたしの進学準備校にも、まさにこんな寮母がいたものだ。生徒たちみなに、ひどく怖れられていたのを憶えている。

わたしはふたたびワゴンに歩みより、二杯めの水割りを作ったが、一杯めよりは酒の量を減らすよう気をつけた。必要な情報を聞き出す前に、夫人が酔っぱらって気を失いでもしたら、ホーソーンはおかんむりにちがいない。タンブラーを渡すと、夫人はまたしてもぐいとあおった。まだ午後四時だというのに、まったくたいした飲みっぷりだ——とはいえ、おそらく夫人は、いまさら時間などに重きを置いていないのだろう。この部屋に時計が置かれていないのも、それを思えばわざとなのかもしれない。

「あなたのことなんか、まったく怖くはないんですからね、ミスター・ホーソーン」ろれつが回らなくなる様子は見られないが、それでも、すでにその話しぶりにはアルコールの影響がうかがえた。抑制が解け、さらに本性がむき出しになる。「あのふたりの男の子のことなら、あれだけの罰を受けて当然でしょう。フィリップの研究室に忍びこみ、ドアの上にあの胸像を仕掛けたんだから。夫は部屋に入ろうとして、落ちてきた胸像に頭蓋骨を砕かれてしまったの。そのまま昏睡状態になり、翌日に息をひきとったのよ」昂ぶった気持ちを鎮めるのに、しばし時間をとる。「あんなくだらないものは片づけてしまいなさいって、わたしはいつも夫に言っていたのに。キケロになんか、フィリップは何の興味も持っていなかったのよ。ただ、子どもたちを感心させたかっただけで」

「ご主人はどんな人だったんですか、オールデン夫人？」

「けっしてあつかいやすい人じゃなかった」タンブラーの中でウイスキーを回しながら、夫人はそれを飲みほしてしまいたい誘惑と戦っていた。「軍を退役してからは、なかなか進むべき道が見つからなくてね。軍隊ならではの仲間意識みたいなものが恋しかったんでしょう。ウィルトシャーに戻ってきたがったのは、ここがフィリップの生まれ故郷だったから――育ったのはコーシャムだったの。夫の両親はそこに領主屋敷を持っていたんだけれど、わたしがフィリップと出会うはるか前に、一家は財産を失ってしまっていてね。ほら、すごく貧しいことを、教会のネズミみたいっていうでしょう――わたしたちも、本当にそんなふうだった。軍人恩給はあったけれど、それもたいした額じゃなくて。わたしたちには、住む家さえなかったの」

「だが、いまはこの家がある。家賃は無料だと聞きましたがね」

オールデン夫人は口ごもった。「ええ。学校には、ずいぶんよくしてもらっているから」

「ご主人は、どうして教師に？」

「夫は仕事を探していたし、わたしたちには住むところが必要だったでしょう。それで、わたしが提案したの。もしも寄宿学校の教師の職に就けたら、わたしたちも宿舎に住まわせてもらえるんだから、一石二鳥じゃない、って。それで、夫はこのあたりでいくつかの進学準備校に応募してみたんだけれど、どこにも採用されなかった。それで、教員養成課程を受講して、トロウブリッジの学校で――本当にひどい町だったけれどね！――二年ほど教えてから、モクサム・ヒース小学校におちついたの。最初は借家に住んでいたんだけれど、副校長に昇進したとき、グリーブ・コテージに入れてもらえてね。そのときから、ずっとここに住んでいるのよ」

「ご主人は、モクサム・ヒースが気に入ってたんですかね？」

「ええ、とっても。すぐにこの村になじんだの。それどころか、村でもかなりの有名人になってね。あの人、釣りが好きだったから」

「狩猟もね」責めているかのような口調で、ホーソーンがつけくわえる。

「そうね、この部屋を見たら一目瞭然でしょう。ええ、たしかにね。夫は狩猟が大好きだったの、実のところ、うちにそんなお金の余裕はなかったんだけれど。猟犬を従えて狩猟に出かける人はみなお金持ちばかりって思っているでしょうけれど、実はそういうわけでもないと聞いたら驚くかしら。フィリップはエイヴォン・ヴェイル猟人会に参加していてね。お金を払って馬を借りるときもあったけれど、そこの世話役に気に入られて、しょっちゅうその人の栗毛の馬を貸してもらえるようになったの。そこで大勢の友人ができて、みなにあれこれと面倒を見てもらってね。狩猟仲間って、みんな、本当に気前よく親切にしてくれるのよ……ちょっと、軍隊に似ているかしら」オールデン夫人は銀縁（ぎんぶち）の額に入った白黒写真を指さした。いささかピントがぼけてはいるが、馬に手を置いた少年が写っている。「これは十二歳のフィリップ。子どものころ、コーシャムで父親とよく狩りに出かけたんですって。そのころの思い出はたくさんあってね、話しはじめると止まらないのよ！」夫人はため息をついた。「霜の降りた朝、仲間たちといっしょに田舎道を馬で走るときほど、あの人が幸せだったことはないでしょうね。野原を全速力で駆け抜け、いつ首を折るかわからないのに、柵やら小川やらを飛びこえて。そのときだけは、本当に生き生きしていたの。それだけが、人生の楽しみだったのよ」

「なるほど、だとしたら、スティーヴン・ロングハーストのことが気に食わなかったのもうなずける」

ローズマリー・オールデンは凍りついた。「何の話なのか、さっぱりわからないけれど」

「スティーヴンの両親は労働党政権に肩入れしてたんですよ。狩猟禁止を訴えてた」

「でも、親の活動は子どものせいじゃないでしょう」

「ご主人のほうは、そうは考えてなかったかもしれない」

「フィリップは、たしかにあの両親を嫌っていたけれどね。村の嫌われものだったんだから！」つい、何も考えずに口走ってしまったのに気づき、夫人は自分を抑えた。「いまふりかえっても、本当に不愉快だった。新聞でも、テレビでもその話ばかりでね。村にもその手の活動家がいて、そのへんをバイクで走りまわっては、犬が臭跡を追えないようにしていたものよ。

いろいろなものを壊したり……落書きをされたり……馬の一頭がけがをしたこともあった。その中でも、ひときわ声高に狩猟禁止を訴えていたのが、われらが村の新しい住人、ロングハースト夫妻だったというわけ。自分たちからこの村に来ておきながら、わたしたちの暮らしを理解しようともしなかった。巣に忍びこんできた毒蛇のようなものだって、フィリップはよく言っていたわ」

「じゃ、この家も、おたくにとっちゃさほど住み心地はよくなさそうだ」と、ホーソーン。「家賃なしでここに住んでる件について、学校にはずいぶんよくしてもらってると、さっきおたくは言ってましたね。だが、実際に金を払ってるのはトレヴァーとアナベル・ロングハースト夫妻だってことくらい、おたくが知らないはずはないんだ」

「何のことなのか、わたしにはさっぱり」

「嘘はあまり上手じゃないようですね、オールデン夫人」

「よくもまあ、わたしに向かってそんなことを！」

「だったら、本当のことを話してもらえませんかね。ロングハースト夫妻はこの家を買い、おたくのために信託財産にした。当然、おたくも知ってますよね」

夫人はタンブラーの中身を飲みほした。「ほかに、どこにも行くあてがなかったのよ」

ホーソーンはしばらく時間をおき、夫人がおちつくのを待った。やがて、いくらか穏やかな口調で語りかける。「知ってることを何もかも話して、楽になったらどうです、オールデン夫人？　そのために、われわれを家に入れてくれたんじゃないんですかね？　二十年ものあいだ、おたくはここにひとり坐って、そのことをずっと考えつづけてた。ここが、過去に犯した罪の厄介なところだ。どれほど時が経っても、人はそこから自由にはなれないんですよ。おたくだって、ほら、死を口にし、誰かが自分を捜査しにくるんじゃないかと気を揉みながら、ずっとここに坐ってる」

オールデン夫人はタンブラーを突き出した。「おかわりを！」

「もう酒は充分だと思いますがね」ホーソーンが手を伸ばし、そのタンブラーをとりあげる。「わたしの推測を話しましょうか。まず最初に、まちがいを犯したのはオールデン少佐だったんじゃないですかね。例の、図書室の本の件ですよ……ページを破くやら何やら、ひどいいたずらをしたっていう。スティーヴン・ロングハーストは、そんなことをする子じゃなかった。それは、はっきりわかってる。本が好きな子でしたからね。もしも、スティーヴンとウェインがご主人をひどい目に遭わせてやろうと思ったんだとしたら、それはバース・スパへの旅行に連れてってもらえなかったからじゃない。自分たちがやってもいないことを、やったと決めつけられたからですよ」

「馬鹿なことを言わないでちょうだい。どうして、あなたにそんなことがわかるっていうの？　それに、そんなこと、もうはるか昔の些細な出来事でしょう」

「その些細な出来事が、ご主人の死を招いた。それを、おたくは否定するんですかね？」

「わたしは何も言ってないじゃない！」

「だったら、わたしが言いましょうか。実はほかにもうひとつ、わかってることがあるんでね。

ふたりの少年のうち、年上なのはウェインのほうで、しかも公営住宅で暮らしてた。だからこそ、ふたりが何か悪いことをしたら、そそのかしたのはウェインだと誰もが決めつけた。こいつが首謀者に決まってる、ってね。だが、事実はその逆だった。ウェインは何もそそのかしてなんかいなかったんです。首謀者は、スティーヴンだったんですよ」

「どうして、そんなことをわたしに話すの？　いまさら、どうだっていいでしょう？」

「どうしてかって、そりゃウェインは十年の刑期を食らい、スティーヴンは五年で済んだからですよ」ホーソーンは言葉を切り、夫人をじっと見つめた。やがて、身を乗り出して先を続ける。「おたくは裁判で証言したんですか、オールデン夫人？」

ローズマリー・オールデンは息を呑んだ。顔から血の気が引き、肌に塗られたファンデーションが、まるで貼りついた羊皮紙のようだ。沈黙の後、夫人は答えた。「ええ。証言したわ」

「それも、嘘の証言をね。ロングハースト夫妻の雇った弁護士が、おたくに頼みにきたんでしょう、ええ？　ウェインこそが問題児で、スティーヴンは自分が何をしているのか、まったくわかっていなかったと証言してほしい、ってね。その結果、おたくはここを手に入れた。この家を。これで、住むところを確保できたってわけだ。あっちの弁護団の主張を裏づけて、その報酬として、この家をもらった」

「やめて！」オールデン夫人はのけぞり、身体をこわばらせた。まるで、電気椅子で処刑されたかのように。「出ていってちょうだい！」その声は震え、喉に引っかかった。

「わたしが聞きたいことをすべて話してもらえれば、すぐにでも出ていきますよ」

「タラはもういませんよ。さっき、おたくが帰したんだから」

ホーソーンは容赦なく責めたてた。問いただす相手が七十代で病身だなどということを、まったく斟酌(しんしゃく)する様子はない。オールデン夫人がいまにも心臓発作、あるいは二度めの脳梗塞を起こすのではないかと、わたしのほうは気が気ではなかったのだが。そんなことになったら、カーラ・グランショー警部はさぞかし喜ぶことだろう。またしても死者が出たと――それも、わたしが部屋に入って五分後に。

「図書室の本にいたずらをしたのは、いったい誰だったんですかね？」ホーソーンは尋ねた。

「知りませんよ」

「だが、スティーヴンでもウェインでもなかったはずだ！」

「誰がやったかなんて、わたしが知るもんですか！」息を吸おうと必死にもがく。「フィリップだって知らなかったのに……」

これが、ようやく引き出せた告白となった。

「ふたりが犯人じゃなかったことは、フィリップも知っていたの」夫人は続けた。「わたしに、そううちあけたのよ！　真犯人を見つけ出せなかったから、あのふたりを見せしめにすることに決めた、とね」

「じゃ、そのほかのことはどうなんです？」

「何のことなのか、さっぱり……」

「弁護士のことですよ」

夫人はうなずいた。いまや、すぐにでもこの家からホーソーンに出ていってもらいたい一心なのだろう。「裁判の前に、弁護団のひとりがここを訪ねてきたの。髪を後ろに撫でつけた、気どった青年だった。名前は名乗らなかったけれどね。自分はロングハースト家の代理人ですが、もしもわれわれに協力していただけるなら、こちらも力になれるかもしれません、と申し出てきたのよ。それで、わたしは言われたとおりに証言した。スティーヴンはいい子で、自分が何をしているのかわかっていなかった、すべてはもうひとりの少年の影響だった、と。嘘をついたわけじゃないの。だって、これはわたしの嘘じゃないんですからね。あくまでも、あちらの弁護団の主張する真実に沿った証言をしただけよ」

「それを偽証罪というんですよ」

「何とでも呼んだらいいわ。でも、わたしに何ができたというの？　わたしは必死だったのよ。ここを出ていかなくてはならなくて。仕事もない、収入もない、どこかほかに行くあてもなかった。フィリップはお墓に入ってしまって、わたしのことなんか、誰も気にかけてくれていなかったのに」

健康なほうの目から、ひと筋の涙がこぼれ落ちる。

ホーソーンは立ちあがった。「さてと、これ以上お邪魔はしませんよ、オールデン夫人。本当のことを話すという、正しい行いをしてくれたんだから」

「わたし、グリーブ・コテージを出ていかなくてはならないの？」

「いや。ずっとここに住んでいられますよ。別に、そのために来たわけじゃないんでね」

玄関のほうへ行きかけたホーソーンを、オールデン夫人は呼びとめた。「ひとつ、わたしのお願いを聞いてくださらない、ミスター・ホーソーン？　もしも、あの男の子たちに会うことがあったら、わたしはまちがったことをした、本当に悪かったと思っているって、ふたりに伝えていただきたいの。あの子たちは、どちらも刑務所になんか行くべきじゃなかった。ただの悪ふざけだったのに。ね、わたしがどんなにすまないと思っているか、あの子たちに伝えてくださるかしら？」

ホーソーンは足をとめた。「さすがに、それはいまさら遅すぎるんじゃないですかね、いくら何でも」

そう告げると、部屋を出ていく。わたしは夫人に、いささか申しわけなさそうに肩をすくめてみせると、ホーソーンの後を追った。

21　《ジャイ・マハル》

これでロンドンにまっすぐ帰るのかと思ったら、ホーソーンはさらにもうひとつ、訪問の約束をとりつけてあるのだという。最初は事件記者として、やがて劇評家としてハリエットが記事を書いていたブリストルの《アーガス》紙で、そのころ編集主任の地位にあったエイドリアン・ウェルズ。いまもブリストルに住んでいるというその人物に、わたしたちは会いにいくことになった。それが終わったら、そこからロンドンへ帰る列車に乗ることになる。

わたしは不安がつのるのを感じていた——それは、けっして残された時間がみるみる尽きようとしているからではない。むしろ、ここまでは何もかもがめまぐるしい勢いで進行しつつある。わたしの舞台の初日が火曜。ハリエットが殺されたのが水曜。木曜にホーソーンが現れ、きょうはまだ金曜だ。すでに驚くべき事実が次々と明らかになってはいるものの、問題は、それがどう事件解決に役に立つのか、さっぱりわからないことだった。

スティーヴン・ロングハーストについての真実は、すでに明かされた。誰もがそう思いこみ、裁判官までもが確信していた認識とは裏腹に、スティーヴンはけっして見かけほど純真な少年ではなかったのだ。さらに、ローズマリー・オールデンがロンドンから来た匿名の弁護士に賄賂を持ちかけられ、裁判で偽証をした結果、法の正義がねじ曲げられてしまっていたこと。オールデン少佐が、個人的な恨みを生徒にぶつける横暴な教師だったということ。それに、マーティン・ロングハーストの奇妙な行動の謎もある。自分の子どもを通わせたいなどと嘘をつき、あの小学校を訪ねたのは何のためだったのだろう？

だが、これらのどれかひとつでも、実際にハリエット・スロスビーの死と何か関係があるのだろうか？　ハリエットが殺された理由は、モクサム・ヒースに行けば明らかになるかもしれないと、ホーソーンは示唆していた。だが、ジョン・ランプリーか、あるいはオールデン夫人がはるばるロンドンまで出かけていって復讐を遂げたのでもないかぎり（そんな可能性はまずあるまい）、モクサムまで足を運んだのはただの時間の無駄としか思えない。

エイドリアン・ウェルズはすでに退職しており、そのことを満天下に知らしめようとしているかのような恰好をしていた。型崩れしたカーディガンにスリッパ姿で椅子にかけ、でっぷりした腹の前で腕を組んでいる。長く伸びた銀色の髪はもつれ、ひげも剃っていない。クリフトンにある教会を改築したアパートメントで、ウェルズはひとり暮らしをしていた。背後の窓はステンドグラスのままで、この部屋の主によく似合っている。どうかすると、堕落した聖人に見えなくもない。

「もちろん、ハリエットのことは憶えているよ」ウェルズはうけあった。「おっかない女だったな。だが、記者としちゃいい腕だった。おもしろい記事のためなら、事実のほうに遠慮させるのもいとわない」自分の陳腐な冗談に、自分で笑い出す。

「それは、どういう意味で？」ホーソーンが尋ねた。

「別に、嘘を書くわけじゃない。ただ、真実をうまいこと飾りたてるんだよ。自分がこうだと思ったら、その見かたを記事に反映させる——世間とは逆でもおかまいなしだ。だから、もしも誰かに肩入れしたら、その人物に共感させるよう書く。たとえ、そいつがかみさんをぶつ切りにして、冷凍庫に詰めこんでいてもな……これは、実際ハリエットが書いた事件のひとつなんだが」

「犯罪者と親しくつきあうような取材手法が好きだった？」

「いい質問だ」またしても、ウェルズは声をあげて笑った。「ハリエットはそういう連中に取り入るのが得意だったよ——それを言うなら、犯罪者の妻や夫、近所の人間、被害者にもね！　そんなふうにして、あいつは次々と特ダネを掘り当てていった。ほかの記者ならけっして行きたがらないような場所にも、臆せず足を踏み入れて。そういや、ロバート・サーケルって男の話を、ひょっとして聞いたことはないかね？」

「ハリエットはその人物を題材にして、本を書いてましたね」

「そう、それだ。老人介護施設で、老婦人を五、六人、きれいに片づけちまった医者でね。その医者があやしいと噂が立ってから、逮捕されるまでに二、三ヵ月かかったんだが、その間にハリエットはうまいことサーケルと親しくなった。わたしが思うに、ハリエットは心のどこかに殺人者に惹かれる部分を持っていたんじゃないかな」

「殺人者を崇拝していた？」

「そこまでは言わんが、その種の人間に魅入られてしまっていたとは思うね」

「しかし、ハリエットはわたしに、犯罪者は退屈だと言っていましたよ」わたしは口をはさんだ。初日のパーティで、わたしたちが交わした数少ない会話のひとつだ。ほんの数日前には、グラスを手にしたハリエットがすぐそばに立っていたことを思うと、またしても奇妙な感慨が胸に広がる。

「結局のところ、ハリエットにとっては誰も彼も退屈だったのさ。友人も、同僚も、夫も……そして、このわたしもね！　あれだけ自分自身を高く買ってたら、それも当然の成り行きだろう」

「アーサー・スロスビーも、おたくの新聞社に勤めてたんでしたね」

「そのとおり。ふたりの結婚式には、わたしも出席したよ。そんな話が出たついでに言わせてもらうが、あの夫婦があそこまで長持ちするとは、正直に言って驚いたね。ハリエットって女は、とうていひとりの男に満足していられるたちじゃないと思っていたが。おそらく、アーサーは妻がふらふら遊びまわるのを黙認していたんだろう」

「ハリエットが浮気をしてたってことですか？」

「そんなに驚くことはないさ、ミスター・ホーソーン。あれで、当時はなかなか魅力的な女だったんだ。わたし自身、悪くないなと思っていたくらいでね！　なんというか、独特の魅力があったよ――エネルギーにあふれていて、野心たっぷりで。まあ、なんともいえんがね。ほしいものを手に入れるためなら、女であることを利用するのもためらわなかった。自分の進むべき道を、誰にも邪魔はさせないという勢いだったよ」

「フランク・ヘイウッドとも関係を持っていたんですかね？」

「だとしても驚かんね。だが、正直なところ、どっちとも言えんな。ふたりがかなり親しかったことはたしかだ。フランクに連れられてよく劇場に通っていたが、そのせいで、自分も劇評家になりたいなんて言い出してね。頭がどうかしたのかと、わたしは言ってやったよ。現実の人生で起きているドラマを追う機会をふいにして、どうしてステージの上でぴょんぴょん跳ねるろくでなしどもを観なきゃならん？　どちらにせよ、ハリエットは劇評家としてはあまりに頭が固く、自分の価値観にこだわりすぎだったよ。フランクが亡くなったとき、代役としてハリエットが書いた最初の劇評でとりあげたのは、レズビアンの恋愛ものの舞台だったんだが、それはもう、ひどいこきおろしようでね――舞台そのものの出来がどうこうじゃなく、題材が気に入らなかったんだ。あのまま事件記者をやっていたほうが、はるかにあいつに向いていたと思うんだが、まあ、わたしの言うことなど聞きゃしなかったからな」

「ハリエットをモクサム・ヒースに連れてったのが、そのフランク・ヘイウッドですね」

「例の教師が死んだ事件の？　ああ、そうだ。フランクの紹介だったよ。あの村に住んでいたんでね」

「あんな本を書いて、反発はなかったんですかね？」

「あったなんてもんじゃない！　ロングハースト夫妻とあっちの弁護団は、名誉毀損で訴えると息巻いていたよ。モクサム村の住宅協会からは、何通も手紙が来た。地元選出の下院議員まで乗り出してくる騒ぎでね。だが、ハリエットの思惑どおり、すべてはそのうち収まった。あいつの書いたものを読んで、けっして好きになれないという人間は多いだろう。嫌悪感さえ抱くかもしれない。だが、あいつはそこまで計算して書いているんだ。その計算は、いつだって正しいんだよ」

「《アーガス》紙で劇評を書いていた期間は？」

「一年半もなかったな。出ていくのを待ちきれない、という様子だったが、もともとハリエットはうちの新聞社の仕事も、もっといい職を得るための踏み台としか思っていなかったんじゃないかと、わたしは思っているよ。さっきも言ったが――自分が何を手に入れたいか、あいつにはよくわかっていた。劇評なんぞあいつにまかせたくはなかったが、ほかにどうしようもなかったんだ。フランクが亡くなって一週間後――そういや、フランクの追悼記事を書いたのもハリエットだったな――あいつはわたしの執務室に乗りこんできて、最後通牒をつきつけたんだよ。わたしに劇評を書かせるか、それとも辞表を受けとるか、どちらかを選べとね」

「フランク・ヘイウッドはどんなふうに亡くなったのか、聞かせてもらえませんかね?」外は、もうかなり暗くなっていた。ステンドグラスの窓もゆっくりと闇に沈みつつあり、聖母マリアと周りを囲む天使たちの姿も、しだいに影に呑みこまれていく。エイドリアン・ウェルズは手を伸ばし、《アングルポイズ》のアーム式ランプを点けた。

「そんなことを訊かれるとは、実におもしろいな。ちょうど今週、その話をしていたところだったんだ。ひょっとして、警察に情報を流したほうがいいんじゃないか、なんて話にまでなってね」

「それは……カーラ・グランショー警部に?」

「誰だって? そんな人間は知らんね。ただ、ちょっと思いついただけなんだが……」

「どんなことです?」自分がぴりぴりしているのを、ウェルズに悟られてはならない。

「きみらも知っていることと思うが、フランク・ヘイウッドは食中毒で亡くなったんだ。まあ、厳密にいうと、直接の死因は心不全だったんだが。もともと煙突も顔負けの愛煙家で、最後に運動したのもいつだったか、というようなありさまだったから、健康状態も推して知るべしというところでね。誰も驚きはしなかったよ。そのうえ、食事をしたのが悪名高いインド料理店でね。セント・ニコラス・マーケットの近くにある、《ジャイ・マハル》という店なんだがね。それなりの人気店で、ブリストルの学生連中はみんな愛用しているが、これまで安全衛生庁の連中が二度ほど検査に入ったことがあって、どうもあまり感心できる状態ではないらしい。うちの料理評論家などは、あの店を〝死(ダイ)のマハル〟と呼んでいたくらいだ。

フランクが死に至る心臓発作を起こしたのは、あやしげな仔羊肉を使ったローガン・ジョシュというカレー料理のせいだった。その夜はハリエットも店に同行していてね、やはり具合が悪くなったんだが、あいつのほうはセント・マイケルズ病院にひと晩入院しただけですんでね。二日後にお見舞いに行ったときには、まだまだひどくやつれていたが、あの店を選んだのもハリエットだったということで、えらく落ちこんでいたよ。フランクが亡くなったのは自分のせいだと思いこんでね」

「なるほど、食中毒だったと」ホーソーンが口を開いた。「しかも、もうずいぶん昔の話だ。いったい、どうしてそんなことに警察が興味を持つかもしれないと思ったんですかね？」

「そりゃ、ハリエットも殺されちまったからだよ！」さも当然といわんばかりに、ウェルズは答えた。「そのニュースを見て、どうしても考えずにはいられなかったんだ。ほら、ひょっとして、ハリエットは自分が書いたもの――劇評のせいで殺されたんじゃないかって噂が立っていただろう。荒唐無稽(こうとうむけい)に聞こえるのはわかっているんだが、実をいうと、フランクが亡くなる一週間前に、まさにそんな会話を交わしていてね。フランクが書くものは――そう、ときとしていささか辛辣(しんらつ)すぎることがあったんだ。そこは、ハリエットが引き継いだ部分でもあるんだが、突き刺したナイフをさらにひねる（ザ・ツイスト・オブ・ア・ナイフ）快感とでもいうのかな。それで、そのときはフランクとビールを飲んでいたんだが、あいつが自分の観た舞台の話を持ち出してきてね――ごく短いものだったが――あいつはそれを、容赦なくこきおろした。〝あれを読んだ脚本家が、ツルハシを振りかざして追いかけてきても驚かないね〟――まあ、フランクはただの冗談のつもりだったんだ。だが、その一週間後……衝撃の展開が！

たぶん、わたしは想像をたくましくしすぎたんだろう。暇を持てあますと、人間ってやつはすぐにそうなっちまう――だが、やはり考えずにはいられないんだよ。そりゃ、われわれはさんざん《ジャイ・マハル》をネタに冗談を言いあってきたが、それまでは実際に死人なんか出ちゃいないわけだからな。それに、当時は警察の捜査は入らなかった。なにしろ、食中毒を起こしたのはふたりで――フランクだけじゃなかったわけだし――そもそも、直接の死因は心不全だったしな。きみは探偵だといったね。どう思う？　恨みをつのらせた脚本家が、ふたりの跡を尾けてレストランに入りこみ、何かをカレーに混ぜこんだとしたら。不愉快な劇評の復讐としてね」

「酷評された舞台が何だったかは、さすがに憶えてないですかね？」ホーソーンは尋ねた。

「いや、実をいうと、憶えているんだよ。ほんの一時間という短い作品でね。少年犯罪者を収容する施設を舞台にしたものだった。そこの少年たちが、みんなでオスカー・ワイルドの『真面目が肝心』を演じるという話でね。こんなひどい脚本は見たことがないというのが、フランクの感想だった。そして、ここが問題なんだが――この脚本家は頭がどうかしているんじゃないかと、劇評でほのめかしたんだよ。『ハンドバッグ』という作品だった」

「脚本家は誰だかわかります？」

ウェルズが答える前に、急いで口を開く。

「それはわたしだ」

22　隠れ家

ロンドンに帰る列車の旅を、わたしは楽しむどころではなかった。もちろん、このわたしが自分を酷評した劇評家を殺してまわっている連続殺人鬼だなどという、エイドリアン・ウェルズの突拍子もない推理を、ホーソーンが信じるはずもない。まあ、わたしが自分にそう言いきかせているだけかもしれないが。ホーソーンはずっと黙りこくっている。いまは自分のｉＰａｄを取り出し、規則正しく親指を動かしながら、ハリエット・スロスビーの本を読んでいるところだった。

ちなみに『ハンドバッグ』というのは、国立劇場で開催される青少年演劇祭のために書きおろした、わたしのひときわお気に入りの作品だ。その後、バースの青少年演劇祭でも一週間だけ上演された。ウェルズが話していたとおり、これは少年犯罪者収容施設を舞台とした物語だ。ワイルドの傑作をみごとに演じることができれば、自分たちがまっとうな人間になれたと認めてもらえるのではないかと、少年たちはそれだけをただひたすら願っている。だが、悲しいことに、登場人物たちはみな、この戯曲をまったく理解できていない。これは挫折と、けっして諦めない気持ちを描いた作品なのだ。

フランク・ヘイウッドが書いたという劇評を、わたしは読んでいない。

わたしたちはパディントン駅で別れた。明日また電話するとホーソーンに約束してもらい、わたしはファリンドン行きの地下鉄に乗る。地上に出たのは夜九時ごろで、あたりはもうすっかり暗い。わたしは疲れはてていた。ちょうど金曜日で、長雨がようやく上がったこともあり、《ザ・キャッスル》や《スリー・コンパスズ》といったパブの前は、仕事帰りに一杯ひっかけている人々でごった返している。カウクロス・ストリートに入ろうとしたところで、わたしの携帯の着信音が鳴った。取り出して画面に目をやると、そこにはケヴィン・チャクラボルティからのメッセージが表示されていた。

> アンソニー、残念ながら悪いニュースが。ランベスの鑑定研究所のコンピュータが復旧、検査に出していた髪のDNA型が一致したことをグランショー警部が知りました。さっさと逃げたほうがいいですよ。　ケヴィン

わたしがまじまじと画面を見つめている間にも、警察の車が二台、回転灯を点滅させながらかなりのスピードでぐいと角を曲がってきた。ファリンドン駅の正面には歩行者専用区域が設定されているため、どうやら向こうはわたしに気づいていないらしい。だが、その二台がタイヤをきしませて停まる様子は、わたしからははっきりと見えた。先頭の車から、カーラ・グランショー警部とミルズ巡査が飛び出してくる。後ろの車からは、ふたりの制服警官が姿を現した。警察官たちがアパートメントの呼鈴(よびりん)を押すのを、わたしは恐怖におののきながら見まもるしかなかった。今回の事件について、妻にはまだ何も話していないのに。いきなりこんな話を聞かされて、いったい妻はなんと答えるだろう？

自分が何をしているのか自覚しないまま、わたしは思わず回れ右をし、グランショー警部から少しでも離れるよう早足で歩きはじめていた。魂が身体を抜け出すような、奇妙な感覚にとらわれながら。ついさっきまで、わたしはこの人ごみの中のひとりにすぎず、家に向かっていただけなのに、いまや警察に追われる身となってしまったとは！　たったひとり、頼れるものもいないが、本当におそろしいのはそこではなかった。どこか高いところに取り付けられ、すべてを監視しているカメラの映像に、自分がとらえられている姿が目に浮かぶ。いかにもあやしい行動をとっていることに気づき、わたしは意識して歩く速度を落とした。もしも、誰かが警察の車と、その場から立ち去ろうとするわたしを目撃していたら、それがどういう意味なのか、すぐにぴんとくるだろう。

昨夜、ジョーダン・ウィリアムズが姿を現した路地へ入り、ふたりで会話を交わした公園に戻る。どこかに腰をおろしてゆっくり考えたかったし、この時間ならたいして人がいないだろうことはわかっていた。トルパドル・ストリートの留置場へ戻るわけにはいかない、いま何よりも強く願っているのはそのことだった。不潔な場所へ押しこまれ、屈辱を味わわされるというだけのことではない。ふたたびあそこに入れられたら、今度は二十四時間で出てくるというわけにはいかないのだ。もう一度、ホーソーンが助けにきてくれることもないだろう。グランショー警部は、すでに決定的な証拠を握っているのだ。法廷でも、証拠として採用されるだろうか？　されるに決まっている！　あの留置場に戻ったら、それは死ぬまで檻の中ですごす生活の幕開けだと思ってまちがいない。

公園の入口は閉鎖されていた。途方にくれ、舗道の縁に坐りこむ。

何もかもが、とうてい正気の沙汰とは思えなかった。わたしは誰も殺してなどいない。それなのに、短剣やら、指紋やら、髪の毛やら、日本の桜の花びらやら、防犯カメラの映像やらが、口をそろえてわたしが犯人だと糾弾してくるのだ。動機もある。ある目撃者の証言によると、あなんとわたしはハリエット・スロスビーを脅していたようだ。また、別の目撃者によると、あの女を殺してやるという発言に、わたしもうなずいて同意していたという。それに加え、どうやらわたしの手にかかった最初の犠牲者と思われる、《ブリストル・アーガス》紙の劇評家フランク・ヘイウッドの件もある。これでは、とうてい有罪は免れまい。もしもわたしが陪審員だったとしても、有罪に票を入れるだろう。

どれくらいの時間、そこに坐っていただろうか。ひょっとしたら、すでにグランショー警部は引きあげてしまい、いまならそっと家に逃げこんで、ベッドの下に隠れることもできるかもしれない。残念なことに、わたしのアパートメントには裏口もなければ、よじのぼれそうな窓もないのだが。カウクロス・ストリートに戻る勇気はなかった。おそらく、あわよくばわたしが姿を現さないかと、警察官が夜通し見はっているだろうから。さんざん迷ったあげく、わたしはそもそもの最初にすべきだったことをした。携帯から妻に電話をかけたのだ。

二度めの呼び出し音で、妻が出る。「アンソニー？ いま、どこにいるの？」

「カーラ・グランショー警部は、まだそこにいるのか？」

「ええ、いるわよ」息継ぎもせずに、妻はたたみかけた。「いったい、どうしてそんなことをしたの？」

「そんなことって？」

「劇評家を殺したんでしょ！」

「えっ？ 指一本だって触れてはいないよ！ まさか、このわたしがそんなことをしたなんて、きみは本気で信じてやしないだろうね！」

「でも、ほぼ疑いの余地はないって、警察は考えているみたいよ」

「それで、きみは警察を信じるのか、わたしではなく？」

「だって、ひどい劇評が出ると、あなたがどんなに動揺するかは知ってるから」

「いくらなんでも、人殺しをするほどじゃないさ！」

「そもそも、どうしてわたしに話してくれなかったの？」

「こんな話、きみは聞きたくないだろうと思ったんだ」

「そのとおりよ！　もう、本当にがっかり――」

もっと話すつもりだったのに、どうやらグランショー警部がジルの手から携帯を奪いとったらしい。

「そこはどこ、アンソニー？」

「話すつもりはない」

「逃げられやしないよ。こっちはロンドン警視庁を挙げてあんたを捜してるんだから。さっさと出頭したほうが楽になれるんじゃないの」

「きみと話す気はない。わたしは、ジルと話したいんだ」

「奥さん、ひどく動揺してるよ。いったい、あたしはどんな男と結婚してたんだろう、ってね」

「頼むからさっさとどこかへ消えてくれ（ドロップ・デッド）、カーラ！」

「あらあら、くたばれ（ドロップ・デッド）とはね。今度はあたしを脅迫するつもり？」言葉を切る。「ひょっとして、近くにいるのね？」

わたしは電話を切った。最後の質問に、背筋がぞっとしたからだ。もしかしたら、いまの電話も逆探知され、居場所をつきとめられたりするのだろうか？　警察が容疑者との電話をできるかぎり長引かせ、発信元をつきとめようとする場面は、これまでさまざまな映画で目にしたことがある――わたし自身、二度ほど書いた憶えがあった。実際に逆探知するには、どれくらい時間がかかるのだろうかと、よく頭をひねったものだ。現代では、もう瞬時につきとめられていても不思議ではない。いまは、とにかく移動しなくては。わたしは立ちあがり、来た道を戻ることにした。

とはいえ、ファリンドン駅へは戻れない。警察がわたしを捜すなら、まずあの駅を見はるだろうから。そうだ、ホルボーンへ向かおう。人ごみにまぎれたいなら、できるだけ市の中心に向かったほうが人も多いし、どこであろうとファリンドンよりは安全なはずだ。いまとなっては、ジーンズにセーターという恰好が悔やまれる。フード付きのパーカか、せめて野球帽でもかぶっていたら、顔を隠すことができたのに。幸い、作家にはめったにテレビ出演の誘いがかかることはないし、最後にテレビに出たときからも、すでに一年は経っている。わたしは両手をポケットに突っこみ、視線を路面に落として、誰にも気づかれないよう祈りながら歩きはじめた。

だが、数分も歩くうち、いったい自分は何をやっているのだろうと自問せずにはいられなくなる。そもそも、今夜はどこですごせばいい？　ホテルは論外だ。わたしが部屋にたどりつくより早く、フロントから警察に通報されるにちがいない。ロンドンのあちこちには友人がいるが、警察を敵に回すことになりかねないのに、こんなことに巻きこんでいいものかどうか、決心はつかなかった――それに、どっちみち、さっきグランショー警部は妻の携帯を手にしていたではないか。あの警部のことだ、そこに入っている連絡先をメモし、一件ずつ訪ねてまわるくらいはやりかねない。いっそ、サフォークに住む妹を訪ね、泊めてもらおうか？　いや――

それには駅を通り、列車に乗らなくてはならない。チャンセリー・レーンに出たときのことだった。やがて、ある思いつきがひらめいたのは、隠れ家となる場所を——だが、いまのわたしとにかく、どこか隠れる場所を探さなくては——隠れ家となる場所を——だが、いまのわたしを迎え入れてくれそうな場所はたったひとつしかない。もはや迷うことなく、わたしは川に出ると、下流に向かってブラックフライアーズ橋まで歩いた。見晴らしのいい橋の上はひどく無防備に感じたが、舗道を歩く人影はなく、ただ何十台もの車がかたわらを通りすぎていくだけだ。やがて、《ドゲッツ》というパブの明かりが見えてくる。あそこが目的地の目印だ。早くけりをつけてしまいたくて、わたしは足を速めた。唯一の疑問は——はたして、ホーソーンはわたしを家に入れてくれるだろうか?

あの男ほど私生活をひた隠しにする人間もいまい。自宅アパートメントを訪れたことは、これまでのつきあいでせいぜい四、五回というところだが、そのときのもてなしもキッチンでキットカットを出されたくらいのものだ……まあ、一度だけ、ラム&コークをふるまってもらったことはあるが。あのアパートメントに予備の寝室があるかどうか、それさえもわからない。カーラ・グランショー警部がホーソーンの自宅を知っている可能性は? いや、それは考えにくい。ホーソーンがあの警部に住所を教えるわけがないし、そもそもあの部屋は自分の持ちものではなく、いま海外にいる家主から預かっているだけだからだ。家賃も払っていないのだから、どこにもホーソーンの名は出ていないだろう……不動産の権利書にも、たぶん光熱費の請求書にさえも。考えれば考えるほど、このリヴァー・コートのアパートメントは、ロンドンでもっとも安全な隠れ家にしか思えない。それでも、わたしはいまだ不安だった。この事件に巻きこまれて以来、ホーソーンは必ずしもわたしの無実を確信して戦ってくれているようには見えないが、それでもまさか、夜中にわたしをすげなく追いかえしたりはすまい。

アパートメントの入口にたどりつき、呼鈴を押す。何の反応もないので、ひょっとしたらホーソーンは外出中か、寝てしまったか、それとも単に居留守を使っているだけだろうかと思いはじめたそのとき、どこか金属的な響きを帯びたかすかな声がスピーカーから聞こえてきた。

「トニー!」名乗る必要はなかった。モニターでわたしが見えているのだろう。驚いた様子はない。

わたしは顔をスピーカーに近づけ、可能なかぎりせっぱ詰まった声で訴えた。「頼む、入れてくれ。カーラ・グランショー警部が、わたしのアパートメントに来ていたんだ。ケヴィンがメッセージをくれた。DNA型の検査結果がアクセス可能になったそうだ。警察は、いますぐわたしを逮捕しようとしている。どこか、泊まれる場所が必要なんだ!」

しばしの沈黙。

「すまない、トニー。だが、それはできない」

落胆が、ずしりと胸にのしかかる。あの男がわたしをかくまってくれるはずはないのに、どうしてそんな期待を抱いてしまったのだろう。だが、それと同時に、いまホーソーンが口にした言葉をかつてどこかで聞いた憶えがあり、そればかりか、いまの口調はどこか当てつけがましかったことに気づく。次の瞬間、記憶がよみがえった。これは、もうきみと組んで本は書かないと、わたしがホーソーンに告げたときの言葉だ。ちくしょう！　その仕返しに、まさかこんな機会をねらうとは。

このときばかりは、わたしはもう理性を失いかけていた。「ホーソーン、もしも中に入れてくれないなら、わたしはもう一生、神に誓ってきみと口はきかないし、オルダニー島の本も忘れてくれ。契約なんか破ってやる。三冊めは書かないからな。ああ、絶対にだ」

「たしか、そろそろ書きはじめるころじゃないか」

「資料もメモも、すべて破り捨ててやる」

「ずいぶんご機嫌斜めだな」

「機嫌が悪くてあたりまえだ！　警察に追いかけられているんだぞ！　早く入れてくれ！」

またしても、長い沈黙があった。いっそ、叫び出したいほどの。だが、そのとき、ふっと胸のつかえがとれるような音とともに、電子錠が解除された。押してみると、ドアが開く。わたしはもう、ロビーに倒れこみそうになった。エレベーターに歩みよると、ちょうど一階に到着するところで、もしかするとホーソーンが迎えによこしてくれたのかもしれない。周囲に誰もいないのは、本当にありがたかった。このアパートメントに入るところは、誰にも見られてはいない。わたしはエレベーターに飛びこむと、たったひとりで最上階をめざした。

扉が開くと、ホーソーンは通路で待っていた。今回はVネックの灰色のセーターを着ていたが、それ以外はいつもの服装のままだ。顔には、不安げな表情が浮かんでいる。「急いでくれ、相棒」ささやき声だ。「誰かに見られるかもしれない」

本気で警戒しているのだろうと、ほんの一瞬、わたしは思った。だが、すぐに、これはホーソーンなりにこの状況を楽しんでいるだけなのだと悟る。留置場に迎えにきてくれたとき、ホーソーンがどんなに冷淡な口調でこう言いはなったか、わたしはよく憶えていた――〝この男がこれまで叩いたことがあるのは、コンピュータのキーボードくらいのもんだ〟。わたしが法の正義から逃げる側になってしまったことが、おもしろくて仕方ないのだろう。いま通路の前と後ろに目を配り、わたしを部屋に入れて音を立てずにドアを閉めたのも、自分の役割を楽しみながら演じているのだ。

わたしは居間に通された。テーブルの上には、いま作りかけの何やら戦闘車両らしい複雑な部品に囲まれて、ｉＰａｄが置いてある。呼鈴を鳴らしたときは、ちょうどハリエット・スロスビーの本を読んでいたところなのだろう。これは嬉しい発見だ。この事件の捜査に、いまも真剣にとりくんでいたということなのだから。

「ホーソーン」おちついて話そうと努めながら、わたしは切り出した。「今夜、どうしてもここに泊めてほしいんだ。家には帰れない。グランショー警部がいるからね。それも、わたしの妻と！　ホテルにチェックインするわけにもいかない。ほかにはもう、どこにも行くところがないんだ」

ホーソーンは悲しげな目でこちらを見た。「それはどうかな、相棒。もしも、あんたに逮捕状が出ているんなら、かくまえばおれも法律を破ることになる。あんたの事後従犯になっちまうんだ」

「法律を破りたくないって？」わたしはもう、いまにも絶叫しそうだった。「きみは児童ポルノ業者を階段から突き落として警察を追われ、後にその同じ相手を自殺に追いこんだくせに。警察のコンピュータ・システムにだって、しょっちゅう侵入しているじゃないか！　わたしをからかうのも、いいかげんにしてくれ。探偵であるということ以外、きみはこれっぽっちも法律を尊重などしていない。きみは当然、わたしを助けてくれるものと思っていたよ。われわれはチームじゃないか。きみのおかげで、わたしは二度も病院にかつぎこまれるはめになったんだ。これまで、ずっといっしょに積み重ねてきたことは――きみにとって、何の意味もなかったというのか？」

自分でもぎょっとしたことに、わたしはもう、いまにも涙がこみあげてきそうになっていた。またしても、あまりに多くのことが起きた一日。その果てに、自分がこんなふうに追いこまれてしまうとは。

「まあ、肩の力を抜けよ、相棒。何か飲むか？」

「何がある？」またしてもラム＆コークが出てこないことを祈るしかない。

「たしか、グラッパがあったはずだが」

「グラッパだって？」

「イタリアのブランデーだよ」

「いや、それは知っているんだが」わたしはどうにかおちつこうと努めた。「そうだな、それをもらおう。グラッパはありがたいね」

「じゃ、ちょっと待っててくれ」

ホーソーンは出ていき、わたしは目の前のプラモデルをしげしげと見つめた。おそらく戦車か、あるいは移動式ロケット砲というところだろうか。まだ全体の形がわかるほど組み立てられてはおらず、わたしのほうも、残された八十から九十にもおよぶ部品を見て完成像を推理する気力はなかった。部屋のそのほかの部分は、あいかわらずがらんとしている。ホーソーンはカーテンを引いていなかった。そもそも、窓にカーテンがない。ここからは、かすかにテムズ川がきらりと光るのが見える。いままで気づいていなかったが、どうやら今夜は満月のようだ。

大きな氷をひとつ入れ、透明な液体を注いだグラスを、ホーソーンが運んできた。もう片方の手には、小枝の形のスナックを盛った小さな皿。その両方を、テーブルに置く。「ほら、相棒。つまみにはトウィグレットがいいかと思ってね」

「心づかいに感謝するよ」

皿に盛られたトウィグレットは、おそらく十数個というところだろうか。それを見て、まだ夕食をとっていなかったこと、なぜ自分がここにいるかを思い出す。「ホーソーン」わたしは切り出した。「誰がハリエット・スロスビーを殺したのか、教えてくれ」

ホーソーンは渋い顔をした。「教えられるもんならな」

「だが、当然きみにはわかっているはずだ！　全員の話を聞いたし、モクサム・ヒースにも行ったじゃないか。この段階まできたら、きみはいつだって……」

「それが、今回はいささかややこしくてね。正直に話すよ。いまのところ、容疑者は三人に絞られてる」

「まさか、そのひとりがわたしだなんて言わないでくれよ」

ホーソーンは目をそらした。

「もう、どうだっていい気がしてきたな」わたしはグラッパを喉に流しこんだ。甘く、いささかくどい味が舌に残り、喉の奥が焼けるように熱い。だが、アルコールの効果は現れなかった。

「いっそ、出頭したっていいんだ」

「まあ、そう敗北主義に陥らなくてもいいさ」明るい口調で、ホーソーンが励ましにかかる。

「だって、ほかに何ができる？　ここに泊めてくれるつもりがないなら……」

さすがに、ホーソーンもわたしが気の毒になってきたらしい。「いいか、相棒。おれは、家に客を泊める習慣がないんだ。そういうことはせずにきた。それに、うちには予備の寝室がひとつしかない」

「ひとつあれば充分じゃないか！」

「いや、そういうことじゃないんだが……」ホーソーンは葛藤(かっとう)していた。だが、ついに心を決めたようだ。「わかったよ。ひと晩だけ泊めてやろう。ほかならぬあんただからな。あんたじゃなきゃ泊めてない」

「ありがとう」これは、心からの言葉だった。ここを出ていく体力など、わたしに残っているとは思えない。

「夕食はどうする？」

「喉を通りそうにないな」

「そりゃよかった。冷蔵庫に何もないんだ」

「ホーソーン、頼むから教えてくれ。容疑者は三人か。わたしを抜けば、ふたりだな。本当は、もうきみにはわかっているんだろう……」

「その話は明日の朝にしよう。おれは、ちょっと早起きしなきゃならないんでね」

「だが、きみはもう、すべての情報を手にしているじゃないか！」

「実をいうと、相棒、まさにそこが問題でね。情報。それが、おれの行く手をふさいでる。あまりにたくさん情報がありすぎて、これがすべて正しいわけはないんだ。そこを、まず整理しなきゃならない」

いったい何の話なのか、わたしにはさっぱりわからなかったが、それ以上のことをホーソーンは語ろうとしなかったし、わたしとしても、せっかく泊めてもらえることになった以上、調子に乗ってあれもこれもと要求するのはためらわれた。残りのグラッパを一気に喉に流しこみ、これで今夜はぐっすり眠れることを願いつつ、ホーソーンに案内されてキッチンを通りぬける。その先の短い廊下には、これまで見たことのなかった三つのドアがあった。

突きあたりのドアを、ホーソーンは指さした。「あそこがおれの寝室だ。隣は客用の浴室。後で、歯ブラシを探しておくよ。あんたはここで寝てくれ」

いちばん手前のドアを開ける。

「おれがどこでどんなふうに暮らしてるか、そんな話はしてほしくない。いいな？　あんたの本でそんなことを読むはめになるのは、絶対にごめんだからな」

「本は書かないよ」

ホーソーンは答えない。わたしは部屋に足を踏み入れた。

そこは、ホーソーンの息子の部屋だった。ひと目見て、それとわかる。アーセナルのロゴがカバーにプリントされた羽毛布団。キリンのぬいぐるみ。マーベル・コミックの主人公たちのポスター。本。このアパートメントのほかの部屋とちがって、ここだけはいかにも少年向けに飾りつけられている。こぢんまりした居心地のいい部屋で、片隅には小さな机。壁は青く塗られ、天井には星や惑星のシールが貼りつけられていた。

わたしは何か声をかけようとホーソーンをふりむいたが、すでにその姿はなく、自室のドアが静かに閉まるところだった。こんなふうに無理やりここに入りこんでしまったことに、どうにも心が痛む。ホーソーンの息子、ウィリアムのことはほとんど知らないものの、父親と強い絆(きずな)で結ばれていることは、これまで聞いた話からも想像はついていた。ここが、ウィリアムがときどき泊まりにくる部屋なのだとしたら、わたしがみだりに立ち入っていい場所ではないのに。写真立てを見つけ、手にとってみる。ウィリアムは整った顔立ちの少年で、母親にそっくりだ。母親である女性には、わたしも一度だけ会ったことがある。金髪で、人を惹きつける笑顔を浮かべた少年。写っている場所は、動物園だった。ウィリアムはホーソーンと手をつなぎ、いっしょにキリンを見ている。あのぬいぐるみも、そのとき買ったものだろうか。この写真を撮ったのは誰なのだろうと、わたしは思いをめぐらせた。

とはいえ、もう引きかえすには遅すぎる。わたしは服を脱ぎ、ベッドにもぐりこんだ。明かりを消す前に、壁一面に並んだ本棚に目を走らせる。ホーソーンはかつて、息子はあんたの本など読まないと言っていたものだが、ここにはわたしの著書が全部、いや、少なくとも十五冊は並んでいた。《アレックス・ライダー》シリーズ、《ダイヤモンド・ブラザーズ》シリーズ、わたしがまとめた世界の神話と伝説、『グラニー』、『グルーシャム・グレインジ』。どれも、かなり読みこんだ跡がある。

驚いたことに、わたしはすぐ眠りこんでしまった。精神も肉体も、限界まで疲れはてていたのだろう。狭いベッドに横たわり、丈の短い上掛けに収まりきらない足を突き出して、わたしが最後に考えたのは、自分がいまホーソーンの家にいること、あの男もふたつ先のドアの向こうでベッドに横たわっているだろうことだった。この四日間、ありとあらゆる奇妙なことが起きたものだが、何よりもこれがいちばん、とうていありえないことに思える。

23　悪気はない

目を開けると、視界に星が飛びこんできた。ややあって、それがウィリアムの部屋の天井に貼りつけられた星だということ、自分がその子のベッドに寝ているのだということを思い出す。足先は冷えきっていた。上掛けが足首までしか届かなかったのだ。おまけに変な姿勢で寝ていたせいで、首も寝ちがえてしまったらしい。それでも、とにかく眠れたことが奇跡に思えた。大きなグラスに注がれたグラッパを、空きっ腹に流しこんだ効果はてきめんだったが、口の中には嫌な後味が残っている。寝る前に、ちゃんと歯をみがいておくべきだった。

寝返りを打つと、身体の下でスプリングのきしむ音がする。ホーソーンが息子に買ったのは、寄宿学校や陸軍の兵舎に並んでいそうな、昔ながらの金属の枠のベッドだった。そこに横たわったまま、まったくの静寂にしばし身体を預ける。どんな家にも特有の音の組みあわせがあり、そこに暮らす人々の生活の一部になっているものだ。クラーケンウェルのわたしのアパートメントでは、セントラルヒーティングのパイプが暖まる音、朝の散歩を待ちわびる犬が鼻を鳴らす音、妻がランニング・マシンで走っている音、キッチンのラジオから流れるニック・ロビンソンの声というところだろうか。だが、ここは本当に何の音もしない。いくら耳をすましてみても、誰かが動きまわる気配がまったく聞こえないところをみると、ホーソーンはもう出かけてしまったのかもしれない。

身体を起こし、ベッドの端に腰かけると、他人の部屋でTシャツとショーツという恰好なのがどうにもいたたまれない。着替えは持っていないので、前日と同じジーンズとセーターを身につける。そっとドアを開き、わたしは誰もいない廊下をのぞいてみた。ホーソーンの寝室のドアは閉まっていたが、客用浴室のドアは開いている。中に入ると、トイレの蓋の上にきれいに畳んだタオルがあり、その上に歯ブラシと歯みがきが並べて置いてあった。ちなみに、この浴室は一度も使ったことがないかのようにぴかぴかだ。おそらく、ウィリアムが泊まりにくるたびにここを使っていることを考えると、これまでよく知っていたようで、やはり完全にはわかっていなかったホーソーンの新たな一面を見たような気がする。強迫症状めいた、清潔へのこだわり。もしかすると、人前でものを食べようとしないのはそのためなのかもしれない——菌が怖いのだ。

わたしは歯をみがいて顔を洗うと、タオルを使って洗面台を拭いた。それから、浴室を出て、抑えた声でホーソーンを呼んでみる。返事はない。携帯に手を伸ばし、時間を確認すると、もうすぐ九時になるところだ。最初に頭に浮かんだのは、ジルに電話をして、いまどこにいるかを告げることだったが、やはり逆探知により居場所をつきとめられるのが怖く、それは諦める。カーラ・グランショー警部をホーソーンの自宅に呼びよせてしまうことだけは、どうしても避けなくてはならない。廊下を通ってキッチンに入ると、そこにも誰もいなかったものの、テーブルに平たい皿と深皿が並んでいた。紙袋に入ったクロワッサンがふたつと、ホテルでもらうようなシリアルの小箱の詰めあわせ。クロワッサンは、ホーソーンがわたしのために買ってきてくれたにちがいない。シリアルは、ウィリアム用のものだろうか。

そして、わたし宛ての書き置きと、きょうの新聞が置いてある。

出かけなきゃならない。十一時には戻る。冷蔵庫の中のものは、何でも勝手に食べてもらってかまわない——電話はするな、誰か来ても応えるな！　緊急の場合は、ケヴィンを探せ。

好奇心から、わたしは冷蔵庫をのぞいてみた。牛乳の未開封の紙パック、バターの塊、小さなマーマレードの瓶。ほかには何もない。昨日はほとんど何も食べていなかったので、わたしはおそろしく空腹だった。クロワッサンをふたつとも、がつがつと平らげ、さらにクランチー・ナッツ・コーンフレークをひと皿、そしてココ・ポップスをひと皿。最後にコーヒーを淹れると、新聞にざっと目を走らせる。わたしのことを報じる記事はなく、安堵が胸に広がった。椅子にゆったり身体を預け、状況をじっくり考える。

何もかも、昨夜よりはいくらかましに思えた。いまだ警察から追われてはいるものの、こんな場所に隠れているとは向こうも思うまい。当分の間は安全だろう。ホーソーンの書き置きには、何も詳しい説明はないものの、おそらくこの事件の捜査のために出かけているはずだ。さもなければ、こんな早くに出かける必要もないだろうし――だとしたら、どんな成果を手に帰宅してくるだろう？　それが真犯人の正体であることを、わたしは願った。

新聞を畳む。願ってもない機会がいま目の前に転がっていることを、わたしはゆっくりと悟りつつあった。初めて出会った日からずっと、わたしはホーソーンのことをもっと知ろうと手を尽くしてきたのに、毎回すげなくはねつけられてきたのだ。ホーソーンの同僚だった警部から話を聞こうと試みたこともあったが、たいして実のある話は聞けなかったうえ、百ポンドもふんだくられてしまった。オルダニー島の文芸フェスに行ったときには、ホーソーンもトークショーで自分のことを話すはめになったものの、あいかわらずたいした情報は明かさなかったし、あのとき話したことのどれくらいが真実なのか、わたしはいまだ確信が持てずにいる。ここまで三つの事件をともに捜査してきたというのに、こうして異常なまでの秘密主義を通されて、わたしの苛立ちはつのりつつあったし、実際にそのことをめぐって何度も衝突したものだ。ホーソーンの過去を何ひとつ知らずに、いったいどうやって本が書けるというのだろう？　だが、いま、わたしはホーソーンの自宅にひとり残されている。周りを見てまわったら、あの男の過去の空白を埋める材料がどっさり見つかるかもしれない。リースで何があったのか、これが第一の疑問ではあるが、そのほかにも知りたいことは山ほどある。生まれはどこだった？　なぜ警察官になったのか？　わたしといっしょに事件を捜査していないときには、いったい何をしている？　あのキリンにはどんな意味があるのだろう？

　わたしは椅子に坐ったまま、胸の内に生まれたジレンマと向かいあっていた。わたしがいまここにいるのは、けっしてホーソーンが招いてくれたからではない。わたしが面倒に巻きこまれ、どこにも行くあてがなくなってしまったのを気の毒に思い、入れてくれただけのことなのだ。不在の間に家捜しなどして、そんな厚意を踏みにじってしまっていいものだろうか。家捜しするなら、まずは寝室から始めることになる。人間の内面がもっともあらわになる場所だからだ。服や下着を収納し、寝る前に読む本や雑誌を置き、心の奥底にもっとも近いものを集めておく部屋。ベッドをどんな状態にしてあるか、それを見るだけでもある程度の人となりがわかる。シーツは皺だらけ、上掛けはぐしゃぐしゃのままか、それとも枕を叩いてふくらませてあるか、ひょっとして変わり種のクッションや、布の人形が置いてあるか。だが、あの寝室のドアを開けてしまったら、わたしは自己嫌悪から逃れることはできまい。これまでと同じようには、ホーソーンと目を合わせることができなくなってしまう。

だとしたら、書斎はどうだろう? 初めてここに来たときも、あの部屋ならちらりと中をのぞいたことがある。仕事関係のものをざっと見るだけなら、さほど害はあるまい。わたしは居間の反対側にあるドアに歩みよった。「ホーソーン……?」返事はないとわかっていながら、またしても声をかけてから中に入る。ひょっとしたら、このアパートメントにも防犯カメラのたぐいが隠してあって、いまもホーソーン本人かケヴィンが監視している最中かもしれない。わたしは、いかにも何気ないふうを装おうとした。事件について、ちょっとした思いつきを書きとめておく紙が必要になったんだ——そんなふうに、見えないカメラの向こうの人物に言いわけをする。机の引き出しを開けるのも、単にそれだけの理由にすぎない。悪気など、まったくないのだ。

書斎の様子は、以前ちらりと見たときとまったく変わっていなかった——壁に寄せた机、聞いたことのないメーカーのコンピュータが二台、さまざまなポートやソケットに接続された機器類、もつれたコード。机の上に紙やメモ帳のたぐいはなく、ただページの角を何ヵ所か目印に折ってある『偉大なるギャツビー』のペーパーバックが置かれているだけだ。おそらく、これはいま読んでいる読書会の課題本なのだろう。次に本棚を眺めたものの、並んでいる本はあまりにとりとめがなく、持ち主について何も明かしてはくれなかった——純文学、スリラー、古典……ダン・ブラウンからドストエフスキーまで、ありとあらゆる種類の本がある。わたしの書いたものは、ここにはなかった。

それよりも、それぞれ写真立てに収められた八、九枚の写真のほうが、わたしの興味を惹いた。そのうち半分は、それぞれ別の機会に撮られたらしいウィリアムの写真だ——家で、学校で、何枚かは母親といっしょに写っている。ほかの写真とはやや離れた場所に、ホーソーンの妻の写真も立ててあった。こちらは、気軽なスナップ写真ではない。光の当たりかたにも、髪型にも、ポーズにも、細心の注意を払っているのがわかる。まるで、愛する人を撮るときのように。残りの三枚は、どうやらホーソーンの過去を切りとった興味ぶかい記録のようだが、残念ながら具体的な情報は何も読みとれない。半ズボン姿で、ふたりの大人にはさまれている、十二歳くらいのホーソーン。大人のうち、ひとりは制服警官だ——おそらく巡査部長くらいだろうか。もうひとりは、日曜の晴れ着姿の女性だ。このふたりが両親なのだろうか？　どちらも奇妙なほど古めかしい雰囲気で、いかにも堅苦しく直立しているが——ふたりとも、まったくホーソーンに似ていない。真ん中のホーソーンはといえば、このころから、すでにどこか周囲から隔絶しているかのような雰囲気が漂っている。両隣の大人の手を握ってはいるものの、その顔にはまったく感情が表れていない。まるで、こうしろと言われたとおり、従順にふるまっているだけに見える。

その隣の写真では、ホーソーンが巡査の制服を着ている。どうやら、卒業式か何かのようだ。カメラに向かって笑みを浮かべようとしたもののうまくいかず、どこかこわばった表情だ。見た目は、二十年後とほとんど変わっていない——いまのほうが、よりおそろしげに見えるくらいで。最後の一枚では、同世代の男性とふたり、それぞれグラスを掲げている。これはパブで撮影したものだろう——屋外席の日よけ傘でそれとわかる——そして、背景には川が流れていた。テムズ川ではない。印象からして、ロンドン近郊ではないかという気がする。わたしは携帯を取り出し、その写真を撮影した。ひょっとしたら、この場所がどこなのか探し出せるかもしれない。

次に、机に目を向ける。引き出しは六つあったが、最初のふたつにはたいして何も入ってはいなかった——ちょっとした文房具、さらなるコンピュータの付属機器、古い携帯、デジタル・レコーダーくらいのところだろうか。三つめの引き出しに手を伸ばしたところで、ふと思いとどまる。ここまで卑劣なふるまいをしておきながら、いまのところ何ひとつたしかな情報を得られたわけではない。こんなことをすべきではなかったのだ。いましがた撮った写真を削除し、キッチンに戻る。テーブルには、先ほどの新聞がわたしを待っていた。紙面を開き、記事に集中しようと努める。

とはいえ、自分の名が出てくるかもしれないと怯えながら、集中して読むのは至難の業(わざ)だ。ともすればカーラ・グランショー警部のことが脳裏をよぎり、いま何をしているのだろうと気になってしまう。このまま、本当に投獄されてしまうなどということがありうるのだろうか？ジルはなんと言うだろう？　そして、ヒルダ・スタークは——ひょっとして、エージェント契約を切られてしまうだろうか？　わたしはページをめくり、クロスワードを始めてみたが、ハリエット・スロスビー殺害事件と同じく、こちらも手がかりの意味がまったくわからない。それから一時間ほどして、エレベーターの扉が開く音がした。やっとホーソーンが帰ってきたのかと思ったのもつかの間、どうやらエレベーターから降りてきたのは、ひとりではないらしい。玄関のドアの向こうから、ふたりの男の声が聞こえてくる。この部屋の前を通りすぎるころには、声ははっきりと聞きとれるようになっていた。

「テムズ川のこの区域では、リヴァー・コートはいまやランドマークとなっていましてね。この十二階からの眺めは、まさに絶景ですよ」

その声の主は教養のある話しかたで、見こみのある客に物件を案内する不動産業者らしく、熱意をこめて流暢に語りかけている。さらに言葉の断片がいくつか聞こえてきたが――「寝室はふたつ……外から見られることもなく……」――やがて通路の先の扉が閉まる音がして、声はまったく聞こえなくなった。

もう一杯コーヒーを淹れると、わたしはふたたびクロスワードに戻った――だが、白と黒のマス目があまりに多く、さっぱり集中できない。しだいに不安がつのりはじめていた。ひょっとして、ホーソーンに何かあったのだとしたら？　十一時までには戻ると書いてあったのに、もう十時四十五分になってしまった。

そのとき、誰かが玄関のドアをノックした。

わたしは腰を浮かせた。ドアを開けてみたかったが――ホーソーンの書き置きには、誰か来ても応えるなとあったのを思い出す。

もう一度、ノックの音。続いて、声がした。「おーい」

しばしの沈黙の後、鍵が差しこまれる音がしてドアが開き、男性が部屋に入ってきた。

年齢は四十歳くらいだろうか、スーツを着て、てかてかした顔に巻き毛の人物だ。第一印象としては、太りすぎた普通の中年男性が、英国人ならではの気まずさを味わいつつ、その場に立ちつくしているというところだろうか。ホーソーンの書斎にあった写真でこの男を見たと、わたしはすぐに気がついた。パブでいっしょにグラスを掲げていた写真だ。その人物はわたしを見つめ、目をぱちくりさせた。「あの――こんにちは！」こちらに声をかけてくる。

その声にも、たしかに聞きおぼえがあった。先ほど、部屋の前の通路を歩いていった人物だ。だが、わたしの思いうかべるロンドンの不動産業者像とは、いささか食いちがっているのもたしかだった。まず、さほど若くない。そして、ネクタイが曲がっていたり、髪がぼさぼさだったりと、あまり身なりに気を遣っていないように見える。そのうえ、茶色のスエードの靴は、灰色のスーツと合っていなかった。小脇には、厳重に封をした大きなマニラ封筒を抱えている。

「こんにちは」わたしは笑顔で答えた。

「いや、本当に申しわけない。こんなふうに、いきなり踏みこむつもりじゃなかったんです。ただ、誰もいないとばかり思っていたので」抱えていた封筒を、軽く振ってみせる。「ダニエルに、これを置いていくつもりだったんですよ」

ダニエルだって？　ホーソーンがそんなふうに呼ばれているのを、わたしは初めて耳にした。

「よかったら、ここで待っていたらどうですか。もう、そろそろ戻ってくるはずですよ」

「さあ、どうかな……」その男性は明らかにわたしを見て驚いており、こちらが自己紹介するのを待っているようだった。

自分がどういう人間なのか、わたしは説明した。「昨夜はここに泊めてもらったんです。いま、いっしょに仕事をしていましてね。ホーソーンについて、本を書いているので」

「ああ、あなたのことは知っていますよ。『メインテーマは殺人』も読みました。心から楽しみましたが、ダニエルの描写はあまりしっくりこなかったなあ……まあ、わたしの知っているダニエルと比べたら、ということですが」

「ひょっとして、ホーソーンの半分だけ血のつながったお兄さんというのは、あなたのことですか?」

あの男はかつて、不動産業者をしている半分だけ血のつながった兄が、この部屋に住めるよう手配してくれたと語っていたことがある。聞いた話からの推測だが、男性はうなずいた。

「まあ、そんなようなものです」

「まだ、お名前をうかがっていませんね」

「ああ、そうでしたっけ? それはたいへん失礼しました。ローランドといいます」

「ローランド・ホーソーン?」

「ええ、そのとおりです」ローランドはテーブルに封筒を置いた。見るからにずっしりと重そうだ。三、四十枚は紙が入っているだろう。「これは、ここに置いておきますね。わたしが寄ったと伝えておいてもらえれば……」

「会わずに帰ってしまったら、きっとホーソーンは残念がりますよ」わたしは電気ケトルを手で示した。「ちょうど、いまコーヒーを淹れようとしていて。よかったら、ごいっしょしませんか？」

「うーん……」

断られる前に、わたしはさっさとキッチンに向かった。ケトルの電源を入れると、くるりとふりかえる。「ミルクは？」

「では、ほんの少しだけ。砂糖はいりません」

ローランドがしぶしぶ椅子にかける。わたしはできるかぎり手早くコーヒーを淹れると、それをテーブルに運んだ。「なるほど、不動産をあつかうお仕事なんですね」言葉を切り、つけくわえる。「ついさっき、部屋の前を通っていったときの声が聞こえたんですよ。お客さんを案内していたでしょう。この部屋を売ったんですか？」

「いや、売ったわけじゃないんです」

「じゃ、この部屋の次の管理人を？」ローランドはぽかんとした顔でわたしを見た。「家主が外国に住んでいるので、ホーソーンがこの部屋を預かっていると聞いたんですが」

「あいつがそう言ったんですか？」

「そうじゃないんですね？」

「いや、あいつにはずいぶん助けてもらっているんですよ」

すぐに帰ればよかったとローランドが後悔していることは、その表情から見てとれた。いまから逃げ口上を並べて腰をあげる隙を与えず、さらにたたみかける。「それで、あなたはどちらの不動産会社に？」

「いや、正確には不動産会社じゃないんです。うちは、より創造的な事業開発を手助けするサービスを提供していまして」どうして、こんな曖昧なことしか話してくれないのだろう？

「そのために、顧客の便宜を図っているわけです」まったく何の説明にもなっていない言葉で、ローランドは締めくくった。

封筒を眺めるうち、わたしなりに知っているホーソーンの状況と併せ、ふとある思いつきが浮かぶ。「ホーソーンはあなたの下で働いているんですか？」

こう考えると筋が通る。あの男はもともと、金が必要だからと、わたしに自分の本を書かないかと持ちかけてきたのだ。警察を辞めさせられた以上、いくら質素きわまりない生活を送っているといっても、何か生活の糧を稼ぐすべが必要となる。いまの職業は私立探偵だ。警察は、たまに協力を依頼してくるにすぎない。だとすると、ほかにも請け負っている仕事があるはずだ。

「そういうわけじゃありません。いや、いや、とんでもない。わたしはいまの職場に常勤として勤めていて、あいつは時おりそこの仕事を請け負っているんですよ。今回は、なんというか……ただ……そこの使いとして来ただけで」ここに寄った理由を説明しようとして、ローランドは途方にくれているようだ。

「これは仕事なんですね？」茶色の封筒に目をやりながら尋ねる。

「ええ」

「誰かが殺されたとか？」

「いや、いや。そういうことじゃないんです。あなたが本に書きたいような話じゃありません。こっちはもっと、実に陳腐な事例なんですよ。不実な夫がいて。妻は夫が誰かと密会しているんじゃないかと疑っていたんですが……それが本当だとしても、実際にははるか彼方のグランドケイマン島で、夫がその相手と何をしていたかとなると——」つい話しすぎてしまったと気づき、ローランドは口をつぐんだ。「さあ、本当にもう失礼しないと……」ぼそぼそとつぶやく。

「さっき、あなたがたは血が半分つながった兄弟なのかと訊いたとき、どこかあやふやなお返事でしたね」

「まあ、あいつが誰なのかは、わたしにはわかっています。自分についてもね。しかし、ちょっと難しい問題もありまして。〝血が半分つながった〟というと、両親のどちらかが再婚したことになりますよね？　そういう事実はなかったんですよ」

「つまり、血はつながっていないということですね」ふたりの見た目は、まったく似ていない。

「そういうことです」

「でも、苗字は同じ？」ローランドはローランドで、ホーソーンと同じくらいこちらを苛立たせるところがある。どうして、こうも何も話してくれないのだろう。ただ、弟とのちがいといえば、口をつぐんでいられないところだろうか。「あなたが養子ということですか？」あとはもう、この可能性しか残っていない。

「いや、ちがいますよ！　とんでもない！」笑みとともに鼻息を漏らす。

「じゃ、ホーソーンのほうが?」

ローランドは瞬時に真顔に戻った。「おわかりだと思いますが、これはもう、ごく個人的なことですから。あいつは、こんなことを話したがらないんです」

「あなたの両親が、ホーソーンを養子として迎え入れたんですね」

あの写真にいた、ふたりの大人。巡査と、晴れ着をまとったその妻。ホーソーンが養子だったと聞いても、まったく驚きはなかった。わたしの知っているホーソーンに、あらゆる点について――《エアフィックス》社のプラモデルにいたるまで――しっくりと納得がいく。では、どうしてローランドのことを、半分だけ血のつながった兄などと呼んだのだろう? おそらく、こうした事情について、あまり話したくなかったからにちがいない。

「ええ、そうです。もっとも、わたしはあいつを義理の弟と思ったことはありませんがね。むしろ、もっと近い関係なので。実にすばらしいやつなんですよ。子どものころからずっと、長いつきあいですからね」

「ホーソーンの実の両親には、何があったんですか?」出されたコーヒーのことなどすっかり忘れたまま、ローランドは居心地悪そうに身じろぎした。玄関のドアにしきりに目をやっているのは、どうにかして出ていこうと考えているからだろう。「たしか、両親はリースに住んでいたと、ホーソーンから聞いた気がするんですが」これは嘘だ。あの男は、そんなことをいっさい口にしていない。ただ、かまをかけてみたのだ。

ローランドはすぐに引っかかった。「ヨークシャーにね。ええ」

「そして、亡くなってしまった？」

「亡くなっていなければ、あいつが養子になる必要もなかったでしょう」

「たしかに、それはそうですね。実に悲しい」

「まったく、ひどい話です」

「亡くなった理由は？」

あまりに立てつづけに、そして、あまりにあけすけに訊きすぎたようだ。こちらを阻むシャッターのように、まぶたが閉じる。「これ以上は話せません」そう言うと、ローランドは席を立った。「いや、もう本当に、失礼したほうがよさそうだ。あなたに会えて楽しかったですよ、アンソニー。ダニエルから、いろいろお噂は聞いていましたからね。わたしが寄ったと、あいつに伝えておいてください」

だが、その必要はなかった。まさにその瞬間、玄関のドアが開き、ホーソーンが姿を現したのだ。ローランドからわたしへ、何かを警戒するように視線を移す。やがて、その表情がふっと和(やわ)らいだ。「ローランド！」義理の兄には、こんなにも親しげに挨拶をするのか。

「ああ――おかえり、ダニエル。何もかも、うまくいってるか？」ローランドは封筒を手にとった。「これをおまえに届けるよう、モートンに頼まれてね。バラクローの資料だ」

ホーソーンが受けとる。「じゃ、トニーに会ったってわけだ」

「ああ。いま、自己紹介をしてもらったところだよ。ここで会うとは思ってもみなかったから、いささか驚いたが」

「トニーはいま、警察から逃げてるんだ」

「なるほど。それで腑に落ちたよ」

「コーヒーのために道草か？」

「ああ、一杯だけだが、ご馳走さま。もう引きあげたほうがよさそうだ！」ローランドはわたしに顔を向けた。「ひょっとしたら、来週にでもあなたの舞台を観にいくかもしれませんよ。『マインドゲーム』を。なかなかおもしろそうだ」

「もう打ち切りになってるかもな」と、ホーソーン。

「おやおや。それは残念。それじゃ、また！」

ローランドが出ていく。後には、ホーソーンとわたしが残された。「モートンというのは誰なんだ？」何気ないふうに尋ねてみる。ホーソーンは答えなかった。その顔には何の表情も浮かんでいないが、ひょっとしたら怒っているのかもしれない。「わたしがローランドを入れたわけじゃない」説明しておく。「向こうが鍵を持っていたんだ」

「留守番中、何も問題はなかったか？」

「ああ。クロワッサンをありがとう。それから、ココ・ポップスも」

どれくらいの時間、ローランドがわたしとここにいたのか、ホーソーンは知らない。わたしたちが、自分の話をしていたことも。書斎に立ち入りはしたが、痕跡は残していないはずだ。わたしが見つめる中、ホーソーンはキッチンのテーブルに置かれたふたつのコーヒーカップ、そして広げたままの新聞に目をやった。そして、どうやらこれ以上は追及しないことに決めたらしい。「さて、出かけなくちゃな」

「どこへ？」

「ヴォードヴィル劇場へ」

その口調に何かを感じながらも、しばしわたしはぼんやりしていたが、ふいに悟る。「ハリエット・スロスビーを殺した犯人が誰なのか、ついにつきとめたんだね？」

ホーソーンはうなずいた。「そのとおりだ、相棒。劇場で、そいつがおれたちを待ってる」

24　ヴォードヴィル劇場へ戻る

日射しを映してきらめく川面にかかるブラックフライアーズ橋を渡りながら、ホーソーンはわたしにひとことも声をかけなかった。

向こうがローランドの名前を出さない以上、わたしもホーソーンの義理の兄——いや、ローランド自身は別の呼びかたを好むかもしれないが——について、よけいな質問を慎むだけの分別はあった。その歩きかた——肩を怒らせ、ひたすら前方に視線を向けている——を見ていると、とにかく目的地へ急ぎ、この事件をさっさと終わらせてしまいたいと願っているようだ。自分の部屋にわたしを泊めてしまったことを後悔しているのは明らかだったし、これまで守ってきた秘密の幾分かにわたしが触れてしまったことも、おそらく悟っているのだろう。

とはいえ、具体的には、わたしはいったいどんな情報を探り出したといえるだろうか？　ホーソーンがリースで生まれたこと。両親は亡くなっていること。それも、おそらくはふたりとも同時に、何か心に深い傷を残すような出来事によって。自動車の事故だろうか？　その結果、ホーソーンは警察官の家庭に養子としてひきとられた。いまは昔ながらの私立探偵でありながら、副業として、どうやらモートンという男が切りまわしているらしい組織の仕事も引き受けている。だが、それがどんな組織なのかはまったく謎に包まれていた。あのリヴァー・コートの部屋は、どうやらその組織と関係があるようだ。あの部屋は家主の留守に管理しているだけだと、以前ホーソーンは話していたが、どうもそれは真実ではないらしい。あそこに住んでいるのには、何か別の理由があるのだ。

だが、こうしたことは、後でまたじっくり考えよう。いま、わたしの頭は別のことでいっぱいだった。ハリエットを殺した犯人を、ホーソーンがついにつきとめたのだ！　わたしたちはいま、その犯人に会うためにヴォードヴィル劇場へ向かっている。ロビーでわれわれを待っている人物はいったい誰なのか、わたしはひとりずつ頭に思いうかべてみようとした。米国製のタバコを吸っているアフメト。毛皮のマフラーを首に巻いたモーリーン。ひょろっと長身のマーティン・ロングハースト。そこまで考えて、ふとホーソーンがいましがたローランドにかけた言葉が脳裏によみがえる。あの舞台は、来週はもう打ち切りになっているかもしれない、と。つまり、それは出演者の誰かが逮捕されてしまうということだろうか？　それとも、演出家のユアン・ロイドが？

は尋ねた。

橋を渡りきり、角を曲がってストランドに入る。「今朝はどこに行っていたんだ？」わたし

さらに何歩か足を進めてから、ホーソーンが口を開く。「ペティ・フランスにな」

ペティ・フランスというと、ウェストミンスター地区にある通りだ。さまざまな政府機関がぎっしり並んでいる。そういえば、パスポート・センターもあそこにあったはずだ。いまも場所は変わっていないだろうが、土曜は閉まっているだろう。「そこで、答えが見つかったのか？」

「あるはずだと思ってたものが見つかった」

「なるほど、それはよかったな」こんなふうに、わざと謎めかして答えるホーソーンにはうんざりだ。

もう、劇場は目の前だった。ここから見るかぎり、まだ舞台は打ち切りになってはいない。それどころか、午後三時には昼の部が始まることになっている。正面の扉を、ホーソーンが開けてくれた。ロビーへ足を踏み入れる……

……その瞬間、心臓が跳ねあがり、胃は縮みあがって、わたしは逃げ場のない絶望に呑みこまれた。カーラ・グランショー警部とミルズ巡査が、こちらに向かって突進してきたのだ。グランショー警部は、勝ちほこった笑みを浮かべている。部下もまた、不愉快に口もとをほころばせ、いかにも満足そうだ。ふたりとも、わたしが来るのを待ちかまえていたらしい。

「約束、ちゃんと守ってくれたんだ」ホーソーンに向かって、グランショー警部が声をかける。

「ホーソーン――！」まさか、こんな仕打ちを受けるはめになるとは。「すまない、相棒。今朝、カーラから電話があってね。どうやってか、カーラはあんたの居場所をつきとめて――そういう頭は働かないと思ってたんで、いささか驚いたが――おれも、はっきり釘を刺されちまったよ。おれの立場で、法の正義を妨害したとみなされるわけにはいかないんでね」

「だが、きみは友人だと思っていたのに！」

「刑務所にはちゃんと面会に行くさ」

「刑務所になど入る気はないね。わたしは誰も殺していないんだ」もう、いまにも涙があふれてきそうだ。犯してもいない罪で裁判にかけられるというだけではない。まさか、ホーソーンに欺かれ、罠にはめられることになるなんて。

「そういえば、一昨日の夜、あんたの舞台を見せてもらったよ」と、グランショー警部。「ミルズを連れてね。どう思った、ダレン？」

「どうも、別に」ダレン・ミルズ巡査が答える。

「あたしはすごく楽しんだけどね。ハリエット・スロスビーの劇評は、たしかにひどかったと思う。あたしが脚本家だったら、やっぱり殺してやりたくなるくらい。それはそうと、さっさと踏むべき手順を踏んで終わらせようか」

「あなたに供述の義務はありませんが――」ミルズ巡査がわたしに被疑者の権利告知をするのは、これで二度めだ。

「ちょっと待った」ホーソーンが割って入った。「おれたちの取引を忘れてもらっちゃ困るな、カーラ」

「取引だって?」わらにもすがる思いで、わたしはその言葉に飛びついた。ひょっとしたら、わたしを逃がしてくれる話がついているのだろうか。

「三十分、おれがもらう。この事件がどうやって起きたか、すべて説明するよ。それが終わったら、逮捕すればいい」

「この事件がどうやって起きたかなんて、もう全部わかってるけど」グランショー警部がうなる。

「それでも、そういう取引を結んだはずだ」

グランショー警部はため息をついた。でっぷりした胸が上下する。「わかったよ、ホーソーン。だけど、まる一日つきあう気はないからね」

「ここじゃない」と、ホーソーン。「中でやる」

「劇場の? あんたが舞台に立ちたがるタイプだとは知らなかったけど、まあ、座席に座らせてもらえるんなら悪くないね。朝食をとってからずっと立ちっぱなしで、もう足が痛くって。じゃ、さっさと始めてちょうだい」

階段を下り、あの観客席に戻ると、死刑囚の監房めざして赤い絨毯(じゅうたん)の通路を下っていく……わたしは、まさにそんな気分だった。とはいえ、一階席に入ったところで、わたしは驚きのあまり足をとめた。空(から)っぽの観客席ごしに舞台を見まわす。幕はすでに上がり、『マインドゲーム』の舞台装置の中に、九人の顔ぶれがわれわれを待っていた。小道具として使われる椅子にかけているものもいれば、舞台裏からプラスティックの椅子を運んできて、そこにかけているものもいる。なんとも滑稽なことに、劇中に登場する骨格標本までもが、舞台の片隅にたたずんでいた。

出演者は、片側に集まっていた――スカイ・パーマー、その隣にジョーダン・ウィリアムズ、そしてチリアン・カーク。ユアン・ロイドはその近くに、ひとりぽつんと坐っている。アフメト・ユルダクルとモーリーン・ベイツは、気まずいほどくっついて同じソファに。アフメトの会計士であるマーティン・ロングハーストは、その後ろだ。アーサー・スロスビーと娘のオリヴィアもこの場に呼ばれ、劇中で壁に変化することになっている窓のそばにいた。みな、しばらく前からここで待たされていたらしく、観客席の通路を近づいてくるわたしたち四人を迎える視線は、いささか不機嫌だ。そのとき、わたしはふと、楽屋口番代理のキースまでもが、ここに呼ばれていることに気がついた。坐っているのは舞台袖、観客席からはなかば隠れている。

わたしたち四人は、舞台のすぐ前にたどりついた。

「おたくらはここに」グランショー警部とミルズ巡査に、ホーソーンは指示した。それから、わたしをふりむく。「あんたはおれと来てくれ、トニー」

張出舞台の端に、階段が設置してある。ふたりの刑事が最前列に腰をおろしている間に、わたしたちはそれを上がって舞台に立った。中央には空いた椅子がひとつあり、これはおそらくわたしのために用意されているのだろう。そこにかける。みんながじっと自分を見ていることに気づき、わたしは無人の観客席から視線を動かさないようにした。だが、見えない観客は見えない目でこちらを見ているようで、ほんものの観客よりもおそろしい。その間に、ホーソーンはさっさとコートを脱いでいた。まったく緊張は見られないどころか、この状況をどこか楽しんでいるふうでさえある。だが、思いかえしてみれば、ホーソーンはいつも、ある意味で演じる側の人間なのだ。そして、いまやその真骨頂を発揮しようとしていた。

「わざわざここに集まっていただき、みなさんには感謝しますよ」ホーソーンは切り出した。「いささか急なお願いでしたが、グランショー警部が、土曜は昼までしか働かないっていうんでね」

「いったい、これはどういうことなのかね？」ジョーダンが尋ねる。いつものように、ほかの誰よりも苛立った様子だ。

「まあ、見てわかるとは思いますがね、ハリエット・スロスビーが殺された事件についての話ですよ。舞台の稽古のために集まってもらったわけじゃない。ここにいる誰もが、何らかの形でかかわってた事件ですからね。いったい何があったのか、みなさんも知りたいと思ってるでしょうから」

「誰が妻を殺したのか、あなたにはわかっているんですか？」アーサー・スロスビーが声をあげた。

ほんの二日前に顔を合わせたときに比べ、アーサーは明らかに悲しみから立ちなおっているように見える。そもそも、着ている服からして新品だ——色鮮やかなブレザーにネクタイ。髪も切ったばかりらしい。まるで、妻の死という事実に慣れてきたというだけではなく、そんな現実に順応し、ひょっとしたらこっちのほうが生きやすいと気がついてしまったかのようだ。いっぽう、隣にいるオリヴィアは無口で、いかにも不安げに見える。

「わかってなかったら、みなさんを呼んだりしませんよ」と、ホーソーン。

なかなか本題に入らないのを見て、グランショー警部とミルズ巡査はすでに退屈しはじめていた。

「ちょっと訊きたいんですけど、ミスター・ホーソーン、どうしておれたち全員がここに集まらなきゃいけなかったんですか?」今度はチリアンが口を開いた。「だって、きょうは週末ですよ。昼の部と、夜の部と、舞台に二回立たなきゃいけないのに。本当は、こんなところに来てる時間はないんだ」

「午前中からお呼び立てして、申しわけなかったとは思いますがね」申しわけないなどとは、さらさら思っていない口調だ。「ここに集まったみなさんには、それぞれ、あといくつかの質問に答えてもらうことになります。この事件のおかしなところは、必要以上にやたらこんがらがってしまってる点なんですよ。誰かがパルグローヴ・ガーデンズの家のドアを叩き、スロスビー夫人を殺害した。そして、ここに集まった全員に、それぞれあの女性の死を願う充分な理由があったはずです」

「よくもまあ、そんなことを!」アーサー・スロスビーが声をあげたものの、さほど怒りに震えている様子でもない。「あなたは本気で、オリヴィアやわたしが――」

「やめなさいよ、父さん！」オリヴィアが父親をさえぎった。「あたしも父さんも容疑者なのは当然じゃない。あたしたち、ふたりともあの人が大嫌いだったんだから」

「だが、事件が起きたとき、わたしは家にいなかった。学校にいたんだ」

「おたくの学校からも話を聞かせてもらいましたがね」ホーソーンが答える。「九時三十分から十時十五分まで、おたくは授業がなかった。学校には目撃者がいるとおたくは言ってたが、実のところ、抜け出すのは簡単だったはずですよ。なにしろ、自転車を持ってる。片道十分、奥さんを片づけるのに二分……」

アーサー・スロスビーは黙りこんだ。「わたしは指一本触れてはいない！」口の中で、そうささやく。

ホーソーンは動じる気配もない。「みなさんひとりひとりに、犯行の機会はあった」話を続ける。「そして、どうやら誰も、被害者の死亡時刻に何をしていたかってことを、はっきりと証明できないようだ。《スターバックス》から気づかれずに抜け出すことだって、やはり簡単ですからね」これは、オリヴィアのことだ。「タバコ休憩ってことにでもしときゃいい」

「あたし、タバコは吸いません」と、オリヴィア。

ホーソーンは、それを無視した。「マーティン・ロングハーストには、この劇場に来てから自分の事務所に着くまで、一時間ほどの空白があった。ジョーダン・ウィリアムズがこの時間帯にどこにいたかは不明のままです」

「そもそも、そんなことは訊かなかったじゃないか」ジョーダンが反論する。

「いま訊いてほしいんなら訊きますがね」

「家で、まだベッドにいたよ」

「人間ってやつは、どうしてこう嘘ばかりつくのかと思いますよ。おかげで、わたしの仕事はひどく面倒になる」ホーソーンは悲しげに頭を振ってみせた。「だが、こういうことは、すぐにすべて明らかになります。重要なのは、この事件そのものはごく単純で、そればかりか、犯人の正体は最初から明らかだったということでね。その男は初日のパーティでハリエットを脅し、あの女は死ぬべきだって意見にもはっきり同意してます。ハリエットの住所も知ってた。犯行現場近くの防犯カメラにも映ってましたしね。凶器として自分の持ちものを使用したばかりか、間抜けにも自分の指紋を柄に残してたんですよ。さらに、犯行現場に自分の髪の毛を落とし、パルグローヴ・ガーデンズあたりに生えてるのと同じ、ソメイヨシノという桜の木の花びらをジャケットにくっつけてね。さらにまずいことに、どうやら手にかけた劇評家はハリエットが最初じゃなかったのかもしれない」

「いったい誰の話をしてるの？」スカイ・パーマーが尋ねた。

「誰のことかは、みなさんご承知かと思いますがね」

「アンソニーの話でしょ」カーラ・グランショー警部のあげた声は、無人の観客席に響きわたった。「さ、言いたいことを言いおわったんなら、ホーソーン、そろそろ逮捕にかかってもいいでしょ。みんなも、それで帰れるし」

短い沈黙。誰もがみな、わたしをじっと見つめているのがわかった。

「わたしには、ずっとあの人が犯人だとわかってましたよ」モーリーンはアフメトに顔を向けた。「うちの事務所に初めてあの人が来たとき、わたし、ちゃんと警告したでしょう。あんな暴力的なお芝居！　頭がどうかしているんでもなきゃ、あんな脚本は書けませんよ」

「いや、それはちがうな」思いがけずユアンがわたしの肩を持った。「シェイクスピアだって、ひどく暴力的な悲劇をいくつか書いている。『リア王』でグロスター伯が目をえぐり出される場面や、『タイタス・アンドロニカス』で何人もの登場人物が殺される場面は、不快きわまりない描写もあるが、それでも――」

「ご高説には感謝しますがね、今回は英国演劇史をひもとく必要はないかと」ホーソーンが割って入る。「問題は、もしもトニーが犯人だったなら、なぜまだこんなに多くの疑問が、答えが出ないままに残ってるのか、ってところなんですよ」

「答えが出てない疑問って何よ？」グランショー警部がとがめる。

「すぐに五、六個は挙げられる」ホーソーンは指を折りはじめた。

「休憩室のごみ箱に手つかずのタバコが三本、折り曲げられて捨てられてた理由は？　事件前夜、ユアン・ロイドが劇場を出ようとしたとき、どうして悪い予感に襲われたのか？　あの夜、一階の電球が割れたのはなぜか？　まだネットに公開されてなかったハリエットの劇評を、どうしてスカイ・パーマーは読むことができたのか？　あの夜、劇場を出た時間について、ジョーダン・ウィリアムズはなぜ嘘をつき、モーリーン・ベイツはなぜそれをかばうことに同意したのか？」

「わたし、そんなことしてません！」モーリーンが鼻を鳴らす。

「だが、ここはまず、ありえないと思えるかもしれませんが、グランショー警部はまちがってて、トニーはこの殺人を犯してないと考えてみましょう。そうなると、さらに大きな疑問が浮かびあがってくる。いったい、誰がトニーに罪を着せようとしたのか？　手がかりの多くは単なる状況証拠です。防犯カメラに写っていたのは、単にトニーと似たジャケットを着てた人間にすぎません。ソメイヨシノの木が生えてる場所ならロンドンには何ヵ所かあるし、たとえばトニーがよく犬の散歩をするセント・ジョンズ・ガーデンズもそのひとつでね。ハリエットの住所を、本当にトニーは知ってたのか？　これも、たぶん知らなかったはずです。だが、短剣から検出された指紋と、遺体に付着していたという髪の毛。これぱっかりは、もう議論の余地がない。とうてい信じられないくらいトニーの運が悪かったか、そうでなきゃ、誰かがわざと罪を着せたとしか考えられません。だが、刑務所送りにしてやろうとまで恨まれるとは、いったいトニーは何をやらかしてしまったのか？」

「あの脚本を書いたことかな」と、チリアン。

「そりゃ手厳しすぎる」ホーソーンは返した。「ひどい劇評を書かれたからハリエットを殺した、なんて決めつけるのと同じにね。これはわたしの贔屓目かもしれないが、トニーが殺したとはとうてい思えないんですよ。ましてや、劇評が頭にきたから殺した、なんて動機はね。

そして、最後の疑問です。いったい、われわれは何件の殺人事件を捜査してるのか？　まず、ハリエット・スロスビー殺害事件があります。だが、ハリエットは以前、ウィルトシャーで死亡した小学校教師についての本を書いてる。調べてみると、その犯人のひとりはマーティン・ロングハーストの弟、スティーヴンでした」

「スティーヴンをこんなことに巻きこむ権利は、あなたにはありませんよ」ロングハーストは椅子から身を乗り出し、初めて口を開いた。「このつまらない言いがかりにわたしを巻きこむだけでも、不当きわまりないと思いますがね、ミスター・ホーソーン。だが、スティーヴンは被害者にすぎないのに、こんな事件で引きあいに出されるのはひどすぎる。弟はまったく無関係じゃありませんか」

「被害者と呼ぶなら、フィリップ・オールデンのほうじゃありませんかね」と、ホーソーン。「頭蓋骨を割られ、死ぬはめになったのはオールデン少佐のほうなんだから。この事件との関連を探すなら、おたくのご両親と、あのモクサム・ヒースでの事件について、ハリエット・スロスビーがひどく意地の悪い本を書いたのも忘れちゃいけない。おたくはあの本のせいで両親の結婚生活が破綻し、自分の人生もとりかえしのつかない打撃を受けたと、ハリエットを非難してましたね。その非難は、《ブリストル・アーガス》紙のフランク・ヘイウッドにも向けられてた。ハリエットにあの村を紹介し、おたくの人生にあの女性を引き入れたことで。本を書くにあたって、必要な情報を流したのもフランクでした。ここで、さらに三人めの被害者が登場します。どうやら、フランク・ヘイウッドがインド料理店での食中毒で生命を落としたのも、また別の殺人事件だったようでね。もうずいぶん昔のことで、とうてい証明はできそうにないものの、これもけっして単なる事故ではなかったんですよ」

「フランク・ヘイウッドなんて名前、あたしは聞いたこともないけど」グランショー警部が不満げに漏らす。

「そりゃ、すべき仕事をサボってたからだ」ホーソーンがぴしゃりと言いかえした。「ここで考えるべきは、自分が殺された朝、なぜハリエットがあの本を机の上に出してたか、ってことですよ。『悪い子ら――英国の片田舎で起きた死』。ひょっとしたら、ハリエットは誰かに何かを伝えようとしてたのかもしれない。

わたしが何を言いたいか、わかりますかね？　こんがらがるにもほどがある！　正直なところ、頭がどうかなりそうですよ」

ホーソーンは口をつぐんだ。

長い沈黙の後、いまだ続きを話そうとしないホーソーンに、観客席から声をかけたのはダレン・ミルズ巡査だった。「じゃ、もしもトニーが犯人でなけりゃ、誰がハリエットを殺したのかはわかってるんですか？」

「ああ、それはもう」ホーソーンは笑みを浮かべた。「そっちは簡単な話だった」

25　終　幕

「どうしても理解できなかったのはどこか、わかりますかね？」ホーソーンは問いかけた。

「さっきも言ったように、いまこの舞台の上にいる人間はみな、ハリエット・スロスビーを殺すれっきとした理由を持ってました。だが、どうしてその罪をトニーに着せた？　だって、あまりに間抜けな話じゃないですか。この男はとことん無害で、誰が見たって人殺しなんかしそうにないんだ。まあ、グランショー警部とミルズ巡査だけは別意見かもしれませんがね。罪を着せる相手を選ぶなら、この場合はジョーダン・ウィリアムズでしょう。なにしろ、あの劇評にいちばん腹を立て、全員の前で宣言した人物ですからね――〝殺してやる。誓って、絶対にな……あの女に、誰かが剣を突き立ててやるべきだ！〟と。

さらに、もうひとつ問題があります。なぜ、トニーの短剣を使ったのか？　ハリエット・スロスビーが料理用のナイフで殺されたのなら、容疑者は百万人にもふくれあがる。ロンドンじゅうの誰だろうと、犯行の機会があるんだから。しかし、あの『マクベス』記念の短剣を使ったとなると、容疑者はここに集まった全員にまで絞られるんですよ」ホーソーンは舞台の上の全員を示すように、手をぐるりと動かした。「ここにいる人間だけが、あの『マクベス』の短剣を使うことができたんです」

「あたしには無理よ」オリヴィアが口をはさんだ。

「たしかにね」ホーソーンも同意する。「だが、誰かにとってきてもらうことはできた」

「いったい、誰に？」

「おたくの友人、スカイ・パーマーですよ」

「あたしたち、お互いにほとんど知らない相手なのに」

「本当に？」ホーソーンはオリヴィアに歩みよった。「家にうかがったとき、おたくはたしか、もう心のうちを偽る必要はないと、お父さんに言ってましたよね」

「だから、何？」

「どうして、おたくはいまだに心のうちを偽りつづけるんですかね？　いったい、何を怖れて？　叱りつけるお母さんはもういないのに」

「何の話をしているんです？」アーサー・スロスビーが詰問する。

答えたのは、スカイ・パーマーだった。「この人、わたしのことを言ってるんです」席を立ち、オリヴィアに歩みよると、その肩に両手を置く。「話してもいいんじゃないかな。この人、もう知ってるみたい」

オリヴィアはちらりと父親に視線を投げると、片手をスカイの手に置いた。「あたしたち、つきあってるんです」ただそれだけを口にする。

スカイはホーソーンをにらみつけた。「誰から聞いたの？」

「別に、誰かから聞くまでもないことでね。初日のパーティで、オリヴィアがＬＧＢＴの象徴的存在をプリントしたＴシャツを着てたのは、まあ、偶然かもしれません。だが、おたくらふたりが親しいのは明らかだった。スカイは何度もおたくの家を訪ねてますね」

「わたし、そんなこと言ってません」スカイが抗議する。

「ああ、たしかに。だが、ここの楽屋で話を聞いたとき、ハリエットの住んでた運河のあたりにも防犯カメラはたくさんあると、おたくは言ってた。つまり、家が運河の近くだと知ってたわけだ。そして、その場に行ったことがあるからこそ、カメラがあるのも知ってたんでしょう」スカイが無言のままなのを見て、ホーソーンはさらに続けた。「でなけりゃ、どうしてオリヴィアが母親のコンピュータに侵入してまで、おたくに劇評を送ったりするんですかね？　どうしてふたりの関係を隠そうとするのか、わたしはさんざん頭をひねったもんですよ——だって、きょうび、おたくらのような女の子たちがおおっぴらに楽しくやってるのは、けっしてめずらしくないわけだし——だが、ブリストルで新聞社時代のハリエットの上司に会ってみて、ようやく腑に落ちてね。ハリエットは初めて書いた劇評で、同性愛って題材が気に入らず、その舞台をこきおろしたとか。そうなると、ずいぶんおたくも生きづらかったでしょう」

　自分に向けられたこの最後の言葉に、オリヴィアはうなずいた。「母には言えなかったんです。うちあけてほっとするどころか、ひどいことになるのは目に見えてたから」

「こんなことを言うのは酷だが、そうなると、おたくらふたりには、ハリエットを亡きものにしたいと願う切実な理由があったわけだ」

　スカイはホーソーンの視線をまともに受けとめた。「ええ、それは否定しません」そして、別の椅子を運んでくると、オリヴィアの隣に坐る。

　ホーソーンはまた、舞台の中央に戻った。

「まったく、どうして演劇界隈の人間ときたら、ものごとを何でもこう複雑にひねくりまわすのか！　自分たちの関係を偽ってたのは、いまのふたりだけじゃないんですよ。さて、ジョーダンとモーリーンの場合は？　なかなかお目にかかれない、奇妙な組みあわせのふたりですがね」

「何が言いたいの?」モーリーンが憤然とする。

「まあ、そう気を揉まないで。別に、ふたりが寝てもいないのはわかってますよ。だが、おたくのほうは、ちょっとばかり胸をときめかせてたんじゃないですかね」モーリーンが答えないのを見て、ホーソーンは続けた。「そちらの事務所で話を聞いたとき、おたくはとっさにジョーダンを守ろうとした——劇場の休憩室でジョーダンが口走った、ハリエットへの殺意の件で。あれは冗談だった、本気じゃなかったんだとね。あの人が犯人かもしれないなんて夢にも思いませんん、って態度だったが、実はひそかに思いこんでたんだ、ジョーダンはきっと、あの休憩室での脅しの言葉をそのまま実行してしまったんだろうとね」

「どうして、そんなことがあなたにわかるわけ?」

「そりゃ、事件前夜、ジョーダンがおたくに偽装工作を頼み、おたくもそれを引き受けたからですよ。あの夜、ジョーダンは劇場を出ていない。おたくはそれを知ってた。知ってて、警察に……そして、わたしにも嘘をついたわけです」

「モーリーンは関係ない!」ジョーダン・ウィリアムズが、怒りのあまり腰を浮かせる。

「じゃ、おたくはそれを否定するんですかね、ジョーダン?」ホーソーンはにっこりした。

「おたくが奥さんと口論してたことはわかってます。奥さんが初日を観にこなかったこともね。そして、楽屋にはどっさり服を持ちこんで……そればかりか、結婚写真まで置いてますよね——イズリントン登記所の外で撮ったやつを。奥さんとはかなり激しく衝突したようだ、そうでしょう？　だから家に帰れず、楽屋で寝泊まりしてるってわけだ」

「そんなことは、ハリエット・スロスビーの死と何の関係もないだろう！」

「そうですかね？　おたくはハリエットを殺すと凄んだ――そのうえ、事件前夜にはモーリーンに偽装工作を頼み――」

「そんなことはしていない！」

「――モーリーンのほうも引き受けた。それは、おそらくおたくが『キャッツ』でミスター・ミストフェリーズを演じたとき、おたくに会わせてもらえたからだ。『キャッツ』を百回観た記念に楽屋で会わせてもらった出演者というのは、たぶんおたくのことでしょう」

ジョーダンは息を吸いこんだ。「ああ、そうだ」

「本当に素敵だったわ！」こんなときでさえ、モーリーンは胸の震えをささやかずにはいられないようだ。

「だからこそ、おたくはあの夜、モーリーンに頼めば楽屋口の記録帳に、おたくの名で退館時刻を記入してくれるとわかってた」誰かが口をはさむ前にと、ホーソーンはたたみかけた。「楽屋口番のキースは、実際には誰が出入りしたかをすべて見てるわけじゃないんでね。トニーが帰ったところも見てなかったくらいで」

「そんな、何もかも全部は見てられないですよ！」いまだ袖になかば隠れたまま、キースが文句を言う。

それを無視して、ホーソーンは続けた。「自分より五分早く、一時十分前におたくが劇場を出たことにするのは、モーリーンにとっちゃ簡単なことでした。ただ、ここでちょっとした失敗をしてしまった。ほかの誰もが、十二時間制で時刻を書きこんでる。おたくも到着時刻を午後十時三十分と記帳してますね。だが、モーリーンだけは二十四時間制の表記を使ってる。入館時刻は二十三時二十五分、退館は一時間半後の零時五十五分、とね。そして、おたくの退館時刻も零時五十分と、二十四時間制で書いちまった」

「たしかに、わたしは楽屋に泊まっていた」しゃがれた声で、ジョーダンが認めた。「ジェーンとはくだらない喧嘩をしてしまって——そんなことがあったからこそ、あの劇評にもあんなに腹が立ってしまったのだろう。休憩室での飲み会が終わった後、わたしは楽屋に戻り、すぐに眠りこんでしまったよ。長い一日で、もう疲れはてていたからね。翌朝は、下の非常口から劇場を抜け出した。まっすぐ家に向かい——ジェーンに確認してもらってかまわない——十時半には帰っていたんだ……」

「それでも、リトル・ヴェニスに寄り道するには充分な時間があるようですがね」

「ハリエット・スロスビーのことなど、まったく考えてはいなかったよ！　わたしはただ、妻に会いたかった……自分が口にしてしまったことを、早く謝りたかったのだ」

「ここにいる全員が、ハリエット・スロスビーのことを考えてたんですよ！　マーティン・ロングハーストとハリエットの本のことは、先ほど話しましたね。あの劇評のせいで、アフメト自身、そしてその制作プロダクションは破滅への第一歩を踏み出すこととなった。当然、モーリーンもそのことに怒りをくすぶらせてます。チリアンは、もしも自分がうっかり口にしたクリストファー・ノーランの悪口を、小耳にはさんだハリエットがどこかでぶちまけたら、役者としての未来が台なしになってしまうと気が気じゃなかった……」

この仮説をわたしが口にしたときは、ホーソーンはあっさり否定していたくせに、という思いが頭に浮かぶ。だが、おそらくはチリアンを刺激するために、わざとこんな話を持ち出してきたのだろう。だとしたら、ホーソーンの思うつぼだった。「馬鹿なことを言わないでくださいよ！」チリアンが反発する。「おれがあそこで口にした言葉なんて、ひとことだってハリエットの耳に届いたはずはないんだ。聞こえてたとしたって、かまうもんか。あんなの、ごく内輪のおしゃべりにすぎないんですよ。そんなこと、記事にできるはずはないでしょう」

「そして、ユアンも例外ではありません」ホーソーンが続ける。「かつて演出した舞台『聖女ジョウン』についてハリエットが書いた記事に、いまも深い憤りを抱えつづけてる」

「あんなもの、もうはるか昔の話ですよ」ユアンは答えた。

「そのとおり。だが、おたくが話してくれたとおり、初日のパーティでハリエットは言葉を巧みに選び、ひどい当てこすりを口にした。まるで、おたくをあざ笑ってでもいるようにね。〝ああいう大きなホテルって、どうもわたしの心が燃えあがらないのよね〟と。あのとき重傷を負った女優と、いま、おたくはいっしょに暮らしてる。だからこそ、あのときの復讐に駆りたてられたって不思議はないでしょう」

「ソニアとわたしは、起きてしまったことを受け入れて生きていくことを学んだんだ。ハリエットのことなど、もうどうでもよかった」

「そりゃ、口では何とでも言えるでしょうがね」ホーソーンは信じていないようだ。

「ずいぶん長話じゃないの、ホーソーン。これって、何か結論が出るわけ？」観客席からの横やりは、もちろんカーラ・グランショー警部からだ。

ホーソーンは満面の笑みを向けた。「話についてこられなくても心配ないさ、カーラ。後でまた、最初からじっくり話してやるよ」そして、また一同に向きなおる。「さて、ここまでが現在の状況です」いったん話を締めくくる。「だが、誰がハリエットを殺したのかを話す前に、まずは別の二件の死について考えてみましょう――フランク・ヘイウッド、そしてフィリップ・オールデン少佐。ハリエットは、このふたりとそれぞれかかわりがあった。さて、ここで考えるべきなのは――はたして、これだけの年月を経た後、このふたりの死がハリエットの殺害を招いた可能性はあるのだろうか？」

「まずは、フランク・ヘイウッドから。この劇評家は、《ジャイ・マハル》というインド料理店で傷んだ仔羊肉のカレーを食べ、その後、心臓発作を起こして亡くなりました。生前はハリエットの親しい友人で、実は男女の関係だったかもしれないという疑いもある。これは、新聞社の編集主任であり、ハリエットの上司だったエイドリアン・ウェルズも否定はしませんでした。ちなみにウェルズ氏は、こんなことも話してくれましたよ――ほしいものを手に入れるためなら、ハリエットはどんなことでもした、と。まあ、これはこの場の誰もが知っている事実じゃありますが、そうなると、こんな疑問も湧いてくる――劇評家の座を手に入れるためなら、ハリエットはヘイウッドの死さえも願っただろうか？

これは、いまさら証明できることじゃありません。もうはるか昔のことで、目撃者もいない。警察は事件性をまったく疑ってなかった。いったい、なぜ捜査を見送ったのか？　食中毒を起こしたのが、ハリエットとフランクの両方だったこと。もともと、衛生的に問題があると噂のレストランだったこと。そして、そもそもフランクの直接の死因が心臓発作だったこと。だが、ひとつわかってることがありましてね。レストランを選んだのはハリエットだった。会いにいったとき、ウェルズ氏が話してくれましたよ。悪い評判の店だと知りつつ、なぜそこを選んだのか？　さらにもうひとつ、考えあわせるべきことがあるんです。最初に書いた本『後悔はない』の取材中、ハリエットはこの事件の最有力容疑者、ロバート・サーケル医師と親しくなった。この人物は結局、何人もの老婦人を殺鼠剤で――有効成分は砒素です――殺害した容疑で逮捕されましてね。だとしたら、ハリエットがこの医師から毒薬を一、二服ぶん、いつか必要になったときのために譲りうけていたかもしれないと考えるのは、あまりに飛躍がすぎるでしょうか？」

「あなたは、妻がフランク・ヘイウッドを殺したかもしれないと言いたいんですか？」アーサー・スロスビーがとがめた。

「そう、まさにそう言ってるんですよ」と、ホーソーン。「ヘイウッドにはたっぷり薬を盛り、自分には少しだけ。味はカレーが隠してくれる。責めを負うのはレストランだ。どうです、ありえないことだと思いますか？」

アーサー・スロスビーはしばし考えこんだ後、ふっと鼻で笑った。「あいつならやりかねないな！」大声をあげる。「あれは何だってやってのける女でしたよ、うちのハリエットはね。妻がフランクと寝ていたというなら、それは引き換えに何かほしいものがあっただけのことです」さらに記憶をたどる。「そうだ、ずいぶん奇妙な話ではあるんですが、ひとつ思い出しましたよ。あの食中毒事件の翌日、退院してきた妻の寝室に入ったときのことです。ハリエットはベッドで身体を起こし、《アーガス》紙のためにフランクの追悼記事を書いていたんですよ」

「それって、何かおかしなこと？」オリヴィアが尋ねた。

「そのとき、まだフランクは亡くなっていなかったんだ」

凍りついたような沈黙が広がる。

「フランク・ヘイウッドの件は、これくらいにしておいて」ホーソーンは続けた。「さて、フィリップ・オールデンの死についてはどうでしょう？　こちらは、加害者が誰かははっきりしてます。ただ、すべての真実が日の目を見ることはありませんでしたがね。オールデンの死を招いたいたずらは、スティーヴン・ロングハーストが考えたものでした。オールデンを心から憎んでたのは、スティーヴンのほうだったからです」ホーソーンはマーティン・ロングハーストに歩みよった。「弟さんについての真実を、おたくは知ってたんですか、ミスター・ロングハースト？　重い責任を問われるべきは弟さんであって、もうひとりの少年じゃなかったことを？」

「わたしはただ、両親から聞かされたことしか知りません」

「おたくのご両親は、まあ弁護士がしたことかもしれないが、証人のひとりに賄賂(わいろ)を渡してましてね。法の正義は、そこでねじ曲げられた。可哀相なもうひとりの少年が、重いほうの刑――十年の拘禁――を言いわたされたんですよ。本来なら、スティーヴンに下されるべきだった刑を」

「わたしは何も知らないんです」

「どうして、おたくはあの小学校を訪れたんですかね？　自分の子どもを通わせるかもしれない、などと嘘をついて」

「どうにもお答えできないんですよ、ミスター・ホーソーン」ロングハーストは頭を垂れた。「もう二十年近くにもなるのに、わたしはずっとモクサム・ヒース小学校で起きた事件にとりつかれていたんです。あの事件は、わたしの家族をばらばらにしてしまった。ハリエットがあの本を書いていなかったとしても、どのみち家族はばらばらになってしまっていたことでしょう。わたしはただ、その事件が起きた場所を自分の目で見て、どうにか理解したかっただけなんです。校長先生にはどう説明していいかわからなかったので、自分の子どもを通わせたいなどと言ってしまって。そう、自分にとりついていた幽霊を解き放ちたかったとでもいうのかな」

「ところで、いちおう知らせておきたいんだが、わたしはちゃんと返事を書いたはずですよ」ほかの人々にはまったくわけのわからない話と知りながら、わたしはつい割りこまずにはいられなかった。

だが、マーティン・ロングハースト本人さえも、どうやらわけがわからなかったようだ。ぽかんとした顔で、わたしを見つめる。「何ですって？」

「あそこの校長先生から、きみがわたしの本を愛読してくれていたと聞いたんですよ。わたしに手紙をくれたのに、返事が来なかったとか」

「いや」ロングハーストは顔をしかめた。「校長先生が勘ちがいしたんでしょう。わたしが手紙を書いたのは、あなたじゃない。マイケル・モーパーゴです」

「おやおや」恥ずかしさに頬が熱くなり、わたしは椅子の上で身をよじった。

幸い、ホーソーンはすでに舞台の中央へ戻り、いよいよ終幕にかかろうとしていた。「まだ起きてるか、カーラ?」観客席に声をかける。

「この話、ちゃんと落ちはあるんでしょうね、ホーソーン」

ホーソーンは観客席に背を向けた。

「ハリエット・スロスビーが殺された理由は、この『マインドゲーム』の舞台とも、トニーとも何のかかわりもありません。わたしがそもそもの最初に犯した大きな誤りは、誰かがトニーに罪を着せようとしてると考えてしまったことでした。トニーの髪。トニーの短剣。何ひとつ、まったく意味をなさない。それどころか、この事件の全体像さえもゆがめてしまってましてね。トニーは無関係だという、自分の勘に最初から耳を傾けてりゃよかったんですが。結局、事件の形をはっきりと把握し、何が起きたのか理解できたのは、みなさんひとりひとりから話を聞いた後のことでした。

ジョーダン・ウィリアムズは、ハリエット・スロスビーを殺してやりたいと、はっきりと口に出しました。それも、みなの前で、大声でね。つまり、犯人がジョーダンに罪を着せようとしたなら、すべて辻褄が合う。しかし、そこで犯人は失敗したんです。トニーはただ、まちがって巻きこまれただけにすぎない。

パーティの夜、何があったかを思い出してみましょう。雨でびしょ濡れになって劇場に戻ったトニーに、ジョーダンがタオルを差し出した」

「それで髪を拭いたんだ！」と、わたし。

「そうなんだ、相棒。あんたの年齢だと、髪もだいぶ抜けやすくなってる。その後、誰かがジョーダンの楽屋に忍びこみ、タオルにへばりついてた髪を、てっきりジョーダンのものだと思いこんでとっていった。実際にはあんたの髪だったんだが。それだけの単純な話だ」

「そして、遺体の上にその髪を置いたのか！」

「そういうことだ。短剣のほうも、ただのまちがいにすぎなかった。休憩室に片づけにきたキースが、ジョーダンの短剣を流しに運んだだろう。いっぽう、トニーの短剣のほうは目につきやすい場所に放置されてたから、またしても犯人は、ジョーダンのものとまちがえて持ってってしまったんだ。当然ながら、犯人は自分の指紋を残さないよう気をつけてた。つまり、トニーが薄紙の包みを開け——ついでに、その時点で付着してた指紋を知らず知らず拭いとってしまいながら——自分の指紋を付着させて以来、ほかには誰もその短剣に素手で触れてはいない、ってわけだ。

そうなると、正体をつきとめるべきは、トニーに罪を着せようとした人物じゃなく、ジョーダンに着せようとした人物になる。その答えは、ここにいる誰もが知ってることでしょう」

気がつくと、ホーソーンはチリアンの前に立っていた。

「おたくのことは好きなんだ、チリアン。気の毒だったと思ってる。だが、これは伝えないわけにはいかなくてね。わたしはもう、すべてを知ってるんだ」

「嘘だ。そんなわけあるもんか」

「まちがいだったらどんなにいいかと思うよ、相棒。だが、もう隠してはおけない。わたしが知ってるんだから」

ずいぶん長い間、チリアンはじっとホーソーンを見つめていた。やがて、ふいにその目からぼろぼろと涙があふれ出し、わたしはぎょっとした。まるで子どものような口調で、チリアンが訴える。「よくできた計画だったのに！」泣き声だ。「ちゃんと、うまくやってのけたんだ！」

「いや、そうでもなかったな。そもそも、髪の毛のことにしても、短剣にしてもね」

「それ以外はうまくいってた！」流れおちる涙は、いっこうに止まる気配はない。

カーラ・グランショー警部がすっくと立ちあがった。「ハリエット・スロスビーを殺したのは、チリアン・カークだったってこと？」大声で尋ねる。

「おみごと、カーラ！　ようやく正解にたどりついたな！」ホーソーンはにっこりしてみせた。

「あと、ほんのちょっとの手助けがありゃよかったんだ」

「でも、なぜ？　あの脚本が気に入らなかったから？」

「さっきからの話を、ぜんぜん聞いてなかったのか？　いったい何回くりかえせばいい？　この事件は、『マインドゲーム』とはまったく関係ないんだ」

「だったら……どうしてよ？」

チリアンは椅子にぐったりと身体を預け、声も出さずに泣きつづけている。ホーソーンの指摘を否定しようともせずに。ほかの出演者たち、マーティン・ロングハースト、アフメト、とりわけモーリーンは、怯えたような目でその姿を見つめていた。

「じゃ、劇場の休憩室で飲んだあたりから話を始めますか」ホーソーンが穏やかな口調で切り出す。「劇場を出る前から、チリアンはもう、ハリエットを殺そうと心を決めてた。その理由についちゃ、すぐに説明しますよ。あの女を殺してやると、ジョーダン・ウィリアムズが凄んだとき、チリアンは絶好の機会が目の前に転がってきたことに気づき、その誘惑に抗(あらが)えなかったんです。罪はジョーダンがかぶってくれる。一階の楽屋に忍びこみ、ヘアブラシかタオルから髪をもらってくりゃいい――それから、ジョーダンの指紋のついた短剣も必要でした。これが、決定的証拠になるはずの品でね。

チリアンが、最初に休憩室を出ていきました――真夜中を二十分ほど過ぎたあたりで。楽屋口の記録帳には、十二時二十五分に退館したと書いてある。だが、後でまた戻ってこなきゃならないことはわかってた。夜間は出入り口は施錠され、非常口だけは鍵はかからないものの、中からしか開かない。そこで、チリアンはアフメトのタバコの箱をくすね、非常口の扉のストッパーとして使うことにしたんです。扉のレバーを押して外側に押し開け、その下にタバコの箱を滑りこませて、扉がきっちり閉まらないようにしてね。

だが、ここでひとつ難題があった。楽屋口ではキースがモニタの前に坐ってるし、外の小路の照明は明るすぎる。タバコの箱をはさむために非常口の扉を開け、あの明かりが漏れてきたら、キースはきっと気づくでしょう――白黒のモニタ画面だって、急に強い光線が射しこんできたら、そう見のがすもんじゃない――そして、何ごとかと様子を見にくるかもしれない。そこで、チリアンは一階に向かい、おそらくこのときにジョーダンの楽屋から髪の毛を盗むと、電球を叩き割ったんです」ホーソーンはちらりとわたしを見た。「これは、通路を暗くするためじゃない。ただ、キースの注意を惹きたかったんですよ。電球を割るとすぐ、チリアンは階段を駆けおり、キースが割れた電球を片づけてる間に、非常口の扉にタバコの箱をはさみました。これで準備は完了。チリアンは一、二分待ってから、一階に戻り、楽屋口から劇場を出たんです――ついでにキースとおしゃべりして、何ごともない印象を植えつけながら。

だが、ブラックヒース行きの電車には乗らなかった。少なくとも、そのときはね。深夜、もう誰もいなくなったころを見はからって、劇場に戻る――まさかジョーダンが楽屋に泊まってるとは知らなかったが、まあ、それは問題にはなりませんでした。非常口から劇場に入り、つぶれたタバコの箱をごみ箱に放りこむと、目についた最初の短剣を盗む。実は、これがまちがったほうの短剣だったわけですが。ちなみに、飲むのを切りあげて休憩室を出るとき、非常口の扉がかすかに開いてたことで、異状に気づいた人間がひとりだけいました。ほかならぬユアン・ロイドです。そのとき、首の後ろにひやりと冷たいものが触れた気がした、と――ただ、ユアンはこれを、ある種の悪い予感だと思ってしまった。真実には気づかなかったんですよ……それが、扉の細い隙間から吹きこんだ、冷たい夜風だったとはね。

翌朝、チリアンはハリエットの家を訪ねました。雑誌の記事から、住所は知ってたんです。訪ねてきたチリアンを見ても、ハリエットは驚かなかった。きっと来るだろうと予期してたからです」

「そんなこと、どうしてわかるんですか?」アーサーが尋ねる。

「ハリエットの書斎の机に出してあった、三冊の本からですよ。死体が発見されたのは、玄関を入ってすぐの共用の通路だったことから考えて、チリアンが到着するより前に、ハリエットは本を書棚から出してたにちがいない。言ってみれば、自分の力を見せつけるためにね。三冊とも事件記者時代の思い出の書ではあるが、実際にこの事件と関係があったのは『悪い子ら』です。あと数分でも長生きしてれば、この本をチリアンに見せてたはずだ」

ホーソーンはひと息ついた。チリアンは依然として泣きつづけている。これまでホーソーンの事件捜査に同行してきて、殺人犯が正体を暴かれる場面を何度か見てきたが、ここまで打ちひしがれている犯人を見るのは初めてだった。心のどこかで気の毒に思う気持ちもありながら、やはりぞっとするような感覚もある。ハリエット・スロスビーはあの劇評で、チリアンのことを〝子どもっぽい〟と評していた。どうやら、わたしに見えていなかったことを、あの時点で見とおしていたようだ。

「さてと、ここまでは、どうやって犯行におよんだかの話です。だが、ここにいるみなさん――とくにカーラ――は、動機を早く聞きたいでしょう」

「あんまり調子に乗るんじゃないよ、ホーソーン」カーラが怖い顔をする。

「そこを理解するためには、また初日のパーティまで戻らないといけません。パーティがどんなだったかは、トニーから実に詳しく聞かせてもらいましたよ。まるで、わたしもその場にいたかのようにね。

ハリエット・スロスビーもまた、言うまでもなく、その場にいました。人に嫌がらせをするのが好きな女性で、初日のパーティに乗りこんでぶち壊しにするのもいつものことでね。みなさん、もうご承知のように、メキシコ湾より広大な悪意の持ち主でした。さて、ここで、あらためて指摘しときたいことがふたつありましてね。ユアンと先ほど話したように、ハリエットは言葉で他人を攻撃するのが得意でした。わざと相手を傷つけるような言葉を選ぶんだ。心が〝燃えあがる〟って表現も、そのいい例でね。そして、もうひとつ。自分から話しかけてきておきながら、ハリエットはこちらの目を見ようとしなかった、とトニーは話してくれました。〝ハリエットの視線は奇妙にこちらの目を避け、まるで誰かもっと興味を惹く人物が入ってこないかと探しているかのように、わたしの背後をさまよっている〟とね。これが、トニーの使ったそのままの言葉です。だが、これは半分しか当たってなかった。

ハリエットは、トニーに話しかけてたわけじゃなかったんです。チリアンに話しかけてたんですよ。そのことに気づけば、すべてはきっちりと辻褄が合う。

さて、ハリエットはなんと言ったか？　〝わたし、一度でも見た顔は絶対に忘れないの〟――これは、かつて見た別のスリラーに出演してた役者についての言葉です。だが、まちがいない、そう言いながらもハリエットはきっと、まっすぐチリアンの目を見てたはずだ。そのすぐ後、オリヴィアがトニーの書いた本、アレックス・ライダーの名を出したとき、ハリエットが口にした言葉は？　〝殺し屋の少年のお話よね〟――だが、実際には、殺し屋じゃなくスパイのお話なんですよ。だったら、どうしてそんな言葉を選んだか？」

「そのとおり。おれに気がついたからだ！」すすり泣きながら、チリアンが答える。

「おたくが誰だかわかったと、さらに念を押して当てこするため、ハリエットは劇評にも意味深長な言葉を交ぜこんでてね。それも、一ヵ所どころか三ヵ所にまで。〝もっとも失望させられたのは、チリアン・カークだ。初めて目にしたときからしっかりと顔を憶え……〟――まず、ここだ。正体を隠してるつもりでも、その顔ははっきりと憶えてると、チリアンに伝えてるわけです。〝演技はひどく子どもっぽい〟――考えてみると奇妙な言葉を選んだもんだ、そうでしょう？　〝子どもっぽい〟とは。だが、これもつまり、自分は子どものころのチリアンを知ってる、と言いたいわけだ。そして、最後に――〝いったん暴力的な場面になると、驚くほど説得力がない〟とある。なぜ〝驚くほど〟なのか？　ここは、実際に自分の手でひとりの人間を死なせたことがあるくせに、とチリアンを当てこすってるんですよ……」

「で、その男はいったい誰なんです？」ダレン・ミルズ巡査も立ちあがり、舞台のほうに身を乗り出した。

「わたしが言おうか、チリアン？」ホーソーンが尋ねる。

声を出すこともできないまま、チリアンはうなずいた。

「この青年のもともとの名は、ウェイン・ハワードという」

マーティン・ロングハーストが立ちあがると、あまりの勢いに椅子が後ろに倒れ、床に叩きつけられた。「それじゃ、スティーヴンの――」

「そのとおり」容赦なく、ホーソーンはたたみかけた。「かつてフィリップ・オールデンの死の責任を、おたくの両親になすりつけられた少年ですよ。モクサム・ヒースで、ウェインとスティーヴンは親友どうしだった。いま使ってる名前を思いついたのも、おたくの弟さんの影響でしょう。スティーヴンは裁判のとき、ナルニア国物語の本を抱えてたそうでね。『ライオンと魔女』を。モクサム館の庭師によると、ふたりの少年はいつも屋敷の外の石像の前で遊んでたとか。これもライオンの像だ――そして、この本の中ではいろんな動物が魔法で石にされちまう。スティーヴンは自分の馬にブレーという名をつけてたそうだが、これはナルニア国物語の第五巻――『馬と少年』に出てくる馬でね。馬の話が出たところで、ちょっとチリアンの顔を見てください。ずっと以前に折れちまったらしく、鼻が曲がってる。これは、モクサム館で馬に乗るようスティーヴンに説きふせられたあげく、こっぴどく落馬したときの名残だと思いますよ」

「チリアン・カーク……？」そういえば、そんな名前に聞きおぼえがあったと、わたしは頭をひねった。

「最終巻の『最後の戦い』に、チリアン王って人物が出てきてね。ナルニア国物語は息子といっしょに全巻通して読んだから、よく知ってる。ディゴリー・カークって子は、全七巻のうち三巻にわたって登場するんだ！　最初にチリアン・カークって名を聞いたときには、どうも作りものくさい名前だと思って、本人にも名前の由来を聞いた。だが、やっと全貌が見えてきたのは、モクサム・ヒースに足を運んでからの話だったよ」

「ちょっと待ってくれ！」またしても話の腰を折りたくはなかったが、ここだけは確認せずにいられなかった。「チリアン・カークが実はウェイン・ハワードだったと、きみは言うんだね。だが、きみが調べたところ、チリアンが語った経歴はすべて本当だったと、わたしに話してくれたじゃないか」

「いや、それはちがうな、相棒。調べた結果、裏はとれたと言っただけだ。これは、けっして同じ意味じゃない。チリアンの経歴は、すべて作りものでね。いちおう言っておくと、これにはおれも頭をひねったよ。そもそも、チリアンは自分の生い立ちを語るとき、どうしてあんなに具体的な情報ばかり並べたてたのか？　両親は配達トラックにぶつけられて死んだとか。伯母はハロゲートのオトリー・ロードに住んでて、学校までは歩いて五分だったとか。ヘイヴァーギル先生が演劇を教えてくれたとか……そういった話をね。まるで、情報を使って目くらましを仕掛けてるみたいだったよ。あんたがうちに来たとき、おれは言っただろう――〝あまりにたくさん情報がありすぎて、これがすべて正しいわけはない〟ってね」

「つまり、すべてはチリアンのでっちあげだったってことか！」

「そうじゃない！　ウェイン・ハワードの名は新聞に載った。本の題材にもなった。だからこそ、釈放されるときには新たな人生を送れるよう保護されなきゃならない。ここはＭＡＰＰＡ――多機関連携保護協定（マルチ・エージェンシー・パブリック・プロテクション・アレンジメンツ）の出番でね。ウェインはまったく新しい身分を用意してもらい、自分で新たな名を選んで再出発することになったんだ。モクサム・ヒースに戻ることは許されなかった——だが、ハロゲートに親戚がいたのは本当でね、だからこそ、出所してからはそこに住んだわけだ。とはいえ、その伯母さんと実際いっしょに暮らしたわけじゃない。チリアンは、そこで保護観察施設に入った。実はペティ・フランスにある刑務所・保護観察庁には友人がいてね、今朝はそいつに会ってきたんだ。そいつが、どうにか真実を探り出してくれたよ。

ウェインは条件付きの仮釈放だった。何かが起きれば、たちまち少年刑務所に戻ることになるのは、ずっと意識させられてたはずだ。フィリップ・オールデン、あるいはロングハースト家の関係者と接触することは禁じられてる。ウィルトシャーを含む英国南西部への立ち入りも永遠に禁止だ。そして、定期的に保護司と面会し、その時点での社会復帰状況について評価を受ける。俳優の道に進んでからも、それは変わらない」ホーソーンはあらためて、わたしの目をじっと見つめた。「だからこそ、おたくの書いたテレビドラマへの出演を、チリアンは断らざるをえなかったんだよ、トニー。そういう過去がありながら少年受刑者の役を演じるなど、とうてい許可が下りなかっただろう——あれはウェイン・ハワードだと、誰かに気づかれないともかぎらないからな。フランスに渡ったことがないというのもうなずける。それを聞いて、あんたは意外に思ったかもしれないがね。これまではパスポートを所持することも許されなかったが、ついに大作映画に出演が決まり、許可が下りたというわけだ。こうした制限は、すべてチリアン自身の保護のためなんだよ。『テネット』の出演にも特別な許可が必要になったが、そもそも保護観察という制度そのものは社会復帰の後押しのためにあり、足を引っぱりたいわけじゃないからな。最終的な目標は、順調な社会復帰なんだ。

だが、不幸にも、今回の事件の引き金になったのは、その『テネット』にほかならなかった。ハリエット・スロスビーと再会してしまい、チリアンがどんなに怯えたか、まざまざと目に浮かぶよ」

「おれのこと、ばらすつもりだったんだ！」やっとのことで、チリアンが言葉を絞り出す。

「そう、ハリエットはそんなふうに脅しをかけた。実際には、おたくをからかって楽しんでただけだと思うがね。意地の悪い女だったよ。だが、おたくにとっちゃ、せっかくのすばらしい機会があっけなく潰え、役者としての未来がぶち壊されかねない危機だった。そこから逃れるには、ハリエットを殺すしかなかったんだ」

そろそろ、ホーソーンの話も終わりに近づいていた。ミルズ巡査とグランショー警部もじわじわと舞台に近づき、チリアンを確保しようと機会をうかがっている。

「何かがおかしいと思ったのは、チリアンの楽屋に入った瞬間だったよ」ホーソーンは続けた。「初日を祝うカードは少ないし、写真もない。家族も友人も、気配が感じられなかっただろう。そのうえ、何もかも、おそろしく几帳面に片づいてた！　クッションは十センチずつ空けて並べてあったし、タオルは四隅をきっちり合わせて畳んである。これは、矯正施設あがりの特徴なんだ。一座のほかの面々が、チリアンとの溝を感じてたのも無理はない。ジョーダンは〝とっつきにくい〟と評してたな。ユアンは〝一匹狼〟だと……そう、まさにチリアンはそのとおりの人物だった。たったひとりで、ずっと生きてきたんだよ」

ホーソーンはチリアンに歩みよった。ようやく泣きやんだ青年は、精根尽きはてた様子でぐったりと椅子にかけている。その肩に、ホーソーンは片手を置いた。「あんなこと、すべきじゃなかったな。しなくたってよかったんだ」

「おれは、とにかく怖かったんだよ！」

「わかるよ。だが、もう怖がらなくていい。終わったんだから」

そう声をかけると、ホーソーンは一歩後ろに下がった。

そして、ふたりの警察官が近づいてくる。

26 署名欄

それからしばらく、ホーソーンと会うことはなかった。これだけのことが重なった後では、さすがにわたしも休みたかったし——こんな騒ぎに巻きこんでしまったジルに、何か埋めあわせもしたい。そんなわけで、かつて城塞都市として栄えた南仏の村、サン＝ポール・ド・ヴァンスの小さなホテルに予約を入れ、わたしたちは日光浴や散歩、泳ぎ、画廊めぐりを楽しみ、地元の人々が球戯（ブール）に興じる埃（ほこり）っぽい広場の隅でロゼワインを傾けて十日間をすごした。
チリアンは逮捕され——当然の結果として『マインドゲーム』の舞台も打ち切りとなった。

そのころにはもう、わたしはすべてを忘れてしまいたかった。どうしようもない悲しみが、ただ胸に広がる。自分が脚本を書いた舞台が失敗に終わった、その悲しみもあるものの、どうしてかチリアンのことを思うと、耐えられないほど胸を締めつけられるのだ。いつもなら、殺人犯に心を寄せることなど考えられない。だが、チリアンは人生で一度もチャンスを与えられないまま、トレヴァー・ロングハーストの雇った弁護士にいいようにされた。追いやられた先の社会制度も、結局はチリアンの助けになれない仕組みだったのだ。わたしはこれまで、数多くの少年刑務所――いまは〝更生施設〟と呼ばれている――を訪問してきたが、とりわけコストも再犯率も非常に高いことを考えると、こうした青少年を檻に閉じこめておくことが本当に正しいのか、ずっと疑問を抱いてきた。言うまでもなく、本人にとっても社会にとっても危険な存在になりうる子どもたちは存在するし、わたしも実際に出会ったことがある。そんな子どもたちに着想を得て書いたのが、まさに戯曲『ハンドバッグ』だった。だが、そういう子どもたちの大半は、犯罪者というより精神の不調に苦しんでいるだけで、必要なのは刑罰ではなく、手助けではないだろうか。新聞が何を書きたてようと、ハリエットが自分の本にどんな題名をつけようと、わたしが出会った少年犯罪者たちはひとりの例外もなく、〝悪い〟というより〝悲しい〟子らだった。そんな子どもたちに十八歳まで教育を受けさせながら、そのまま成人刑務所に送りこんで、せっかくの成果をみすみす台なしにしてしまうのは、正気の沙汰とは思えない。チリアンと同じく、ほとんどの受刑者は一般の社会生活へ、何の備えもなく送り出されてしまうのだ。

わたしはまた、チリアンが役者という新しい職業に向かってどんなふうに道を切りひらいていったのか、あらためて想像せずにはいられなかった。普通の人間が役者になるのとはわけがちがう。チリアンのすべては――言葉の訛りも、バイクも、私立の学校を出たという見せかけも――まさに演技にほかならなかったのだから。可哀相なウェイン・ハワード。大人になってからはさらに別の檻に閉じこめられて、ついに自分自身を解き放つには、ハリエット・スロスビーを殺すしかなかったのだ。

そんなことを考えながらも、ようやくここしばらくの緊張が解け、気力を回復させてロンドンに帰ったわたしは、ヴォードヴィル劇場――いまは劇場街用語でいう〝閉館中〟だ――の前は通らないように気をつけながらも、どうにか普通の生活に戻りつつあった。いまとりくんでいる仕事は、書きはじめたばかりの小説『ヨルガオ殺人事件』。わたしは序盤の章に没頭しながらも、構想に組みこんだ手がかりをすべて思い出そうとしていた。なかなか容易なことではない。ジョーダン・ウィリアムズとモーリーン・ベイツが初めて顔を合わせたときは、どんなふうだっただろう？　スティーヴン・ロングハーストについて、ジョン・ランプリーはどう言っていただろうか。あのライオンの石像は、どんなふうに物語に登場させる？　いや、ちがう――こちらは現実の事件だ。わたしが想像の中で作りあげた村、『ヨルガオ殺人事件』の舞台となるトーリー・オン・ザ・ウォーターは、なかなかわたしを迎え入れてはくれなかった。依然として、わたしの頭が二週間前の事件のことでいっぱいだったからだろう。

そうやって机の前で苦吟していたとき、ふと携帯の着信音が鳴る。手にとると、きょうの午後、事務所に来てほしいというヒルダ・スタークからのメッセージだった。いささか意外な誘いではある。エージェントのヒルダとは、もともとあまり頻繁に顔を合わせるわけではないし、たいていの用件は電話ですんでしまうのに。とはいえ、ヒルダの事務所はチャリング・クロス・ロードから角を曲がってすぐのところにあり、あのあたりに残っている二、三軒の古本屋をのぞいてみるのも悪くない。新鮮な空気で頭をすっきりさせようと、わたしは歩いていくことにした。

グリーク・ストリートにはるか以前から店をかまえているイタリアン・カフェの上に、ヒルダの事務所はある。脇のドアから建物に入り、まるで幽霊屋敷のような狭い階段を上っていく。有名作家を何人も抱えているやり手の著作権エージェントでありながら、この事務所はいつ来ても狭苦しく古めかしい。受付に、わたしの本は飾られていなかった。骨董品の机の前に坐った青年が、笑顔で迎えてくれる。

「ヒルダ・スタークに会いたいんだが」

「お名前は?」

まあ、たしかにヒルダと契約してまだ四年しか経ってはいない。名前を名乗ると、青年は内線電話でわたしの到着を告げた。「はい、お待ちしていますとのことでした。場所はわかります?」

「ああ。ひとりで行けるよ」

奥へ進み、目的のドアの前にたどりついたところで、これまでに聞いた憶えのない音が耳に飛びこんでくる。ヒルダが声をあげて笑っているのだ。そう、たまにベストセラー・リストを見てほくそえんでいることはあるものの、ヒルダはつねにいまとりくんでいる仕事に全力を注ぎ、笑いなど仕事場には持ちこまない主義なのに。ドアをノックし、中へ足を踏み入れる。

　ヒルダはひとりではなかった。ひじ掛け椅子にはホーソーンが坐り、足を組んで、コーヒーのカップを手にしている。どちらもスーツ姿で、わたしはふいに、Tシャツにジーンズ、スニーカーという自分の恰好がみすぼらしく思えていたたまれなくなった。ややあって、ホーソーンもまたヒルダとエージェント契約を結んでいたことを思い出す。契約条件でヒルダと合意したとホーソーンから聞いたのは、まるではるか昔のことのようだ。いったい、ふたりはここで何をしているのだろう？　どうしてわたしを呼び出した？

「元気そうじゃない」そう声をかけてきたヒルダも、最近バルバドスで休暇をすごした名残の輝くような陽焼けを、これでもかと見せつけていた。「オルダニー島の事件の本は、もう書きはじめた？」

「いまは『ヨルガオ殺人事件』を書いているのは、きみだって知っているじゃないか」空いていたもうひとつの椅子にかける。「わたしの舞台は見てくれたか？」

「ああ、実はね、土曜の昼の部のチケットを買っておいたのよ。事務所のみんなで行こうと思って。でも、劇場に行ってみたら、その回から打ち切りになったっていうじゃないの」ヒルダは鼻を鳴らした。「まあ、少なくとも返金はしてもらえたけれどね」

「それで、これはどういう集まりなんだ？」どこか苛立った口調で、わたしは尋ねた。

「やあ、どうしてた、相棒?」ホーソーンがこちらを見る。やはり、いつになく陽気な顔だ。

「おれはちょうど、ヒルダにハリエット・スロスビー事件のことを話してたんだよ」

「なるほど。どうだ、今度ばかりはわたしが正しかったな!」こんなふうに、いきなり口走るつもりはなかったが、これはわたしの本心だった。チリアンの楽屋を出たとき、わたしはあの男こそが犯人だと、ちゃんと名指ししたのだから。

「いや、それはちがうな」ホーソーンは答えた。「あんたがチリアンを犯人だと思ったのは、自分の書いたテレビドラマの出演を断られたからだろう」

「とにかく、わたしはチリアンを信用できないと思ったんだ。それは正しかったじゃないか」フランスですごしている間、事件のあれこれをじっくり思いかえしていたわたしは、この機会にどうしても尋ねずにはいられなかった。「いったいなぜ、誰も彼もよってたかってわたしを犯人にしようとしたんだろう? ほら、ジョーダンも、ハリエットを殺すと凄んだとき、わたしがうなずいていたと言っていただろう。ユアンも同じ意見だった。オリヴィアは、わたしが母親を脅していたと言い出した。スカイ・パーマーは、わたしが雑誌でハリエットの住所を見ていた、と。どれもこれも、みんな嘘だったのに!」

「それは心理学の基本だよ、相棒。四人とも、ある種の重圧がかかってる状態だった。オリヴィアは、おそらく母親の劇評をコンピュータから盗み出し、恋人に送ったことで自分を責めてたんだろう。スカイは、それをみんなに見せてしまった自分のミスだと心を痛めてた。ユアンはジョーダンをかばい、ジョーダンは……そう、あの男の発言がすべてのきっかけになっちまったわけだからな。みな、同じ心の動きでね。責任逃れ（デフレクション）ってやつだ！　おれに責められるのを避けようとして、あんたを責めたってわけさ」

「もうひとつ、いいかな」これも、気にかかっていたことだった。「初日の舞台を観ていたとき、マーティン・ロングハーストはわたしの真後ろに坐っていたんだが、あのとき、首の後ろがぞくりとしたような気がしてね。実はあのときロングハーストに髪を抜かれたんじゃないかと、わたしはずっと思っていたんだ」

「どうしてもっと早く言わなかった？」

「どうしてかな。確信が持てなくて……」

「まあ、あの男は無関係だよ。それはきっと、あんたが初日でぴりぴりしていたからだろう」

「でなきゃ、首の後ろにシラミでもいたんじゃないの？」と、ヒルダ。

「シラミなんかいるものか」わたしはむっとした。

ホーソーンはにっこりした。「とにかく、トニー、すべては終わったんだ。いちおう言っとくが、おれがいなかったら、自分がいまごろどこにいたかわかってるよな」

「ああ、たしかにな」これは、否定のしようがない。「きみがすべてを解き明かしてくれたんだ、ホーソーン。わたしの側に立ってね。本当に、心から感謝しているよ」

ホーソーンが控えめな咳払いをした。「いや、実のところ、それだけですまされちゃ困るんだが」

「どういう意味だ？」

「つまり、あんたはおれを雇ったわけだ。今回は、おれは警察に協力を要請されたわけじゃない。顧客はあんただ。おれは、まるまる四日間かけてこの事件を捜査したし、ケヴィンも力を貸した」わたしの反論を制するように、片手を挙げる。「心配はいらない。相棒には割引がある。あんたには十パーセント引きで――」

「ホーソーン！　よくもまあ、そんなことを。ひどすぎるじゃないか」

「どうしてひどいのか、さっぱりわからないな。おれがいなかったら、あんたは作家生命を絶たれてた。いま、ちょうどその話をヒルダとしてたところなんだ」

「たしかに、劇評家を殺した疑いで逮捕なんて、外聞がいいとはいえないものね」ヒルダがうなずく。

　わたしはまじまじとホーソーンを見つめた。「じゃ、われわれの絆(きずな)なんて、せいぜいそんなものだったというわけか？　きみは、わたしのことを顧客としか思っていなかったんだな？」

「もう、おれとの本を書きたくないと言い出したのはそっちじゃないか」

　その言葉の意味をわたしが呑みこむまで、ホーソーンが時間をおく。ふいに、わたしにもこの議論の向かう先が見えてきた。

「《ペンギン・ランダムハウス》とも話してみたんだけれどね」ヒルダが口を開く。「あなたがもう書かないと決めたこと、みんな、すごく残念がってた。『メインテーマは殺人』は、あなたのこれまでのどの作品よりもはるかに売れ行きがいいし、出版社としてはシリーズものをありがたがるのは、あなたも知ってるでしょ。ホーソーンから連絡をもらって、わたしが代理で電話を入れたの――休暇中にあなたを煩わせるのも悪いと思って――そうしたら、こう言っては何だけれど、すばらしく気前のいい契約条件を提示されたというわけ」

「契約条件？」

「『殺しへのライン』を書きおえたら、さらに四冊を書くという契約」ヒルダは机の引き出しを開け、契約書を取り出した。「もちろん、最終的にはあなたの気持ちしだいよ。無理強いをする気はないから」

　ヒルダが契約書を差し出す。わたしは、それを読んだ。

合意覚書　二〇一八年四月二十日

アンソニー・ホロヴィッツ（以下「著者」という）及びその代理人ヒルダ・スターク事務所（以下「エージェント」という）を一方とし、
ペンギン・ランダムハウス（以下「出版社」という）を他方として、
それぞれ九万語の書きおろし小説計四作について、
『ホーソーン登場』（第四作）
題名未定　ホーソーン・シリーズ5（第五作）
題名未定　ホーソーン・シリーズ6（第六作）

題名未定　ホーソーン・シリーズ7（第七作）
（以下、文脈により一括して、あるいは個別に〝作品〟とする）

次のとおり双方が合意するものとする。


わたしが読んだのはここまでだ。この先は、法律用語の羅列が五、六ページ続く。これに最後まで目を通し、完璧に理解する作家がこの世のどこにいるというのだろう？　まあ、それはいい。ここまでで、必要な部分はすべて読んだ。

「自分の本に『ホーソーン登場』なんて題名は、絶対につけないからな！」と、わたし。

「それはまあ、ただの提案だよ」ホーソーンは肩をすくめた。「書きやすい本じゃないか。容疑者も多すぎないし。劇場が舞台となりゃ、みんな喜ぶ。最後に関係者を舞台の上に集めたのは、いったい何のためだったと思う？　あれはあんたへの配慮だったんだよ、相棒。最高の締めくくりじゃないか――まるで、アガサ・クリスティみたいで！」

「あれは、本にするためにやったというのか？」

「少しでも助けになればと思ってさ」

わたしはまじまじと契約書を見つめた。「わたしがこれに署名しなければ、今回の事件解決費用として何百ポンドも請求しようなどと、きみは本気で思っているのか？」

「そんなこと、おれがするもんか！」ホーソーンは心臓に手を当ててみせた。「こんなにもあんたを尊敬してるのにさ、トニー。それに、本を書いたら何千ポンドにもなるんだぜ」

わたしはヒルダをふりむいた。「きみはわたしの味方だと思っていたのに」

「わたしはいつだって、あなたにとっての最大利益を考えているのよ」ヒルダがうけあう。

「だが、このシリーズを書くことを、きみは反対していたじゃないか！」

「とんでもない。あのときはただ、何の相談もなく企画を押しつけられてむっとしただけ。でもね、いまはもうこのシリーズが、作家としてのあなたの評価を劇的に押しあげるかもしれないと理解しているから。あなた自身が作中に登場するのも、すごくめずらしいことだしね。『メインテーマは殺人』、すばらしく好評なのよ。読書サイトの《グッドリーズ》では四・五の評価をもらっているし、《メール・オン・サンデー》紙の書評では激賞されていたんだから」

「書評家に感謝だな」と、ホーソーン。

「考える時間がほしいなら、どうぞ。でもね、本当にすばらしい契約じゃないの——たとえ、印税をホーソーンとあなたで六対四で分けたとしても」

「五対五だ！」

「まあ、そこは話しあおう」ホーソーンがなだめる。

膝の上の契約書に目を落とす。自分が追いつめられ、もう逃げ場がないのはわかっていたが、正直なところ、わたしも心のどこかではこうなることを望んでいたのもたしかだ。わたしの作家生命が、ホーソーンによって救われたのもまちがいない。さらに重要なのは、ひとつ事件を解決するたび、わたしがじわじわとホーソーンとの距離を詰め、隠されていた事実をつきとめていることではないか。今回はリースのことに加え、謎の組織の存在や、モートンという名前、養父母のこと、そしてローランド・ホーソーンという人物を知ることができた。わたしはもと、人生をかけて物語を追いつづけているのだ。この物語を諦めてしまうつもりなど、はたしてわたしにあるだろうか?

わたしはペンを手にとると、ふっとため息をついた。

「わかったよ」口を開く。「どこに署名したらいい?」

謝辞

わたしにとってはなんとも恰好のつかない顚末（てんまつ）をまとめたこの本について、まずは自分の経験をふりかえる手助けをしてくれたセラピスト、リサ・ビーチ博士に感謝を述べたい。また、元刑事という経歴の作家、グレアム・バートレットには、トルパドル・ストリートでわたしが体験した一部始終について解説してもらったほか、多機関連携保護協定や刑務所・保護観察庁についても、あれこれと役に立つ話を聞かせてもらえた。

ヴォードヴィル劇場のグレアム・トンプソン支配人には、『マインドゲーム』公演打ち切りからしばらくして、劇場内をくまなく案内してもらったおかげで、記憶をあらためて確認することができた。なお、この劇場の舞台裏は、その後あれこれと改装され、本書の描写より現代的な設備となったことを書き添えておきたい。また、クリストファー・ノーラン監督にも、ひとことお詫（わ）びを述べておかなくてはならないだろう。本書の中では『テネット』に対するチリアンの見解にわたしから反論することはできなかったが、あれはどうやら草稿段階の脚本を読んでの意見にすぎないことも指摘しておく。公開された『テネット』には、パリで撮影された場面はひとつもなかったのだから。

この本を書きはじめる前に、劇評家のマイケル・ビリントンと昼食をとったのは、まさに記憶に残るひとときといえるだろう。劇評家の世界について深く掘り下げた話を聞けたばかりか、その中でも、やはりハリエット・スロスビーのような人物はほかに類を見ないと保証してもらえた。また、すばらしい俳優であるパターソン・ジョセフ（わたしの妻とも仕事をしている）からは、第十五章でとりあげられているような問題について、いろいろ聞くことができたうえ、そのことを論じるのを怖れるなと背中を押してもらえたことに感謝したい。

ソフィ・コムニノスというのは、夫を殺した女性（第八章に登場）の本名ではない。《ナショナル・ユース・シアター》のチャリティ・オークションで本書に登場する権利を落札した、親切な支援者の名前をお借りしたものである。

ヒルダ・スタークとの関係は、最近かなりぎくしゃくしている。いまだエージェント契約の解消に至っていないのは、ひとえにヒルダのアシスタント、ジョナサン・ロイドのおかげといえよう。ありがたいことに、スティーヴ・フロスト（《フロスト&ロングハースト》の共同経営者）にはわたしの税務処理を手助けしてもらえることとなった。また、わたしのアシスタントであるテス・カトラーは、わたしの毎日をきちんと管理し、おちついて仕事に専念できるようとりはからってくれた。その助けがなければ、わたしはとうていこの本を書きあげることはできなかっただろう。

妻のジル・グリーンはプロダクションの経営、わが家の引っ越し、家族の世話の合間に、本書の原稿に目を通すという、いつも変わらぬ敏腕ぶりを発揮してくれた。逮捕され、尋問を受けたのをわたしが隠していたことも、いまは許してくれている。そして妹のキャロライン・ドウは、『マインドゲーム』の価値を誰よりも先に認めてくれた人物だ。本書に綴られた事件が起きたのは、すべてこの妹のせいといっていい。

最後に、本書を出版してくれたすばらしい出版社——会社そのものだけではなく、それぞれ優れた能力を発揮して本書にかかわってくれた人々の集まり——に感謝を捧げたい。そのひとりひとりの名を、次のページに挙げておく。ちなみに、完成原稿には少なくとも三十ヵ所の誤りがあったが、頼りになるわたしの編集者セリーナ・ウォーカーは、そのすべてを見つけてくれた！

自分はたったひとりで孤独に仕事をしていると、作家はつい感じてしまいがちだ。だが、実際には多くの人々の協力と尽力があってこそ、また新たな本が世に送り出される。

着想を得て、原稿を書き、それを本に仕上げるという長い旅路の間、わたしを支えてくれた人々のすばらしい力添えに、心からの感謝を捧げたい。

出版人

セリーナ・ウォーカー

編集

ジョアンナ・テイラー

キャロライン・ジョンソン

シャーロット・オスメント

デザイン

グレン・オニール

製作

ヘレン・ウィン＝スミス
タラ・ホジソン

営業（英国）

マット・ワターソン
クレア・シモンズ
オリヴィア・アレン
イーヴィ・ケトルウェル

営業（海外）

リチャード・ローランズ
エリカ・コンウェイ
ローラ・リケッティ

宣伝

シャーロット・ブッシュ
クララ・ザク

マーケティング
レベッカ・アイキン
サム・リーズ＝ウィリアムズ

オーディオ・ブック
ジェイムズ・キート
メレディス・ベンスン

解説

三橋　曉

ドラマだけでなく、小説でもよく見かけるおなじみの断り書きをこのシリーズでも掲げるとしたら、こうなるのかもしれない。すなわち、

　この物語はフィクションです。しかし、登場する人物・団体等は架空とは限らず、実在のものもかなり含まれます。

「事実は小説より奇なり」というが、事実に取材したトルーマン・カポーティの『冷血』やトマス・キニーリーの『シンドラーズ・リスト』などの優れたノンフィクション小説が読者を惹きつけてきたのは、虚実の拮抗（きっこう）にスリルがあったからだろう。ミステリの世界でもその効果を狙って、歴史上の人物や有名人を登場させたり、現実にあった事件を題材にしたりと、これまでもさまざまな試みがなされてきた。

この〈ホーソーン&ホロヴィッツ〉シリーズもその一つだ。ただ、その手法はいささか風変りともいえる。作者のアンソニー・ホロヴィッツ自らが物語の道案内役（＝一人称の語り手）を買って出るだけでなく、現実と虚構の距離を見直し、その境界線を大胆に引き直しているからだ。語り手が私生活を含めた事実（ファクト）のディテールをこれでもかと創作（フィクション）に越境させたことで、一気にメタフィクションの域にまで達してしまった感すらある。

シリーズ第一作『メインテーマは殺人』（二〇一七）は、手回しよく自分自身の葬儀を手配した資産家の老婦人が、その六時間後に殺されてしまうという奇妙な事件から始まる。冒頭で事件の経緯を語る不詳の人物は、次章に入るやおもむろにベールを脱ぎ、コナン・ドイル財団の依頼で『シャーロック・ホームズ　絹の家』を書き上げ、第二次世界大戦下を舞台にした刑事ドラマ〈刑事フォイル〉の脚本にもひと区切りをつけたところだと語る。そればかりかプライバシーのことなど頭にないかのように、妻という実生活のパートナーまで読者に紹介してみせるのだ。

饒舌（じょうぜつ）な主人公（もうお判りと思うが、ホロヴィッツその人だ）はさらに、還暦も近い自分の歳を明かし、世界の少年少女を虜（とりこ）にする〈女王陛下の少年スパイ！　アレックス〉の生みの親として読者との世代間ギャップに悩み、大人向けの作家に転身を図ろうとしていることを打ち明ける。その後も、脚本を手がけたデビッド・スーシェ主演の〈名探偵ポワロ〉や人気の長寿番組〈バーナビー警部〉にも触れる一方で、007シリーズのトリビアを語り、イアン・フレミング財団公認の続編の作者であることをさりげなくアピールするのも忘れない。

一見気ままな自分語りにも映るが、ここでホロヴィッツは、作家人生に訪れた大きな転機とそこからの新たな展望を、ユーモアを交え語ってみせる。創作の舞台裏を実作の中で公開するという自己完結ぶりは天晴れという他ないが、書き手が作中の人物を兼ねることで流れ込む日常の空気の感触は、この〈ホーソーン&ホロヴィッツ〉シリーズの大きな魅力といえるだろう。あれこれ悩みながらも、それでいてどこか屈託のない作家ホロヴィッツのキャラクターが心を和ませてくれるのもいい。

一方、ホロヴィッツの相棒であり、いわゆる名探偵役のダニエル・ホーソーンは実在しない。つまりは、ホロヴィッツが生み出した作中人物なのだが、事の発端からホロヴィッツはこの相方のことは虫が好かなかった。

二人の出会いはドラマの仕事で、制作会社がアドバイザーとして雇った元警部がホーソーンだった。現代に蘇ったシャーロック・ホームズともいうべき慧眼の持ち主にして、獲物を狙う豹を思わせる四十歳ほどの男だ。

二人を結びつけたそのドラマは、ホロヴィッツが脚本を書き、日本でも〈インジャスティス――法と正義の間で〉として放送された全五話のミニシリーズだが、顔を合わせる度、相手にうんざりしていた彼は、人好きのしない刑事役のキャラクターを、ホーソーンをモデルに作りあげるなど、大人気ないほど当人を苦手にしていた。やがて仕事は終わるが、しかし二人の縁は切れなかった。

後日ホーソーンが持ち掛けた、自分が事件を解決し、ホロヴィッツがそれを小説にするという二人三脚の提案を、専門外であることと多忙を理由に蹴ろうとするが、老婦人の不可解な死への興味や、仕事を断れない文筆業者の本能、さらにひょんな出来事にも背中を押され、ホロヴィッツはつい承諾してしまう。それが大きな受難の始まりとは、夢にも思っていなかったのだろう。

ところで、『メインテーマは殺人』の作中で描かれるのは、背景の社会情勢やホロヴィッツの仕事内容に照らすと、二〇一一年頃の出来事と推測される。

それから本作の事件まで、壁にペンキで謎の数字が描かれた殺人現場に半ば強引に連れていかれる『その裁きは死』（二〇一八）と、出版目前の『メインテーマは殺人』のプロモーションのために揃って文芸フェスが開催される英国王室領の小島に乗り込み、連続殺人に巻き込まれる『殺しへのライン』（二〇二一）の二つの事件があった。いずれもホーソーンの快刀乱麻を断つ推理で幕は降りるが、その間にホロヴィッツの推理はことごとく裏目に出たばかりか危険な目にすら遭う。作家と名探偵の二人三脚は、作家にとっては決して順風満帆とはいえなかったのである。

片やホーソーンはといえば、相方の著作権エージェント、ヒルダまでもちゃっかり味方に付け、コンビの継続を目論（もくろ）んでいる。シリーズの第四作となるこの『ナイフをひねれば』（二〇二二）は、そんなホーソーンが一人で暮らす、テムズ川のほとりに佇（たたず）む低層アパートメントの最上階から始まる。

　招かれたアパートメントでは、お茶のもてなしを受けるホロヴィッツだったが、しかしシリーズの執筆をさらに続けるかどうかの答えは、改めて考えるまでもなく、ノー！　後ろめたさを紛らわせるため、間もなく初日を迎える自分の戯曲『マインドゲーム』の公演に誘うと、今度はホーソーンに断られてしまう。二人はすれ違ったまま、翌週、ホロヴィッツの舞台がウエスト・エンドで初日を迎える。しかし終演後のパーティの和やかな雰囲気は、嫌われ者の劇評家ハリエットの登場で台無しになってしまう。

　さらに深夜、出演者の一人が、「ネットに劇評が出た！」と声をあげ、回覧したその内容が、劇場に戻って酒瓶を囲んでいたホロヴィッツら舞台関係者に衝撃をもたらす。書き手の悪意は、とりわけ彼の脚本に向けられていた。一夜明けて、二日酔いのホロヴィッツを訪ねてきた警官は、今朝方ハリエットが自宅で刺殺されたと告げる。凶器に使われた短剣はプロデューサーが関係者全員に贈った記念の品だったが、それがなんとホロヴィッツのものだったのだ。


　この『ナイフをひねれば』は、原題を *The Twist of a Knife* といい、イギリス本国では二〇二二年三月にペンギン・ランダムハウスから出版された。これまでのシリーズ作品では、作家（ホロヴィッツ）と探偵（ホーソーン）双方の要素を入れたタイトルを考えてきたと作中にあって、改めて感心するが、もはやタネは尽きたと愚痴りながら、twist と knife を入れ込むあたりはさすが。深読みかもしれないが、「嫌なことを思い出させる、古傷に触れる」という意味の慣用句 twist the knife を連想させる展開も待ち受ける。

ところでシリーズの読者にとって、ホロヴィッツの演劇熱は今さら言及するまでもないだろう。シェイクスピアへのこだわりがそこかしこに顔を出す『メインテーマは殺人』は言うに及ばず、『その裁きは死』においては、十代から演劇に熱中し、子ども向けの本を出版する前からずっと戯曲を書きたかったと告白している。そんな彼のルーツともいうべき、演劇青年としての若き日がいきいきと描き出されるのが、本作第二章の冒頭部分である。

観客として足繁く通うだけでなく、係員としても働いた劇場での得難い経験をふり返り、そこに過ぎ去った青春時代の憧れと挫折を重ねてみせる。一瞬、物語を忘れたかのように読者に語りかける二ページほどの回想から、今も褪せない演劇への愛が伝わってくるが、本作で取り上げられる『マインドゲーム』という舞台劇の着想が、どこから来たのかという話にも繋がっていく。

すでに察しのいい読者はお気づきのように、本作に登場する舞台劇は架空のものではない。過去に上演もされたホロヴィッツの戯曲で、一九九九年のコルチェスターの地方公演を皮切りに、翌年ウエスト・エンドのヴォードヴィル劇場での上演に漕ぎ着け、二〇〇八年には海を渡ってオフ・ブロードウェイでケン・ラッセル演出、キース・キャラダイン出演というゴージャスな舞台も実現した。さらにその後、英国内でも何度か再演されている。

精神科病院というクローズドサークル内を狂気が行き交うフリードリヒ・デュレンマットの『物理学者たち』を連想させたりもするが、一幕というシンプルな構成だけでなく、三人芝居という演者を絞った作りは、名作中の名作であるアンソニー・シェーファーの『探偵〈スルース〉』を意識したものだ。数多くの優れた舞台を目撃してきたホロヴィッツのミステリ劇というだけでも興味を掻き立てられるが、その『マインドゲーム』をヒッチコック言うところのマクガフィン（読者の興味をひくための小道具）として、殺人事件の幕はあがる。

ショービジネスの世界では、時に厳しい劇評が興行の命取りにもなるが、本作でまず命を奪われるのは、底意地の悪い劇評で関係者に冷水を浴びせた劇評家当人である。出演者の中には「殺してやる」と激昂した者までいたが、よりによって貧乏くじを引き、第一容疑者とされてしまうのはホロヴィッツで、『その裁きは死』での因縁を引き摺るサディスティックな女性警部と望まぬ再会を果たしてしまう。

留置場で夜を明かしたり、自分に不利な証言を次々掘り当ててしまったりと、世界でもっとも不運なワトスン役を地で行くホロヴィッツだが、忘れてはならないのが、本稿の冒頭で触れたように、彼が作中の人物であると同時に作者の分身でもある点だ。文化盗用についての意見をきちんと表明し、登場人物の関わった悲劇やその背景にある社会問題に心を痛める人物は作者自身でもあり、二十一世紀の同時代を生きる一人であることを読者にも意識させる。

そんなホロヴィッツを横目に、ホーソーンはやっと重たい腰をあげ、夜公演の開演までのわずかな隙に出演者たちを楽屋に訪ねたかと思うと、今度はウィルトシャーの田園地帯へと日帰りの小さな旅に出る。その過程で、彼が詳らかにしていく真実の中からも、現代社会の閉塞感に苦しむ者たちの声が聞こえてくる。

さて、作者のウェブサイトでは早くも二〇二四年四月発売のシリーズ五作目の予告が話題になっているようだ。タイトルは *Close to Death* といい、ホーソーンが警察を離れて最初に扱った過去の事件にコンビが挑むらしい。本作の冒頭では、ホロヴィッツからけんもほろろの扱いを受けた事件だが、果たして今回の劇評家殺しの顚末が二人の関係にどんな影響を及ぼすのか、興味をそそられるところではある。

都会派喜劇を得意としたアメリカの劇作家ニール・サイモンのシチュエーション・コメディにも登場しそうなホーソーンとホロヴィッツのコンビだが、作者によればシリーズは十作ほどを予定しているという。クライマックスはまだまだ先であるものの、しかし水面下では静かなカウントダウンが進んでいる印象もある。本作でいえば第二十二章で、転んでもただでは起きないホロヴィッツが葛藤を覚えつつも作家の好奇心をフル回転させ、ホーソーンの秘密を探ろうとするくだりがそれだ。

この名探偵をめぐっては、警察を辞めた過去、家族と離れて暮らす理由、リースという土地との関わり、数多くのプラモデルや高級アパートメントの謎など、多くが秘密のベールに包まれている。重要な局面でホロヴィッツの窮地を救うケヴィン少年との繋がりも、その謎の一つかもしれない。ただ、連続ドラマでいうところの終わりの始まりを云々するのはいくらなんでも早過ぎだろう。しばらくは、付かず離れずの距離で事件と取り組む〝おかしな二人〟の活躍に注目したいと思う。

検印
廃止

訳者紹介 英米文学翻訳家。ホロヴィッツ『カササギ殺人事件』『ヨルガオ殺人事件』『メインテーマは殺人』『その裁きは死』『殺しへのライン』、クリスティ『スタイルズの怪事件』、ハレット『ポピーのためにできること』など訳書多数。

ナイフをひねれば

2023年9月8日 初版
2023年10月6日 再版

著 者 アンソニー・ホロヴィッツ

訳 者 山田蘭（やまだらん）

発行所 （株）東京創元社
代表者 渋谷健太郎

162-0814/東京都新宿区新小川町1-5
電 話 03・3268・8231-営業部
03・3268・8204-編集部
URL http://www.tsogen.co.jp
DTP キャップス
暁印刷・本間製本

乱丁・落丁本は、ご面倒ですが小社までご送付ください。送料小社負担にてお取替えいたします。

© 山田蘭 2023 Printed in Japan

ISBN978-4-488-26514-4 C0197

史上初！　7冠制覇の驚異のミステリ

MAGPIE MURDERS◆Anthony Horowitz

カササギ殺人事件 上

アンソニー・ホロヴィッツ

山田 蘭 訳　創元推理文庫

◆

1955年7月、
サマセット州にあるパイ屋敷の家政婦の葬儀が、
しめやかに執りおこなわれた。
鍵のかかった屋敷の階段の下で倒れていた彼女は、
掃除機のコードに足を引っかけたのか、あるいは……。
その死は、小さな村の人間関係に
少しずつひびを入れていく。
余命わずかな名探偵アティカス・ピュントの推理は――。
アガサ・クリスティへの完璧なオマージュ・ミステリと
イギリスの出版業界ミステリが交錯し、
とてつもない仕掛けが
炸裂するミステリ史に残る傑作！

『このミステリーがすごい!』などで1位に選出!

MAGPIE MURDERS◆Anthony Horowitz

カササギ殺人事件

アンソニー・ホロヴィッツ
山田 蘭 訳　創元推理文庫

8月の雨の夜、編集者のわたしは、
世界的なベストセラーである
名探偵アティカス・ピュントシリーズの
最新刊『カササギ殺人事件』の原稿を読みはじめた。
この作品が、わたしの人生のすべてを
変えてしまうことなどを知るはずもなく……。
作者のアラン・コンウェイは
いったい何を考えているのか?
発売と同時に絶賛された
ミステリ界のトップランナーが贈る、
全ミステリファンへの最高のプレゼント!
構想に15年以上を費やした瞠目の傑作。

『カササギ殺人事件』の続編！

MOONFLOWER MURDERS◆Anthony Horowitz

ヨルガオ殺人事件

◆上◆

アンソニー・ホロヴィッツ

山田 蘭 訳　創元推理文庫

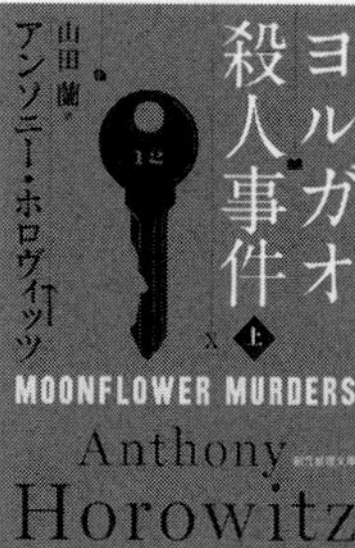

『カササギ殺人事件』から２年。
クレタ島でホテルを経営する元編集者のわたしを、
英国から裕福な夫妻が訪ねてくる。
彼らが所有するホテルで８年前に起きた
殺人事件の真相をある本で見つけた——
そう連絡してきた直後に娘が失踪したというのだ。
その本とは〈アティカス・ピュント〉シリーズの
『愚行の代償』。
かつてわたしが編集したミステリだった……。
『カササギ殺人事件』の続編にして、
至高の犯人当てミステリ登場！

年末ミステリ・ランキング1位獲得!

MOONFLOWER MURDERS◆Anthony Horowitz

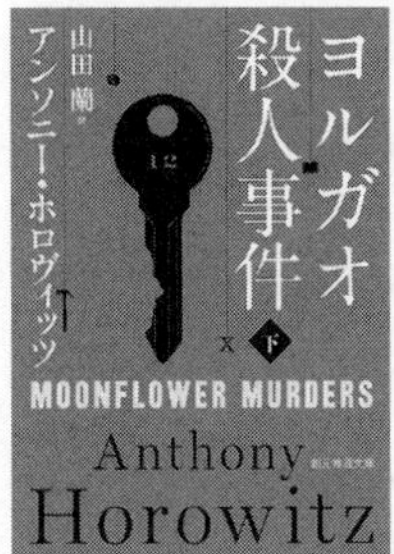

ヨルガオ殺人事件

アンソニー・ホロヴィッツ
山田 蘭 訳　創元推理文庫

◆

“すぐ目の前にあって――
わたしをまっすぐ見つめかえしていたの”
名探偵〈アティカス・ピュント〉シリーズの
『愚行の代償』を読んだ女性は、
ある殺人事件の真相についてそう言い残し、姿を消した。
『愚行の代償』の舞台は1953年の英国の村、
事件はホテルを経営するかつての人気女優の殺人。
誰もが怪しい謎に挑むピュントが明かす真実とは……。
ピースが次々と組み合わさり、
意外な真相が浮かびあがる――
そんなミステリの醍醐味を二回も味わえる傑作！

7冠制覇『カササギ殺人事件』に匹敵する傑作！

THE WORD IS MURDER◆Anthony Horowitz

メインテーマは殺人

アンソニー・ホロヴィッツ
山田 蘭 訳　創元推理文庫

◆

自らの葬儀の手配をしたまさにその日、
資産家の老婦人は絞殺された。
彼女は、自分が殺されると知っていたのか？
作家のわたし、アンソニー・ホロヴィッツは
ドラマの脚本執筆で知りあった
元刑事ダニエル・ホーソーンから連絡を受ける。
この奇妙な事件を捜査する自分を本にしないかというのだ。
かくしてわたしは、偏屈だがきわめて有能な
男と行動を共にすることに……。
語り手とワトスン役は著者自身、
謎解きの魅力全開の犯人当てミステリ！

〈ホーソーン&ホロヴィッツ〉シリーズ第2弾!

THE SENTENCE IS DEATH◆Anthony Horowitz

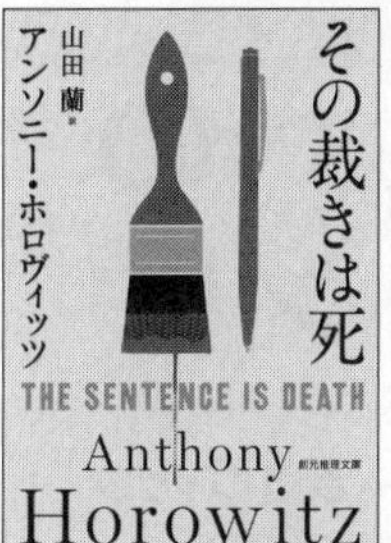

その裁きは死

アンソニー・ホロヴィッツ
山田 蘭 訳 創元推理文庫

実直さが評判の離婚専門の弁護士が殺害された。
裁判の相手方だった人気作家が
口走った脅しに似た方法で。
犯行現場の壁には、
ペンキで乱暴に描かれた謎の数字“182”。
被害者が殺される直前に残した奇妙な言葉。
わたし、アンソニー・ホロヴィッツは、
元刑事の探偵ホーソーンによって、
この奇妙な事件の捜査に引きずりこまれる——。
絶賛を博した『メインテーマは殺人』に続く、
驚嘆確実、完全無比の犯人当てミステリ!

〈ホーソーン&ホロヴィッツ〉シリーズ第3弾!

A LINE TO KILL◆Anthony Horowitz

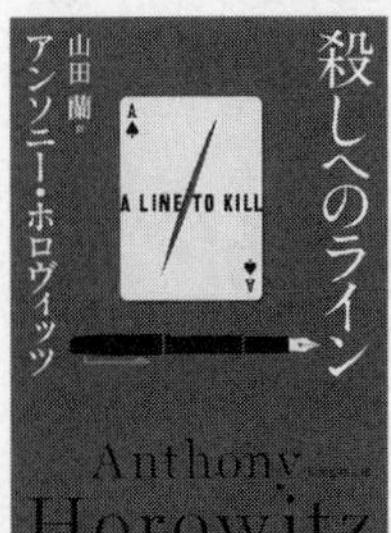

殺しへのライン

アンソニー・ホロヴィッツ
山田 蘭 訳 創元推理文庫

◆

『メインテーマは殺人』のプロモーションとして、
探偵ホーソーンとわたし、作家のホロヴィッツは、
ある文芸フェスに参加するため、
チャンネル諸島のオルダニー島を訪れた。
どことなく不穏な雰囲気が漂っていたところ、
文芸フェスの関係者のひとりが死体で発見される。
椅子に手足をテープで固定されていたが、
なぜか右手だけは自由なままで……。
年末ミステリランキングを完全制覇した
『メインテーマは殺人』『その裁きは死』に並ぶ、
最高の犯人当てミステリ!

名探偵の代名詞！
史上最高のシリーズ、新訳決定版。

〈シャーロック・ホームズ・シリーズ〉

アーサー・コナン・ドイル◎深町眞理子 訳

創元推理文庫

シャーロック・ホームズの冒険
回想のシャーロック・ホームズ
シャーロック・ホームズの復活
シャーロック・ホームズ最後の挨拶
シャーロック・ホームズの事件簿
緋色の研究
四人の署名
バスカヴィル家の犬
恐怖の谷

スパイ小説の金字塔!

CASINO ROYALE◆Ian Fleming

007/カジノ・ロワイヤル

イアン・フレミング

白石 朗 訳　創元推理文庫

◆

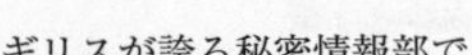

イギリスが誇る秘密情報部で、
ある常識はずれの計画がもちあがった。
ソ連の重要なスパイで、
フランス共産党系労組の大物ル・シッフルを打倒せよ。
彼は党の資金を使いこみ、
高額のギャンブルで一挙に挽回しようとしていた。
それを阻止し破滅させるために秘密情報部から
カジノ・ロワイヤルに送りこまれたのは、
冷酷な殺人をも厭わない
007のコードをもつ男――ジェームズ・ボンド。
息詰まる勝負の行方は……。
007初登場作を新訳でリニューアル！

ポワロの初登場作にして、ミステリの女王のデビュー作

The Mysterious Affair At Styles◆Agatha Christie

スタイルズ荘の怪事件

アガサ・クリスティ

山田 蘭 訳 創元推理文庫

◆

その毒殺事件は、
療養休暇中のヘイスティングズが滞在していた
旧友の《スタイルズ荘》で起きた。
殺害されたのは、旧友の継母。
二十歳ほど年下の男と結婚した
《スタイルズ荘》の主人で、
死因はストリキニーネ中毒だった。
粉々に砕けたコーヒー・カップ、
事件の前に被害者が発した意味深な言葉、
そして燃やされていた遺言状——。
不可解な事件に挑むのは名探偵エルキュール・ポワロ。
灰色の脳細胞で難事件を解決する、
ポワロの初登場作が新訳で登場！